Ullstein Thriller

ÜBER DAS BUCH:

Sieht die Zukunft so aus? Großbritannien verläßt die NATO und die EG. Eine Nation gerät aus dem Ruder, und ein Volk, das seine unfähigen, kleinkarierten und korrupten Politiker verabscheut, sieht sich zunehmender Gewalt auf den Straßen ausgesetzt. Polizei und Militär sind machtlos. Da läßt sich ein schwacher, aber skrupelloser und ehrgeiziger Premierminister auf einen Handel mit Moskau ein. Lieber rot als tot, sagt sich andererseits das Volk, als die Sowjets wieder für Ruhe und Ordnung in England sorgen wollen. Doch die Erfahrungen mit einer westlichen Demokratie gehen auch am Kreml nicht spurenlos vorüber...

DER AUTOR:

Der Engländer Ted Allbeury (Jahrgang 1917) arbeitete während des Zweiten Weltkrieges für den britischen Geheimdienst in Afrika und im besetzten Europa. Nach seinem Ausscheiden aus dem Dienst im Jahre 1947 verdiente er sich seinen Lebensunterhalt unter anderem als Werbetexter, Farmmanager, Leiter einer Werbeagentur und Chef eines Piratensenders. Seit Anfang der siebziger Jahre als freier Autor tätig, zählt Allbeury heute zu den meistverkauften englischen Schriftstellern auf dem Gebiet des politischen Thrillers.

Ted Allbeury

Und morgen die Zukunft

Polit-Thriller

Übersetzt von Sabine Hübner

Ullstein Thriller

Ullstein Thriller
Lektorat: Georg Schmidt
Ullstein Buch Nr. 20803
im Verlag Ullstein GmbH,
Frankfurt/M. – Berlin
Titel der englischen
Originalausgabe:
All Our Tomorrows

Deutsche Erstausgabe

Umschlaggestaltung:
Hansbernd Lindemann
Foto: Mall Photodesign

Printed in Germany
Gesamtherstellung:
Presse-Druck Augsburg
ISBN 3 548 20803 7

August 1987

Vom selben Autor
in der Reihe der
Ullstein Bücher:

Die Alpha-Liste (10053)
In der Hand des Kreml (10067)
Die Saat der Angst (10083)
Die andere Seite des Schweigens (10150)
Seitenwechsel (10192)
Im Schatten der Spione (10216)
Jeder Spion hat seinen Preis (10287)
Am Rande der Einsamkeit (10303)
Das Mädchen aus Addis (10321)
Agenten sind treue Feinde/Operation Schneeball/Quadrille mit tödlichem Ausgang
(Krimi-Brummer) (10319)
Die Rächerin (10333)
Rennie (10356)
Kinder der Geborgenheit (10376)
Ein nützlicher Deutscher (10439)

CIP-Kurztitelaufnahme der Deutschen Bibliothek

Allbeury, Ted:
Und morgen die Zukunft : Polit-Thriller /
Ted Allbeury. Übers. von Sabine Hübner. –
Dt. Erstausg. – Frankfurt/M. ; Berlin :
Ullstein, 1987.
(Ullstein-Buch ; Nr. 20803 : Ullstein-Thriller)
Einheitssacht.: All our tomorrows ‹dt.›
ISBN 3-548-20803-7
NE: GT

Nur wenige Leute können glücklich sein, ohne einen anderen Menschen, eine andere Nation oder eine andere Weltanschauung zu hassen.

BERTRAND RUSSEL

Um in die Gewerkschaften zu kommen und darin zu bleiben, sollten die britischen Kommunisten nötigenfalls alle erdenklichen Tricks, Listen und illegalen Mittel anwenden, die Wahrheit unterschlagen oder Tatsachen verschleiern. Sie sollten lernen, durch ihre Stimmen den Führern der Labour Party den gleichen Halt zu geben »wie der Strick dem Gehängten«.

LENIN

Kapitel 1

Vom Südostrand des Waldes zog sich ein langer Ulmenausläufer den Wiesenhang hinab, bis auf wenige Meter zu der Brücke hin, die zu den Gutsgebäuden führte. Die fahlgelbe frühmorgendliche Märzsonne warf lange Schatten vor das Vieh, als es langsam über die Brücke zu der Wiese am diesseitigen Flußufer trottete. Auf dem Gras lag eine graue Reifschicht, und der Atem der beiden Männer, die der Herde folgten, hing in der Luft.

Die beiden Deutschen, die am Waldrand standen, hatten sich Wollschals um die untere Gesichtshälfte geschlungen. Sie beobachteten den Weg der Kühe und der beiden Landarbeiter. Während die Herde langsam zum Waldrand hinauftrottete, ging der größere der beiden Hirten neben den vordersten Tieren. Fünf Minuten später war er im Wald und folgte den weißen Markierungen auf den Baumstämmen.

Als er bei den Deutschen angekommen war, sagte er: »Dobry den.« Der größere von beiden streckte die Hand aus. »Tag.«

Eine Stunde später befanden sie sich in dem großen Haus am Stadtrand von Braunschweig, das dem westdeutschen Nachrichtendienst, dem BfV, als Geheimquartier diente. Fünf Stunden später, nachdem der Mann gebadet und seine Befragung begonnen hatte, verließ einer von ihnen den Raum und wählte eine nicht registrierte Bonner Telefonnummer.

Bis in die frühen Abendstunden wurde der Mann von sechs Leuten verhört. Nicht aggressiv, aber sorgfältig und peinlich genau, mit der ruhigen Selbstsicherheit, die aus dem Bewußtsein resultierte, daß sie ihre Zeit und Mühe nicht vergeudet hatten. Der Mann, den sie verhörten, war ein KGB-Major. Ein Verbindungsoffizier zwischen dem KGB und dem militärischen Geheimdienst der Sowjets, dem GRU. Er hatte vor vier Monaten Kontakt zu ihnen aufgenommen, und sie hatten ihn den üblichen umständlichen Testverfahren unterworfen, die bei allen potentiellen Überläufern angewandt wurden, um ihre Motive, den Wert der angebotenen Informationen und die Höhe der geforderten Entlohnung zu sondieren. Er hatte sich geweigert, über seine Motive zu sprechen, und über das, was er anzubieten hatte, wollte er nicht mehr sagen, als daß es von entscheidender Bedeutung sei. Sie wußten bereits von ihm und waren sich darüber klar, daß er ihnen Informationen ersten Ranges liefern konnte, wenn er wollte. Doch bedeutete es ein gewisses Risiko, ihn aufgrund so weniger Angaben zu übernehmen. Vielleicht sollte er als KGB-Agent eingeschleust werden. Unter Umständen war er bloß ein Hochstapler, der hoffte, ihnen gegen ein Gehalt und eine Wohnung Routinematerial andrehen zu können, und sie hatten schon ein paar von dieser Sorte. Aber es war etwas an ihm, das sie schließlich bewog, das Risiko einzugehen und seinen Übertritt einige Kilometer südlich des Kontrollpunkts bei Helmstedt zu arrangieren.

Die fototechnische Abteilung hatte die Mikrofilme, die er hinter der oberen Zahnreihe getragen hatte, bereits vergrößert. Allein schon diese Information hätte ihre Entscheidung gerechtfertigt, aber da war noch viel mehr. Er sprach völlig offen, als er ihre Fragen beantwortete, und seine Motive waren klar. Er fürchtete sich vor dem, was geschehen würde. Und sie fürchteten sich ebenfalls davor. Als Möglichkeit hatte es immer bestanden, da es jedoch nie eingetreten war, hatte man es allmählich als unwahrscheinliches Szenario abgetan.

Einer der Vernehmungsoffiziere fuhr durch die Nacht nach Bonn zurück, und ein anderer nahm die Spätmaschine nach Berlin. Er wurde in Tegel von einem Mädchen erwartet. Von einem französischen Mädchen, das im Flughafen-Restaurant mit ihm Kaffee trank und den schlichten braunen Umschlag zusammenfaltete, damit er in ihre Handtasche paßte. Sie wußte nicht, welche Informationen dieser Umschlag enthielt, den sie in Paris am nächsten Mittag in einer über einer Fischhandlung gelegenen Wohnung in der Rue Monge einem Mann übergab.

Die Informationen, die der Überläufer mitgebracht hatte, und der Zeitpunkt, zu dem dies geschah, hätten es vielleicht den NATO-Streitkräften oder den Vereinten Nationen ermöglicht zu verhindern, daß ein aggressiver Plan blutige Wirklichkeit wurde. Statt dessen wurden sie zu einem Katalysator, der seine Wirkung aus Jahrhunderten der Rivalität und des Hasses zwischen England und Frankreich bezog. Sie reichten über die Schlacht von Agincourt bis ins Jahr 1066 zurück; und bis in die Gegenwart hinein zu Bauern, die sich um Golden-Delicious-Äpfel und den Import von Hühnchen und Putern zankten. Diese alten Rivalitäten und die ihnen zugrunde liegenden

Haßgefühle lieferten einem zwar schwachen, aber skrupellosen und ehrgeizigen Politiker den Vorwand dafür, ein möglicherweise schwerwiegendes Ereignis in eine sichere Katastrophe zu verwandeln. Eine Katastrophe, die sich auf das Leben von Millionen von Menschen auswirken sollte.

Kapitel 2

Er bedankte sich mit einem kurzen Nicken, als der als Kellner fungierende Sergeant den Drink neben ihn auf den Tisch stellte. Nachdem er langsam die Fernsehseiten der *Radio-Times* und dann die *TV-Times* durchgeblättert hatte, warf er beide Zeitschriften auf den nächstbesten Sessel. Er griff nach dem Glas, hielt es gegen das Licht und schlürfte bedächtig seinen Drink. Soweit er sah, gab es nur zwei wirkliche Gefahrenpunkte.

Wann immer die Wahrscheinlichkeit bestand, daß er den größten Teil der Woche daheim verbringen würde, informierte sich Colonel Harry Andrews über das Fernsehangebot an Dramen. Nicht, daß er sich für Dramen interessierte. Weit davon entfernt. Er haßte Dramen, ob sie sich nun auf der Bühne oder im wirklichen Leben abspielten. In seinen Haß bezog er auch Bühnenautoren, Schauspieler und ganz besonders Schauspielerinnen ein, und all die Schmarotzer, die an irgendeiner Art von Drama Geld verdienten. Doch am meisten haßte er seine Frau. Nicht, weil sie auf irgendeine Weise mit dem Theater zu tun hatte, sondern der Wirkung wegen, die es auf sie ausübte.

Der Sonntagsfilm auf BBC 1 handelte vom allmählichen Niedergang einer einst wunderschönen Frau, einem Hollywoodstar, die nach dem Verlust ihres Vermögens und ihrer Attraktivität von alten Freunden, ihrem Gatten und ihren Liebhabern im Stich gelassen wird. Fünf Tage lang würde Paula in ihrer gemeinsamen Wohnung diese Rolle spielen. Tränen würden ihr aus den Augen quellen, während sie die banalen, vorwurfsvollen Phrasen aus dem Film wiederholte. Paula Andrews identifizierte sich auf Anhieb mit allen unterdrückten, bedrängten weiblichen Wesen, von Delilah bis zu Erin Pizzeys unglücklichen Frauen. Man mußte zwar nicht zwangsläufig als Neurotikerin enden, nur weil man mit siebzehn atemberaubend schön war; war man jedoch ohnehin zu einer Karriere als Neurotikerin bestimmt, dann konnte einem ein solches Maß an Schönheit sicherlich dabei behilflich sein. Und wenn noch ein angeborenes Schauspieltalent hinzukam und jene lebhafte, obschon kranke Phantasie, über die alle psychopathischen Lügner verfügen, dann konnte man Spaß daran finden, seinen Nächsten und Liebsten das Leben zur Hölle zu machen.

Er wußte, daß sie den gefallenen Stern nur fünf Tage lang spielen würde, denn am darauffolgenden Freitag kam *Haben und Nichthaben* mit Lauren Bacall und Humphrey Bogart. Das würde sie innerhalb von zehn Minuten in eine reizende, schnippische Frau von Welt verwandeln – die etwas unbeholfen eine Zigarette ansteckt und raucht, während sie ihn voller Verachtung für seine Schwäche mit halb geschlossenen Augen betrachtet. Oder war das Bette Davis in *Der Sündenbock?*

Harry Andrews betrachtete seine Lektüre der *Radio Times* wie etwa eine seiner SAS-Spezialeinheiten eine Routineaufklärung. Wie es bei der Armee hieß: »In Aufklärung investierte Zeit ist selten vergeudet.« Gewarnt sein heißt gewappnet sein, und dergleichen mehr. Der Colonel wurde mit den Eigenarten seiner Frau spielend fertig. Seit fünfzehn Jahren nahm er es mit ihnen auf, und man brachte es nicht zum SAS-Obersten, wenn man sich mit Kleinigkeiten aufhielt. Früher hatte er sich Gedanken darüber gemacht, wie er den Zustand seiner Frau und seine eigene Situation verbessern könnte. Er hatte es mit mehreren Ärzten, vier Psychiatern, mit geballtem Sex und väterlichem Verhalten versucht und sich schließlich damit abgefunden, daß Gleichgültigkeit die einzige Rettung für sie beide war. Er hatte gesehen, wie die Psychiater und anderen Experten sich auf ihre unterschiedlichen Therapien versteiften. Sie gaben ihre Niederlage niemals zu. Aber sie wurden doch immer geschlagen. Paula war eine psychopathische Persönlichkeit, sie würde immer lügen, immer völlig unzuverlässig bleiben, und ihre Entschuldigungen und Reuebekundungen würden immer auf Heuchelei beruhen. Das teilten sie *ihm* mit, nicht ihr. Sie war viel zu schön, um mit einem so vernichtenden Tatbestand konfrontiert zu werden. Und wenn sie erst einmal von ihrer Patientenliste verschwunden war, konnten sie sich daranmachen, sie in ihr Bett zu lotsen. Dazu bedurfte es keiner großen Planung. Paula wußte, daß sie über sie Bescheid wußten, und wenn sie mit ihnen schlief, war das für sie der Beweis, daß sie gesiegt hatte.

Andrews ging zu seinem Büro im alten Pfarrhaus zurück, schloß die Tür auf und trennte, bevor er sich an seinem Metallschreibtisch niederließ, einen der Schlüssel am Schlüsselbund von den übrigen.

Es war ein Samstagnachmittag zu Frühlingsbeginn. Außer den Männern vom Wachdienst war niemand da. Die meisten spielten im nahegelegenen Tunbridge Wells Kricket oder sahen dem Spiel zu. Harry Andrews hatte früher für seine Universität und auch für einige kleinere Grafschaften Kricket gespielt; aber vom Tag seiner Beförderung zum Hauptmann an wurden Hobbys und Sport für ihn nur noch ein Mittel, Soldaten geistig und körperlich zu beschäftigen, die sich sonst womöglich derart gelangweilt hätten, daß sie für die breite Öffentlichkeit oder die Polizei zum Ärgernis geworden wären. Andrews liebte sie alle wie seine eigenen Söhne. Aber er war ein kühler, strenger Vater, der erwartete, daß ein Blick seiner hellbraunen Augen Worte überflüssig machte.

Er schloß die unterste rechte Schreibtischschublade auf und entnahm ihr zwei Aktenordner. Der dickere Ordner trug die Aufschrift »Gemeinsame Berichte der Nachrichtendienst-Komitees 1980–1984«, und auf dem Deckel des anderen stand handschriftlich »Cromwell – CPM-Methode«. Andrews öffnete den dicken Ordner und las langsam den neuesten, vom Januar 1984 datierten Monatsbericht durch. Zwanzig Minuten später las er noch immer, griff ohne aufzublicken, nach dem Telefon und bat den diensthabenden Offizier, ihm eine Edinburgher Nummer zu geben.

Trotz des klarblauen Himmels herrschte auf dem Berghang leichtes Schneetreiben, und teilweise hatten sich auf den größeren Steinen kleine Verwehungen gebildet. In geduckter Haltung beobachtete die magere, schwarz-weiße Colliehündin die Schafe und bewegte sich langsam vorwärts, um sie am Überqueren des seichten Flusses zu hindern. Vorsichtig und beherrscht, damit die Herde nicht in Panik geriet, denn es war die letzte Februarwoche, und wie üblich hatte man am Abend des Guy Fawkes Day die Schafböcke zu den Schafen gelassen. Diejenigen Schafe, die bereits Junge geworfen hatten, waren schon drunten im Stall, der Rest jedoch war auf den Hügeln geblieben. Das Schneetreiben hatte ihn bewogen, die Herde vorsichtshalber näher an die Farmgebäude heranzubringen. Die Tiere waren größtenteils klein und robust, walisische Bergschafe, doch ungefähr dreißig unter ihnen waren von einem Swaledale-Bock gedeckt worden, um die Qualität der Wolle zu verbessern. Sie trugen am Hinterteil statt der üblichen roten eine blaue Markierung, und man sah ihnen ihre Trächtigkeit mehr an als den anderen.

Während die über dreihundert Tiere zählende Herde ins Tal hinabströmte, schaute er zu den Bergen hinüber. Über den Vorhügeln hing ein Bussard in der Luft und hielt Ausschau nach neugeborenen

Lämmern. Wo die Baumgrenze aufhörte, wurden die Felsen rot von der untergehenden Sonne angestrahlt. Der Mann, Glyn Thomas, der nicht nur Farmer, sondern auch Poet war, lächelte vor sich hin, als er bemerkte, daß er in Gedanken zur Hälfte bei der Schönheit der Berge und zur andern Hälfte bei der Zahl seiner Lämmer war; letztere war zwar annehmbar, aber nicht wirklich gut. Ein Durchschnitt von 1,5 ließ ihn immer noch dankbar für die Subvention für Bergbauern sein.

Als er zum Fuß des Hangs hinabschaute, sah er aus dem steinernen Kamin Rauch aufsteigen. Er kräuselte sich und stieg genau senkrecht in die Höhe, bis ihn der vom Berg herunterwehende Wind traf. Das Bauernhaus, ein langgestreckter, schmaler Steinbau mit Schieferdach, stammte aus dem Jahr 1820. Die L-förmige Scheune war ein paar Jahre später errichtet worden, und die größere, offene Scheune und den Stallkomplex hatte sein Vater hinzugefügt. Das kleine Melkhaus für die fünfundzwanzig friesischen Rinder war erst fünf Jahre alt. Es war ein Experiment gewesen und hatte sich bis jetzt noch nicht gelohnt. In dem einen milden Winter hatte er gute Gewinne erzielt, in den übrigen Jahren aber hatte er kaum die Rentabilitätsgrenze erreicht. Vier Generationen seiner Familie hatten die gleichen Berge und Täler bewirtschaftet. Doch es sah so aus, als sei er der letzte. Meg war jetzt 34. Der Frauenarzt in Cardiff hatte die Testergebnisse mit ihnen durchgesprochen und lächelnd gemeint, er könne ihnen nur raten, es weiter zu versuchen. Es sei alles in Ordnung. Bei beiden. Glyn Thomas lächelte wieder, als ihm die oft wiederholten Worte seines Vaters durch den Kopf gingen: ›Vielleicht gibt euch der liebe Gott einen Hinweis.‹

Während die schwere Gießpfanne sich an ihrer Kette bewegte, sah Joe Langley den beiden Männern bei der Arbeit zu. Er beobachtete, wie der Schaum aufwallte, als die Pfanne nach vorn kippte, um die beiden von Hand gehaltenen Gießkellen zu füllen. Die beiden Männer liefen zu den nebeneinanderstehenden Gußformen, und als sie eine nach der anderen füllten, stieg Langley der altvertraute Geruch von Öl und Sand in die Nase.

Er wartete, bis sie die Kellen von neuem gefüllt hatten und alle Formen vollgegossen waren und dampften. Dann ging er zu den beiden Gießern und dem jungen Hilfsarbeiter hinüber.

»Wie lang arbeitest du hier schon, Junge?«

»Das ist jetzt meine dritte Woche, Mr. Langley.«

Langley deutete auf die Rührstange, die der Junge in der Hand hielt. »Hat dir jemand gezeigt, wozu man das braucht?«

»Ja, Sir.«

»Nun, warum hast du's dann nicht benutzt? Du läßt die Schlacke einfach in die erste Kelle überfließen. Das bedeutet zwei Gußstücke für den Schrotthaufen. Damit verringerst du deinen Akkordsatz und vergeudest das Geld der Firma.«

Der Junge stand still und verlegen da. Langley sah ihn noch einen Moment lang an, dann nickt er und ging.

In seiner hölzernen Bürobaracke ließ er den Stoß Computer-Ausdrucke auf die Ablage fallen und setzte sich an seinen Schreibtisch. Selbst die Ausschußzahlen waren jetzt im Computer gespeichert, wurden stündlich auf den neuesten Stand gebracht und nach Herstellungsort und Arbeitsgruppen aufgegliedert. Würde er auf jeden ausgedruckten Fehler hin irgendwelche Maßnahmen ergreifen, dann konnten sie genausogut gleich schließen. Die Maschinen waren veraltet, aber irgendein Mann vom Ministerium hatte gemeint, ihre Arbeit sei wichtig. Sie produzierten Ersatzteile für längst veraltete Armeepanzer. Aber sie lieferten damit Zahlen für die Statistik, mit deren Hilfe das Verteidigungsministerium seine Ausgaben für Trident und Matador rechtfertigen konnte. Nicht daß sich die anderen dadurch in der NATO wohler fühlten. In Deutschland waren jetzt gerade noch vier Kriseneinsatzkommandos übriggeblieben. Fünfzehntausend Mann. Und es würde noch drei Jahre dauern, bis Trident einsatzfähig war.

Das Telefon klingelte, als er gerade danach greifen wollte. Es war der Pförtner, der ihm mitteilte, daß der für die Nachtschicht eingeteilte Meister an Ort und Stelle sei und er jetzt gehen könne.

Joe Langley war achtundvierzig, ein untersetzter, breitschultriger Mann, der seit seiner Armeezeit sein ganzes Arbeitsleben in Eisen- und Stahlgießereien zugebracht hatte. Trotz der ungesunden Arbeitsbedingungen war er gesund und tatkräftig wie damals, als er angefangen hatte. Er spielte jetzt nicht mehr Fußball in der Betriebsmannschaft, war aber beim örtlichen Kricket-Club in Aston ein sehr geschätzter Weitwurfspezialist. Ursprünglich Katholik, hatte er sich aus Abscheu über die Unruhen in Belfast schon frühzeitig von seinem Glauben losgesagt. Er vermißte das Singen und den Hauch von Showbusineß, aber am meisten vermißte er den Trost, alles Böse in der Welt der grenzenlosen Weisheit eines unsichtbaren Gottes zuschreiben zu können. Aus einem instinktiven Zugehörigkeitsbedürfnis heraus hatte er kurz die Vorzüge der Quäker, der Heilsarmee und der Kongregationalisten erwogen, war dann aber zu dem Schluß gelangt, daß er es, so unbequem das auch sein mochte, allein schaffen mußte. Eigentlich hatte er, ohne es zu merken, seine Religion gefunden: die Vereinigte Metallarbeitergewerkschaft, Sektion Gießerei. Davor war es das 2. Bataillon, das SAS-Regiment gewesen.

Es war ein altmodisches Büro, mit mahagonigetäfelten Wänden und einem großen Bücherschrank aus Walnußholz hinter dem antiken Doppelschreibtisch. Trotz der hohen Fenster ließen die schweren Vorhänge kaum Licht herein. Der ganze Raum zeugte von solidem Erfolg über viele Generationen hinweg. Draußen im Warteraum hingen die traditionellen Porträts ehemaliger High-Court-Richter, im Büro selbst jedoch Gemälde schottischer Landschaften – keines darunter von einem bekannten Künstler, doch alle mehr als nur gekonnt gemalt.

Der Mann am Schreibtisch war Mitte Dreißig und trug einen gepflegten hellgrauen Anzug. Gepflegtheit war sein Wesensmerkmal, er hatte eine gute Figur und angenehme Gesichtszüge. In der Armee hatte er für Schottland Rugby gespielt. Schlank und gutaussehend wie er war, hatte er viele Frauenherzen in Aufruhr versetzt, wenn er als Verteidiger gelassen die Bälle erwartete, die ihm gegnerische Stürmer entgegenschmetterten.

Nachdem seine Sekretärin an die Tür geklopft und sie für einen großen, hageren, älteren Mann geöffnet hatte, stand er auf und ergriff die knochige Hand seines Klienten.

»Es tut mir leid, daß ich Sie herbemühen mußte, Sir, aber das Dokument muß in meinem Büro unterzeichnet werden. Das Gesetz verlangt es so, aber es hat tatsächlich einen gewissen Sinn.«

»Um was für einen Sinn könnte es sich da handeln, wenn ich fragen darf?«

»Bitte nehmen Sie doch Platz, Sir.« Er zog sich wieder hinter seinen Schreibtisch zurück, als der alte Mann es sich bequem machte.

»Ursprünglich sollte es verhindern, daß erbberechtigte Personen aus Krankheit oder Senilität des Erblassers irgendwelche Vorteile ziehen, und schließlich wurde es dahingehend modifiziert, daß auch die Rechtsanwälte selbst an ihre Verantwortung erinnert wurden.«

Der alte Mann entblößte grinsend seine gelben Zähne. »Also seien Sie daran erinnert, Jamie Boyle. Und was macht Ihr Vater?«

»Der ist in Westminster und setzt sich für ein unabhängiges Schottland ein, wie üblich.«

»Und Ihre hübsche Frau?«

»Die erholt sich momentan. Sie sind gerade von einer Skandinavientournee zurückgekommen und alle ziemlich erschöpft. Sie schwört, daß sie nie wieder ein Paar Ballettschuhe sehen möchte.«

»Sie wissen ja, ich habe mich nie im geringsten für Ballett interessiert, bis zu dem Tag, an dem mich Ihre Eltern mitnahmen, um sie tanzen zu sehen, kurz nach Ihrer Hochzeit. Mir hatte immer die Musik gefallen und all die hübschen Popos, aber das war alles. Doch Ihre Jeanie... Erst dachte ich, sie hinge an Drähten oder so etwas. Und selbst jetzt bin ich noch nicht ganz überzeugt, daß es nicht irgendein mechanischer Trick ist. Sie scheint durch die Luft zu gleiten, bevor sie sich entschließt, runterzukommen. Ich bin ein Fan, sag' ich Ihnen. Ich versäume fast keine Vorstellung, wenn sie da sind und sie tanzt.«

Jamie Boyle lächelte. »Das erzähle ich ihr. Das wird ihr runtergehen wie Öl.«

Er nahm die beiden zusammengehefteten Blätter und schob sie über den Schreibtisch. »Sie müssen das zuerst durchlesen, Sir.«

»Haben Sie es selbst aufgesetzt?«

»Jedes Wort.«

»Dann brauche ich es nicht zu lesen.«

»Doch, ich möchte, daß Sie es tun. Das gehört zu meiner Verantwortung.«

Der alte Mann brummte vor sich hin, nahm seine Brille aus der Brusttasche und griff nach den Papieren. Nachdem er sie zweimal durchgelesen hatte, holte er einen altmodischen Füllfederhalter aus seiner Tasche.

Er signierte in der Mitte der zweiten Seite, lehnte sich dann in seinem Sessel zurück, nahm die Brille ab und steckte sie zusammen mit dem Füllhalter in die Tasche zurück. Einen Augenblick saß er schweigend da. Dann meinte er seufzend: »Es geht schon komisch zu in der Welt, Jamie. Hier sitze ich und leite in die Wege, daß ich alles wieder loswerde, was ich ein Leben lang angehäuft habe. Aber als ich gerade vom Club hierherkam, habe ich mir überlegt, warum ich mir solche Sorgen mache.«

»In welcher Hinsicht, Sir?«

»Mir scheint, daß es mit der Welt, die ich kenne, zu Ende geht. Und zwar nicht erst wenn ich sterbe, sondern lange vorher. Was ist nur mit uns passiert? Vielleicht haben wir uns nie wirklich vom Zweiten Weltkrieg erholt. Aber warum wir? Warum nur wir? Die Deutschen, die Franzosen, sogar die Italiener haben sich davon erholt. Sie haben ihre Hochs und Tiefs, aber im großen und ganzen machen sie weiter. Wir jedoch werden allmählich zu Europas Aussätzigen-Kolonie. Da ist dieses ganze Gerede, daß wir aus der EG und der NATO austreten, aber das ist für die keine Drohung mehr. Sie *wollen,* daß wir austreten. Sie haben genug von uns. Wir sind eine Last. Finanziell, wirtschaftlich und militärisch sind wir ihnen eine Last. Und noch dazu eine nörglerische, unangenehme Last. Wie sind wir so geworden?«

Boyle sah den alten Mann einen Moment lang an, dann zuckte er die Schultern. »Wir lassen die Dinge treiben. Wir lassen die Kriminellen ungeschoren davonkommen. Die Verbrecher nehmen überhand, und wir tun nichts dagegen. Was früher unglaublich war, ist jetzt zur Norm geworden. Krawalle, Raubüberfälle, Rowdytum wurden dadurch entschuldigt, daß man sie auf Rassenhaß zurückführte und sie als verständliche Reaktion auf polizeiliche Pflichterfüllung hinnahm. Niemandem gefiel dieser Zustand, niemand wollte ihn haben. Aber es wollte auch keiner etwas dagegen unternehmen. Man sagte, Vergeltung zu üben würde bedeuten, das Rad der Zeit zurückzudrehen. Nie war der richtige Zeitpunkt gekommen, um irgendwelche Maßnahmen zu ergreifen. Und so zahlte es sich eben aus, ein Verbrecher zu sein.«

»Wer ist ›man‹?«

»Sie, ich, die Politiker, wir alle. Wir haben Angst, als Faschisten oder Reaktionäre zu gelten. Es ist schön, nachgiebig zu sein. Und geliebt zu werden. Und schließlich könnte es einem ja Wählerstimmen einbringen. Die Verbrecher und Streithähne sind die militantesten Wähler, und so tritt man eben, statt für berechtigte Strafen, für Nachsicht und Rehabilitation ein.«

»Ist das alles?«

»Mehr oder weniger. Wir sind zu moralischen Feiglingen geworden, und jetzt müssen wir so tun, als sei das richtig so. Mein Vater sagte mir, daß die Regierungen von Kanada und Australien demnächst jegliche Einwanderung aus Großbritannien verbieten werden. Sie lehnen nicht nur die Kriminellen ab, sondern auch die Opfer. Sie sagen, sie hätten keine Lust, die moralische und menschliche Verkümmerung des britischen Mittelstands in ihre eigenen Staaten zu importieren. Wir haben das, was wir hatten, nicht in Ehren gehalten. Und jetzt ist es verschwunden. Freiheit, Toleranz, Demokratie ... all das haben wir weggeworfen.«

»Und tut denn niemand etwas, um dem ein Ende zu machen?«

»Es ist zu spät, Mr. MacKay. Jetzt ist es zu spät dafür. Wir können uns nur noch mit dem Geschehen auseinandersetzen, wenn es eintritt.«

»Was wird denn geschehen, Jamie?« fragte MacKay leise.

Boyle öffnete den Mund, um zu sprechen, zögerte und schloß ihn dann wieder. Es hatte keinen Zweck, den alten Mann noch mehr zu ängstigen. Er zuckte die Achseln. »Kann sein, daß gar nichts passiert. Vielleicht beruhigt sich auch alles wieder.«

Schwankend erhob sich der alte Mann, wobei er sich auf den Schreibtisch stützte, um nicht aus dem Gleichgewicht zu kommen. Mit einem tiefen Seufzer verließ er den Raum. Er sagte nichts mehr und winkte dem jungen Mann hinter dem Schreibtisch nur noch einmal geistesabwesend zu.

Der große, plump wirkende Junge stützte sich mit den Ellbogen auf den Ladentisch und schaute dem Inder beim Kontrollieren der Kassenbelege zu.

»Die schlagen dich zusammen, Sanji.«

Der Inder sah auf. »Warum sollten sie das tun, Freddie?«

»Weil du'n Paki bist. Darum.«

»Ich bin Inder, Freddie, kein Pakistani.«

»Na ja, is' doch das gleiche, oder nich'?«

»Wenn es das gleiche ist, ob einer Deutscher oder Engländer ist, dann ist das auch das gleiche. Es sind zwei verschiedene Länder. Zwei verschiedene Nationen. In keiner Weise miteinander verbunden. Momentan könnte man sogar sagen, daß sie Feinde sind.«

»Aber ihr seid alle Schwarze.«

»Wir sind alle Asiaten. Falls du das meinst.«

»Vernagelst du am Samstagabend die Fenster?«

»Das tu' ich doch jeden Abend, Freddie.«

»Sie sagen, du bist der Rädelsführer.«

»Wovon?«

»Des Widerstands.«

»Gegen wen leisten wir denn Widerstand?«

»Gegen die Skinheads. Die Nationale Front. Die Weißen.«

»Warum erzählst du mir das alles?«

»Ich mag dich, Sanji. Ich will nich', daß sie dich zusammenschlagen.«

»Sie werden mich nicht zusammenschlagen, Freddie. Ich fürchte mich nicht vor ihnen. Wir wissen jetzt, wie wir mit ihnen umzugehen haben.«

»Sie kommen von überall her. Sie haben Busse gemietet.«

Sanjiva Singh lächelte. »Sie werden eine Enttäuschung erleben, Freddie.«

»Wieso das, Sanji?«
»Du wirst es in den Sonntagsblättern lesen.«
»Mein Alter sagt, du bist der Führer von allen Schwarzen hier.«
»Ich schließe jetzt, Freddie. Willst du mir helfen?«
»Wie geht's Indi?«
»Es geht ihr gut, Freddie.«
»Wann darf ich mal mit ihr ins Kino?«
»Sie mag lieber indische Filme, Freddie.«
»Okay, ich geh' mit ihr in 'nen indischen Film.«
»Die sind alle in Hindi, Freddie. Nicht mal mit Untertiteln.«
»Macht doch nichts, Sanji.«
Der Inder sah den unbeholfenen Jungen an, und seine dunkelbraunen Augen waren nicht ohne Mitgefühl. »Wir werden irgendwann mal drüber reden, wir beide. Dann werde ich dir einiges erklären.«
»Du willst nich', daß sie mit 'nem weißen Jungen weggeht, is' es das?«
»Nicht ganz. Wie ich schon sagte ... wir werden mal drüber reden.«
Der Junge wandte sich zur Tür und sagte, indem er mit der Hand auf den Inder hinter dem Ladentisch deutete: »Wenn du am Wochenende Hilfe brauchst, ruf mich, Sanji. Vergiß das nich'.«
Der Inder nickte. »Ich werde es nicht vergessen, Freddie. Du bist ein guter Junge. Paß auf dich auf.«
Sanjiva Singh befestigte die Bretter vor den Fenstern, verschloß und verriegelte die Tür, schaltete die Alarmanlage ein und ging dann in das kleine Magazin hinter dem Laden. Er nickte den vier Männern zu, die dort schweigend auf ihn warteten. Sie folgten ihm den Flur entlang und die Treppen hinauf in den Raum im ersten Stockwerk.
An der Wand hingen in großem Maßstab gezeichnete Karten mehrerer Londoner Distrikte mit hohem asiatischen Bevölkerungsanteil. An einem langen Tisch bediente ein junger Sikh, der trotz der Kopfhörer einen Turban trug, einen Yaesu FT-101ZD Sender-Empfänger. An das Gerät war ein Kassettenrecorder angeschlossen, und ein Scanner ließ die rote Digitalanzeige mit Frequenzangaben auf einem Bearcat 200 flackern.
Die vier Männer nahmen um den Zeichentisch in der Mitte des Raums herum Platz, Sanjiva Singh setzte sich ans Kopfende des Tischs. Sie sprachen alle Hindi, zwei sprachen auch Gujarati, aber bei ihrem Treffen unterhielten sie sich auf englisch. »Hat er mit Scherereien gedroht, Sanjiva?« erkundigte sich ein magerer Mann, der neben Singh saß.

»Nein. Im Gegenteil, er hat mich gewarnt und mir seinen Schutz angeboten.« Er lächelte. »Er hat eine Schwäche für meine Tochter Indira. Da wollte er eben einen guten Eindruck machen.« Singh zog die Augenbrauen hoch. »An die Arbeit, meine Freunde. Es gibt viel zu tun.«

»Hat es geklappt, Sanjiva? Hat es geklappt?« fragte ein bärtiger alter Mann leise.

Singh nickte lächelnd. »Seit letztem Mittwoch haben wir dreißig Informationsquellen. Direkt aus erster Hand. Es hat uns 25000 nagelneue Pfund gekostet, aber das ist es wert, und es wird uns diese Summe zehn-, zwanzigfach ersparen. Und Blutvergießen und Demütigungen ebenfalls. Zwölf Telefone werden ständig angezapft, und zwanzig Räume und Treffpunkte sind mit Wanzen versehen. Wir kennen jeden Schritt, den sie planen, und, was noch besser ist, wir kennen ihre Zweifel und Ängste.« Er machte eine Pause. »Und sie haben viele Zweifel und Ängste, mein Freund. Ich werde euch ein paar Bänder vorspielen. Das wird euch aufmuntern. Allerdings...«, er hob die Hände, »...gibt es auch schlechte Nachrichten. Ohne Zweifel werden sie von Leuten aus der Sowjetischen Botschaft beraten. Einer davon ist der Mann, der uns seine Hilfe angeboten hat. Der uns sagt, die Sowjetunion sei Mutter und Vater für uns. Die Beschützerin der Unterdrückten und Benachteiligten.«

»Und was fangen wir nun mit unserem Wissen an, mein Freund?«

Ein Mann in Khakihemd und -hose warf ruhig ein: »Wir töten sie. Die, auf die es ankommt.«

Der alte Mann seufzte. »Tötet man einen Hund, dann kauft sich der Besitzer eben einen neuen.«

Singh wartete, ob die anderen etwas dazu zu sagen hätten, aber niemand sonst sprach. »Ich habe schon alles geregelt«, sagte er mit leiser Stimme. »Ich habe die Befehle gegeben. Es waren alles Freiwillige. Alle stark, erfinderisch und entschlossen. Fünf von ihnen waren bei der Armee.«

»Wer waren sie?« fragte der Mann in Khaki.

Singh lächelte. »Ich nenne sie einfach die ›jungen Löwen‹. Sie werden keine anderen Namen haben.«

Der alte Mann lächelte und sah die anderen an, um herauszufinden, ob sie die Bedeutung des Namens erkannt hatten. In Hindi ist ›Singh‹ das Wort für ›Löwe‹.

Sie unterhielten sich noch ein paar Minuten, betroffen über Singhs Entschlossenheit, dann gingen drei von ihnen fort. Jetzt saßen nur noch Singh und der alte Mann zusammen. Der Alte brannte sich einen dünnen Stumpen an und stieß den Rauch aus. »Was hast du mit dem Russen vor, Sanji? Töten wir den auch, um ihnen eine Lektion zu erteilen?«

»Nein. Wir bringen es ihnen auf andere Weise bei. Bis morgen abend werden zwölf von ihnen tot sein. Nach außen hin haben sie nichts miteinander zu tun. Sie sind die Männer hinter den Kulissen. Langsam, ganz langsam werden die Zeitungen die Stücke zusammensetzen. Die Polizei wird es wissen, sich aber nicht allzusehr darum kümmern. Ein paar Scheinrazzien, aber all dies...« er wies auf den Raum, »...wird in zwei Stunden verschwunden sein. Die Russen werden es wissen. Sie werden uns erneut ihre Hilfe anbieten. Und wir werden annehmen.«

»Warum? Warum sollten wir das tun?«

»Weil sie mehr auf unserer Seite stehen, als irgend jemand sonst. Sie treiben mit den anderen ihre Spielchen, um hier den Zusammenbruch der Gesellschaftsordnung zu bewirken. Je mehr Straßenkämpfe, je mehr Plünderungen und Brandstiftungen, desto härter die Reaktion von Polizei und Regierung. Dann herrscht hier bald Bürgerkrieg. Aber wir werden zu einer Seite stehen. Die Kommunisten werden am Ende siegen. Noch ein Jahr, vielleicht auch zwei, dann werden die Engländer für zwanzig Jahre Demütigung bezahlen. Das ist alles, was ich möchte. Alles, was ich geplant habe. Immer hatten sie einen Sündenbock. Die Iren, die Juden, dann uns... die Westinder, die Pakistanis, die Schwarzen, wie sie uns nennen. Die Schwarzen. Denk daran, alter Junge, und sei den Russen dankbar, daß sie uns helfen.«

»Warum sollten sie uns helfen?«

»Weil wir ihnen helfen, das zu bekommen, was sie wollen.«

»Bist du ein Kommunist, Sanji?«

Singh lächelte. »Erstens, alter Junge, bin ich ein Hindu, zweitens ein Inder aus Kalkutta und drittens ein Vater und Ehemann. Darüber hinaus sollte sich niemand darum kümmern oder wissen, was ich bin.«

Der alte Mann erhob sich langsam und ging zur Tür. »Du weißt, wo ich bin, falls du mich sehen willst, Sanji...«, er schwieg einen Moment, »...denk an den Mann, der auf dem Rücken des Tigers ritt, mein Freund.«

Singhs braune Augen waren hart wie Steine. »Ich bin der Tiger, alter Junge. Vergiß das nicht.«

Kapitel 3

Er fuhr den Wagen über die Brücke, die Hauptstraße entlang und weiter, bis er die letzten Häuser hinter sich gelassen hatte. Fast immer, wenn er durch die Stadt kam, zählte er ihre Kirchen. Es waren neun, wenn man das Kloster nicht mitrechnete.

Zwanzig Minuten später stellte er seinen Wagen auf dem offiziellen Parkplatz ab und erhielt von dem Mann seine Plastikkarte. Als er die Hauptstraße betrat, blickte er nach oben. Man sah zwar vereinzelt Flecken blauen Himmels, aber die Wolken trieben so rasch dahin, daß es ihm einen Moment lang vorkam, als bewege sich der Boden unter seinen Füßen. Eine Sekunde lang schloß er die Augen, und als er sie wieder öffnete, war sein Blick auf die Schaufenster gerichtet. Es war eine typische Kleinstadt-Hauptstraße mit der üblichen Ansammlung von Kettengeschäften. Woolworth, Tesco, Boots, Marks and Spencer und etwa ein Dutzend kleine Einzelhandelsläden. Ein Café, ein Radiogeschäft, ein Gemüseladen, ein Zeitungshändler und an der Ecke der Eingang zu einem kleinen Kino.

Obwohl alles typisch englisch war, war es nicht englisch. Die Stadt lag fast 200 Kilometer nordöstlich von Moskau. Nicht weit von der alten Stadt Susdal entfernt, der Stadt, durch die Alexander Sawalew gefahren war.

Susdal, am Fluß Kamenka, ist eine der ältesten und historisch interessantesten Städte der Sowjetunion. Es gibt noch Dokumente, die ihre Existenz im Jahre 1024 belegen, aber Prinz Vladimir von Kiew hatte schon lange vorher einen Missionsbischof mit dem Auftrag entsandt, dort eine Kirche zu errichten. Besucher bewunderten die alten Gebäude, Lew Sawalew jedoch haßte die Stadt. Nachdem er vier Jahre in New York und sechs Jahre in London verbracht hatte, sehnte er sich nach den hellen Lichtern und den Botschafts-Partys, die für ihn zur täglichen Routine gehört hatten. Die Versetzung war jedoch mit einer Beförderung verknüpft, und Sawalew war äußerst ehrgeizig. Ob nun an der Universität Moskau oder bei diversen KGB-Kursen, an denen er teilgenommen hatte – Sawalew war immer der Erste.

Das Trainingslager war 1979 erbaut worden, und seitdem hatten Hunderte von Männern und Frauen die Tore in der hohen Umfassungsmauer passiert. Männer und Frauen aus den unterschiedlichsten Milieus. Rechtsanwälte, Verwaltungsbeamte, Ingenieure, Manager,

Angehörige der Polizei, der Roten Armee und Luftwaffe sowie Arbeiter aus der Großindustrie. Alle hatten sie zwei Dinge gemeinsam. Zum einen sprachen sie schon etwas Englisch, zum anderen entsprachen ihre Vorgeschichte und ihre Fähigkeiten den Anforderungen eines Computerprogramms, das 1975 entworfen worden war.

Damals war das Programm nicht mehr gewesen als eine ernsthafte Übung. Es betraf eine ziemlich unwahrscheinliche Möglichkeit. Da das KGB jedoch über ein unermeßliches Potential an Geld, Zeit und Menschen verfügte, hielt man es für interessant und der Mühe wert. Die Kurse, die sechs Monate dauerten, schlossen ein intensives Sprachtraining mit ein. Die Kursteilnehmer lebten unter englischen Bedingungen und zahlten in den Läden mit englischer Währung für englische Waren. Da die Ausbildung derartig intensiv war, betrachtete man den Kurs als Äquivalent für achtzehn tatsächlich in England zugebrachte Monate.

Major Lew Sawalew war Kommandant des Trainingslagers 405. Schon nach den beiden ersten Kursen hatte er seine Aufgabe äußerst langweilig gefunden, aber er war ein zu erfahrener und intelligenter KGB-Mann, als daß er sich etwas hätte anmerken lassen. Für gewöhnlich gab es ein paar hübsche Kursteilnehmerinnen, die die Langeweile erträglicher machten.

Sawalew hatte nie geheiratet. Zu oft hatte er gesehen, wie sehr eine Ehefrau und eine Familie einen Mann behindern oder ihn in Zwangslagen bringen konnten, denen er sich sonst hätte entziehen können.

Seine Vorgesetzten hatten seinen Entschluß, keine engen persönlichen Bindungen einzugehen, stillschweigend akzeptiert. Und vor seiner zwanghaften Neigung, am Wochenende ohne plausible Entschuldigung nach Moskau zu fahren, drückten sie ein Auge zu.

In der Sowjetunion gab es zwei- bis dreihundert Leute, deren Leben und Karriere schon von früher Jugend an auf eine bestimmte Rolle hin zugeschnitten und gesteuert wurde, ohne daß sie sich dessen bewußt waren. Sawalew war einer von ihnen. Er dachte fast nie an Protektion von oben und schrieb alles eher dem Glück oder seiner Persönlichkeit zu als irgendeinem Plan. Diejenigen, die solche Dinge arrangierten, nahmen es hin, daß vermutlich weniger als zwanzig dieser Leute jemals die Funktion erfüllen würden, für die sie bestimmt waren. Sie dienten nur als Versicherung dafür, daß, falls gewisse Ereignisse eintraten, sich gewisse Vorhersagen eines Bewertungsteams bewahrheiteten, dann auch der richtige Mann zur Verfügung stand. Am Dserschinskij-Platz befaßte sich eine spezielle Abteilung mit Vorausplanung. Sie war in verschiedene Gruppen gegliedert, die ihre gesamte Zeit ausschließlich der Berechnung zukünftiger Bedürfnisse des KGB widmeten.

Auf seinem Schreibtisch stand ein Räucherlachs-Sandwich und eine halbe Flasche Weißwein. Vor ihm lagen wie üblich die zwei Tage alten Ausgaben der *Times,* des *Daily Telegraph* und des *Guardian*. Er schob die beiden anderen Zeitungen beiseite und blätterte langsam den *Guardian* durch, während er das Sandwich aß.

Zehn Minuten später griff er nach einem dicken roten Stift und markierte drei Artikel, die die Leute vom Wissenschaftlichen Dienst ausschneiden und abheften sollten. Während er seinen Wein trank, las er alle drei Artikel noch einmal durch.

> BEWAFFNETE STUDENTEN JAGTEN NF-RIVALEN
> Ein Dozent und acht Studenten schlossen sich zu einem dem linken Flügel angehörenden ›Stoßtrupp‹ zusammen und benutzten, mit einem ›furchterregenden Sammelsurium von Waffen‹ ausgestattet, einen Dienstwagen des Polytechnikums für die Suche nach rechtsradikalen Rivalen. Der Fall wurde gestern verhandelt.
>
> Laut Mr. Anthony Hammond, dem Vertreter der Anklage am Strafgericht Manchester, gehörten zu den Waffen ein mit Nägeln beschlagenes Brett, ein Schmiedehammer und ein Stück Eisenrohr.
>
> »Es besteht kein Zweifel, daß sie diese Waffen, wenn sie irgendein Mitglied der *National Front* gefunden hätten, ungeachtet der möglichen Folgen benutzt hätten«, sagte er.
>
> Alle neun seien Trotzkisten und Mitglieder oder Anhänger der Sozialistischen Arbeiterpartei, sagte Mr. Hammond.
>
> Auf der Anklagebank saßen John Penney, 28, ein Soziologie-Dozent aus Riverside Park, Northwich, und die Studenten Stephen Tilzey, 23, wohnhaft Brooklands Road, Sale; Brian Broadley, 21, wohnhaft Blenheim Road, Bolton; Michael Butroyd, 31, wohnhaft Churchill Street, Stockport; Robert Piatt, 27, Belmont Street, Stockport. Stephen Cooper, 24, wohnhaft Foxland Walk, Wythenshawe, Manchester; Mark Kent, 22, wohnhaft Blakelaw Road, Maccles-

field; Paul Hallat, 20, wohnhaft John Nash Crescent, Hulme, Manchester, und David Smith, 23, wohnhaft Robert Adam Crescent, Hulme, Manchester. Das Urteil wird heute verkündet.

ZWÖLF JAHRE FÜR HELL'S ANGEL, DER SCHULJUNGEN ERSTACH

Einer der Anführer einer Londoner Hell's Angels-Gruppe, die sich ›Satan's Breed‹ nennt, wurde wegen einer Messerstecherei mit tödlichem Ausgang gestern in Old Bailey zu zwölf Jahren Gefängnis verurteilt.

Wie die Vertreterin der Anklage, Miss Ann Curnow, sagte, benutzte der stellvertretende Anführer der Gruppe, Stephen Baker, 21, ein am Vortag gekauftes Messer, um Tony Marsh, 15, während eines Streits um ein 13jähriges Mädchen zu töten.

Der Richter meinte: *»Der Hintergrund dieses Falls ist erschreckend... Man gründet eine Organisation, die sich der Gewalt verschreibt, man nimmt Drogen und Alkohol, man gewinnt junge Leute für diese Organisation, und das Ganze endet damit, daß ein 15jähriger epileptischer Junge umgebracht wird.«*

Dem Einwand Bakers, wohnhaft Armory Way, Wandsworth, er habe den Jugendlichen am 22. Mai in Princes Way, Wimbledon, nicht vorsätzlich ermordet, doch er bekenne sich des Totschlags schuldig, wurde von der Staatsanwaltschaft stattgegeben.

Miss Curnow sagte, der Anführer von Satan's Breed, Stephen Cook, verbüße wegen anderer Delikte eine sechsjährige Haftstrafe.

Der Verteidiger, Anwalt der Krone, Mr. Stuart Shields, hält Baker, obwohl dieser schon einmal wegen Totschlags verurteilt worden ist, weder für einen heimtückischen Mörder noch für einen gefährlichen Kriminellen.

ANDERTON ZOLLT SEINEN POLIZEIKRÄFTEN ANERKENNUNG

Der Polizeipräsident von Groß-Manchester, Mr. James Anderton, veröffentlichte gestern eine Belobigung seiner Polizeikräfte für die Art und Weise, wie sie mit den Krawallen fertig wurden, die im Sommer in Moss Side, Manchester, und Toxteth, Liverpool, stattfanden.

Mr. Andertons Belobigung, von der in allen Polizeistationen gerahmte Kopien ausgehängt werden, hat folgenden Wortlaut:

»Der Polizeipräsident belobigt die Polizeikräfte von Groß-Manchester für hervorragende polizeiliche Dienste in Verbindung mit unerschütterlicher Pflichttreue, bemerkenswerter Kompetenz, enormer Tapferkeit, großem Mut und ihrer Loyalität gegenüber ihrer Aufgabe und dem von der Öffentlichkeit in sie gesetzten Vertrauen. Dies gilt für alle Polizeibeamten, zivilen Angestellten und Hilfskräfte, die im Juli 1981 in Toxteth, Moss Side und anderswo die ausgedehnten kriminellen Tumulte niedergeschlagen und zum Wohle und Schutz aller Einwohner im Gebiet von Groß-Manchester effektiv und rasch wieder Frieden hergestellt haben.«

Der Polizeipräsident erklärte, daß dies der einzige Weg sei, seinen Mitarbeitern in angemessener Form für ›ihren außergewöhnlichen Mut und ihre beeindruckenden Leistungen in einer Zeit bürgerkriegsähnlicher Unruhen, in der die disziplinierte Stärke und Integrität der Polizei zwischen Freiheit und Anarchie stand‹ seinen persönlichen Dank auszudrücken.

Sawalew schob die Zeitungen beiseite, griff nach dem Telefon und wählte die Nummer der Zentral-Registratur. Fünf Minuten später unterschrieb er die Empfangsbestätigung für die drei Aktenordner.

Er öffnete den dicksten. Der rote, diagonal über den ganzen Deckel verlaufende Strich bedeutete, daß die Akte streng geheim war, und ihr Titel war eindeutig: »Politische Infiltration im United Kingdom. Laufendes Quartal. Teil I, Labour Party.« Die beiden anderen umfaßten »Teil II, Die Gewerkschaften« und was als »Teil III, Allgemeines« bezeichnet wurde. Ein aufgeklebtes Inhaltsverzeichnis führte an: Presse, Fernsehen, Radio, Behörden, Streitkräfte, Kunst und Wissenschaft, Verschiedenes.

Kapitel 4

Die Kantine sah fast genauso aus wie bei ihrer Entstehung vor zwanzig Jahren. Betonboden, Wände aus Leichtbauplatten, die alle zwei Jahre weiß angestrichen wurden. Lange Holztische, die älteren mit dunkelbraunem Linoleum beschichtet, die neueren mit Formica-Platten und Metallkanten. Hölzerne Klappstühle für die Vorarbeiter, stapelbare Stahlrohrstühle für die übrigen Beschäftigten. Die metallenen Schiebetüren der Essensausgabe am hinteren Ende des Raums waren verschlossen, aber der Geruch von gebratenem Fisch und Pommes frites lag noch vom Mittagessen her in der Luft.

Hinter zwei der Länge nach aneinandergeschobenen Tischen standen sechs Stühle, und vor den Tischen ein Dutzend Stuhlreihen. Die übrigen Eßtische waren in den Ecken des Raums aufeinandergestapelt.

Joe Langley erhob sich und klopfte mit einm Schraubenschlüssel auf den Tisch. Die Gespräche erstarben allmählich.

»Guten Abend, Kollegen. Ihr alle wißt, weshalb wir heute abend hier sind. Mr. Mercer von der Gewerkschaftszentrale ist als Beobachter anwesend. Auf der Tagesordnung steht nur ein einziger Punkt. Ist es der Wunsch dieser Versammlung, den inoffiziellen Streik offiziell zu machen? Wie auch immer wir uns entscheiden, die Gewerkschaft wird ihre eigenen Entschlüsse fassen. Aber sie möchte wissen, was wir von der Basis wollen.«

Als Joe Langley eine Pause machte, um sich zu sammeln, riefen verschiedene Stimmen: »Abstimmen! Schluß mit dem Gequatsche!«

Langley nickte, um zu zeigen, daß er den Kommentar zur Kenntnis genommen hatte. »Wir werden abstimmen, sobald wir die Fakten gehört haben, Kollegen. Ich rufe also Arthur Macfarlane auf, uns die Meinung des inoffiziellen Streik-Komitees mitzuteilen. Wie Ihr wißt, ist er der Vorsitzende des Komitees.« Langley nickte einem ziemlich jungen Mann mit buntkariertem Hemd und hagerem, blassem Gesicht zu.

»Genossen«, begann er, und der Glasgower Akzent war nicht nur unüberhörbar, sondern geradezu übertrieben. »Genossen. Unser Vorsitzender hat den Streik als inoffiziell bezeichnet. In einer Stellungnahme in der lokalen Presse bezeichnet er ihn als wilden Streik, den niemand will. Ich möchte an dieser Stelle betonen, daß mein

Ausschuß von den Männern in der Gießerei vom ersten Tag an unterstützt worden ist. Worum es geht, ist klar. Es ist die Politik der Labour Party, daß die als Neutronenbombe bekannte kapitalistische Waffe in diesem Land nicht stationiert werden soll. Wir glauben, daß hier Gußstücke für das Fahrgestell der Abschußrampe dieser Bombe produziert werden. Wir wollen mit der Herstellung dieser Gußstücke nichts zu tun haben. Das haben wir der Firmenleitung mitgeteilt. Man gab uns zwei Tage... achtundvierzig Stunden, um mit der Produktion fortzufahren, andernfalls drohte uns Ausschließung. Wir haben die Gewerkschaft gebeten, unseren Streik offiziell zu machen, aber sie hatte nicht genug Courage, uns zu antworten.« Er deutete auf die Reihen der Männer. »Habt ihr vor, euch an der Herstellung von Waffen zu beteiligen, die dazu gedacht sind, Menschen zu töten und Gebäude zu schonen? Man gibt offen zu, daß die Bombe zu diesem Zweck bestimmt ist. Die Labour Party sagt, sie sei eine verabscheuenswerte Waffe. Dieser Beschluß wurde bei den beiden letzten Beratungen mit überwältigender Mehrheit verabschiedet. Wollt ihr euch darüber hinwegsetzen, nur um noch ein paar Pfennige mehr für die kapitalistischen Mörder zu verdienen, die Lakaien der amerikanischen Militärindustrie sind?«

Als er sich mit theatralischer Geste setzte, kam von einer bestimmten Gruppe heftiger Applaus, Gestampfe und der Ruf »Bomben raus! Bomben raus!«. Auch als Joe Langley sich erhob, riefen die Männer weiter und verstummten erst allmählich, als die Leute um sie herum zu murren anfingen.

»Kollegen«, Joe Langley legte eine Pause ein. »Ich sage bewußt ›Kollegen‹. Genossen gehören zu einer anderen Partei, selbst wenn sie versuchen, uns für dumm zu verkaufen und sich Labour nennen. Erstens werden die betreffenden Gußstücke seit acht Jahren hier hergestellt. Sie werden für verschiedene Panzerfahrzeuge der Britischen Armee benötigt. Die Firmenleitung hat mir versichert, daß sie ihres Wissens nicht für die Abschußvorrichtungen irgendeiner neuen Waffe verwendet werden.

Zweitens: so etwas wie eine Neutronenbombe gibt es nicht. Es ist eine Granate. Eine Artillerie-Granate zum Einsatz gegen Panzer. Die sowjetischen Streitkräfte haben fünfmal mehr Panzer an den Grenzen zu den NATO-Ländern als die Alliierten. Die Granaten töten Panzerbesatzungen, nicht Zivilisten. Die Russen haben eine äußerst erfolgreiche Kampagne gegen diese Granate gestartet, weil sie ihre riesige Zahl von Panzern neutralisiert. Die SS-20-Raketen der Roten Armee sind für das zivile Leben tausendmal verheerender als die Neutronenwaffe. Und selbstverständlich besitzen auch die Russen Neutronengranaten. Sie sprechen nur nicht darüber.

Aber mit all dem haben wir in diesem Werk nichts zu tun. Eine Waffe, über die im Parlament verhandelt und abgestimmt wurde, ist ein legitimer Teil unseres Verteidigungssystems. Wenn wir uns dagegen auflehnen, ein Gußstück herzustellen, das mit jener Waffe zusammenhängt oder auch nicht, lassen wir uns auf einen politischen Streik ein. Ich muß euch nicht daran erinnern, daß das Gewerkschaftsgesetz von 1982 einen solchen Streik nicht nur als illegal bezeichnet, sondern darüber hinaus der betreffenden Gewerkschaft auch noch Geldbußen auferlegt, die unsere Mittel vollkommen erschöpfen würden. Was Kollege Macfarlane angefangen hat, und wozu er eure Unterstützung erringen möchte, ist illegal und würde außerdem, wenn es fortgesetzt wird, unsere Gewerkschaft aktionsunfähig machen.«

Als er sich wieder setzte, ertönten Rufe wie »Quatsch!« und »Streikbrecher!«, bis ganz hinten ein Mann aufstand.

»Heißt das, daß uns der Kollege Langley dazu auffordert, uns dem demokratischen Beschluß zu widersetzen, der auf den Labour-Parteitagen gefaßt wurde?«

Langley erhob sich halb. »Kollege, ich habe an beiden Parteitagen als Delegierter teilgenommen und als Vertreter des örtlichen Parteikomitees gegen die Neutronenwaffe gestimmt. Leider entsprechen jedoch Beschlüsse, die auf Parteitagen der Labour Party gefaßt werden, nicht unbedingt den politischen Entscheidungen der Regierung oder des Parlaments. Anders als manche meiner Kollegen glaube ich an die Demokratie. Vielleicht gefallen mir manche Gesetze nicht, vielleicht versuche ich, sie zu ändern, aber ich respektiere die Gesetze des Staats, so wie sie vom Parlament beschlossen werden.«

Macfarlane erhob sich mit zornrotem Gesicht. »Genossen! Wir sind hierhergekommen, um abzustimmen. Ich beantrage, daß jetzt abgestimmt wird!«

Langley lächelte schwach. »Formulieren Sie also Ihren Antrag.«

»Ich beantrage, daß diese Versammlung die Gewerkschaft auffordert, den Streik zu legalisieren, und Schritte unternimmt, andere Gewerkschaften dazu zu ermutigen, unsere Position zu unterstützen.«

Einige Stimmen riefen: »Angenommen!«

»Das ist eine zweiteilige Resolution, und die Statuten erlauben das der Basis nicht. Wenn Sie sich auf den ersten Teil beschränken, können Sie den zweiten vorbringen, sobald über den ersten erfolgreich abgestimmt wurde. Möchten Sie das?«

Macfarlane stand wieder auf. »Ich beantrage, daß die Gewerkschaft diesen Streik sofort legalisiert.«

Jetzt hörte man mehr Stimmen, die den Antrag unterstützten. Als sie verstummten, sagte Langley: »Ich beantrage eine Änderung des Antrags. Ich beantrage, daß es der Gewerkschaftsführung überlassen bleibt, ob dieser Streik legalisiert oder abgeblasen wird.«

Zwei oder drei ältere Männer standen auf, um den Änderungsantrag zu unterstützen. Der Schriftführer bat um Handzeichen für den Änderungsantrag, und er wurde mit knapper Mehrheit angenommen. Als der Gewerkschaftsvertreter aufstand, um etwas zu sagen, wurde er niedergeschrien. Langley ließ der allgemeinen Erregung eine Weile freien Lauf, dann schlug er mit dem Schraubenschlüssel auf den Tisch und erklärte die Versammlung für beendet.

Zu Hause saß Joe Langley dann in seinem Lehnstuhl und aß ein Brot mit Schinkenspeck. Neben ihm auf dem Boden stand ein emaillierter Becher mit starkem Tee. Er hatte seiner Frau vom Ablauf der Versammlung berichtet.

»Was meinst du, was die Gewerkschaft tun wird, Joe?«

Er zuckte die Achseln. »Wenn sie den Streik legalisiert, geht sie bankrott. Die Regierung wartet ja nur auf eine Gelegenheit, endlich Ernst zu machen. Eine kleine Gewerkschaft wie unsere, ohne jede Macht, ist ein ideales Angriffsziel. Wenn sie es schaffen, den Streik zu zerschlagen, dann weiß jeder Gewerkschaftsfunktionär, daß er gebrandmarkt ist. Die vom militanten Flügel werden mit Bieneneifer dran arbeiten, sie rauszuwerfen und um ihre Pensionen zu bringen.«

»Es ist furchtbar, daß ein paar Männer das machen können!«

»Die Gewerkschaftsführer hätten ihnen schon vor langer Zeit die Stirn bieten müssen. Jeder wußte doch, was die Mistkerle vorhatten. Man ließ sie gewähren. Keiner sagte was. Keiner rief, der Kaiser habe keine Kleider an. Die Partei war genauso. Callaghan versuchte, ein zweiter Wilson zu sein ... der Mann, der die Partei zusammenhalten konnte ... aber er war kein Wilson ... sie haben ihn mit dem ›Winter der Unzufriedenheit‹ fertiggemacht ... als dann Foot an die Führung kam, gab es nichts mehr zu führen ... er hätte lieber beim Bücherschreiben bleiben sollen.«

»Wie wird das alles enden, Joe?«

»Keine Ahnung, Schatz. Ich sage mir zwar immer noch, daß wir eine zu vernünftige Nation sind, um das so weitergehen zu lassen ... aber allmählich kommen mir doch Zweifel. Doch ich sage dir eines, Mädchen... ich bin froh, daß wir nie Kinder hatten. Wir haben es für eine Tragödie gehalten, und das war es ja auch in gewisser Hinsicht. Aber, mein Gott, ich bin froh, daß wir nichts zu verlieren haben.«

Sie sah ihn traurig und besorgt an. Noch nie zuvor hatte sie ihn so verbittert sprechen hören.

»Geh schon rauf«, sagte er. »Ich schließe ab und muß noch telefonieren.«

»Mach aber nicht so lange.«

»Nein.«

Als er alleine war, sah er die Nummer nach, die in umgekehrter Zahlenfolge auf der freien Seite seines Führerscheins stand. Er wählte sie langsam, und es läutete einige Male, bevor er die ihm schon bekannte Stimme hörte. Nachdem er tief Luft geholt hatte, sagte er: »Joe Langley hier. Ich mache mit.«

Sie hatten den gestohlenen Jaguar an der Südseite des Sloane Square quer über die Straße geparkt. Als der Fahrer der Buslinie 14 schimpfend aus seiner Kabine geklettert war, hatte ihm Louden mit dem Polizeiknüppel einen Schlag ins Genick versetzt. Die anderen hatten die Fahrgäste aus dem Bus gezerrt.

Es waren vierzig Jugendliche, bis auf ein paar Farbige hauptsächlich Weiße. Sie hatten sich eine Stunde zuvor am Kricketplatz von Kennington Oval versammelt und hatten sich in der Meadow Road ausgetobt, indem sie Steine und Ziegel in die Fensterscheiben warfen. In der Dorset Road waren sie dann auf den Jaguar gestoßen und hatten ihn aus dem Hof eines Bauunternehmers gestohlen. Martin Louden war es, der sie dazu angestiftet hatte, einen Bus zu entführen. Sie hatten in Straßenschlachten schon Busse umgekippt und angezündet, aber entführt hatten sie bisher noch keinen.

Auf Loudens Geheiß fuhr Carr den Bus. Er legte den ersten Gang ein und schob den Jaguar beiseite, als er auf die King's Road zusteuerte. Vor dem Markham Arms hielt er an, und die Bande strömte hinaus. Während sie herumbrüllten und »You'll never walk alone« sangen, zertrümmerten sie bis zum Sloane Suqare zurück die Fenster sämtlicher Läden, warfen die Waren auf die Straße und stahlen alles, was ihnen transportabel erschien.

Martin Louden stand abseits und beobachtete sie. Er selbst war am Plündern nicht interessiert. Als die anderen allmählich wieder zum Bus zurückkamen, teilte er ihnen mit, daß sie über den Fluß nach

Croydon fahren würden, um den »reichen Schweinen« einen Vorgeschmack davon zu geben, was sie erwartete.

Als sie schließlich alle im Bus saßen, hatte er plötzlich eine andere Idee. Er hatte einmal im Auftrag eines Gemeinderats in der Nähe von Croydon bei Straßenreparaturen geholfen. Der Ort, wo sie gearbeitet hatten, hieß Sanderstead. Er bestand Straße um Straße aus piekfeinen Mittelschicht-Häusern mit einer kleinen Ladenzeile oben auf dem Hügel. In diesem Dorf herrschte eine so scheinheilige Moral, daß es sogar irgendeinen Erlaß gegen Pubs gab, und tatsächlich war in ganz Sanderstead kein einziges Lokal zu finden.

Zwei Stunden später stand er auf der Anhöhe von Sanderstead und schaute voller Spannung und Erregung auf die brennenden Häuser hinunter und auf die Leute, die schreiend in alle Richtungen davonrannten und von seiner Bande geprügelt und mißhandelt wurden. Sie hatten geparkte Autos dazu benutzt, der Feuerwehr den Weg zu versperren, und die Flammen breiteten sich rasch aus. Er sah, wie Harper mit der Schrotflinte einen Mann im Pyjama niederschoß. Auch weiter den Hügel hinunter waren ein paar Schüsse gefallen. Als er zum Bus zurückging, waren dort gerade vier oder fünf Mann mit einer hübschen jungen Blondine beschäftigt. Obwohl ihr das Blut aus der Nase lief, konnte man erkennen, daß sie hübsch war. Sie hatte längst aufgehört, zu schreien und sich zu wehren. Er gab ihnen noch zwanzig Minuten, dann pfiff er.

Sie fuhren nach London zurück, ließen den Bus in Stockwell stehen und liefen die ungefähr zwei Kilometer nach Kennington, Lambeth und Brixton zu Fuß. Es war das erste Mal, daß nicht nur Läden, sondern auch Wohnhäuser angegriffen worden waren.

Knapp hundert Gebäude waren vollständig niedergebrannt, hundertfünfzig weitere unbewohnbar gemacht worden. Es hatte drei Tote und siebenundvierzig Schwerverletzte gegeben. Neun Mädchen und Frauen waren mehrfachen Vergewaltigungen zum Opfer gefallen. Der Sachschaden wurde offiziell auf zwölf Millionen Pfund taxiert, doch das waren nur erste grobe Schätzungen.

Während der nächsten beiden Wochen fanden in den ruhigeren mittelständischen Vororten einiger Großstädte ähnliche Attacken statt, die ebenfalls mehr gegen Wohnhäuser als gegen Geschäfte gerichtet waren.

Das ITV nahm seinen ganzen Mut zusammen und plante eine einstündige Dokumentation über die Ursachen der Krawalle.

Das Fernsehstudio war billig ausgestattet, wie so oft bei Diskussionssendungen. Ein zusammengeschusterter Tisch für den Moderator und die Diskussionsteilnehmer. Eine dunkelbraun angestrichene Sperrholzplatte in Form eines Halbkreises, grell von Scheinwerfern angestrahlt, um den dramatischen Effekt zu erhöhen und den Rest des Studios im Dunkeln zu verbergen. Auf die Vorderseite war das Emblem der Fernsehstation geklebt. Eine Wonne für jeden Low-Budget-Produzenten – und der Alptraum eines jeden gewissenhaften Regisseurs. Aber gewissenhafte Regisseure gab es immer seltener. Die meisten von ihnen waren nach Kanada, Amerika und Südafrika gezogen, als es noch Einwanderungsquoten für Briten gab.

George Foster war der Gastgeber. Man hatte ihn ausgewählt, weil er in dem Ruf stand, zwischen Todfeinden und selbst zwischen verfeindeten Abgeordneten der verschiedenen Splittergruppen der Labour Party ausgleichend zu wirken. Seine Fähigkeit, ›ausgleichend‹ zu wirken, hatte mehr mit Schwäche als mit Stärke, mehr mit Unkenntnis als mit Wissen zu tun. Im Grunde interessierte er sich nicht im geringsten für Politik, weder für Innen- noch für Weltpolitik, und dies erlaubte ihm, erstaunt und gekränkt dreinzuschauen, wenn Beleidigungen hin- und herflogen. Da er als ›Mann der Basis‹ galt, benahmen sich Politiker in seiner Gegenwart vorsichtig. Man konnte Millionen von Träumen zunichte machen und ebenso viele Wählerstimmen verlieren, wenn man diesen schockierten Ausdruck in George Fosters Gesicht brachte, das in Großaufnahme gezeigt wurde. Kein Wort der Kritik, aber die Wirkung war dieselbe.

Die anderen Diskussionsteilnehmer waren die üblichen Parlamentarier, die für sich selbst Reklame machten. Ein Labour-Mann der militanten Linken und ein Tory, der sich von einem recht theoretischen Enoch-Powell-Anhänger zu einem Vertreter dessen entwickelt hatte, was seine Kritiker als »Faschismus mit humanem Gesicht« bezeichneten. Sie waren die Hauptpersonen und wurden begleitet von Mrs. Patsy Greenhalgh und Debbie Lane, die die breite Öffentlichkeit repräsentierten. Und schließlich war da noch Dr. Marvin Slanski, ein praktizierender Psychiater, der aus San Francisco hierhergezogen war, als London einem Spezialisten für ›Behaviorismus als Element des sozialen Protests‹ augenscheinlich bessere Arbeitsmöglichkeiten zu bieten begann.

Mrs. Patsy Greenhalgh hatte sich mit ihrem Verein zum Schutz britischer Bäume nach und nach ins Licht der Öffentlichkeit geschoben. Als sie anfing, hatte sie nichts über Bäume gewußt, und erst vor kurzem hatte der stellvertretende Leiter des Feature-Ressorts der BBC aus einer Geste des guten Willens heraus ein Interview aus ihrer ersten Zeit vernichtet. Bei diesem Interview hatte sie majestätisch auf eine Gruppe alter Ulmen gedeutet und für »diese herrlichen Eichen, die Bäume, aus denen die Schiffe gebaut wurden, die die spanische Armada schlugen« den Schutz der Nation erfleht. Aber sie lernte schnell und war von den Bäumen zum Naturschutz im allgemeinen gekommen, ohne sich wirklich darüber im klaren zu sein, daß im Jahr 1981 Naturschutz ebenso zu den Grundbegriffen der Politik gehören würde wie Ehebruch oder Währungsfragen. Sie hatte sich das Image der Frau mit gesundem Menschenverstand zugelegt, die sich nicht scheut, frei ihre Meinung zu äußern und sogar ihre Wissenslücken offen zuzugeben. Vom ländlichen Baum war sie dazu übergegangen, Zeitungsleser und Fernsehzuschauer in den Genuß ihrer unausgegorenen Ansichten über Familien mit nur einem Elternteil, Milton Friedman und den Internationalen Währungsfonds kommen zu lassen.

Crispin Partridge war in Eton ein akademischer Trottel gewesen und hatte sich an keiner Sportart beteiligt. Er war jedoch zu einer gewissen Berühmtheit gelangt als jemand, den die Lehrer einen Unruhestifter, seine Freunde hingegen einen Radikalen nannten. Er vergeudete seine Kraft und das Geld seines Vaters damit, sich in den Medien über das Essen, die Unterbringung und das Unterrichtsniveau der Schule zu beklagen. Anfangs trug ihm das unter seinen Altersgenossen Beliebtheit ein, dann aber wurde es allmählich zu einem Amüsement, das ihn zur Zielscheibe ihrer Schuljungenwitze machte. Als er das merkte, wurde er gehässig und blieb es für den Rest seines Lebens. Als Parlamentsmitglied konnte er seiner Vorliebe für ständige Kritik frönen. Der Mißbrauch seiner Immunität als Abgeordneter ermöglichte es ihm, alle zu verleumden, die er nicht mochte, und kein Vergehen eines Abgeordneten der Opposition war zu geringfügig, als daß es seiner empörten Entlarvung entgangen wäre. Als regelmäßiger Kirchgänger (dafür war er allgemein bekannt) legte er eine Selbstgerechtigkeit an den Tag, die seinen Enthüllungskampagnen nur noch mehr Gewicht verlieh. Trotz seines brennenden Ehrgeizes, seiner Eigenreklame und eines beträchtlichen, ererbten Vermögens hatte er bisher noch kein einziges Amt inngehabt, nicht einmal auf unterster Stufe. Die selbsternannte Stechfliege von den Regierungshinterbänken kam den einflußreicheren Abgeordneten der Partei eher wie ein plumper Maikäfer vor.

Der Parlamentsabgeordnete Albert Laidlaw war die Stimme der

militanten Linken. Eine weinerliche, jammernde Stimme, die aus der Kehle kam, und Worte, die aus der Gallenblase kamen. Nachdem es ihm nicht gelungen war, Führer der Bergarbeitergewerkschaft zu werden, hatte er sich der Politik zugewandt und fand immer wieder gute Gründe, den Tories für alles die Schuld in die Schuhe zu schieben: für das Wetter, die Zunahme der Kriminalität, Streiks und Abtreibungen; und den Medien dafür, daß er nicht Führer der Bergarbeiter geworden war. Er wurde von den meisten Parlamentsmitgliedern der Labour Party verachtet, nicht jedoch von allen Tories, von denen manche der Meinung waren, sie verdankten fünf Prozent ihrer Wählerstimmen seinem streitsüchtigen Charakter.

Debbie Lane war siebenundzwanzig Jahre alt. Eine kühle junge Frau, die bekannt geworden war, als sie bei einem Quiz den Geldpreis mit der Begründung zurückwies, daß ein achtjähriges Kind die Fragen hätte beantworten können. Sie war ein prominentes Mitglied der Studentenvertretung der Universität Sussex gewesen und war jetzt wegen ihrer scharfen Antworten Interviewern gegenüber bei Medien und Publikum gleichermaßen beliebt. Man konnte sie als eine Art Gradmesser für die Wichtigkeit einer Talkshow bezeichnen. Hatte ein Produzent den Mut, sie zu einer Diskussion zu laden, dann wußte er, daß sein Interviewer oder Gesprächsleiter kein leichtes Spiel haben würde. Sie war sehr hübsch und keineswegs grob, nur sehr offen und freimütig in ihren Antworten.

George Foster stand da, den Klemmblock und seine Notizen in der einen Hand, eine Zigarre in der anderen. Vor der Kamera hatte er natürlich immer eine nicht brennende Pfeife im Mund. Männern, die Pfeife rauchten, konnte man vertrauen; die Premierminister Baldwin und Wilson hatten das bewiesen.

»Patsy, Sie werden direkt links von mir sitzen, und Crispin wiederum links von Ihnen. Marvin, Sie möchte ich rechts neben mir, und Sie, Albert, werden den Rechtsaußen spielen. Versuchen Sie nicht, den Kameras zu folgen, sie folgen Ihnen. Alles deutet darauf hin, daß wir heute abend viele Zuschauer haben werden. Wir hatten eine gute Vorauspresse, und ich möchte, daß wir unsere Meinungen ruhig und freundlich darlegen.« Er lächelte. »Vor allem unsere beiden Politiker. Nicht zuviel von dem üblichen Hin und Her, ja? Und ich werde darauf drängen, daß Sie Ihre Behauptungen mit Fakten belegen. Sie sind also gewarnt.«

Er sah auf die Uhr. »Lydia wird Sie jetzt zum Schminken mitnehmen und Sie ins Studio zurückbringen. Viel Glück Ihnen allen!

Machen Sie eine gute Sendung draus.«

Die Kamera war auf Fosters Gesicht gerichtet, als er sich umwandte, nachdem er die Diskussionsrunde vorgestellt hatte. Vom Textband ablesend begann er seine Einleitung.

»Heute abend wollen wir die Ursachen der Flut von Gewalttaten diskutieren, die zur Zeit auf den Straßen stattfinden und seit einigen Wochen das Hauptthema der Titelseiten unserer Zeitungen bilden. Entspringen sie dem Rassismus, der Verzweiflung der Arbeitslosen, sind sie eine Antwort auf Polizeiaktionen oder werden sie vielleicht absichtlich von Umstürzlern entfacht, die damit ihre eigenen Ziele verfolgen? Lassen Sie mich bei Albert Laidlaw beginnen.«

Laidlaws Spürhundgesicht erschien auf dem Bildschirm: hochgezogene Augenbrauen, verächtlich herabgezogene Mundwinkel.

»Nun, wir haben alle gelesen, was die Medien dazu zu sagen haben. Ihnen zufolge handelt es sich um eine Attacke militanter Linker auf die Gesellschaft. Das ist natürlich absoluter Quatsch. Was wir sehen, sind junge Menschen ohne Arbeit, ohne Hoffnung, die durch die Repressalien einer gleichgültigen, hartherzigen Regierung zur Verzweiflung getrieben werden. Diese Regierung hat die Arbeiterschaft dieses Landes absichtlich provoziert und benutzt die Polizei als Stoßtruppe, um den Willen der Armen, Alten und Kranken zu brechen. Und die Gerichte haben sich dazu hergegeben, einer faschistischen Regierung bei der Unterdrückung der Gewerkschaften zu helfen. Meiner Ansicht nach kann kein Zweifel bestehen, daß...«

Foster unterbrach. »Wir kommen auf Sie zurück, Albert. Hören wir einmal, was Crispin Partridge dazu zu sagen hat. Crispin.«

»Unser Freund Albert Laidlaw hat uns gerade die üblichen Parolen der Linken aufgetischt. Wenn man seine Worte ernst nimmt, was ich natürlich nicht tue, dann bedeutet das die Rückkehr zu jenen Tagen, wo uns die Gewerkschaftler mit unseren nichtbestatteten Toten im Stich ließen und uns drohten, Wasser und Strom abzustellen, falls sie nicht höhere Löhne für die niedrigste Produktionsrate der westlichen Welt bekämen. Damals regierten die Gewerkschaften dieses Land, und zwar mit Erlaubnis der letzten Labour-Regierung. Und warum auch nicht? Die Labour Party lebt ja von ihrem Geld. Warum sollte der, der zahlt, nicht auch bestimmen? Und was Albert Laidlaw sagt, bedeutet, daß man als Arbeitsloser die Polizei angreifen darf, Läden plündern, vergewaltigen und morden darf, Eigentum zerstören darf, ohne dafür bestraft zu werden. Wenn man von der Polizei mit einem gestohlenen Fernsehgerät im Arm erwischt und verhaftet wird, dann ist das Schikane, und wenn man dafür ins Gefängnis kommt, dann deshalb, weil unsere Richter korrumpiert sind. Das zieht nicht, Albert. Die Leute sind doch nicht auf den Kopf gefallen.«

Foster nickte und deutete auf Patsy Greenhalgh. »Patsy Greenhalgh. Hören wir uns den weiblichen Standpunkt an.«

Sie hatte eine dieser hilflosen Kleinmädchen-Stimmen, die Männer anziehen, von Frauen jedoch meist als Mache angesehen werden.

»Nun ja, George. Ich weiß nichts über den weiblichen Standpunkt. Ich kann bloß für mich selber sprechen, und ich würde Crispin gern eine Frage stellen. Wenn Sie und Ihre Kollegen in der Regierung sich über die Situation im klaren sind, wie es ja den Anschein hat, warum, um alles in der Welt, tun Sie dann nichts dagegen?«

Crispin Partridge setzte seine ehrliche Miene auf und sprach langsam wie zu einem Kind.

»Meine liebe Patsy, wir tun ja etwas dagegen. Das ist es doch gerade, worüber sich Albert Laidlaw beklagt. Er will, daß wir die Polizei von den Straßen nehmen und den Rowdys die Macht überlassen. Er will, daß die Gerichte sämtliche Beweise ignorieren und die Plünderer und Schläger freilassen. Und...«, er wedelte mahnend mit dem Zeigefinger und schaute über den Brillenrand hinweg, »... jeder, der mit Albert Laidlaw einer Meinung ist, ist nicht nur gegen die Aufrechterhaltung von Ruhe und Ordnung, sondern unterstützt tatsächlich den Versuch, die Demokratie in diesem Land zu zerstören.«

»Sie sollten...«

Foster brachte Laidlaw mit einer Handbewegung zum Schweigen. »Hören wir jetzt einmal, was unser Psychiater dazu zu sagen hat. Marvin Slanski.«

»Nun, als Amerikaner, der sich dafür entschieden hat, in Ihrem schönen Land zu leben, betrachte ich die gegenwärtige Situation als Resultat sozialen Drucks. Als ich noch in Berkeley war, habe ich eine Arbeit über eine ganze Versuchsreihe publiziert, die wir an Ratten durchgeführt haben. Sie wurden unter Übervölkerungsbedingungen auf Halbration gesetzt, und ich erkenne viele Verhaltensweisen von damals in der gegenwärtigen Situation hier wieder. Übervölkerung in Verbindung mit Beschäftigungslosigkeit kann bei allen Säugetieren zu Verhaltensstörungen führen. Ich fürchte, der Mensch ist da keine Ausnahme.«

»Genau das habe ich ja gesagt, wenn Sie...«, warf Laidlaw schnell ein.

Crispin Partridge schnitt ihm grob das Wort ab. »So ein Quatsch!

Wie können Sie nur versuchen, das Land mit diesem Unsinn hinters Licht zu führen! Diese Rowdys sind nicht arbeitslos, jedenfalls die meisten von ihnen. Sie morden und mißhandeln nicht etwa, weil sie Essen brauchen oder Geld, sondern weil es ihnen Spaß macht. Und die Trotzkisten, die Marxisten, Maoisten, die militante Strömung und Krethi und Plethi hetzen sie noch dazu auf. Wenn sie blank sind, woher kriegen sie dann das Geld für die CB-Funkgeräte, mit denen sie ihre Straßenschlachten organisieren? Dieses Land ist von subversiven Elementen durchsetzt. Durchsetzt!«

»Die alte Geschichte von den Roten unterm Bett«, warf Laidlaw lächelnd ein. »Schiebt nur alles auf Moskau! Beschuldigt alles und jeden, nur nicht die Tory-Regierung!«

Foster mischte sich ein. »Debbie, Sie haben gehört, was die Politiker sagen. Wie denken Sie darüber?«

Debbie Lane lächelte. Es war ein liebenswürdiges, irreführendes Lächeln. »Ich glaube, wir sollten uns nicht allzuviel darum kümmern, was die Politiker sagen. Alle Politiker sind Lügner, ob sie im Amt sind oder nicht. Albert Laidlaw und seine Partei wollen die Regierung loswerden und selbst an die Macht kommen. Durch eine Wahl schaffen sie es nicht, also versuchen sie, die Öffentlichkeit so lange zu verängstigen, bis sie ihnen schließlich gibt, was sie möchten. Crispin Partridge vertritt eine politische Partei, die zwar für Recht und Ordnung eintritt, aber davor zurückscheut, die zu ihrer Durchsetzung notwendigen Schritte zu unternehmen, weil die Gewerkschaften und die Umstürzler die Industrie und das ganze Land zum Stillstand bringen könnten.«

Foster lächelte gönnerhaft. »Welche Lösung würden Sie also vorschlagen?«

Debbie grinste. »Wir könnten zweierlei versuchen. Ein nur aus Frauen bestehendes Parlament, weil Frauen vernünftiger sind als Männer. Oder eine rein nominelle Zentralregierung. Keine überregionale Verwaltung mehr. Die einzelnen Grafschaften und vielleicht auch die Gemeinden werden mit ihren eigenen Problemen besser fertig als London. Die Verantwortung für Verteidigung und Diplomatie läge bei einer Bundesregierung. Alles andere könnte den Städten und Gemeinden überlassen bleiben.«

Foster zuckte die Schultern. »Hört sich nach Kommunismus an.«

»Überhaupt nicht, mein Lieber. Höchstens nach Kommunalismus.«

»Was, meinen Sie, können wir wirklich tun?«

»Nichts. Alles laufen lassen wie bisher.«

Foster nickte Partridge zu.

»Die Regierung erwägt einen Gesetzentwurf, der der Polizei zusätzliche Machtbefugnisse einräumen soll. Ein Bauprogramm für neue Gefängnisse wurde bereits genehmigt. Letzten Endes liegt die Verantwortung jedoch beim Volk. Bei uns allen. Wenn wir die gegenwärtig herrschende, fürchterliche Gesetzlosigkeit beenden wollen, müssen wir die Rädelsführer erwischen, die üblen Subjekte, die von all dem profitieren...«

Und in diesem Moment wurde es im ganzen Land auf allen Bildschirmen, die ITV eingeschaltet hatten, dunkel. Der Defekt wurde erst zwei Minuten vor den Zehn-Uhr-Nachrichten ausfindig gemacht und behoben. Obwohl es sich ganz offensichtlich um einen Sabotageakt handelte, erregte der Vorfall kaum Aufsehen. Das Land war an Extremisten gewöhnt, die den Druck von Zeitungen verhinderten, die für die Gewerkschaften das Recht forderten, negative Berichte über die Linke zu zensieren, die bereit waren, lebensnotwendige Versorgungseinrichtungen stillzulegen, um eine Lohnerhöhung zu erzwingen. All dies, während Gewerkschaftsführer im Fernsehen Krokodilstränen vergossen und beteuerten, daß sie der Öffentlichkeit durch ihre Aktionen keinesfalls schaden wollten – Aktionen, die jedoch genau darauf abgezielt und zeitlich abgestimmt waren.

Kapitel 5

Sie zogen in einer Gruppe von fünfzehn Mann los, aber nach den ersten zehn Kilometern bildeten sich Zweier- und Dreiergrüppchen. Sie waren kurz nach Einbruch der Dunkelheit von dem Lastwagen geklettert, hatten einen Bezugspunkt auf der Landkarte genannt bekommen, den sie auswendig lernen mußten, und nachdem sie im Licht der Scheinwerfer zwei Minuten lang eine Generalstabskarte eingesehen hatten, wurden sie auf den Weg geschickt.

Der Nebel verzog sich bereits zur Ostseite der Berge hin, und es gab fast kein Mondlicht, da unablässig Wolken über den Nachthimmel trieben. Nach neun Monaten SAS-Training wußten sie immer noch nicht, was ihnen bevorstand. Es gab zwei Möglichkeiten. Entweder würden sie bedingt angenommen oder wieder ihrer ursprünglichen Einheit überstellt werden. Die Gruppenoffiziere machten ihnen klar, daß die Rückversetzung keine Schande sei. Jeder, der neun Monate beim SAS überstand, ohne zurückgeschickt zu werden, konnte sicher mit einer Beförderung rechnen, wenn er zu seiner alten Einheit zurückkam. Es hatte eine Zeit gegeben, wo es zur Taktik des SAS gehörte, Freiwillige dadurch zu entmutigen, daß man sie Situationen aussetzte, die dermaßen zermürbend und erschöpfend waren oder ein so hohes Maß an Selbstaufgabe verlangten, daß nur wenige es erfüllen konnten. In den siebziger Jahren war dann der Bedarf an SAS-Leuten gewachsen, doch kamen die Freiwilligen jetzt aus einer so verweichlichten Gesellschaft, daß die Rekruten leicht zu entmutigen waren. Der SAS erkannte, daß er seine Freiwilligen erst an harte Situationen gewöhnen mußte, bevor man sie irgendeinem Loyalitäts- oder Kräftetest unterziehen konnte. Die Nachtübungen waren ein Teil dieses Trainings.

Ihnen blieben acht Stunden Dunkelheit, um den Punkt zu erreichen, der ihnen genannt worden war und der – selbst ohne Berücksichtigung der Höhenunterschiede – fast dreißig Kilometer querfeldein entfernt lag. Sie hatten weder Nahrung noch Wasser und hatten bereits einen normalen Diensttag in der Armee hinter sich. Kam man erst nach der vorgeschriebenen Zeit an oder gab unterwegs auf, mußte man zu seiner alten Einheit zurück. Es gab keine Entschuldigung. Verstauchungen, Knochenbrüche, Erschöpfung, Verlust der Orientierung, nichts davon wurde gelten gelassen. Denn bei den Aufgaben, die der SAS ausführte, mußte man zur Stelle sein, wo und wann man gebraucht wurde. Und bereit, in Aktion zu treten. Das Berufsheer war voll von fähigen Soldaten. Bei Männern, die zum SAS wollten, wurden überdurchschnittliche Fähigkeiten als selbstverständlich vorausgesetzt. Als Ausgangspunkt, nicht als besondere Leistung.

In dieser einen Nacht entschieden vier Männer, daß der SAS nichts für sie sei; sechs wurden vom Trainings- und Ausbildungspersonal des SAS aus verschiedenen Gründen, die mit der Nachtübung nichts zu tun hatten, für ungeeignet befunden. Die Aufnahme zweier Männer, die wegen Erschöpfung im Krankenhaus behandelt werden mußten, wurde von ärztlichen Gutachten abhängig gemacht. Die drei anderen wurden vorläufig akzeptiert; alles weitere hing von ihren Leistungen während der restlichen acht Monate des Trainingsprogramms ab.

Im Gegensatz zu dem Bild, das sich die Medien und die Öffentlichkeit von ihnen machten, sahen die SAS-Männer durchaus nicht wie Freistilringer oder wie John Wayne aus. Sie waren meist durchschnittlich groß, von eher schmächtigem als breitem Körperbau und unauffälliger Erscheinung. Ihr einziges sichtbares Charakteristikum war ihre Vorliebe für übertriebene Schnurrbärte, wie sie Jagdflieger im

Zweiten Weltkrieg trugen. Ihr durch das Training noch verstärkter Hang zum Einzelgängertum hatte zur Folge, daß sie sich eher einer kleinen Gruppe ihrer Kameraden als der Menschheit im allgemeinen zur Treue verpflichtet fühlten. Wie bei Polizisten war auch ihre Einstellung zum Rest der Welt von bitteren Erfahrungen getrübt.

Bei dieser einen Nachtübung lief ein Mann von Anfang an allein. Den vorschriftsmäßig mit 25 Kilogramm Ziegelsteinen gefüllten Tornister auf dem Rücken, benutzte er nicht die Abkürzung, die deutlich sichtbar auf der Karte eingetragen war, sondern hielt sich an den schmalen Pfad, der sich an den felsigen Hängen entlangwand. Im Lauf der Nacht wartete er immer wieder die Augenblicke ab, wo die Wolkendecke zerriß und das Mondlicht durchließ. Dann peilte er unter Zuhilfenahme seines Kompasses den Punkt im Tal an, an dem er sein Ziel vermutete. Das bedeutete nur eine geringe Hilfe, weil es im Gelände nur wenige Orientierungspunkte gab und die auffälligeren auf der Karte getilgt waren, die speziell für die SAS-Ausbilder angefertigt worden war.

Eine Stunde vor Beginn der Morgendämmerung jedoch blieb er mit geschlossenen Augen und gesenktem Kopf ganz still stehen und hörte es endlich: das sanfte Plätschern von Wasser, das sich über einen Felsen in eine etwas tiefer liegende Mulde ergoß. Langsam ging er weiter, bis er den kleinen Bach zu seinen Füßen sah. Er folgte ihm zwischen den Felsen hindurch zu den weichen, grasreichen Ausläufern des Gebirges und erreichte schließlich den Stechginster und den Farn. Eine Stunde später sah er unter sich das Licht in dem Bauernhaus. Auf der Karte war kein Bauernhaus eingezeichnet, auch keine anderen Gebäude, aber dies war der Punkt, den man ihm angegeben hatte.

Als er an der Scheune vorbei über den Hof ging, öffnete sich eine Tür, und ein Streifen gelben Lichts ergoß sich über die Pflastersteine. Zwei Männer standen in der Tür. Den einen erkannte er überrascht, der andere war ein Fremder.

Er wischte sich mit einem feuchten Waschlappen den Schweiß vom Gesicht, ließ den Tornister von seinen Schultern gleiten und lehnte sich keuchend an den Türpfosten.

»Wie fühlen Sie sich, Sergeant?«

»Total am Ende, Sir.«

Der Mann lachte leise. »Kommen Sie rein.«

In dem steinernen Bauernhaus und seiner altmodischen Küche wirkte Colonel Andrews deplaziert. Der Sergeant kannte ihn nur in Uniform, nicht in einer alten Tweedjacke und Drillichhosen. Sergeant

Cameron Davies überlegte, welche neue Falle man ihm wohl gerade stellte, um seine Denkweise oder seine Standhaftigkeit zu prüfen. Möglicherweise hatte er mit einem jener unangekündigten Scheinverhöre zu rechnen, die so unglaublich realistisch waren.

Andrews stellte den anderen Mann als Glyn vor, und Glyn schöpfte ihm aus einem gußeisernen Topf, der auf dem schwarzen Herd stand, dicken Haferbrei auf einen Teller. Nachdem er gegessen hatte, sagte Andrews ruhig: »Sie sollen etwas für mich tun, Davies. Etwas Besonderes. Etwas Wichtiges.«

Cameron Davies nickte. »Alles, was Sie sagen, Colonel.«

»Ich möchte, daß Sie um Ihre Entlassung aus der Armee bitten.« Andrews machte eine Pause, um zu sehen, ob Davies irgendwie reagierte, aber er blinzelte nicht einmal. »Ich habe eine Spezialaufgabe für Sie. Sie bekommen mehr dafür als beim SAS. Eine bessere Besoldung und ein paar zivile Kleinigkeiten wie einen Wagen, ein Haus und so weiter.« Er schwieg einen Moment. »Was meinen Sie dazu?«

»Ganz wie Sie wünschen, Sir.«

»Das ist nicht irgendein Test, Sergeant. Ich meine es ernst. Ich meine es so, wie ich es sage.«

»Wie ich schon sagte, Sir. Ganz wie Sie wünschen.«

»Sie haben ja noch gar nicht gefragt, was Sie tun sollen.«

»Ich werde alles tun, was Sie von mir verlangen, Sir.«

»Sie werden hier mit Glyn arbeiten. Glyn Thomas. Und Sie werden Trainingsgruppen von Zivilisten in SAS-Grundmethoden ausbilden. Sie werden mit niemandem darüber sprechen. Und mit keiner Gruppe über die anderen. Was die Gruppen angeht, sind sie jeweils die einzige, die existiert. Sie werden mit ihnen nicht über den Zweck des Trainings sprechen, weil Sie diesen Zweck erst kennen werden, wenn ich es für nötig halte, Sie darüber zu informieren. Verstanden?«

»Darf ich etwas fragen, Sir?«

»Nur zu.«

»Gehört das zur Armee, Sir?«

»Nein, Sie werden Zivilist sein.«

»Ist es offiziell oder inoffiziell?«

»Inoffiziell, aber von mir genehmigt... und anderen.«

»Wann soll ich anfangen?«

Andrews zog ein zusammengefaltetes Papier aus der Jackentasche und breitete es auf dem Tisch aus. Es war ein braun-gelbes Dienstformular, ein Entlassungsgesuch.

»Füllen Sie das aus, Sergeant, mit dem gestrigen Datum.« Er reichte Davies einen Kugelschreiber. Während Davies das Formular Zeile für Zeile ausfüllte, saßen Andrews und Glyn Thomas schweigend da.

Als er zum letzten Abschnitt kam, sah Davies auf. »Welche Gründe soll ich angeben, Sir?« fragte er den Colonel.

»Religiöse Überzeugungen. Gewissensgründe, die gegen den Dienst in der Armee sprechen.«

Einen Moment lang zögerte der Sergeant, dann füllte er den letzten Abschnitt aus und unterschrieb. Andrews nahm das Formular und las es sorgfältig durch. Dann nahm er einen gelb-braunen Umschlag aus seiner Jackentasche und gab ihn dem Soldaten. Er war adressiert an Sergeant C. Davies. 1093556. ›A‹ Troop, Special Air Service Regiment, The Depôt, Hereford.

»Öffnen Sie ihn.«

Der Brief kam vom Heeresministerium. Er hatte DIN-A-5-Format, trug ein zwei Tage vorausliegendes Datum und enthielt die Mitteilung, daß das eingereichte Entlassungsgesuch mit sofortiger Wirkung bewilligt sei. Außerdem genaue Angaben über Papiere, die ihm zugestellt werden würden, über noch ausstehenden Sold und schließlich die Bestätigung, daß dies automatisch eine unehrenhafte Entlassung bedeute. Als er zu Andrews aufsah, zuckte Davies die Achseln. Er nickte langsam, als er den Brief und den braun-gelben Umschlag in seiner Uniformjacke verstaute.

»Ich sollte lieber zurückgehen, Sir.«

»Sie werden nicht zurückgehen, Junge. Die Sachen aus Ihrem Spind und Ihrem Zimmer sind oben. Sie werden ein paar Wochen hierbleiben und sich von Glyn einweisen lassen.« Er schob ein Stück Papier über den Tisch. »Unter dieser Telefonnummer können Sie mich erreichen. Verwenden Sie sie aber nur in Notfällen.« Andrews erhob sich. »Ihre Kooperationsbereitschaft und Loyalität werden nicht vergessen. Das kann ich Ihnen versichern.«

»Danke, Sir.« Instinktiv nahm Davis Haltung an, als der Colonel ihnen beiden zunickte, bevor er zur Küchentür ging und sie öffnete. Die frühe Morgensonne löste bereits den Nebel auf, der über den Talhängen lag.

Eine Fernsehkamera stand vor dem Pult, die zweite war auf Halbprofil eingestellt, und die dritte war auf eine Fotografie von Big Ben gerichtet, auf die schlicht die Worte ›Der Premierminister‹ projiziert waren. Der Sendeleiter überprüfte ein letztes Mal seine Notizen, und der Regieassistent schaute auf seine Stoppuhr.

»Noch vier Minuten und dreißig Sekunden...«

Er brach ab, als der Generaldirektor der BBC dem Premierminister und dem Außenminister die Tür aufhielt.

»Vier Minuten, fünfzehn Sekunden.«

Der Regisseur ging hinüber, um das an der Krawatte des Premiers befestigte Mikrophon zu testen.

»Können Sie ein paar Worte sagen, Sir..., wir wollen nur die Lautstärke überprüfen.«

Als der Premier ratlos dreinschaute, sagte der Regisseur rasch: »Was hatten Sie heute zum Frühstück, Sir?«

»Was ich... ach so... Porridge... Eier mit Schinken... Toast und Kaffee... Reicht das?«

Der Regisseur drehte sich fragend zum Toningenieur um, der mit dem Kopf nickte.

»Ausgezeichnet, Sir. Erst wird fünfzehn Sekunden lang der Titel der Sendung gezeigt, und dann zähle ich von zehn abwärts. Das rote Licht der mittleren Kamera wird angehen, und wenn ich bei Null bin, nicke ich, und dann schwenkt die Kamera auf Sie, und wir sind live auf Sendung.«

Der Premierminister nickte und sah irritiert aus, als der Generaldirektor und der Außenminister den Raum verließen.

»Ruhe bitte... bitte alles ruhig. Eine Minute und zehn Sekunden bis zum Titel... eine Minute... dreißig Sekunden... zehn... fünf... vier, drei, zwei, eins... auf Sendung... Ton ab.«

Auf dem Bildschirm erschienen Big Ben und der Titel, und dann hörte man die letzten Glockenschläge.

»Jetzt, Sir... zehn... neun... acht... sieben... sechs... fünf... vier... drei... zwei... eins...«, und er nickte dem Premier zu.

Der Premierminister blickte direkt in die mittlere Kamera.

»Ich möchte Ihnen allen heute abend eine Entscheidung mitteilen, die die Regierung nach langen Debatten und sorgfältigen Erwägungen getroffen hat.

Sie werden sich daran erinnern, daß die Regierung vor fast drei Monaten zu dem Schluß gekommen ist, daß es nicht möglich, beziehungsweise nicht klug wäre, weiter an dem Abkommen festzuhalten, das wir mit der Regierung der Vereinigten Staaten über den Kauf des Trident-Raketen-Systems getroffen haben. Es war ein schwieriger Entschluß, und Sie werden wahrscheinlich wissen, daß er uns viel Kritik eingetragen hat, sowohl von unseren europäischen Partnern als auch von den Vereinigten Staaten. Ja, es gab auch in unserem Land Kritik. Doch waren wir zu dieser Entscheidung, wie ich schon damals erklärte, durch die wirtschaftliche Lage des Landes gezwungen. Außerdem hatten wir auch die wachsende Kritik in diesem Land am Trident-Programm zu bedenken.

Wie Sie vielleicht in den Medien gehört und gelesen haben, sind einige unserer europäischen Verbündeten über kritische Kommentare hinausgegangen und haben in einer Art und Weise reagiert, die die Regierung unter befreundeten Nationen als unzulässig erachtet. Damit meine ich natürlich die Maßnahme der französischen Regierung, sämtliche Importe aus Großbritannien zu verbieten. Und die Entscheidung der Regierung der Bundesrepublik Deutschland, jegliche finanzielle Unterstützung der militärischen Präsenz Großbritanniens in Westdeutschland aufzukündigen. Eine Präsenz, die – das muß ich betonen – dazu da ist, Westdeutschland selbst zu schützen. Unsere Botschafter in Paris und Bonn haben Instruktionen erhalten, schärfstens gegen diese unilateralen Maßnahmen zu protestieren. Dann haben sowohl der Außenminister als auch ich selbst den Regierungschefs Frankreichs und Westdeutschlands Besuche abgestattet, um ihnen noch einmal die Gründe darzulegen, die zu unserer Entscheidung geführt haben, und sie davon in Kenntnis zu setzen, daß ihre Aktionen und ihre Haltung uns stark verstimmt haben. Diese Begegnungen verliefen nicht erfolgreich.

Ich bin gestern abend zurückgekommen und habe eine Kabinettssitzung einberufen, um die Lage zu besprechen. Ich komme direkt von dieser Sitzung, die den ganzen Tag gedauert hat, und der Außenminister informiert das Unterhaus in diesem Augenblick über unseren Entschluß.

Sie werden verstehen, wie tief ich es bedauere, Ihnen mitteilen zu müssen, daß das Vereinigte Königreich ab heute um Mitternacht nicht mehr Mitglied der EG sein wird. Darüber hinaus haben wir unsere Verbündeten in der NATO davon in Kenntnis gesetzt, daß auch unsere Mitgliedschaft in dieser Organisation ab heute um Mitternacht beendet sein wird. Unsere Kommandeure in Europa erhalten den Befehl, ihre Truppen und Versorgungsgüter, sobald es die Umstände erlauben, wieder in dieses Land zurückzubringen.

In den vergangenen Jahren haben sich verschiedentlich Stimmen erhoben, die diese beiden Schritte forderten. Frankreich selbst ist seit 1966 nicht mehr Mitglied der NATO. Es wurde erkannt, daß wir unter einer schweren finanziellen Belastung standen, das heißt, daß wir, ein

Land mit vielen wirtschaftlichen Problemen, die reicheren Mitglieder der Europäischen Gemeinschaft mit Millionen von Pfund unterstützt haben. Viele Jahre lang haben wir diese Last in der Hoffnung ertragen, daß unser Opfer zum Geist der Gemeinschaft beitragen möge. In den vergangenen Monaten haben wir jedoch gesehen, daß dieses Opfer umsonst war.

Es gab schon einmal eine Zeit, in der dieses Land alleinstand. Winston Churchill hat sie als unsere beste Stunde bezeichnet. Diesmal gibt es keine Kämpfe, aber es herrscht Krieg. Ein Krieg, den jedes Land in der zivilisierten Welt gegen den wirtschaftlichen Zusammenbruch führt. Wir haben lange, dunkle Jahre hinter uns und müssen jetzt wieder zum Geist von Dünkirchen zurückfinden. Zu einer Zeit, in der Arbeiter und Arbeitgeber, Streitkräfte und Zivilisten und die Politiker aller Parteien zum Wohle aller zusammenhielten.

Lassen Sie mich Ihnen nun versichern, daß wir nichts zu fürchten haben. Wir besitzen die Ressourcen und die Entschlossenheit, unsere Schwierigkeiten zu überwinden. In den kommenden Monaten werden wir sehen, wer unsere wahren Freunde sind, und ich weiß, daß viele von Ihnen spüren werden, daß die Opfer der vergangenen Jahre nicht vergeblich waren, wenn wir unsere Unabhängigkeit von Lasten zurückgewonnen haben, die andere uns auferlegt hatten.

Ich wünsche mir, daß in den kommenden Tagen in dieser unserer stolzen Nation ein Geist entstehen möge, der andere Nationen mit Neid auf unsere Kraft und Entschlossenheit erfüllen wird. Ihnen allen eine gute Nacht.«

Der Premierminister sah mit seinem strengen, aber gutgeschnittenen Gesicht so lange in die Kamera, bis das rote Licht erlosch und der Regisseur vortrat, um das Mikrophon abzunehmen.

»Wurde das auch gleichzeitig auf den kommerziellen Kanälen gesendet?«

»Ja, Sir. Auf allen außer dem Satellite One. Sie werden es in einer Stunde übernehmen, damit sie die Nachmittagsnachrichten in den Vereinigten Staaten erwischen.«

Der Generaldirektor kam herein, um den Premier zu seinem Wagen zu begleiten. Als die beiden Männer gegangen waren, eilte der Regisseur ans Telefon und wählte eine Nummer in Hereford. Als jemand am anderen Ende abnahm, sagte er leise »Ja, beide« und hängte auf.

Der Flug 139 der British Airways nach Paris, Le Bourget, war eben dabei, den äußeren Londoner Luftraum zu verlassen, als er durch einen Funkspruch nach Heathrow zurückbeordert wurde. Auf die Frage nach dem Grund erhielt der Pilot nur die Auskunft, es habe nichts mit Sicherheitsfaktoren zu tun.

Von der Küstenwache in Dover erhielten vierundzwanzig Schiffe im Ärmelkanal die Instruktion, umzukehren und nach Dover oder dem Medway zurückzufahren, weil sonst das Risiko bestand, daß die Schiffe von den französischen Zollbehörden beschlagnahmt würden.

Die Vormittagsprogramme der BBC wurden immer wieder von Kurznachrichten unterbrochen: Die französische Regierung hatte bekanntgegeben, daß als Vergeltungsmaßnahme für Großbritanniens EG-Austritt alle Handels- und sonstigen Beziehungen zum United Kingdom vorübergehend abgebrochen worden seien.

In den Ein-Uhr-Nachrichten wurden eine Reihe von Politikern und Persönlichkeiten des öffentlichen Lebens zu ihren Reaktionen auf diese Nachricht befragt. Der Außenminister bezeichnete es als ›bedauerliches Mißverständnis‹; der Direktor des CBI nannte es ›einen weiteren Beweis für den französischen Chauvinismus ..., die Haltung, die Großbritannien letzten Endes dazu bewogen hat, aus der EG auszutreten‹, und der Pariser Korrespondent des *Evening Standard,* der gerade zufällig in London war, betonte, daß die Wirtschaftssanktionen als nur vorübergehend bezeichnet worden seien.

Der französische Botschafter wurde ins Auswärtige Amt gerufen und bekam vom Außenminister persönlich einen Rüffel verpaßt. Es war für beide eine peinliche Situation, da sie in Lyon das gleiche Gymnasium besucht und später zusammen in Balliol studiert hatten.

Als der offizielle Teil der Unterredung zu Ende war, sagte Claude Hollis, der Außenminister: »Was, um alles in der Welt, haben Ihre Leute vor?«

»Keine Ahnung. Sie haben mich nicht um Rat gefragt. Ich erfuhr erst heute morgen durch einen Telefonanruf davon, eine Stunde bevor die BBC es brachte.«

»Es ist nicht nur vorübergehend, nicht wahr? Sie wollen es beibehalten, oder?«

»Sie sind total verärgert, Claude. Und Sie wissen ja, wie Becque ist. Deutschland ist unstabil, bis die Wahlen vorbei sind, und es sieht so aus, als hätte Becque jetzt sein großes Spiel um die Führung begonnen.«

»Mein Gott, er muß uns hassen.«

»Das tut er. Aber es steckt noch mehr dahinter. Er könnte die nächste Runde verlieren, und das weiß er auch. Er ist ein kleines Ekel und meint wahrscheinlich, daß es ihm Stimmen bringt, wenn er zu den Engländern gemein ist. Und damit hat er vermutlich sogar recht.«

»Was den Handel betrifft, wird er den kürzeren ziehen. Wir kaufen mehr von euch, als ihr von uns. Keine Auseinandersetzungen mehr über Golden Delicious und die verdammten Hühnchen und Puter.«

»Eure Nahrungsmittelpreise werden hochgehen, mein Lieber. Den Bauern wird das vielleicht gefallen, den Hausfrauen weniger.«

»Wir haben immer noch Australien und Neuseeland.«

»Sie wissen genau, daß das nicht stimmt, Claude. Die haben Geld und Zeit investiert, um neue Absatzmärkte für ihre Produkte zu finden, und werden das nicht plötzlich ändern.« Er schwieg einen Moment. »Ihr solltet euch lieber auf das Schlimmste gefaßt machen. Becque wird auf den Rest der EG Druck ausüben, damit die sich genauso verhalten.«

»Ich kann mir kaum vorstellen, daß sie scharf darauf sind, uns nur Becque zuliebe reinzulegen.«

Der Franzose seufzte, weil er nicht sagen durfte, was ihm eigentlich auf der Zunge lag. »Im Moment steht Europa gräßlich unter Druck, Claude«, sagte er leise. »Sie sollten mal unter die Oberfläche schauen. Es hat bedenkliche Zeichen gegeben, die euch, glaube ich, entgangen sind. Oder zumindest habt ihr sie falsch gedeutet.«

»Zum Beispiel?«

»Der Besuch der Westdeutschen in Moskau. Ihr zu günstigen Bedingungen abgeschlossener Vertrag über Erdgaslieferungen. Viel zu günstig, meiner Meinung nach. Der belgische Vorschlag, irgendeine Übereinkunft zwischen der EG und dem Comecon zu sondieren. Die italienischen Kommunisten, die eine wackelige Rechts-Koalition unterstützen.« Er machte eine Pause, dann sagte er: »Und eure eigene Position ist trostlos, Claude. Ihr müßt rasch handeln.«

Hollis drückte seine Zigarette aus und fragte leise: »Meinen Sie das im Ernst, Henri?«

»Ja. Das meine ich bitter ernst.«

»Sie halten es also für Absicht? Von Becque inszeniert?«

»Sie müssen Ihre eigenen Schlüsse daraus ziehen.«

»Was springt für Frankreich dabei heraus?«

»Erinnern Sie sich, daß wir vor langer, langer Zeit, als wir beide im Gymnasium waren, einen *discours* über ein selbstgewähltes Thema halten mußten?«

»Nein.« Hollis seufzte lächelnd. »Es scheint wirklich lange her zu sein.«

»Ja. Aber ich erinnere mich noch an Ihr Thema. Es bezog sich auf ein Zitat von La Rochefoucauld... *›Dans l'adversité de nos meilleurs amis, nous trouvons quelque chose qui ne nous déplaît pas.‹«*

Hollis lächelte und sagte leise: »›Am Unglück unserer besten Freunde finden wir etwas, das uns nicht mißfällt.‹ Daß Paris und London seit langer Zeit die besten Freunde sind, kann man aber nicht gerade behaupten.«

»Immerhin genug, um sich am gegenseitigen Mißgeschick zu erfreuen.« Der Franzose erhob sich. »Ich werde Ihre Kritik an meine Regierung weiterleiten, Herr Minister, und Sie werden ohne Zweifel eine umfassende Erklärung erhalten.«

Der Franzose stand da und streckte die Hand aus. Hollis ergriff sie, und der Franzose sah ihm in die Augen. »All dies betrübt mich sehr, mein Freund. Denken Sie immer daran: wenn die Sintflut kommt, gibt es in Frankreich einen Ort für Sie und die Ihren... mein Haus.«

Kapitel 6

Als Programmplaner und Regieassistenten die in Frage kommenden politischen Vertreter und Sprecher anriefen, um sie um eine Stellungnahme zu bitten, waren sie erstaunt, daß plötzlich keine einzige wichtige Persönlichkeit daran interessiert war. Männer und Frauen, die sich normalerweise keine Interview-Möglichkeit entgehen ließen, zeigten sich merkwürdig zurückhaltend. Die einen behaupteten, sie bräuchten Zeit, um die Verlautbarung des Premiers zu überdenken, die anderen sagten ehrlicher, aber zynisch, sie seien nicht gewillt, die heiße Regierungskartoffel anzufassen, bevor sie nicht etwas abgekühlt sei.

Schließlich wurden eben die übliche Handvoll politischer Kommentatoren verschiedener Zeitungen interviewt. Sie nahmen vorsichtig die Schlagzeilen vorweg, die am nächsten Tag in ihren eigenen Blättern stehen würden. Der *Daily Express* meinte: »Der Premier sagt, wir schaffen es allein.« Die Schlagzeile der *Times* lautete: »Der Premier sagt, wir haben genug von Europa.« Der *Morning Star* schien sich nicht ganz schlüssig zu sein und erwähnte die Rede nur in einem einspaltigen Artikel mit der nichtssagenden Überschrift »Premier spricht zur Nation«.

Es war beinahe, als liege ein Bann auf der offenen Diskussion. Niemand schien zu wissen, für welche Haltung er sich entscheiden sollte. Niemand wollte als erster seine abweichende Meinung kundtun oder sich unklugerweise zum Vorkämpfer einer Politik machen, die möglicherweise in die Katastrophe führte. Zum erstenmal in der Geschichte von Rundfunk und Fernsehen wollte niemand eine wichtige politische Entscheidung kommentieren.

Der Hinweis auf den Geist von Dünkirchen schien, so banal und billig er auch gewesen war, im Hinblick auf die breite Öffentlichkeit gewirkt zu haben. Die Linken konnten nichts sagen, weil sie beide Schritte seit einem Jahrzehnt gefordert hatten, und die politische Rechte hatte sich seit sechs Monaten ständig darüber geärgert, die Kränkungen und Beschimpfungen von seiten der Franzosen und Deutschen hinnehmen zu müssen. Großbritannien war jetzt auf sich allein gestellt – nicht aus freiem Entschluß, sondern weil Europa es nicht mehr wollte. Alte Schulden und alte Feindseligkeiten wurden auf beiden Seiten des Kanals wieder ausgegraben und zu neuem Leben erweckt.

In einem gemütlichen Nebenraum der Haupthalle von Chequers saß der britische Oppositionsführer pfeiferauchend in einem Ledersessel und lauschte den Worten des Premierministers.

»...Ich begreife nicht, wie Sie diese Haltung einnehmen können, Arthur. Sie ist total verlogen, wie alle Stellungnahmen Ihrer Partei. Ich kann mich erinnern, als Anfang der Achtziger das Pfund noch stabil war, da sagten Ihre Leute, es bringe unserem Land den Ruin, weil unsere Exportartikel wegen zu hoher Preise vom Weltmarkt verdrängt würden. Als das Pfund dann fiel, 1981 oder 1982 oder wann immer es war, waren es Ihre Leute, die meckerten, daß das Land bankrott gehe, weil die importierten Güter so teuer seien.

Jahrelang habt ihr auf euren Parteitagen und im Parlament geschrien, wir sollten aus der EG austreten, und jetzt, wo wir's getan haben, wollt ihr uns nicht unterstützen. Eure linksextremen Spinner riefen alle nach einseitiger Abrüstung, aber jetzt, wo wir fast alles getan haben, was sie wollten, heißt es plötzlich, wir bringen das Land in Gefahr. Warum, verdammt noch mal, entscheidet ihr euch nicht endlich mal für irgendwas?«

Arthur Drury lächelte in seiner bekannten herablassenden Weise. »Ein wunderbarer Vortrag, Freddie. Aber das zieht nicht bei mir. Ihr habt diese Dinge nicht meiner Partei zuliebe getan. Ihr habt sie nicht einmal eurer eigenen Partei zuliebe getan, sondern weil ihr keine andere Wahl hattet. Was mich jetzt beschäftigt, sind die Folgen, die es für das Land hat.«

»Was für Folgen hätte es denn eurer Meinung nach gehabt, als *ihr* es gefordert habt?«

»Das waren andere Zeiten, Freddie. Andere Zwänge und andere Umstände. Damals waren wir noch nicht am Ende. Aber jetzt sind wir's. Ich nehme an, daß sogar Sie das zugeben werden. Disraeli hat gesagt...«

»Ist mir scheißegal, was Disraeli gesagt hat. Was sagen *Sie*?«

»Ich bin hier, um zuzuhören, Freddie. Nicht um zu sprechen.«

Der Premierminister sah sein Gegenüber mit hervorquellenden, blutunterlaufenen Augen zornig an. Es war schrecklich für ihn, zu sagen, was zu sagen seine Pflicht war.

»Ich biete Ihnen eine Koalition an, Arthur. Sie wären mein Stellvertreter, und Sie könnten das Innen- oder Verteidigungsministerium haben. Wir können die Details so regeln, daß beide Seiten zufrieden sind.«

»Nichts zu machen, Freddie. Das ist ganz allein eure Sache. Wir wollen nichts damit zu tun haben.«

»Die Öffentlichkeit wird Ihre Weigerung nicht gut aufnehmen.«

»Dann sagen Sie ihr eben nichts davon.«

Am nächsten Tag verhängte der Premierminister den Ausnahmezustand, und sein Pressesprecher ließ durchsickern, daß die Opposition sich geweigert habe, eine Koalitionsregierung zu bilden. Um sechs Uhr drängten sich Menschenmassen in der Downing Street, um das Kommen und Gehen bekannter Politiker zu beobachten. Doch die Stimmung der Menge war eher gedämpft, als hätten die Leute begriffen, daß es eine Krise gab, wüßten aber nicht genau, um was es eigentlich ging.

Die Spätausgaben der Abendzeitungen brachten in knapper Form Einzelheiten über neue Verordnungen. Streiks waren verboten, und für den Fall, daß sie doch stattfanden, würden den Gewerkschaftsfonds riesige Geldstrafen auferlegt. Der Besitz von Devisen mußte innerhalb der nächsten achtundvierzig Stunden deklariert werden, und jeder, der sich davor drückte oder bei dem Versuch erwischt wurde, Gold, Devisen oder Wertobjekte nach Übersee zu transferieren, mußte mit einer Gefängnisstrafe rechnen. Niemand durfte ohne Erlaubnis des Ministeriums seinen derzeitigen Arbeitsplatz aufgeben, und den Arbeitslosen würden Jobs zugeteilt werden. Verheiratete Frauen durften nicht mehr arbeiten, um die Arbeitslosenrate bei den Männern zu verringern. Die Einwanderung von Weißen oder Schwarzen wurde vorübergehend ohne Ausnahme gestoppt. Die Notstandsgesetze wurden geändert, und die Polizei hatte praktisch völlig freie Hand, um mit ›Unruhestiftern‹ fertig zu werden.

TV-Reporter streiften durch die Stadt, um die Reaktionen des ›kleinen Mannes‹ einzufangen, und meistens waren die Antworten ziemlich matt. Wenn die Regierung es für notwendig hielt, mußte es eben so sein. Die meisten Leute schienen anzunehmen, die Verhängung des Ausnahmezustands habe mit der steigenden Inflation und der hohen Arbeitslosigkeit zu tun. Einige erwähnten Plünderungen und Vandalismus in den großen Städten als zusätzliche Ursachen. Die Politiker mieden die Medien, und den Rundfunksendern war vom Premierminister dringend nahegelegt worden, Zurückhaltung zu üben. Drohungen wurden eher versteckt angedeutet als offen ausgesprochen. Aber man verstand die Andeutungen. Aktuelle Sendungen wurden aus dem Programm genommen und durch alte Unterhaltungsserien ersetzt. Fast unmerklich fand sich das Land damit ab, sich wohl oder übel an die neuen Lebensumstände zu gewöhnen.

Es entsprang nicht nur einer freundlichen Geste gegenüber der neuerwachten deutsch-französischen Entspannung, daß Charles Becque jetzt in der Staatsloge saß und einer Aufführung des *Rosenkavaliers* beiwohnte. Er war zwar kein Musikkenner und schwärmte eher für üppig ausgestattete Operetten, von der *Lustigen Witwe* bis zum *Zigeunerbaron,* doch die Aufführung heute abend war der Höhepunkt der Saison. Haitink und die Berliner Philharmoniker. Man hatte ihn neun Monate vorher gefragt, ob man seine Anwesenheit an diesem Abend auf den Plakaten ankündigen dürfe, und nach einigen Tagen Zögern hatte er des Protokolls wegen zugestimmt.

Kaum hatte er nach der auf den ersten Akt folgenden Pause wieder Platz genommen, als ihm von einem seiner Assistenten eine Note übergeben wurde. Trotz seines Ärgers über die Unterbrechung öffnete er sie so leise wie möglich. Sie forderte ihn auf, sofort in den Elysée-Palast zurückzukehren. Unterschrieben hatte Thibaudet, sein Außenminister. Becque machte seinem Assistenten ein Zeichen und ordnete an, daß sein Wagen bis zur zweiten Pause bereitstehen solle. Er hätte sich gewünscht, nicht zu wissen, um was es sich handelte. Fast sicher ging es darum, daß sie eine Bestätigung bezüglich der Ostdeutschen bekommen hatten. Wenn es eine gute Nachricht gewesen wäre, hätten sie ihn nicht in solcher Eile gebraucht.

Er schloß einen Moment lang die Augen, um diese Gedanken loszuwerden und konzentrierte sich dann auf die Bühne. Diese schwindelerregenden Walzer ließen den Wunsch in ihm wach werden, selbst Walzer zu tanzen, oder zumindest im Takt der Musik seine Arme zu schwenken. Aber er saß bis zur Pause still da und teilte dann seiner Frau mit, daß er gehen müsse. Fünfzehn Minuten später glitt der große schwarze Citroën durch die Tore des Elysée-Palasts. Becque hörte nie auf, die Schönheit dieses Gebäudes zu bewundern, und den Prunk und die Macht, die damit verknüpft waren. Doch diese spätabendlichen Notfälle irritierten ihn. Es bestand immer die Möglichkeit, daß irgendein Minister auf seine Funktion aufmerksam machen wollte, indem er eine unbedeutende Notsituation aufbauschte. Vor allem wenn sie neu waren, passierte das des öfteren, doch gewöhnlich waren ihnen nach einem Jahr oder so ihre Abende zu wichtig. Thibaudet aber war kein Panikmacher. Wenn er etwas für dringend hielt, dann war es das auch.

Becque stieg die breite Treppe hinauf und ging den Korridor entlang bis zum hintersten Raum. Thibaudet wartete zusammen mit Regnier auf ihn. Becque forderte die Männer, die beide aufgestanden waren, mit einer Handbewegung auf, sich wieder zu setzen. Er selbst ging hinter seinen prunkvollen Schreibtisch und ließ sich in dem großen, damastbezogenen Sessel nieder.

»Erzählen Sie mir Ihre guten Nachrichten, Thibaudet. Sie haben uns mitgeteilt, daß es gemeinsame Manöver waren, ja?«

»Leider nicht, Monsieur le Président. Gestern ist ein Sowjetoffizier übergelaufen. Er kam in der Nähe des Grenzübergangs Helmstedt herüber. Die Ostdeutschen, zusammen mit sowjetischen Beratern, planen eine Invasion der Bundesrepublik.«

Becque griff seufzend nach einem gläsernen Briefbeschwerer. »Wenn er herüberkam, ist er sicher ein Spitzel?«

»Ich fürchte nein. Er war seit einigen Monaten mit den Leuten vom westdeutschen Geheimdienst in Verbindung. Er hatte Mikrofilme von Einsatzbefehlen bei sich und sowjetische Dokumente, in denen der Plan und ihre Absichten dargelegt sind.«

»Und welche Absichten sind das?«

»Sie haben vor, zu garantieren, daß sie den Rhein nicht überqueren werden, aber sie wollen Westdeutschland besetzen.«

»Wann?«

»In zehn Tagen. Am Vierzehnten.«

»Hat Bonn London oder Washington davon verständigt?«

»Nein. Nur uns. Auf Helmut Bayers persönlichen Befehl hin.«

»Sind Sie ganz sicher, daß die Dokumente echt sind?«

»Völlig sicher. Daran kann gar kein Zweifel bestehen.«

»Und was will Bonn jetzt unternehmen?«

»Sie werden für übermorgen eine Sondersitzung des Sicherheitsrats beantragen. Sie werden die Dokumente vorlegen, und Bayer wird die Delegation selbst leiten.«

Becque stand auf und nickte den beiden Männern zu. »Danke, Thibaudet. Ich werde Sie morgen wissen lassen, was ich davon halte. Bis dahin unternehmen Sie nichts. Verstanden?«

»Verstanden, Monsieur le Président.«

Als sie gegangen waren, griff Becque nach dem roten Telefon und drückte nacheinander auf zwei Tasten. Dreißig Sekunden später war er mit Helmut Bayer in Bonn verbunden. Erst nach einer Stunde Gespräch legte er den Hörer wieder auf. Ein paar Minuten lang saß Becque mit geschlossenen Augen da. Seine Lippen bewegten sich, während er genau einstudierte, was er sagen würde. Zweimal griff er wieder nach dem roten Telefon, zweimal zog er die Hand zurück. Er schrieb ein paar Worte auf den Notizblock, der neben dem Telefon lag, strich eins davon durch und ersetzte es durch ein anderes. Dann nahm er den Hörer ab, drückte die Taste für die Vermittlung und bat sie, ihn mit Präsident Jewgenij Orlow zu verbinden.

Der große Zil fuhr vom Leningradski-Prospekt durch die Unterführung zur Wolokolamskoje-Chaussée und, nachdem er links in die Petrowo-Dalnije-Chaussée eingebogen war, weiter geradeaus, bis der Fluß links von ihnen lag.

Der Park von Archangelskoje war ungefähr sechzehn Kilometer von Moskau entfernt. Der Wagen fuhr durch den Park zu einer Villa, die auf den Fluß Moskwa hinausging, und als Becque die Hand schon am Türgriff hatte, öffnete ein Diener die Tür für ihn von außen. Er verbeugte sich, als Becque aus dem Wagen stieg, und sagte in gutem Französisch: »Bitte folgen Sie mir, Monsieur.«

Man zeigte Becque eine Zimmersuite im ersten Stock, und jemand brachte seine Reisetasche. Dann kam ein junger Mann herein, der sich lächelnd verbeugte. »Die Minister sind auf dem Weg hierher, Eure Exzellenz. Sie werden jede Minute erwartet.«

Becque nickte. Der junge Mann lächelte immer noch. »Haben Sie einen Wunsch, Exzellenz? Einen Drink, etwas zu essen vielleicht?«

»Nein. Sagen Sie mir, wenn sie da sind.«

Zehn Minuten später klopfte Fomenko an die Tür und trat ein. Sie hatten sich während Becques Zeit als Außenminister häufig auf Konferenzen getroffen und waren gut miteinander ausgekommen.

»Monsieur le Président, wie schön, Sie zu sehen. Ich hoffe, Sie hatten eine angenehme Reise.«

»Nein. Eine schreckliche Reise. Und ich muß sagen, für Mai ist es ziemlich kalt in Ihrem grauen Land.«

Fomenko lächelte. Er kannte Becques Schwächen schon lange. »Wenn die Unterredung vorbei ist, können wir Sie vielleicht aufwärmen. Lassen Sie uns jetzt hinuntergehen. Die anderen warten schon.«

»Wer ist da?«

Fomenko zuckte die Achseln. »Wie Sie es gewünscht haben. Präsident Orlow und ich. Und ein Übersetzer.«

»Gut. Gehen wir.«

Orlow war ein großer Mann mit einem breiten, typisch russischen Gesicht, aber wenn er wollte, konnte er einen gewissen schwerfälligen Charme entfalten. Nach ein paar nichtssagenden Floskeln bat er Becque mit einer Handbewegung, in einem der Gobelin-Lehnstühle Platz zu nehmen.

»Lassen Sie uns ganz zwanglos miteinander reden.« Er lächelte. »Und nicht für die Öffentlichkeit. Sind Sie einverstanden?«

Becque nickte. »Kann ich ganz offen sein?«

»Selbstverständlich.«

»Einer Ihrer Offiziere ist vor drei Tagen nach Westdeutschland übergelaufen. Das ist Ihnen natürlich bekannt.«

Orlow warf einen Blick zu Fomenko hinüber, der nickte, dann sah er wieder Becque an. »Fahren Sie bitte fort.«

»Er nahm eine Menge Dokumente mit, die die Operation Igor betreffen. Sie waren auf Mikrofilm gespeichert.« Becque sah, wie sich die Muskeln um Orlows Mund anspannten. »Bonn beabsichtigt, die Vereinten Nationen um eine dringende Sitzung des Sicherheitsrats zu bitten.«

Orlow saß schweigend da, und Becque fügte hinzu: »Ich bin hierhergekommen, Herr Präsident, um eine Alternative vorzuschlagen, aber ich müßte wissen, ob man sie auch wirklich in Betracht ziehen würde.«

»Vielleicht sollten Sie einfach fortfahren«, sagte Orlow langsam.

»Ich nehme an, daß Moskau mit diesem Schritt einen entscheidenden Schlag gegen die Vereinigten Staaten bezweckt. Meiner Ansicht nach wäre dies nicht nur äußerst gefährlich, sondern auch zum Nachteil der Sowjetunion, und zwar nicht nur auf kurze Sicht, sondern auf viele Jahre hin. Westdeutschland ist stabil und wirklich neutral. Kein einziger Vorwand für diese Aktion würde von Amerika oder dem Rest Europas akzeptiert werden. Falls Sie kein Motiv haben, das ich bis jetzt nicht erkannt habe, ist der Gewinn zu klein und viel zu teuer erkauft.« Becques graue Augen betrachteten Orlows Gesicht. »Man würde das Ganze nur als gewagtes Unternehmen betrachten, mit dem Sie von den Problemen in der Sowjetunion ablenken wollen, und als Schlag gegen die Amerikaner ... es gibt eine Alternative, die Ihnen wirkliche Vorteile bringen würde und für Europa und andere erträglicher wäre.«

»Verraten Sie mir mehr darüber, Herr Präsident.«

Becque schüttelte den Kopf. »Orlow, ich bin nicht als Bittsteller hier. Ich bin hier als Mitbetroffener und als Präsident eines Landes, das den Amerikanern keine Sympathie, der Sowjetunion jedoch beachtlichen Respekt entgegenbringt. Ich bin nicht hier, weil ich einen Monolog halten möchte, sondern weil ich etwas mit Ihnen besprechen will.«

Orlow seufzte tief. »Möglicherweise gibt es nichts, über das sich zu sprechen lohnt.«

Becque zuckte die Achseln. »Okay. Wenn Sie mir einen Wagen beschaffen könnten, der mich zum Flughafen bringt, mache ich mich auf den Weg.«

Orlow lächelte ein wenig. »Ihr Franzosen seid immer so empfindlich.«

»Und ihr Russen seid immer so dumm.«

Orlow zog die Augenbrauen hoch. »Erzählen Sie mir, warum wir so dumm sind.«

»Das wissen Sie sicherlich schon. Sie haben seit Jahren Fehler gemacht.«

»Also, nennen Sie welche.«

»Afghanistan. Ihr habt alle eure Freunde in der islamischen Welt verloren. Ihr habt die Golfstaaten dazu getrieben, Amerika um Schutz zu bitten. In Vietnam habt ihr die Invasion Kambodschas finanziert und damit den Namen Rußlands in ganz Südostasien in Verruf gebracht. China und Japan haben ihre Streitigkeiten beigelegt und sind näher an die Vereinigten Staaten gerückt. In Polen habt ihr euch neue Feinde geschaffen und alte in ihrer Haltung bestätigt. Wofür? Es waren alles Katastrophen. Katastrophen, die euch materiell und prestigemäßig teuer zu stehen kamen.« Becque beugte sich vor und sprach mit leiser Stimme weiter. »Das alles diente nur dem Politbüro dazu, seine Frustrationen gegenüber den Amerikanern abzureagieren. Es gab keine Vergeltungsschläge. Und jetzt wollt ihr es schon wieder tun. Noch mehr Feinde, noch mehr Beweise dafür, daß *ihr* aggressiv seid. Und zwar aggressiv nicht aus wirklichen Gründen, sondern nur zur Schau. Um Washington eins auszuwischen.« Becque lehnte sich in seinem Sessel zurück und schüttelte den Kopf.

Orlow saß ein paar Minuten lang schweigend da, dann holte er tief Luft und meinte: »Wir haben die Amerikaner in Europa satt. Was haben ihre Truppen und Raketen dort zu suchen, hundert Kilometer von unseren Grenzen entfernt? Sie bespitzeln uns, bedrohen uns und ermutigen andere, uns ebenfalls zu bedrohen. Sie stellen Tag für Tag unsere Beherrschung auf die Probe. Jedes NATO-Land kann uns provozieren, weil es weiß, daß die Amerikaner sofort mit ihren Truppen anrücken, wenn wir irgendeinen Schritt unternehmen... und sei es auch nur, daß wir in unserer Wut den kleinen Finger rühren. Wir haben genug, Becque. Wir werden sie zwingen, endlich Farbe zu bekennen.«

»Und wenn sie *euch* dazu zwingen?«

Orlow floß vor Wut der Speichel aus dem Mund. »Wir meinen es ernst, Herr Präsident, das schwöre ich Ihnen! Wenn irgendein Land etwas unternimmt, um uns aufzuhalten, dann gehen wir weiter bis zum Ärmelkanal, und dann ist das Spiel aus!«

»Meinen Sie das wirklich ernst?« fragte Becque leise.

»Bei Gott, ja. Ich schwöre Ihnen, daß wir es ernst meinen.«

»Warum einen so hohen Preis zahlen?«

»Was soll das heißen?«

»Das soll heißen, daß es einen viel besseren Weg gibt, und daß Sie die Amerikaner aus Europa vertreiben können, ohne sich irgendwelche Feinde zu schaffen. Vielleicht sogar ein paar Freunde.«

»Wie?«

»Wie beurteilen Sie die gegenwärtige Situation Großbritanniens?«

»Sie sind am Ende. Ein dekadentes Volk ohne Führung. Ein Schiff ohne Ruder oder Segel. Sie haben keine Zukunft. Sie sind Nullen.«

»Außer in einem Punkt. Diese Inseln beherrschen den Nordatlantik. Ohne Großbritannien als Verbündeten und als Basis könnten die Amerikaner im Kriegsfall die NATO nie unterstützen. Ohne die Briten würden sich die Amerikaner aus Europa zurückziehen.« Einen winzigen Moment lang sah Orlow zu Fomenko hin.

»Worauf wollen Sie hinaus?«

»Wenn die britische Regierung sich an die Sowjetunion wenden würde, mit der Bitte, sie von der amerikanischen Herrschaft zu befreien... und Großbritannien zu neutralem Gebiet zu machen.« Becque lächelte. »Das Stichwort wäre Finnlandisierung. Dafür würde dann der Klassenkampf ein Ende finden. Ihre Berater in London würden dem Land zur Vollbeschäftigung verhelfen. Ruhe und Ordnung wären wiederhergestellt. Wer könnte etwas dagegen haben, daß Sie zustimmend auf einen solchen Hilferuf reagieren?«

»Können Sie sich vorstellen, daß sie so was tun würden, Becque?«

»Jetzt noch nicht. Aber in einem, spätestens in zwei Monaten wird das Land einem Trümmerhaufen gleichen. Sie gehen jetzt schon aufeinander los. Die Regierung ist machtlos. Keiner hört mehr auf den anderen. Jedes Mittel wird ihnen recht sein, um die totale Anarchie zu verhindern. Vor allem, wenn der Hilferuf auch von den Arbeitern ausgeht.« Er lächelte. »Eine Gewerkschaftsdelegation reist nach Moskau. Und bittet um Hilfe.«

»Die Gewerkschaften haben keine Macht.«

»Natürlich nicht. Das dient nur zur Rechtfertigung. Sie laden den Premierminister nach Moskau ein. Sie lassen ihm die Wahl. Entweder er erbittet Ihre Hilfe oder er bekommt sie trotzdem. Mit Blutvergießen statt mit brüderlicher Liebe.«

»Und wer würde den Premierminister unterstützen?«

Becque lachte. »Möglicherweise niemand. Aber auch jetzt hält niemand zu ihm. Wenn er ein entsprechendes Dokument unterzeichnet, haben Sie alles, was Sie brauchen.« Er zuckte die Achseln. »Entweder dies oder die Katastrophe. Die Amerikaner würden den Westdeutschen zu Hilfe kommen, aber nicht den Briten. Und ganz Europa hat genug von ihnen. Sie sind ein Mühlstein um unseren Hals.«

Fomenko beugte sich in seinem Sessel vor. »Mit wem haben Sie über diese Sache gesprochen, Monsieur le Président?«

»Mit keiner Menschenseele, Fomenko. Mit keiner Menschenseele.«

Orlow erhob sich. »Wie lange können Sie bleiben, mein Freund?«

»Ich muß morgen abend wieder in Paris sein, weil meine Abwesenheit sonst Aufsehen erregt.«

Als Orlow an der Tür stand, drehte er sich noch einmal nach dem Franzosen um. »Was erhoffen Sie sich davon?«

Becque zuckte lächelnd die Achseln. »Ein paar alte Rechnungen mit den Engländern zu begleichen.«

Orlow verließ ohne Dank oder Kommentar das Zimmer, Fomenko jedoch blieb. Sie aßen zusammen zu Abend, und kurz vor zehn Uhr telefonierte Fomenko nach Moskau. Er wartete mit Becque, bis ein Wagen die beiden hübschen KGB-Mädchen gebracht hatte. Nachdem feststand, welche dem Franzosen besser gefiel, fuhr Fomenko mit der anderen nach Moskau zurück.

Am nächsten Morgen erhielt Becque von Orlow ein Päckchen und eine Note. Das Päckchen enthielt ein goldenes Zigarettenetui von Fabergé mit einem Rubin-Verschluß. In den Rand war das Wappen der Romanows eingraviert. Die Note war auf französisch getippt, ein Zitat von Descartes – »Es genügt nicht, einen guten Verstand zu besitzen; die Hauptsache ist, daß man gut Gebrauch von ihm macht.« Darunter verschnörkelt, aber unverkennbar echt Orlows Unterschrift.

Ungefähr um elf Uhr rief Fomenko an. An diesem Abend wurde bekanntgegeben, daß sich eine französische Gesellschaft erfolgreich an der Ausschreibung einer Milliarden Dollar teuren Computer-Anlage beteiligt habe, die während der nächsten sechs Jahre in einem großen Stahlwerk in Sibirien installiert werden sollte. Die Unterredung vom Tag zuvor wurde nicht erwähnt. Man hatte eine private Aeroflot-Maschine bestellt, die ihn nach Brüssel bringen würde, wo ihn eine französische Militärmaschine erwartete, um ihn nach Paris zu fliegen. Der Text der Presseverlautbarung, die den Computer-Auftrag betraf, würde ihn am Flughafen Scheremetjewo erwarten.

Kapitel 7

Zwei Nächte und einen Tag lang hatte sich Lew Sawalew den Fragen des Sonderausschusses gestellt: zwei Angehörige der Roten Armee, ein Mann von der Kriegsmarine, drei von der Luftwaffe, ein GRU-Mann, zwei hohe KGB-Leute, der KGB-Verbindungsmann vom Politbüro und drei mürrisch dreinblickende Männer, deren Rang oder Funktion nicht erklärt wurden.

Das Videoband mit der Rede des britischen Premierministers war mehrmals abgespielt worden. Vor jedem der Männer lagen in Klarsichthüllen der englische Originaltext und zwei verschiedene russische Übersetzungen. Wieder und wieder hatte man Sawalew über jede mögliche Bedeutung einzelner Sätze der Rede befragt und seine Interpretationen waren auf Band aufgenommen, abgetippt und anderen Gruppen und Ausschüssen zugeleitet worden. Um drei Uhr morgens wurde er endlich von der Befragung erlöst. In den Straßen Moskaus lagen ein paar Zentimeter Schnee. Es hatte jetzt aufgehört zu schneien, aber ein kalter Wind fegte über die Plätze, als Sawalew sich dem Wohnblock am Fluß näherte. Zwar würde sie um diese Zeit schon schlafen, aber verdammt noch mal, er wollte sich jetzt von dieser zermürbenden Fragerei und der Ignoranz von Männern erholen, die weder Englisch sprachen noch jemals in England gewesen waren. Trotz seines Ranges hatten sie ihn wie einen Kriegsgefangenen beim Verhör behandelt, nicht wie einen ranghöheren KGB-Offizier.

Er stampfte den Schnee von den Schuhen, als er die Granittreppe hinaufstieg und durch die Doppeltür trat. Ihr Zimmer lag im vierten Stock, und es gab keinen Aufzug. Oben angekommen, drückte er auf ihre Klingel, lehnte sich gegen die Wand und wartete. Sie war das hübscheste Mädchen in der zweiten Garnitur des Boschoi-Balletts und unter den Moskauer Mädchen, mit denen er schlief, war sie seine zweite oder dritte Favoritin.

Er hob den Kopf, als er ihre Schritte hörte. Auf ihrem Gesicht standen Überraschung und Schrecken, als sie ihn sah. Sie trug seinen Schlafrock. Als er den Mund öffnete, um etwas zu sagen, legte sie den Finger auf die Lippen und schüttelte den Kopf.

»Was ist los?« flüsterte er.

»Es ist jemand da. Ich kann dich nicht reinlassen.«

»Wer ist es?«

»Frag lieber nicht.«

»Sei nicht albern, Tanja, wer ist es?«

Als sie einen Namen nannte, fluchte er leise vor sich hin. Es war der General, der die Verantwortung für Moskaus Raketenstützpunkte trug. Er zögerte einen Moment lang, und sie sagte: »Es tut mir leid, Lew. Er ist ein ekelhafter Kerl, aber...« Sie zuckte die Achseln und zog einen Flunsch. »Besuch mich doch morgen.«

»Morgen bin ich nicht hier, du dumme Ziege.«

Sie lächelte. »Was wolltest du eigentlich?«

»Du weißt verdammt gut, was ich wollte.«

Sie lachte leise. »Geh zu Natascha, sie hat das Apartment 74.«

»Ich kenne sie nicht.«

»Doch. Sie ist das blonde Mädchen, das dir auf der Party bei Simenow so gut gefiel.«

»Macht sie denn mit?«

»Natürlich. Auf jeden Fall für dich.«

Er drehte sich um und ging wortlos weg. Wütend und enttäuscht benutzte er seinen KGB-Ausweis, um ein Zimmer im Rossija zu bekommen. Während er sich, schon halb im Schlaf, auszog, fiel ihm ein, daß Mai schon immer sein Unglücksmonat gewesen war. Nichts wirklich Schlimmes, aber dauernd Ärger. Der einzige wirklich schlimme Mai war damals gewesen, als er und die anderen von Premierminister Heath aus London hinausgeworfen worden waren. Aber in zwei Tagen begann der Juni.

Als er sich am nächsten Morgen am Dserschinskij-Platz meldete, überreichte ihm der Sicherheitsbeamte einen Brief. Er las ihn, während er auf den Lift wartete. Mit Wirkung vom 27. Mai an war er zum Oberstleutnant befördert und zu einer neuen Aufgabe abkommandiert worden. Er würde weiterhin in Susdal stationiert sein, aber mit neuen und andersartigen Verpflichtungen. Er hatte sich unverzüglich in Raum 7094 zu melden.

Der Wagen des US-Botschafters glitt durch die Kreml-Tore und fuhr auf den Kongreßpalast zu. Dem Wagen entstieg dann jedoch nicht der Botschafter, sondern ein Mann, der am vorhergehenden Abend von Paris nach Moskau geflogen war. Sam Slaney hatte seine Mission nicht mit dem Botschafter abgesprochen. Bei einem Treffen in einem Washingtoner Hotel hatte ihm der Außenminister persönlich seine Instruktionen für den Inhalt der Unterredung erteilt.

Igor Fomenko erwartete ihn in dem kleinen, aber prunkvoll ausgestatteten Raum am Ende des Korridors im Erdgeschoß.

»Willkommen, Mr. Slaney. Ich hoffe, Sie hatten eine gute Reise.«

»Kann mich nicht beklagen.«

Der Amerikaner sah sich erwartungsvoll um, und Fomenko lächelte.

»Er wird gleich da sein. Er unterzeichnet Staatsdokumente. Es ist keine Brüskierung.«

Slaney nickte. »Ich bin sicher, daß es das nicht ist. Eine Brüskierung wäre an mich auch wirklich verschwendet. Ich bin nicht einmal wichtig genug, um sie überhaupt zu bemerken.«

»Und wie geht es Präsident Wheeler zur Zeit?«

»Gut. Überarbeitet, aber ich schätze, das ist bei ihm der Normalzustand.«

Im selben Moment, da Präsident Orlow leutselig lächelnd den

Raum betrat, ahnte Slaney bereits, daß seine Mission zum Scheitern verurteilt war. Er hatte zu oft mit den Russen verhandelt, um die Spielregeln nicht zu kennen. Eine so leutselige Behandlung gleich zu Beginn sollte kompensieren, was später kam.

»Willkommen in Moskau! Wie geht es Ihrem Präsidenten?«

»Es geht ihm sehr gut, Eure Exzellenz. Er sendet Ihnen seine aufrichtigsten guten Wünsche.« Slaney machte eine Pause und zog ein kleines Päckchen aus seiner Jackentasche. »Und dies sendet er Ihnen ebenfalls.«

Orlow nahm das Päckchen lächelnd entgegen. »Darf ich es gleich aufmachen?«

»Selbstverständlich.«

Orlow entfernte das Geschenkpapier von dem ledernen Etui. Er betrachtete es eine Weile und öffnete es dann. Auf blauem Samt lag eine goldene Armbanduhr mit zwei nebeneinanderliegenden Zifferblättern. Eines zeigte Moskauer, das andere Washingtoner Zeit, und über jedem der runden Zifferblätter war das entsprechende Symbol eingraviert. Hammer und Sichel über dem Moskauer Zifferblatt und der amerikanische Adler über dem anderen. Orlow sah Slaney an.

»Ein sehr schönes Geschenk. Es gefällt mir sehr. Ich werde meine Minister fragen, ob ich es für mich behalten darf. Es ist wunderschön und sehr...« Er sagte etwas auf Russisch zu Fomenko. »Einfallsreich«, sagte Fomenko. Orlow nickte. »Ja, sehr einfallsreich.« Er wies auf die Lehnsessel. »Setzen wir uns doch.«

Als sie alle saßen, sagte Orlow ruhig: »In der Meldung hieß es, Präsident Wheeler werde einen Sonderbeauftragten schicken, der mich persönlich sprechen möchte. Was also kann ich für Sie tun?«

Slaney beugte sich vor. »Ich komme vom Präsidenten persönlich, Eure Exzellenz. Nicht im Namen der Regierung oder des Kongresses. Es ist vollkommen vertraulich, und der Präsident bittet darum, daß unser Treffen in keiner Form bekanntgemacht wird, was immer auch dabei herauskommt. Wir werden uns selbstverständlich auch daran halten.«

»Kein Problem, Mr. Slaney. Überhaupt kein Problem.«

Slaney hatte seine einstudierten Eröffnungsworte hinter sich gebracht. Sie waren nicht besonders gut gewesen, aber wenigstens aufrichtig. Aufrichtigkeit würde ihm jetzt allerdings nichts helfen.

»Herr Präsident. Ich wurde hierhergesandt in der Hoffnung, daß wir die zwischen den Vereinigten Staaten und der UdSSR aufgetretenen und sich Tag für Tag verschärfenden Spannungen reduzieren können.« Er machte eine Pause, um eine Antwort abzuwarten, da aber keine kam, fuhr er fort. »Die jüngsten Entwicklungen erscheinen dem Weißen Haus als absichtliche Versuche, die Vereinigten Staaten zu energischen Maßnahmen gegen die Sowjetunion herauszufordern. Wir bedauern diese Situation außerordentlich. Wir dachten – der Präsident dachte, daß es vor Ergreifen solcher Maßnahmen klug wäre, den Versuch zu machen, in Erfahrung zu bringen, ob die jüngsten Maßnahmen von seiten der Sowjetunion als Provokation gemeint waren.«

Orlow hob die Hand. »Ich kann Ihnen ohne weiteres versichern, Mr. Slaney, daß die sowjetische Regierung nicht die Absicht hat, die Vereinigten Staaten in irgendeiner Weise zu provozieren. Es sei denn, natürlich, Sie würden die Verteidigung unserer nationalen Sicherheit und der Sicherheit von Nachbarn, mit denen wir freundschaftliche Beziehungen pflegen, als provokativ betrachten.«

»Herr Präsident, ich bin kein Diplomat. Ich bin nicht daran gewöhnt, meine Worte sorgfältig abzuwägen, aber ich sehe, daß das, was Sie sagen, mehr als eine Bedeutung hat. Sie behaupten, es liege nicht in Ihrer Absicht, die Vereinigten Staaten in irgendeiner Weise zu provozieren.« Slaney lächelte grimmig. »Aber Sie werden sicherlich zugeben, daß Sie – absichtlich oder nicht – genau dies tun. Uns provozieren. Tag für Tag.«

»Nennen Sie mir ein Beispiel.«

Slaney zuckte die Achseln. »Das ist eigentlich nicht meine Aufgabe, Herr Präsident. Ich bin wegen eines Gesprächs über die Gesamtsituation hierhergekommen, und nicht wegen eines Kuhhandels über einzelne Aktionen.«

»Wie Sie wollen, Mr. Slaney. Bitte fahren Sie fort.«

»Ich brauche nicht fortzufahren, Herr Präsident. Man hat mich aus einem ganz einfachen Grund hierhergesandt. Um Sie wissen zu lassen, daß Präsident Wheeler allmählich zu der Ansicht gelangt, daß viele Ihrer jüngsten Aktionen nicht nur gegen die Interessen der Vereinigten Staaten gerichtet sind, sondern sogar genau aus dieser Absicht heraus erfolgt sind.«

Orlow zog die Augenbrauen in die Höhe. »Sie werden sicherlich nicht erstaunt sein, wenn ich sage, daß die sowjetische Außenpolitik kaum davon abhängt, ob sie der Regierung der Vereinigten Staaten behagt oder nicht.«

»Ich freue mich, Sie das sagen zu hören, Herr Präsident. Es sah langsam so aus, als basiere die sowjetische Außenpolitik ausschließlich darauf, sich die US-Regierung zum Feind zu machen.«

Orlow warf Fomenko einen kurzen Blick zu und sah dann wieder Slaney an. Er sprach ruhig und klar. »Lassen Sie mich Ihnen ganz offen sagen, Mr. Slaney, daß die Zeiten, in denen wir bei der Festlegung unserer Außenpolitik die Neigungen und Abneigungen der Vereinigten Staaten berücksichtigt haben, lange vorbei sind. Wenn die Vereinigten Staaten die Konfrontation möchten, dann ist das Ihre Entscheidung, nicht die unsrige. Und die Welt wird dies auch so sehen. Sie hatten nie irgendeine Rechtfertigung für die Stationierung Ihrer Truppen und Waffen in Europa. Sie benutzten den Vorwand, daß jene Länder Ihre Präsenz wünschten. Ihre Panzer, Ihre Raketen, Ihre Flugzeuge, Ihre Atom-U-Boote sind dort. Direkt jenseits unserer Grenzen. Aber das erschien Ihnen nicht als Provokation. Und jetzt haben diese Länder erkannt, welchen Preis sie dafür bezahlen müssen, und es sieht so aus, als hätten sie die Nase voll. Sie können einpacken. Aber das sollten Sie nicht als Niederlage betrachten, die Vergeltung erfordert. Sie hätten dort von Anfang an gar nicht hingehört.«

»Und das ist die Botschaft, die ich dem Präsidenten überbringen soll?«

Orlow erhob sich langsam und strich sein Jackett glatt.

»Ihr Präsident braucht keine Botschaft von mir, Mr. Slaney. Er bekommt meine Botschaft seit drei oder vier Monaten. Die Vereinigten Staaten brauchen nicht mehr in der ganzen Welt den Polizisten zu spielen. Sie haben zu Hause genügend Probleme. Kehren Sie vor Ihrer eigenen Tür, dann braucht es keine Konfrontationen mehr zu geben.« Er warf einen Blick auf Fomenko und wandte sich dann wieder Slaney zu. »Wir würden uns freuen, wenn Sie bis morgen unser Gast wären, wir können jedoch auch den Flughafen benachrichtigen, Ihre Maschine nach Paris bereitzustellen – oder wohin Sie sonst wollen.«

Slaney verbeugte sich knapp. »Ich werde nach Paris zurückfliegen, wenn Sie das arrangieren könnten.«

Orlow nickte, lächelte Fomenko schwach zu und ging ohne Händedruck oder Abschied aus dem Zimmer. Das Geschenk des Präsidenten lag zusammen mit dem Einwickelpapier noch auf der marmornen Tischplatte.

Die Zeitungen hatten den Redaktionsschluß hinausgezögert, um auf die letzten Einzelheiten des Ausnahmezustands zu warten, und am nächsten Tag waren die Straßen bis auf die notorischen Aufwiegler leer – das gewohnte Häuflein extremer Linker, ein paar Parlamentarier und Studenten und eine Handvoll Gewerkschaftsführer. Bis zum Abend hatte sich die Stimmung gewandelt, da in den Zentren der großen Städte organisierte Krawalle und Plünderungen ausbrachen. CS-Gas, Gummigeschosse und Wasserwerfer hatten nicht genügt; unter Berufung auf die Notstandsgesetze wurden Truppen eingesetzt, und es wurde mit scharfer Munition geschossen, um die Menge auseinanderzutreiben.

Am folgenden Tag hatte eine Gewerkschaftsdelegation beim Premierminister vorgesprochen. Sie forderte eine Krisensitzung des Parlaments, andernfalls wollten sie ihre Mitglieder zu einem Generalstreik aufrufen. Als er sich weigerte, auf diese offensichtliche Erpressung einzugehen, wurde der gesamte Süden Englands von der Stromversorgung abgeschnitten. Panikkäufe bei Nahrungsmitteln und Brennstoffen arteten fast in Plünderungen aus, als die betroffenen Läden versuchten, der Nachfrage Herr zu werden.

Die Franzosen gossen noch Öl ins Feuer, indem sie ihre Botschaft schlossen, demonstrativ ihren Botschafter und dessen Personal abriefen und ihre diplomatische Vertretung der Schweizer Botschaft überließen. An diesem Tag um Mitternacht hatte der sowjetische Botschafter telefonisch um ein sofortiges Treffen gebeten.

Er war erst vor kurzem angekommen und hatte noch nicht einmal bei Hof sein Beglaubigungsschreiben überreicht. Über Nacht war er an die Stelle des bisherigen Gesandten getreten, eines charmanten Diplomaten alter Schule, ohne daß die üblichen diplomatischen Feinheiten beachtet worden wären. Der neue Mann war vom Außenministerium bereits zur *persona non grata* erklärt worden, doch das ignorierte er. Vor der sowjetischen Botschaft waren ganz offen Treffen der Militanten abgehalten worden, und es fanden Pressekonferenzen statt, bei denen der Regierung vorgeworfen wurde, sie betreibe Klassenkampf und »erkläre den Gewerkschaften und der Arbeiterklasse den Krieg«.

Botschafter Gorskij sah aus wie ein Ganove, und vom Standpunkt diplomatischer Verhaltensregeln aus benahm er sich auch so. Als man ihn in das Büro des Premierministers in Downing Street 10 geführt hatte, war er hineingestürmt, als sei er der Vorreiter eines Invasionsheeres. Und das war er im Grunde auch, wie sich herausstellte. Er stand da und las die *démarche* der Union der Sozialistischen Sowjetrepubliken vor. Er sprach ein hartes, gräßliches Englisch, aber die Drohung und der Sinn seiner Worte waren klar. Die Sowjetunion konnte nicht länger tatenlos zusehen, wie unschuldige Menschen von

Polizei und Militär angegriffen wurden, nur weil sie unter anderem dagegen protestierten, daß auf britischem Boden amerikanische Atomraketen stationiert wurden und das Land als Stützpunkt für amerikanische Aggression und Spionagetätigkeit gegen die friedliebende sowjetische Bevölkerung benutzt wurde. Einzig und allein ein in Moskau stattfindendes Treffen zwischen dem britischen Premierminister und der sowjetischen Führung konnte die sowjetische Regierung davon abhalten, unverzüglich wirkungsvolle Maßnahmen zur Beendigung dieses unerträglichen Zustands zu ergreifen. Dann kamen noch die üblichen hochtrabenden Phrasen über den Kapitalismus und die freiheitsliebenden Länder des Warschauer Pakts, und damit hatte es sich. Gorskij saß da, während der Premierminister der Telefonvermittlung sagte, sie solle ihn mit dem Oppositionsführer verbinden. Eine halbe Stunde wurde hektisch herumtelefoniert, aber es kam keine Verbindung zustande. Dann meldete der Polizeichef, man nehme an, daß sich Arthur Drury unter falschem Namen und mit falschem Paß auf dem Flug nach Warschau befinde. Er war am Spätnachmittag am Flughafen Manston von einem Journalisten und einem Sicherheitsbeamten erkannt worden, bevor er an Bord einer gecharterten Maschine ging, als deren Ziel Rotterdam angegeben war. Das Flugzeug war jedoch nicht in Holland gelandet, sondern hatte, bevor es westdeutschen Luftraum erreichte, sein Ziel geändert.

Der Premierminister drehte sich um und sah Gorskij an.

»Drohen Ihre Leute mit einer Invasion, Herr Botschafter?«

»Sie bitten Sie um ein Treffen, Herr Premierminister.«

»Das weiß ich. Aber Sie haben meine Frage nicht beantwortet. Drohen sie mit einem Angriff auf dieses Land?«

»Es steht mir nicht zu, diese Frage zu beantworten. Solche Dinge überschreiten meinen Verantwortungsbereich.«

»Aber Sie leugnen die Drohung nicht?«

»Ich leugne sie weder noch bestätige ich sie, Herr Premierminister.«

»Ich werde es einrichten, daß ich morgen nachmittag nach Moskau fliege. Die Royal Air Force wird sich mit Ihren Leuten wegen der Zeit und der Flugroute in Verbindung setzen.«

Gorskij erhob sich, unzufrieden und immer noch unnachgiebig. »Wir werden ihnen Instruktionen erteilen.«

Sieben Stunden lang hatte die Belegschaft von Downing Street Nr. 10 versucht, führende Politiker und Persönlichkeiten des öffentlichen Lebens anzurufen. Niemand war verfügbar. Einige waren absichtlich von der Bildfläche verschwunden. Mehrere wurden in ihrer eigenen

Wohnung von Banden festgehalten, andere waren durch den Transportmittelstreik auf der Strecke geblieben. Viele waren wegen des Streiks der Elektrizitätswerke tatsächlich nicht erreichbar. Zwei befanden sich unter Arrest und in Untersuchungshaft.

Der Premierminister hatte zwei Stunden geschlafen, während sein Diener die Koffer für die Reise packte. Weder von den Kollegen noch von der Opposition war Hilfe zu erwarten, man konnte sich nicht einmal mit ihnen beraten. Es war zu weit gekommen. Wenn er den Druck von Polizei und Streitkräften noch erhöhte, würde im ganzen Land ein Bürgerkrieg ausbrechen. Den Informationen zufolge, die sein Büro überschwemmten, sah es so aus, als herrsche tatsächlich schon Bürgerkrieg. Die Militärbefehlshaber waren darüber instruiert, was in diesem Fall zu tun war, und er hatte keine Zweifel, daß sie ihre Befehle ausführen würden, so gut sie konnten.

Die RAF-Maschine bekam den Befehl, in Berlin-Schönefeld zu landen, und es gab keinen Grund, ihm nicht nachzukommen. Unwichtige Punkte des diplomatischen Protokolls wurden sowieso längst nicht mehr beachtet.

Der Premierminister stand allein auf dem Rollfeld. Der Wind blies ihm die graue Stirnlocke aus dem Gesicht. Er sah zu, wie sich die Offiziere der Roten Luftwaffe um die fremde Maschine scharten und sich lachend mit dem Piloten und dem Navigator der Royal Air Force unterhielten. Zweifelsohne sprachen sie mit derselben Begeisterung über Flugtechnik wie er über Gartenbau.

Es wurde bereits dunkel, und als er über die Rollbahn zu den Flughafengebäuden hinübersah, fröstelte er. Zweifellos gehörten die fehlende Begrüßung und die Tatsache, daß man ihn jetzt alleine neben seinem Flugzeug stehenließ, zu ihrem Konzept, das darauf hinauslief, ihn zu demütigen. Er überlegte, ob Chamberlain sich ähnlich gefühlt haben mochte, als er nach Bad Godesberg und München gereist war. Beneš, der unglückliche Tscheche, hatte wohl dieselbe Beklemmung verspürt. Einige Zeilen aus einem Gedicht Housmans kamen ihm in den Sinn. Etwas über – »Warnende Feuerzeichen, doch keiner sieht ihr Licht; und bis der Morgen dämmert, die Welt zusammenbricht«. Ein Seufzer hob seine Brust, aber er konnte sich gerade noch beherrschen. Möglicherweise beobachtete ihn jemand, ihn, den britischen Premierminister, wie er allein auf dem russischen Flughafen in Berlin stand und seufzte. Das durfte nicht sein. Seitdem der sowjetische Botschafter verlangt hatte, ihn zu sehen, waren unglaubliche vierundzwanzig Stunden vergangen. Zuerst vage Andeutungen, dann plumpe Anspielungen und schließlich offene Drohungen. Sie blufften nicht, dessen war er ganz sicher. Sie meinten jedes Wort ernst. Sogar Worte, die sie gar nicht ausgesprochen hatten. Und dann seufzte er unbewußt doch tief auf.

Als Chamberlain aus München zurückgekehrt war, hatten sie ihm zugejubelt, alle. Aber einige Monate später hatten sie gehört, wie er die Kriegserklärung verkündete. Und nicht lange danach hatte ihn ein zorniges Unterhaus fortgejagt und der Vergessenheit überlassen. *Ihm* würde niemand zujubeln, wenn er nach London zurückkam. Vielleicht ließen ihn die Russen ja auch gar nicht zurück. Alles, wovon sie sprachen, alles, was sie wollten, war seine Unterschrift auf irgendeinem niederträchtigen Dokument. Sie waren schon immer auf Unterschriften aus gewesen, um beweisen zu können, daß ihr Ansinnen auf einer berechtigten Forderung beruhte. Wenn der höchste Mann nicht unterzeichnete, war immer noch sein Stellvertreter da. Oder der Stellvertreter des Stellvertreters. Irgendwo in der Hierarchie würden sie einen Kollaborateur finden, der habgierig genug oder ängstlich genug war, um mitzumachen.

Dann ging die Aeroflot-Bodenhostess mit einem Strauß roter Rosen auf ihn zu. Ein großer, gutaussehender Russe in elegant geschnittenem Anzug folgte ihr im Abstand von wenigen Schritten. Als sie vor Sir Frederick anhielt, ergriff der Mann das Wort. Er sprach perfekt Englisch ohne jeglichen Akzent.

»Sir Frederick, bitte entschuldigen Sie vielmals, daß Sie warten mußten, aber ich habe mit Moskau telefoniert. Wir fliegen gleich weiter, Sie und ich, und ich habe den Auftrag, darauf zu achten, daß für Ihr Wohl gesorgt wird.«

Der Premierminister nickte, ohne etwas zu erwidern. Der Russe lächelte ein wenig und zeigte auf ein mittelgroßes Flugzeug mit Aeroflot-Kennzeichen, das gerade auf die Hauptrollbahn gezogen wurde. Nachdem sie zusammen zu der Maschine gelaufen waren, warteten sie, bis die Einstiegsstufen ausgefahren waren, dann führte ihn der Russe hinauf.

Das Flugzeug war unglaublich eingerichtet, das Dekor entstammte einem Orient-Expreß der Vorkriegszeit. Ahorn- und Mahagonitäfelung, reich verzierte Kandelaber, Samtvorhänge an den Fenstern und kleine Silbervasen mit Gartenwicken und Gänseblümchen. Die Sitze, unter anderem zwei prunkvolle Lehnsessel, waren mit dunkelrotem Velours bezogen. In einen dieser Sessel setzte sich nun der große

Russe und deutete auf den zweiten. Neben dem Sessel des Premiers standen auf einem Intarsientisch eine Flasche Whisky und ein Glas. Er sah, daß es Whisky der Marke Glen Livet war. Die Kerle hatten sich wirklich über alles informiert.

»Sir Frederick, mein Name ist Lew Sawalew. Ich werde während Ihres Besuchs als Ihr Berater und Übersetzer fungieren. Ich hoffe, daß ich Ihnen bei diesem historischen Ereignis wirklich eine echte Hilfe sein kann.«

Cooper sah den Russen an, ohne seine Geringschätzung zu verbergen.

»Wenn ich Rat bräuchte, Mr. Sawalew, dann sicherlich nicht von Ihnen.«

Sawalew lächelte. »Natürlich nicht, Sir Frederick. Vielleicht ist ›Rat‹ nicht ganz das richtige Wort. Vielleicht wäre ›Erklärung‹ zutreffender.«

Während das Flugzeug beschleunigte, beugte sich der Premierminister vor und goß sich ein halbes Glas puren Whisky ein. Er hörte, daß hinter dem blauen Samtvorhang, der die Kabine der Besatzung abteilte, russische Funkgespräche geführt wurden. Nachdem er sein leeres Glas auf den hübschen Tisch zurückgestellt hatte, streckte er die Beine aus, schloß die Augen und bettete seinen Kopf auf den Schonbezug aus Spitze an der Rücklehne.

Er atmete tief und gleichmäßig, während sein erschöpfter, aber rastloser Verstand die Ereignisse der letzten Wochen überdachte. Sicher hatte es in der langen Geschichte der Nation noch niemals derartige Szenen im Unterhaus gegeben. Nicht einmal Cromwell und Charles hatten es so weit kommen lassen. Die Sache hatte sich zugespitzt, als dieser Dummkopf Dawson den Oppositionsführer beschuldigt hatte, ein von der Sowjetunion bezahlter Verräter zu sein, und mit einer langen Liste angeblicher verräterischer Kontakte gegen den immer lauter werdenden Unmut der Oppositionsbänke anschrie. Dann hatte jemand vom militanten linken Flügel angefangen, durch ein ins Parlament geschmuggeltes Megaphon zu brüllen und die Regierungsbänke bewußt zu provozieren, indem er sie »Abschaum der Menschheit« und »Handlanger der kapitalistischen Unterdrückung« nannte. Diese letzten marxistischen Schlagworte waren es, die den Funken entzündeten. Das sollten sie natürlich auch bezwecken. Was dann folgte, war eigentlich unglaublich. Aber es geschah tatsächlich. Das Unglaubliche war zur Norm geworden; es hatte mit dem Einsatz von Krankenwagen geendet und damit, daß zweihundert Polizisten den Westminster-Palast räumten, mit zwei Toten und 75 Verletzten und damit, daß das Parlament vom Präsidenten beurlaubt, daß das Gebäude von Truppen des Wachregiments umstellt und daß der ganze Parliament Square von Maschinengewehren beherrscht wurde. Der Wachdienst am Buckingham-Palast wurde ganz von der Leibgarde übernommen. Es regnete heftig, als sie in Scheremetjewo landeten. Ein uniformierter Polizist öffnete einen großen Regenschirm über dem Premierminister und Sawalew, die die Passagiertreppe hinunter, über das Hallenvorfeld und zu den Flughafengebäuden hinüber gingen.

Vom Hauptempfangsbereich wurden sie zu einer Stelle geführt, wo ein Mann bereits die beiden Koffer Coopers von einem Karren in den Kofferraum einer schwarzen Wolga-Limousine lud. Ein kleiner, untersetzter Mann stieg aus dem Fond des Wagens und streckte die Hand aus. »Asimow, Herr Premierminister, vom Außenministerium. Willkommen in der Sowjetunion.« Cooper berührte die dargebotene Hand kaum, aber der Russe lächelte liebenswürdig. »Wir haben ein schönes Haus für Sie ausgewählt.« Er brach ab und sagte zu Sawalew etwas auf russisch. Sawalew nickte und wandte sich an Cooper. »In zwei Stunden findet eine kurze Begegnung mit hohen Funktionären statt. Bis dahin haben Sie Zeit, sich ein bißchen frisch zu machen.«

Das Haus lag in einer Art Park, war jedoch von einer hohen Steinmauer umgeben. Soldaten öffneten die großen Tore, um den Wagen einzulassen. Man sah gepflegte Rasenflächen, auf denen Silberbirken und Weiden standen. Mindestens ein Dutzend uniformierte Soldaten waren an verschiedenen Punkten postiert, nicht jedoch am Haupteingang.

Es war ein wundervolles Haus. Eine breite Treppe und vier oder fünf Türen führten aus der weiträumigen Halle, die einen Parkettfußboden aus Kiefernholz hatte. Sawalew und ein Soldat, der Coopers Gepäck trug, gingen voran, die Stufen hinauf und einen Korridor entlang. Sie kamen in eine Zimmersuite, deren Möbel aus dem Museum hätten stammen können. Bergère-Sessel und vergoldete Tische, Meißner Porzellanfiguren, und auf dem Sims eines großen Marmorkamins eine prunkvolle Uhr aus Goldbronze.

»Diese Villa gehörte einem Günstling des Zaren, Herr Premierminister. Sie ist nur für besondere Gäste bestimmt.«

Cooper wandte sich um und sah den Russen an. »Hat man unserem Botschafter mitgeteilt, daß ich hier bin?«

»Nein, Sir. Wir hielten es für das beste, wenn die Begegnung völlig geheim bleibt, bis die Unterhandlungen zufriedenstellend beendet sind.«

»Unterhandlungen?« Cooper zog die Augenbrauen in die Höhe. »Ich bin zu Gesprächen hierhergekommen, nicht zu Unterhandlungen, mein Freund.«

»Natürlich, Premierminister. Verzeihen Sie mein mangelhaftes Englisch.«

Dabei lächelte Sawalew jedoch wissend, als seien sie Verschwörer, die einen Schein äußerer Normalität wahren wollen. Hier stand wieder eine Flasche Whisky, sowie ein Kristallkrug mit Wasser, in dem dicht unter der Oberfläche Eiswürfel schwammen. »Mein Gott«, dachte Cooper, »die müssen mich ja für einen Alkoholiker halten.« Ein paar Augenblicke stand er mit den Händen in den Hosentaschen da, bis sich die Spannung etwas gelöst hatte. »Wer nimmt an dem Treffen heute abend teil?«

»Unser stellvertretender Ministerpräsident, zwei Mitglieder des Politbüros, Belinkow und Sloboda, und einige hohe Armeeoffiziere.«

»Und morgen?«

»Morgen werden Sie mit dem ganzen Politbüro zusammentreffen. Außer mit einem, der momentan im Krankenhaus liegt.« Sawalew lächelte. »Das Durchschnittsalter unseres Politbüros liegt seit jeher in den Sechzigern, und das bedeutet, daß manchmal die Belastungen zu groß sind. Er hat ein Herzleiden. Was würden Sie jetzt gern tun, Herr Premierminister?«

»Ich möchte gerne baden und mich umziehen, wenn das möglich ist.«

Sawalew lächelte. »O ja, natürlich ist das möglich. Selbst zur Zarenzeit hatten wir Russen schon Bäder.«

»Das wollte ich damit nicht...«

Sawalew hob die Hand. »Ich weiß, Sir Frederick. Ein schlechter Witz meinerseits.«

Das Bad und die Badewanne selbst waren aus Marmor, und die vergoldeten Wasserhähne hatten die Gestalt von Delphinen. Als Cooper sich von dem warmen, seifigen Wasser umspülen ließ, überlegte er, welcher der hübsch verzierten Beleuchtungskörper wohl das Mikrophon barg, und hinter welchem der vergoldeten Spiegel die Videokamera versteckt sein mochte.

Als er in das große Schlafzimmer zurückkam, waren seine Koffer bereits ausgepackt, und er legte sein Rasierzeug auf die Marmorablage über dem Waschbecken im Bad.

Er betrat den Wohnraum, der jetzt leer war. An dem runden Ahorntisch war ein Platz gedeckt, und zwar mit einer Schale Erdbeeren, einem silbernen Sahnekännchen und einem altmodischen Zukkerstreuer. Ganz offensichtlich kannten sie seine Vorlieben. Er nahm sich Erdbeeren und Sahne und aß im Stehen an einem der großen Fenster.

Der Garten an der Rückseite des Gebäudes bestand aus Rasenflächen und wenigen Chrysanthemen- und Dahlienbeeten. Ziemlich friedlich, wenn man von den Soldaten absah und von dem Schützenpanzer mit dem roten Stern und dem Maschinengewehr auf seinem Turm. Glaubten sie, er wollte einen Fluchtversuch unternehmen, oder stellten sie sich eine tollkühne Gruppe loyaler Fallschirmspringer vor, die ihn vor seinem Schicksal retten wollten? Und das Wort ›Schicksal‹ brachte seine Niedergeschlagenheit zurück. Das Leben ging weiter, unerbittlich, die Geschichte mußte ihren Tag haben. In zehn oder zwanzig Jahren würde sein Name in den Geschichtsbüchern der Welt stehen. Ein Name, der Seite an Seite mit den Namen Chamberlain und Quisling stehen würde. Ein Synonym für Feigheit, für einen Akt des Verrats. Das Militärkreuz am Bande zählte dann nicht mehr.

Jene Stimmen von den Oppositionsbänken hatten die Worte ›Feigling und Verräter‹ geschrien, bevor er überhaupt zu sprechen begonnen hatte. Er war im Amt geblieben, solange er es wagte. Länger als es gut gewesen war. Vielleicht nur einen einzigen Tag zu lang. Aber das hatte genügt. Das ganze Land war verrückt geworden. Es gab keine schweigende Mehrheit mehr. Es gab nur noch ein Dutzend heiser schreiende, plündernd durch die Straßen ziehende Minderheiten, die alle sozialen Schichten des Landes umfaßten: die militanten Linken, die glaubten, das Chaos könne ihnen zum Sieg verhelfen; die langmütigen Mittelschichtler, die zurückzuschlagen begannen, voller Wut über die Plünderungen und Krawalle, die sich von den vornehmen Vierteln in ihre Wohngegenden verlagerten. Die Politiker, von der plötzlichen Grausamkeit der Krawalle überrumpelt, hatten verzweifelt resigniert. Es gab keine andere Lösung als einzugestehen, daß Bürgerkrieg herrschte, und die Truppen einzusetzen. Doch gegen wen sollte man sie einsetzen? Die paar hundert Militanten konnte man herauspicken, aber das würde die Sache nicht beenden. Jahrelang hatten sie darauf hingearbeitet, daß es eines Tages passierte, aber sie hatten sich nie überlegt, wie alles enden würde. Sie wollten die rechtmäßige Regierung stürzen und selbst die Führung übernehmen, aber jetzt gab es für den Mob nichts mehr zu übernehmen. Die

Maschinerie war nicht einfach zum Stillstand gekommen, sie war auseinandergebrochen. Der Regierungsapparat existierte nicht mehr. Alles, was noch von der rechtmäßigen Regierung übrig war, war Frederick Ansell Cooper.

Niemand hatte gesagt, alles hinge jetzt von ihm ab. Niemand hatte überhaupt etwas gesagt. Niemand hörte mehr auf den andern. Sie randalierten auf den Straßen oder verteidigten ihre Häuser. Sie warfen alles weg und merkten es nicht einmal. Magna Charta, Cromwell, all diese hart erkämpften Freiheiten schwammen durch das Loch im Damm davon. Das einzige, was er tun konnte, war, sie am Leben zu erhalten. Sie davor bewahren, als erste Europäer zu erfahren, was es bedeutet, durch Atomwaffen vernichtet zu werden. Es mußte eine Lehre geben, die man aus diesem Chaos ziehen konnte. Ihm kam nur eine in den Sinn – die Demokratie funktionierte nicht. Sie war zu verwundbar. Man konnte nicht tatenlos zusehen, wenn übelgesinnte Menschen eine Gesellschaft zerstörten, eine ganze Nation, nur weil es zum System der Demokratie gehörte, sagen zu dürfen, was man wollte. Hatte für Lügen dieselbe Freiheit zu gelten wie für die Wahrheit?

Da betrat Sawalew den Raum, gefolgt von einigen anderen Männern, von denen manche uniformiert waren, und Cooper wurde sich bewußt, daß er mit dem leeren Teller und dem Löffel in der Hand wie ein Schuljunge wirkte, den man beim Plündern der Speisekammer ertappt hat.

Sawalew stellte die Männer vor, aber Cooper machte gar nicht erst den Versuch, sich ihre Namen zu merken. Einer oder zwei kamen ihm vertraut vor, aber eigentlich fand er, daß russische Namen alle irgendwie gleich klangen. Es waren alles sehr ranghohe Offiziere, und nur sie waren höflich genug, sich bei der Vorstellung kurz zu verbeugen. Die Gesichter der Zivilisten jedoch hätten direkt einem Giles-Cartoon entstammen können. Nur ein einziger sah menschlich aus, ein großer, schlanker Mann in den Fünfzigern, mit rotem Haar, Bart und Goldrandbrille. Er war es auch, der sie in einen angrenzenden Raum führte und um einen ovalen Tisch gruppierte, wobei er genau darauf achtete, wer neben wem zu sitzen hatte. Und er war es, der die Verhandlungen leitete. Er sprach gut englisch, seine Stimme war ruhig, aber entschlossen, und manchmal blickte er auf der Suche nach einem Wort zu Sawalew hin.

Auf dem Tisch wurden Karten und Tabellen ausgebreitet. Großbritannien, die Nordsee, der Nordatlantik, Skandinavien, sowie eine gesonderte Karte des norwegisch-finnischen Grenzgebiets in der Nähe von Murmansk.

Mit Filzstift beschriebene, durchsichtige Folien wurden über die Karten und Tabellen gelegt – rote und blaue Zahlen und lange, geschwungene Pfeile, die alle irgendwo in Großbritannien endeten.

Die kurzen Erläuterungen und Übersetzungen waren offenbar gut einstudiert. Mit halbem Ohr verfolgte er den Schwall von Code-Namen und Kurzwörtern für Einheiten der Luftwaffe und der Roten Armee. Als sie die Karten ausbreiteten, hatte er gewußt, was sie wollten, und er hatte es mehr oder weniger bereits geahnt, bevor er London verließ. Falls er nicht tat, was sie von ihm verlangten, würden sowjetische Truppen in Großbritannien einfallen, unterstützt durch Tausende von Sympathisanten, die bereit waren, die Strom-, Gas- und Wasserversorgung zu unterbrechen und das Kommunikationsnetz lahmzulegen. Ihn interessierte nur, was sie als Gegenleistung forderten, wenn sie auf die Invasion verzichteten. Als er diese Frage stellte, wurde Sawalew zum Wortführer.

»Herr Premierminister, diese Begegnung hat ausschließlich den Zweck, Ihnen zu zeigen, daß es sich von seiten der sowjetischen Regierung in keiner Weise um Irreführung oder Betrug handelt. Was wir Ihnen gerade gezeigt haben, waren die streng geheimen Dokumente der Operation Reka.«

»Das habe ich begriffen, Mr. Sawalew. Meine Frage bezieht sich darauf, *warum* man sie mir gezeigt hat.«

Sawalew zuckte die Achseln. »Damit Sie für die morgigen Verhandlungen umfassend informiert sind. Damit Sie über unsere Absichten und unsere Fähigkeit, sie in die Tat umzusetzen, nicht mehr im Zweifel sind.«

»Mr. Sawalew, seit fünfzehn Jahren weise ich das Parlament auf die diesbezüglichen Fähigkeiten der Sowjets hin. Und wie Ihnen sicher bekannt ist, habe ich gesagt, daß sie, wenn es Moskau paßt, einen oder alle ihrer europäischen Nachbarn angreifen würden. Ich brauche mir weder dieses Material anzuschauen noch die militärischen Details zu hören, um zu wissen, daß Sie einen Angriff planen. Weshalb also diese Scharade?«

Sawalew zögerte und wandte sich dann auf russisch an den Mann mit der Goldrandbrille, wobei seine Stimme etwas verärgert klang. Als Sawalew geendet hatte, nickte der Mann und stand auf. In seiner ruhigen Art sagte er etwas zu den anderen, die sich mit überraschten Mienen ebenfalls erhoben und nacheinander den Raum verließen.

Zwei der Generale warfen einen kurzen Blick auf Coopers Gesicht – wie es manchmal Leute in London taten, um sich zu vergewissern, daß er wirklich der Premierminister war, bevor sie um ein Autogramm baten und vom Sicherheitsbeamten weggeschickt wurden.

Als sich die Tür hinter dem letzten von ihnen geschlossen hatte, wandte sich Sawalew ungeduldig zu Cooper um. »Herr Premierminister, ich habe Ihnen gesagt, daß ich während Ihres Besuchs zu Ihrem Berater ernannt worden bin. Das war kein leeres Gerede. Genau dazu bin ich tatsächlich aufgefordert worden. Ich glaube, das sollte ich einmal klarstellen.«

»Und wobei gedenken Sie mich zu beraten?«

»Bei den Verhandlungen hier in Moskau.«

»Ich nehme an, Sie sind KGB-Offizier, Sawalew.«

»Mein Status ist nicht von Interesse.«

»Da haben Sie unrecht, Sawalew. Ich brauche von den Aggressoren keinen Rat, wie ich auf ihre Drohungen zu reagieren habe. Sie sollten Ihre Landsleute beraten, nicht mich.«

»Es könnte sich als sehr unklug erweisen, wenn Sie diese Haltung einnehmen, Herr Premierminister.«

Cooper lächelte grimmig, ein Lächeln, das der Oppositionsführer wiedererkannt hätte. »Es wäre sehr unklug von mir, sie nicht einzunehmen, Sawalew«, meinte er leise. »Wenn Sie nichts mehr hinzuzufügen haben, würde ich gerne ein wenig schlafen. Ohne Zweifel wird es morgen ein langer Tag werden.«

Aus irgendeinem irrationalen Grund freute sich Cooper, als er den Ärger in Sawalews Augen und die angespannten Muskeln um seinen Mund bemerkte.

»Wie Sie wünschen, Herr Premierminister. Läuten Sie, wenn Sie etwas benötigen.« Und Sawalew verließ sichtlich wütend den Raum.

Als Cooper sich auszog, fiel ihm auf, daß er gerade seit fast zwölf Jahren das erste Mal imstande gewesen war, offen seine Meinung zu sagen. Konkret zu sagen, was er dachte, ohne alle Pros und Contras abzuwägen. Keines seiner Worte würde am Ausgang des Geschehens etwas ändern. Höchstens da und dort kleine Feinheiten, aber nichts Wesentliches. Sie brauchten ihn, weil er allem, was sie vorhatten, einen legalen Anstrich geben konnte. Die Sowjets hingen an der Legalität, auch wenn sie nur vorgetäuscht war. Aber sie würden ihre Ziele auch ohne rechtliche Grundlage weiterverfolgen. Es wäre dann nur etwas schwieriger, gegen die Kritik der Welt an diesem neuerlichen Akt der Aggression anzugehen. In diesem besonderen Fall jedoch würde die Welt nicht allzu viele Tränen vergießen. Proteste, um den Richtlinien der eigenen Regierungen Genüge zu tun, aber mehr nicht. Die Hälfte von ihnen wäre entzückt, Großbritannien endlich ein für allemal gedemütigt zu sehen.

In dieser Nacht schlief er zum erstenmal seit Jahren wieder gut. Die Realität bedeutete eine angenehme Abwechslung von der Alice-im-Wunderland-Welt der britischen Politik in den letzten zehn Jahren.

Kapitel 8

Orlow und Fomenko saßen nebeneinander auf der gegenüberliegenden Seite des auf Hochglanz polierten Tisches. Sawalew saß neben Cooper und übersetzte Orlows Worte. Von Zeit zu Zeit warf er einen Blick auf etwas, das Cooper für die Abschrift der vorbereiteten Rede hielt. Die ersten fünf Minuten waren der sowjetischen Version der britisch-sowjetischen Beziehungen seit 1917 gewidmet gewesen. Dabei entstand ein Bild der Feindseligkeit und Provokation seitens der aufeinanderfolgenden britischen Regierungen und freundlicher Gesten der friedliebenden sowjetischen Bevölkerung, die jedoch im Interesse der kapitalistischen »Bourgeoisie« geflissentlich übersehen worden waren.

Cooper merkte, daß ihn das Parteichinesisch belustigte. Ihm war nie ganz klar gewesen, wer eigentlich zur »Bourgeoisie« gehörte. »Arbeiter« waren offenbar nicht einfach Leute, die arbeiteten. Es bedurfte noch eines anderen Charakteristikums, um jemanden zum »Arbeiter« zu machen. Cooper hatte den Eindruck, daß die hübschen Sekretärinnen in Downing Street Nr. 10, die sieben Zehn-Stunden-Tage pro Woche hinter sich brachten, keine »Arbeiterinnen« waren. Die Teilzeit-Putzfrauen jedoch waren mit ziemlicher Sicherheit welche. Als richtiger Arbeiter mußte man möglichst grau und farblos sein, und wenn man Brite war, mußte man sich in einem permanenten Zustand der Unzufriedenheit befinden, sonst konnte es leicht passieren, daß man zum Anhänger der »Bourgeoisie« wurde. Cooper bemühte sich verzweifelt, sich auf das langweilige Geschwätz zu konzentrieren, damit er nicht verpaßte, wann der wirklich wichtige Teil anfing. Das dauerte noch eine halbe Stunde.

»...nichts als ein Stützpunkt für die amerikanischen Kriegstreiber. Auf sowjetische Städte gerichtete, land- und seegestützte Atomwaffen... mit dem einzigen Ziel, unschuldige Zivilisten zu vernichten...

Haß auf die Männer des Friedens im Kreml... Zerstörung des sowjetischen Lebensstils... die Überwachungsvorrichtungen der CIA... Spionage... Subversion... nicht länger hinzunehmen... die britischen Arbeiter konnten das Joch des Faschismus nicht länger ertragen, konnten nicht mehr tatenlos der ständig wachsenden Aggression gegen ihre Genossen im sowjetischen Mutterland zusehen... eine Delegation der Arbeiter war bereits in Moskau eingetroffen und hatte ihre sowjetischen Brüder um Hilfe gebeten... das Politbüro hatte einstimmig beschlossen, daß jetzt der Zeitpunkt gekommen war, den Frieden in Europa wiederherzustellen, um Blutvergießen zu vermeiden und die unerträgliche Provokation der amerikanischen Kriegshetzer zu beenden, die die Britischen Inseln als militärischen Stützpunkt benutzten... die Sowjetunion stellte keine Gebietsansprüche in Europa oder anderswo, war jedoch bereit, Großbritannien bei der Rückkehr in die Gemeinschaft friedliebender Staaten zu unterstützen, wenn die britische Regierung sie darum ersuchte... wegen der gegenwärtigen Situation in Großbritannien sei der einzige zu akzeptierende Vertreter der britischen Regierung der Premierminister... sie würden sofort auf ein Hilfegesuch seinerseits eingehen.«

Orlow heftete seine listigen Augen auf Coopers Gesicht, als Sawalew zu Ende übersetzt hatte.

Ohne Sawalew anzusehen, sagte Cooper: »Erwartet Präsident Orlow von mir, daß ich die Sowjetunion darum bitte, mein Land zu überfallen?«

Offensichtlich verstand Orlow genug Englisch, um Coopers Worte zu verstehen. Er hob seine dickliche Hand, um die Übersetzung zu unterbrechen, und befahl Sawalew auf russisch, den Engländer aufzuklären.

»Präsident Orlow wünscht, daß ich näher auf die sowjetische Reaktion auf die gegenwärtige Lage eingehe. Die entsprechenden sowjetischen Truppen sind seit zehn Tagen in höchster Alarmbereitschaft. Falls sich die Notwendigkeit ergibt, das Problem mit Gewalt zu lösen, dürfte die Operation schätzungsweise in kaum mehr als drei Tagen beendet sein. Vereinzelte Aktivitäten würde es noch zwei bis drei Wochen lang geben, aber das Land als Ganzes wäre neutralisiert. Unsere militärischen Befehlshaber rechnen neben der umfangreichen Zerstörung von Gebäuden mit einhundertfünfzig- bis zweihunderttausend Toten und Schwerverletzten. Unsere eigenen Verluste würden sich auf etwa siebentausend belaufen.«

Cooper sah Orlow an. »Wann beginnen Sie denn mit der Invasion?«

Orlow nickte Sawalew zu, der fortfuhr: »Präsident Orlow möchte einen solchen Befehl nicht erteilen und bittet Sie, eine Alternative in Erwägung zu ziehen.«

Cooper lächelte grimmig und lehnte sich mit verschränkten Armen auf seinem Stuhl zurück. »Was ist die Alternative?«

»Die Alternative ist die, daß Sie zur Lösung der überwältigenden Probleme Großbritanniens die wirtschaftliche, administrative und praktische Hilfe der Sowjetunion erbitten.«

Cooper seufzte ungeduldig. »Lassen wir doch diese Floskeln beiseite, um Gottes willen. Was verlangen Sie?«

»Wir haben ein Dokument zur Unterschrift vorbereitet, das die Bedingungen darlegt, unter denen die Sowjetunion positiv auf Ihre offizielle Bitte um Unterstützung reagieren würde.« Sawalew wies auf einen roten Aktendeckel. »Es ist dort drin, falls Sie es lesen wollen. Auf Russisch und Englisch.«

»Ja, vielleicht sollte ich es lieber lesen.«

Orlow sprach mehrere Minuten lang, dann übersetzte Sawalew wieder.

»Der Präsident schlägt vor, Ihnen ein paar Stunden Zeit zu geben, um das Dokument in Ruhe zu lesen.« Er deutete auf die Reihe von Telefonen. »Die Apparate haben Vorrangschaltung und stehen zu Ihrer Verfügung, falls Sie sich mit Ihren Kollegen zu Hause oder mit Ihren europäischen Partnern in Verbindung setzen möchten. Die Vermittlerinnen sprechen alle fließend englisch.«

Orlow und Fomenko hatten sich bereits erhoben. Orlows bäuerliches Gesicht war Cooper aufmerksam zugewandt, um seine Reaktion abzuschätzen. Als die beiden Russen zur Tür gingen, griff Sawalew nach dem roten Ordner und reichte ihn Cooper. »Möchten Sie, daß ich dableibe, Herr Premierminister, falls Sie irgendwelche Erklärungen brauchen?«

»Wenn man Ihnen befohlen hat, dazubleiben, dann bleiben Sie eben da. Mir ist das gleichgültig.«

Während Cooper den Ordner aufschlug, setzte sich Sawalew.

Auf der Titelseite stand schlicht:

»VERTRAG ÜBER NEUTRALITÄT UND ZUSAMMENARBEIT ZWISCHEN DEN REGIERUNGEN DER UNION DER SOZIALISTISCHEN SOWJETREPUBLIKEN UND DES VEREINIGTEN KÖNIGREICHS VON GROSSBRITANNIEN UND NORDIRLAND«.

Beim Umblättern sah er, daß der englische Text jeweils auf der rechten, der russische Text jeweils auf der linken Seite stand.

PRÄAMBEL

Die Regierung des Vereinigten Königreichs von Großbritannien und Nordirland bittet die Sowjetunion um Unterstützung bei der Wiederherstellung von Ruhe und Ordnung und Frieden und Wohlstand für ihr Volk. Sie hat erkannt, daß der Einfluß der Regierung der Vereinigten Staaten und ihrer Organe der Hauptfaktor bei der Entstehung der gegenwärtigen ernsten Lage gewesen ist. Sie erkennt außerdem, daß mit Hilfe der UdSSR die Schwierigkeiten zu überwinden wären, unter denen das Vereinigte Königreich gegenwärtig zu leiden hat. Zu diesem Zweck werden die folgenden Vertragspunkte von beiden Regierungen unterzeichnet und als »Englisch-Sowjetischer Vertrag über Neutralität und Zusammenarbeit« anerkannt. Die Vertragsparteien einigen sich, wie im folgenden Text dargestellt:

1. Das Vereinigte Königreich wird sämtliche mit anderen Staaten abgeschlossenen Verträge über wirtschaftliche, finanzielle oder militärische Hilfe unverzüglich lösen.

2. Für einen Zeitraum von fünf Jahren werden die Gesetze der UdSSR die Gesetze des Vereinigten Königreichs sein.

3. Die Regierung und die Behörden des Vereinigten Königreichs werden dem Rat der rechtmäßig ernannten sowjetischen Berater Folge leisten.

4. Die Außen- und Wirtschaftspolitik des Vereinigten Königreichs wird den Erfordernissen seiner Mitgliedschaft im Comecon entsprechen.

5. Der russische Text dieses Vertrags ist maßgeblich.

6. Die Regierung der UdSSR wird die Neutralität des Vereinigten Königreichs verteidigen und alle Schritte unternehmen, die sie für notwendig erachtet, um dieser Verpflichtung nachzukommen.

7. Die Regierung der Sowjetunion wird der Regierung des Vereinigten Königreichs dabei behilflich sein, Vollbeschäftigung herbeizuführen, Recht und Ordnung zu bewahren und Chancengleichheit für alle Bürger zu erreichen.

8. Ein zusätzliches Abkommen wird die Handelsbeziehungen und den Technologietransfer zwischen beiden Parteien regeln.
9. Das Vereinigte Königreich wird weder ein Mitgliedsstaat der Sowjetunion noch ein Mitgliedsstaat des Warschauer Pakts, es sei denn, die Regierung des Vereinigten Königreichs ersucht nach Ablauf der ersten Fünfjahresperiode die Regierung der UdSSR um Erwägung einer solchen Mitgliedschaft.
10. Der Vertrag gilt für einen Zeitraum von fünf Jahren, ist auf Wunsch um weitere fünf Jahre verlängerbar und tritt mit dem Datum seiner Unterzeichnung in Kraft.

Nachdem er das Dokument gelesen hatte, stieß Cooper einen tiefen Seufzer aus; dann las er es noch einmal von vorn. Schließlich warf er den Ordner auf den Tisch zurück. Sawalew nahm ihn und legte ihn ordentlich an seinen Platz.

Cooper zog die Augenbrauen in die Höhe. »Seit wann haben Ihre Leute das alles geplant?«

Sawalew zuckte die Schultern. »Was in Großbritannien passiert, ist Ihr Werk, nicht unseres.«

»Wenn Sie das glauben, mein Freund, dann glauben Sie wirklich alles.«

»Ist Ihnen noch irgend etwas unklar?«

»Beabsichtigen Sie wirklich eine Invasion, wenn ich dieses Blatt Papier nicht unterschreibe?«

»Warum zweifeln Sie daran?«

Cooper wandte sich auf seinem Stuhl um und sah den Russen an. »Was, glauben Sie, werden die anderen europäischen Länder tun? Tatenlos zusehen?«

Sawalew wies mit einem Nicken auf die Telefone. »Rufen Sie sie an und finden Sie es heraus. Wir können Sie mit jedem Staatsoberhaupt verbinden, mit dem Sie sprechen möchten.«

»Gut. Geben Sir mir Bonn. Ich werde mit dem Bundeskanzler reden.«

»Tun Sie das, Sir. Sagen Sie es einfach der Vermittlung.«

Fünf Minuten später kam die Antwort. Der deutsche Bundeskanzler war nicht erreichbar, und der Außenminister befand sich in

Quebec. Aus Paris kam die telefonische Nachricht, der Präsident sei nicht erreichbar, und der Außenminister mache Urlaub auf den Seychellen. Cooper hatte eigentlich außer einigen banalen Worten der Unterstützung nichts erwartet, aber diese bewußte Kränkung machte ihm deutlich, daß sie es alle schon wußten und die Tatsachen akzeptierten. Einen Moment lang erwog er, Washington anzurufen, aber dann dachte er sich, daß auch sie es schon wüßten und daß sie ihre Rechnung mit Moskau auf ihre eigene Weise begleichen würden, auf einem Schlachtfeld ihrer Wahl. Sie verteidigten jetzt Amerika, nicht die freie Welt. Wie immer, erkannte man erst im nachhinein, daß die Schrift bereits seit der Sache mit den Falklandinseln an der Wand gestanden hatte. Die Amerikaner, die ihren Vorteil suchten, und die EG, die sichergehen wollte, im Handel mit der Junta nicht die geringsten Einbußen zu erleiden. Und, wie immer, die verdammten Iren, jederzeit bereit, die Briten von hinten zu erdolchen, sobald sich dazu Gelegenheit bot. Und das Schauspiel, das die Politiker im Unterhaus bei dem verzweifelten Versuch geboten hatten, es beiden Teilen recht zu machen, in der Hoffnung, daß es die Öffentlichkeit nicht bemerkte.

Sawalews braune Augen sahen ihn an. Einen Moment lang glaubte Cooper sogar, in der Miene des anderen Sympathie zu lesen.

»Wo haben Sie so gut Englisch gelernt?«

Sawalew zuckte die Achseln. »In der Schule, an der Moskauer Universität, in New York und in London.« Er lächelte. »Ich war einer von denen in unserer Botschaft, die Premierminister Heath hinauswarf.«

»Sie müssen beim KGB gewesen sein.«

»Damals ja, aber nicht jetzt.« Sawalew schwieg einen Moment lang. »Was halten Sie von dem Vertrag? Es sind einige gute Punkte darin enthalten, wissen Sie.«

»Ich habe keine entdeckt.«

»Vollbeschäftigung?«

Cooper lächelte gequält. »Zwangsbeschäftigung. Man muß arbeiten, wo es einem befohlen wird, und für Löhne, die man nicht frei aushandeln kann. Streiks sind verboten und werden schwer bestraft.« Cooper zuckte die Schultern. »Ich frage mich, welchen Platz Sie sich für unseren Gulag ausgesucht haben.«

In den braunen Augen war keine Spur von Sympathie mehr, als der Russe sagte: »Unserer ist groß genug, um Ihre Leute auch mit aufzunehmen.«

»Sie haben tatsächlich schon alles genau geplant?«

»Natürlich.«

»Was waren die anderen positiven Punkte?«

»Sie kennen sie ebensogut wie ich, Herr Premierminister.«

»Es wird von mir erwartet, daß ich das unterzeichne?« Cooper deutete auf den roten Ordner.

»Selbstverständlich erwartet man das von Ihnen. Wir wissen genausogut wie Sie selbst, daß Ihnen keine andere Wahl bleibt. Entweder Sie unterschreiben, oder Ihr Land geht in Flammen auf. Für die Toten tragen Sie die Verantwortung, nicht wir. Wir lassen Ihnen die Wahl. Die Chance, einen Krieg zu vermeiden, den Sie nicht gewinnen können. Ihnen fehlt es an Waffen, Leuten und Flugzeugen. Und an Kampfwillen.«

»Und wenn ich unterzeichne?«

»Dann findet kein Krieg statt, und unsere Experten werden das Chaos für Sie in Ordnung bringen.«

»Und was mich persönlich betrifft?«

»Sie würden fürs erste Premierminister bleiben. In wenigen Tagen würde man Sie nach London zurückfliegen.«

»Können Sie sich vorstellen, was der Führer der Opposition ihrer Majestät sagen würde?«

»Es gibt keine Opposition ihrer Majestät mehr. Die königliche Familie ist vor zwei Stunden in Kanada gelandet. Und der Oppositionsführer ist bereits in Moskau. Er wird für einige Zeit nicht nach London zurückkehren.«

»Was ist sonst noch passiert?«

»Sie haben angefangen, nach den Plünderungen die Häuser auch noch niederzubrennen. Mittelengland und der Südosten sind am schlimmsten davon betroffen. Man hat die Armee zu Hilfe gerufen, und heute morgen wurde eine Ausgangssperre verhängt. Von sieben Uhr abends zwölf Stunden lang. Es klappt noch nicht überall, aber...«

Cooper hob die Hand. »Das genügt.«

»In einer Woche ist alles vorbei. Ein unerfreuliches Stück Geschichte, nichts weiter. Der Sturm vor der Ruhe.«

»Würden Sie ihnen mitteilen, daß ich bereit bin?«

»Sie sind bei einem Empfang in der äthiopischen Botschaft.« Er sah auf die Uhr und dann in Coopers Gesicht. »Sie werden in etwa zwanzig Minuten fertig sein.«

Cooper fühlte sich zum erstenmal wirklich zornig und gedemütigt.

Den Herrschern der Sowjetunion, die die Okkupation seines Landes planten, war seine Unterschrift nicht wichtig genug, um eine Party in irgendeiner afrikanischen Botschaft eine Viertelstunde früher zu verlassen. Sie waren sich ihrer selbst offenbar sehr sicher. Dann bemerkte Cooper, daß Sawalew weitersprach.

»...das ganze Politbüro. Man wird die Sache mit dem gebotenen diplomatischen Fingerspitzengefühl behandeln. Nichts, was auf Sieg oder Kapitulation hindeuten wird... eine vernünftige Zusammenarbeit zweier befreundeter Länder... es besteht nicht die Absicht, Sie oder Ihr Land zu demütigen.«

Cooper seufzte tief und schloß die Augen. Obwohl er nicht religiös war, begann er, in Gedanken das Vaterunser zu beten, aber bei »unser täglich Brot gib uns heute« wußte er nicht mehr weiter. Als er sich erhob, um langsam zu dem großen Gemälde an der gegenüberliegenden Wand zu gehen, hing ihm eine Träne im Augenwinkel. Es war eines jener gräßlichen, realistischen Bilder mit Lenin im Vordergrund, wie immer, der auf eine Fabrik hinter sich deutete. Die üblichen amazonenhaften Arbeiterinnen und hohläugigen Männer standen in zerlumpten Kleidern herum und lauschten gebannt den Reden ihres Abgotts.

Ein uniformierter Offizier brachte Sawalew eine Mitteilung, und als er sie gelesen hatte, wandte er sich zu Cooper. »Sie haben einen Wagen für uns geschickt. Sie müssen die ganze Behandlung über sich ergehen lassen. Fernsehen, Rundfunk, das Politbüro und der Große Kremlpalast. Sind Sie bereit?«

Cooper nickte. Sie hatten wirklich alles bis ins kleinste geplant und waren davon ausgegangen, daß er nicht den Mut oder die Torheit besitzen würde, sich zu weigern.

Als er zufällig sein Gesicht im Spiegel sah, erschrak er. Seine Augen waren vor Müdigkeit rotumrändert, seine Wangen eingefallen und seine angespannten Lippen gaben die Zähne frei, als sei er ein wildes Tier, das einen Rivalen anknurrt.

Als sie durch die Kremltore fuhren, präsentierten die Wachen das Gewehr, und als sie vor dem Eingang des Großen Kremlpalasts hielten, sah Cooper im Scheinwerferlicht den Union Jack und die sowjetische Flagge, und einen Moment lang wurde er von der Ungeheuerlichkeit seines Vorhabens überwältigt. Es war unglaublich, unmöglich, daß es dazu gekommen war.

Vor sechs Monaten, ja sogar noch vor fünf Monaten hatte eine gewisse Unruhe geherrscht, die aber über das normale Maß nicht hinausging. Und dann hatte der unaufhaltsame Sturz in die Katastrophe begonnen. Die Geheimdienste hatten das Kabinett vor entschlosseneren Aktionen der Umstürzler gewarnt. Diesen Berichten zufolge waren die Industrie, die lebenswichtigen Betriebe, die Labour Party und die Gewerkschaften bis zu einem unglaublichen Grad von linksaktivistischen Gruppen durchsetzt und wurden praktisch von ihnen kontrolliert.

Ähnliche Berichte waren seit zehn oder mehr Jahren auf die Schreibtische der Minister geflattert, aber trotz der Tatsache, daß diese neuen Meldungen bedrohlicher und fundierter waren, hatte man wenig getan. Wie üblich hatte man »Rote unter den Betten!« geschrien. Und wie üblich hatte dies dazu beigetragen, von der Dringlichkeit jener Berichte abzulenken. Als dann die Sicherheitsdienste von den linken Handlangern im Parlament angegriffen wurden, die SPG sich auflöste, die Unabhängigkeit der Polizei ständigen Angriffen ausgesetzt war, wurde der Verzicht auf irgendwelche Maßnahmen einfacher, zumal es selbst der Öffentlichkeit klar war, daß die Gesetze dieses Landes nicht mehr durchgesetzt werden konnten.

Eine Militärkapelle spielte eine ihrer Hymnen, und Cooper stand gemeinsam mit dem Russen in Habtachtstellung. Er war sich nicht sicher, ob es die Rote Fahne oder die Internationale war. Es mußte die Internationale sein – die Rote Fahne war das Lied, das immer am Ende von Labour-Tagungen gesungen wurde. Er hatte sie allzu oft im Fernsehen gesehen. Wie sie sich alle an den Händen hielten und dabei versuchten, sich ja nicht in die Augen zu schauen. Diese widerlichen Kerle wie Wilson und Callaghan, Benn und Foot. Nun konnten sie ja endlich ihre Rote Fahne wehen lassen.

Dann führte ihn Sawalew hinein, durch eine riesige Halle und lange, mit Teppich ausgelegte Korridore hinunter. Jetzt ergriff Orlow seine Hand. Gott sei Dank kam es nicht zu den Umarmungen und der Küsserei, ohne die es sonst nie ging. Orlow stellte die um den Tisch versammelten Männer einen nach dem anderen vor. Und einer nach dem anderen verbeugte sich kurz in Coopers Richtung. Ein mit mehreren Kameras ausgerüstetes Fernsehteam tauchte die Mitte des langen Tischs in gleißendes Scheinwerferlicht. Als Cooper sich an seinen Platz setzte, sah er vor sich und Orlow die ledergebundenen Originale der Vertragsdokumente liegen.

Es wurde applaudiert, und Orlow erhob sich. Zuversichtlich sah er in die Runde, klopfte verstohlen auf seine Taschen, wie ein selbstzufriedener Gebrauchtwagenhändler, der gerade ein gutes Geschäft gemacht hat und sein Glück noch nicht ganz fassen kann. Ab und zu lächelte er wohlwollend und wies in Coopers Richtung. Schließlich setzte er seine Brille auf und nahm zwei maschinengeschriebene Seiten schweren, beigefarbenen Papiers in die Hand. Und in teils holprigem Englisch sagte er seinen Vers auf.

»Unseren Freunden und Genossen in Großbritannien senden wir eine aufrichtige Botschaft brüderlicher Liebe. Während der letzten Jahre haben wir eine stolze Nation von ihrem Weg abkommen sehen. Mit der Unterzeichnung dieses Vertrags setzt die Sowjetunion ihre ganzen Mittel ein, um Großbritannien Stabilität, Vollbeschäftigung und Respekt vor dem Gesetz zurückzugeben. Mit gutem Willen von beiden Seiten werden wir in unserem Bemühen erfolgreich sein.« Orlow sah langsam in die auf ihn gerichtete Kamera. »Kein Mensch und keine Nation soll es wagen, unsere Anstrengungen zunichte zu machen. Der Versuch würde ernste Folgen nach sich ziehen. Ein großer Russe – Leo Tolstoi – hat in seinem Roman *Anna Karenina* gesagt: ›Es gibt keine Bedingungen, an die sich ein Mensch nicht gewöhnen könnte, insbesondere, wenn er sieht, daß alle um ihn herum genauso leben.‹ Dies sage ich zu unseren Zuschauern in Großbritannien – denken Sie heute nacht in Ruhe darüber nach. Es wird Veränderungen geben. Veränderungen, um Ihnen wieder Vollbeschäftigung zu bringen, Ruhe und Ordnung in Ihren Städten, und eine Zukunft voller Hoffnung statt Verzweiflung. Vom Großen Kremlpalast aus entbiete ich Ihnen die brüderlichen Grüße aller Männer, Frauen und Kinder in der Sowjetunion. Ihnen allen eine gute Nacht.«

Füllhalter wurden ausgetauscht und die Dokumente unterzeichnet. Orlow erhob sich und ging zur Tür. Ihm folgten alle übrigen, bis nur noch Cooper, Sawalew und ein Angestellter, der die Schriftstücke einsammelte, übrigblieben. Es war alles vorbei.

Kapitel 9

Die Nachrichtenagentur Nowostij hatte bereits Fernsehstationen in allen europäischen Ländern angerufen, um sie auf eine wichtige und bedeutende Übertragung aus Moskau hinzuweisen. Manche Stationen hatten sie direkt in ihr Abendprogramm aufgenommen, andere hatten sie nur aufgezeichnet und dann das laufende

Programm unterbrochen, als sie merkten, um was es ging. Die Bar im Presseclub war voll. Eher, weil das der Normalzustand war, als irgendeiner Übertragung aus Moskau wegen.

Als Orlow vor die Kameras trat, zeigte niemand besonderes Interesse. Dann erschienen die englischen Untertitel, und als Orlow zum Kernpunkt seiner Rede kam, wurde es still in der Bar. Alle starrten auf den Bildschirm, hielten ihre Gläser in der Hand und vergaßen, ihre Zigaretten anzuzünden. Während die Computerschrift die Übersetzung wiedergab, entstand ungläubiges Gemurmel, und als Orlow anfing, englisch zu sprechen, hörte man ungeduldiges Zischeln um Ruhe. Als schließlich das Bild erlosch und der Hauptfilm des Abends weiterging, trat erst einmal eine kurze Stille ein, bevor der Tumult losbrach. Die meisten Journalisten rannten los, um zu telefonieren oder ein Taxi zu erwischen, aber einige, die gerade dienstfrei hatten, blieben da.

»Was, zum Teufel, meint er damit?« fragte der Mann vom *Daily Express*, als er sich den anderen zuwandte. »Er muß total verrückt geworden sein.«

»Hat schon jemand wegen eines Kommentars beim *Morning Star* angerufen?«

»Nein. Ich versuch's jetzt mal. Wir teilen es uns.«

Nach sechs Minuten kam er zurück. Er hielt einen mit stenographischen Notizen beschriebenen Umschlag in der Hand und las vor: »Sir Frederick Cooper, der Premierminister, hat über irgend etwas einen Vertrag mit der Sowjetunion unterzeichnet. Die Sowjetunion wird Verteidigungs-, Wirtschafts- und Verwaltungsexperten zur Verfügung stellen, um der britischen Regierung zu helfen, wieder Frieden und Wohlstand einkehren zu lassen.« Stirnrunzelnd schaute er auf. »Was, zum Teufel, bedeutet das?«

Der Mann von der *Times* lachte. »Das bedeutet, daß unser Freddie die Wahl hatte, entweder einen Großangriff der Roten Armee abzuwehren oder Schluß zu machen.«

»Was willst du damit sagen... Schluß zu machen?«

»Die Roten einzuladen, unter den Betten hervorzukommen.«

»Und weshalb?«

»Um uns einzunehmen. Um das Land zu regieren.«

»Um Himmels willen, die werden doch nicht glauben, daß wir uns das so einfach gefallen lassen. Die Armee würde das von vornherein nicht zulassen.«

»Hör schon auf damit, Martin«, sagte der Mann vom *Guardian* ruhig. »Die Armee und die Polizei werden ja nicht mal mit den Plünderern und Randalierern fertig, geschweige denn mit einem Großangriff.«

»Ich sollte lieber wieder ins Büro zurück. Vielleicht ist es irgend so ein verdammter Schwindel wie damals diese Sache von Orson Welles in den Vereinigten Staaten.«

Der Mann vom *Guardian* lächelte. »Du solltest lieber deine Aktenordner durchgehen, mein Bester, und nachschauen, was du in den letzten Jahren über die Rußkis geschrieben hast.«

Mehrere Mitglieder trafen ein, die ihre Meldungen in den Computer eingegeben hatten und jetzt eine Pause machten, in der Hoffnung, daß die Stammgäste des Presseclubs mehr wüßten als sie selbst. Es war jedoch der Parlamentsberichterstatter für die Thomson-Gruppe, der die ersten harten Fakten hatte. Er hatte mit Moskau, Paris und dem TASS-Büro am Gough Square gesprochen.

»Die Botschaft in Moskau weiß rein gar nichts. Man hat ihr nicht mitgeteilt, daß das Programm ausgestrahlt wurde. Sie wissen nicht, wo Cooper sich aufhält, und wußten nicht, daß er in Moskau war.«

»Was haben die Jungs von der TASS gesagt?«

Der Thomson-Mann grinste. »Man hält sie genauso kurz wie uns, aber sie haben in der letzten Stunde aus Moskau eine allgemeine Direktive bekommen. Sie lautet ungefähr so, daß wir mit sowjetischer Hilfe alle Tage Weihnachten haben werden. Die Familie, die Hand in Hand dem Sonnenaufgang entgegengeht, sowas in dieser Richtung. Aber irgendwie spürt man doch, daß sie ein wenig in Sorge sind.«

»Weshalb?«

»Was die Reaktion angeht. Hier und in der übrigen Welt. Vor allem in Washington.«

Jemand meinte, es sei wie am Abend des Wahltags, wenn man auf die allmählich eintreffenden Ergebnisse wartet und sich die Computervoraussagen anhört. Von Zeit zu Zeit brachte jemand neue Nachrichtenschnipsel. Die Provinzstädte waren eigenartig ruhig. Keine Plünderungen, größtenteils leere Straßen. Das Pressebüro des Bukkingham-Palasts gab keinerlei Stellungnahme ab. Es gab Gerüchte, daß amerikanische Maschinen rund um die Uhr Botschaftspersonal und -dokumente ausflogen. Die für gewöhnlich gut informierten Journalisten wußten diesmal nicht mehr als ihre Leser. Selbst in den frühen Morgenstunden vertrat noch eine beachtliche Zahl erfahrener Beobachter die Meinung, es handle sich nur um eine Art sowjetisches Täuschungsmanöver.

Während der nächsten zwei Tage gab es aus keiner Quelle viel Neues. Die Täuschungs-Theorie gewann an Boden, vor allem, weil es keinen Beweis für das Gegenteil gab. Europäische und amerikanische Nachrichtenquellen waren gleichermaßen von Informationen und Fakten abgeschnitten. Eine japanische Radio- und Fernsehstation behauptete, Beweise dafür zu besitzen, daß die Sendung durch eine Fehlschaltung aus einem Studio, wo für einen Fernsehfilm geprobt wurde, auf den Sender geraten sei. Moskauer Quellen gaben an, mit Anfragen überlastet zu sein, und baten, weitere Fragen nur schriftlich oder über Fernschreiber zu stellen. Indessen bestätigten sie, daß die Sendung authentisch gewesen sei, konnten jedoch keine genaueren Angaben machen.

Der erste Schlag fiel in den Morgenstunden des folgenden Tages, als in einem Agenturbericht aus Ottawa behauptet wurde, die Königliche Familie sei auf einem Landsitz in der Nähe von Kingston, Ontario, gesehen worden.

Dieser Landsitz gehörte einem Mitglied der kanadischen Liberalen Partei, einem Angehörigen eines der früheren Kabinette Trudeaus. Die Meldung war offiziell von einem Regierungssprecher in Ottawa dementiert und als Gerücht abgetan worden. Klatschkolumnisten und Gesellschaftsreporter machten sich daran, den königlichen Terminkalender zu überprüfen, wobei sich im Lauf weniger Stunden herausstellte, daß wirklich irgend etwas vorging. Nicht einmal unbedeutendere Mitglieder des Königshauses hatten während der beiden letzten Tage ihre Verpflichtungen erfüllt.

Komischerweise übte diese Nachricht auf die Öffentlichkeit eine stärkere Wirkung aus als die Fernsehübertragung aus Moskau. Es war nicht nur, daß die Königliche Familie abgereist war, sondern sie war abgereist, ohne das Volk davon in Kenntnis zu setzen. Das löste eine allgemeine Niedergeschlagenheit und Besorgnis aus, die in keinem Verhältnis mehr zum Anlaß standen. Um neun Uhr an diesem Abend wurde bekanntgegeben, daß sich der Premierminister wieder im Land befinde und in den nächsten achtundvierzig Stunden verschiedene Miteilungen machen werde. Cooper, den man bisher immer als Null betrachtet hatte, wurde plötzlich zum Retter. Er war der einzige, der wußte, was los war, und ihnen sagen würde, was wirklich geschah. Er war der Mann, der offenbar in der Hoffnung nach Moskau geflogen war, dem eigenen Land wieder zum Frieden zu verhelfen.

Vierundzwanzig Stunden lang hatten sich die Medien durch diese ganze Sache hindurchlaviert. In dem aufrichtigen Bemühen, alles nicht noch schlimmer zu machen, hatten sie auf die Nennung nüchterner Fakten verzichtet. Mit der Meldung von der Rückkehr des Premierministers jedoch wurden die Kommentare schärfer. Es sei an der Zeit, der Nation die Wahrheit zu sagen, lautete jetzt das Hauptthema. Die schärfste Stellungnahme fand sich im Leitartikel des *Daily Telegraph*, wo ein direkter Vergleich mit München gezogen und die Frage gestellt wurde, ob die Nation denn wirklich beschlossen habe, »lieber rot als tot« zu sein. Oder ob es sich dabei um die Entscheidung einer kleinen Gruppe schwacher Männer handele, denen der Mut gefehlt hatte, die Probleme der beiden letzten Jahre anzupacken, und die nun bereit waren, sich dem gleichen Druck zu beugen, den sie einst selbst als subversiv und undemokratisch bezeichnet hatten? War dies tatsächlich das Ende der Demokratie in Großbritannien? Der Anbruch einer neuen Eiszeit?

Der oberste Beamte der Luftaufsicht in Heathrow saß in Hemdsärmeln und mit auf die Stirn geschobener Brille da und wählte die Geheimnummer des Kontrollturms in Gatwick. Die Stimme am anderen Ende der Leitung klang ruhig und beherrscht.

»Collins, Luftaufsicht Gatwick.«

»Mein Gott, das hört sich an, als gäben Sie die Nummern im Gesangbuch an. Was geht denn bei euch vor?«

»Wir haben aufgegeben, Charlie. Alle unsere Frequenzen werden aufs Geratewohl von jedem Tom, Dick und Harry benutzt. 119.45 ist seit zwei Stunden weg. Die Londoner Kontroll-Zone hat abgeschaltet. Biggin hat 129.4 aufgegeben, weil es hoffnungslos war, weiterzumachen. Es ist im ganzen Südosten dasselbe. Headcorn, Lydd, Manston, Southend. Sie benutzen sogar die verdammte Volmet-Frequenz. Und was ist bei Ihnen?«

»Ich halte noch durch, aber es hat keinen Sinn. Die Piloten ignorieren die Instruktionen einfach, und die verdammten Rollbahnen sehen aus wie Taxistände. Auf dem Rasen stehen überall Privatflugzeuge rum. Es wird etwas Schreckliches passieren, wenn nicht bald jemand was tut.«

»Wer, zum Beispiel?«

»Die CAA, das Innenministerium oder sogar das Verteidigungsministerium.«

»Die sind ja nicht einmal mehr telefonisch zu erreichen, Charlie. Wir haben uns alle daran gewöhnt zu sagen, ›man‹ sollte etwas tun.

Und schließlich hat man's getan. ›Man‹ hat sich aus dem Staub gemacht und uns im Stich gelassen.«

»Irgendein Zeichen von den Russen?«

»Ja, bei uns sind heute nacht neun Iljuschins gelandet, bevor die Nachricht bekannt wurde und die Panik ausbrach. Ich nehme an, daß die US-Luftstützpunkte Tausende von US-Bürgern auf dem Hals haben, die nach Shannon geflogen werden wollen. Dublin und Shannon schreien sich heiser, aber niemand nimmt die geringste Notiz davon. Die Lemminge haben sich auf den Weg gemacht, und niemand hält sie auf. Es gibt Piloten von Privat- und Firmenflugzeugen, die mit einem Flug nach Cork, Shannon und Dublin 100000 Pfund verdienen.«

»Was werden Sie selbst tun?«

»Ich? Ich bin verheiratet und habe drei Kinder. Mir bleibt keine Wahl. Ich warte einfach ab und schaue, was passiert. Wenn Sie nicht verheiratet sind, sollten Sie machen, daß Sie wegkommen.«

»Wissen Sie, ich kann nicht glauben, daß es wirklich passiert. Nicht so von einem Tag zum anderen.«

»Machen wir uns doch nichts vor, Kamerad. Das hat sich doch seit zehn Jahren angebahnt. Wir haben bloß immer in die andere Richtung geschaut. Wer schlau war, hat sein Geld nach Übersee geschafft, als Maggie die Devisenkontrollen aufhob. Sehen Sie nur, was in den drei letzten Monaten mit den Krügerrands passiert ist. Der Weltmarkt-Goldpreis für eine Unze Troygewicht – 380 Pfund Sterling. Der Preis von letzter Woche für einen Krügerrand in London... 1200 Pfund Sterling. Irgend jemand hat es vorausgeahnt, Kamerad. Ich muß jetzt gehen. Wir machen noch ein letztes Mal in der Kantine einen drauf, bevor sie mit Schnee an den Stiefeln hereinkommen.«

»Lassen Sie mich wissen, wenn...«

Die Telefonverbindung brach ab, und dasselbe geschah mit allen Telefonverbindungen in London und den umliegenden Grafschaften, als höfliche Russen den Technikern in den zentralen Vermittlungsstellen ihre Anweisungen gaben.

Obwohl die Flugzeuge wie Mücken umherschwärmten, ohne jegliche Kontrolle und ohne auf Flugwege zu achten, wurde nur von sieben Zusammenstößen mit vierundfünfzig Verunglückten berichtet. Die Royal Air Force und die Royal Navy hatten gut zusammengearbeitet. Flugzeugträger wurden eingesetzt, um Maschinen aufzunehmen, für deren Aufnahme sie eigentlich nicht gedacht waren, und sobald es möglich war, waren Flugzeuge im Konvoi nach Gibraltar und Zypern geflogen. Eine Harrier ging verloren, ansonsten verlief der Rückzug ohne Verluste.

Die Küstenwachstationen gaben es schon bald auf, über Abfahrten Buch zu führen. Mit den vielen großen und kleinen Schiffen, die Richtung Frankreich, Belgien und Holland fuhren, erinnerte der Ärmelkanal manchen alten Hasen an Dünkirchen. Wagemutige Leute stellten ganze Konvois von leichten Booten zusammen, um die riskantere Fahrt über die südliche Nordsee anzutreten.

In französischen Kanalhäfen brachen Streitigkeiten zwischen britischen Flüchtlingen und französischen Hafenbehörden aus, doch die echte Verzweiflung der illegal Einreisenden machte daraus einen einseitigen Kampf. In den folgenden Wochen würde man die Rechnungen begleichen, doch drei Tage lang gaben die französischen Beamten jeden Widerstand auf und hockten wutschnaubend in ihren Büros. Sie befolgten damit einen Befehl ihrer Regierung, der ihrerseits von Washington gedroht worden war, daß man alle französischen Vermögenswerte in den USA einfrieren und nötigenfalls beschlagnahmen werde, falls den fliehenden Briten nicht wenigstens vorübergehend Unterschlupf gewährt würde.

Kapitel 10

Die Aeroflot-Maschine brachte Cooper nach Lydd zurück, einem kleinen Flugplatz an der Küste von Kent, und ein Helikopter aus Wessex flog ihn nach London. Er landete auf Horse Guard's Parade, wo Cooper zu seiner Überraschung von Sawalew und einer Gruppe von sechs Männern erwartet wurde. Er wurde ihnen einzeln vorgestellt. Alle waren Russen, alle sprachen hervorragend Englisch. Auf Sawalews Vorschlag hin gingen sie zusammen zur Downing Street.

Nichts schien sich in Number Ten verändert zu haben. Außer den Angestellten. Auch sie waren englischsprechende Russen, und Cooper bemerkte, daß die Mädchen genauso hübsch wie ihre englischen Vorgängerinnen waren. Sawalew nahm ihn allein ins Kabinettszimmer mit.

»Juri Smetana hat mich gebeten, Sie ins Bild zu setzen, Sir Frederick.«

»Wer ist Juri Smetana?«

»Er ist der Sowjetische Beauftragte.«

»Und was heißt das?«

»Er ist der Mann, der für das Wiederaufbau-Programm verantwortlich ist. Er wird Moskaus Spitzenmann im United Kingdom sein. Spricht sehr gut englisch. Hat viele Jahre in den Vereinigten Staaten gelebt. Er wurde speziell für diese Aufgabe ausgebildet und vorbereitet. Sehr tüchtig und ein tatkräftiger Organisator.«

»Und Sie?«

»Ich bin Smetanas Berater, weil ich mit diesem Land mehr Erfahrung habe als er. Aber setzen wir uns doch, dann erkläre ich Ihnen, wie wir uns die Neuordnung vorstellen.«

Cooper zuckte die Achseln und ließ sich im nächsten Sessel nieder.

»Smetana tritt heute abend im Fernsehen auf, um den neuen Kurs zu erläutern. Aber das können Sie sich anhören, wenn es gesendet wird. Die Gesetzgebung ist bereits festgelegt. Im wesentlichen handelt es sich um unser sowjetisches Gesetzsystem, aber zur Überbrückung setzen wir eine Behörde ein, von der wir möchten, daß Sie sie autorisieren. Sie übernimmt die Ernennung von sowjetischen Beratern für alle Städte ab 25000 Einwohnern. Diese Berater werden geschulte Mitarbeiter haben, die sich um die örtliche Verwaltung von Wirtschaft und Finanzen und um Recht und Gesetz kümmern. Außerdem werden sie das sowjetische Wiederaufbaudarlehen verwalten.«

»Was ist das?«

»Für den Anfang handelt es sich um ein Darlehen von etwa 100 Millionen Rubel für Umschulungsprogramme.«

Das Telefon klingelte. Sawalew nahm ab, nickte und legte wieder auf.

»Smetana möchte Sie jetzt sprechen. Er wird in Nummer 10 einziehen und Sie nebenan, in Nummer 11.« Sawalew erhob sich. »Er ist oben im Privatbüro.«

Smetana war ganz anders, als Cooper ihn sich vorgestellt hatte. Er war Anfang fünfzig, geschmackvoll gekleidet und wirkte eher wie ein Absolvent der Harvard Business School als wie ein sowjetischer Parteimann. Lächelnd stand er auf und streckte Cooper die Hand entgegen.

»Die Briten scheinen nicht gut für ihre Premierminister zu sorgen, Sir Frederick. Geschichte geht vor Komfort.« Er deutete auf einen Lehnstuhl. »Bitte setzen Sie sich doch.«

Als Cooper saß, hockte sich Smetana auf die Kante des alten Mahagonischreibtischs und ließ lässig ein Bein hin- und herschwingen.

»Wir haben ein paar Probleme damit, daß die örtlichen Behörden unsere Stadtbeauftragten nicht akzeptieren. In einigen Fällen wollen wir, daß Sie die betreffenden Gebiete besuchen und das in Ordnung bringen. Wir möchten, daß alles reibungslos verläuft, doch die Leute brauchen Zeit, um sich an neue Gegebenheiten zu gewöhnen. Ich hoffe, meine Fernsehansprache hilft dabei. Aber ich wollte Ihnen mein allgemeines Vorgehen erläutern. Ich bin nicht auf Ärger aus, doch wer Ärger macht, wird nach sowjetischem Recht streng bestraft. Ich werde von den Briten nur verlangen, was ich auch von jedem Sowjetbürger verlangen würde. Ihnen werden die gleichen Rechte und Strafen zuteil. Und dieselben Pflichten dem Staat gegenüber. Harte Arbeit und Loyalität werden geehrt und belohnt, Faulenzer und Störenfriede jedoch werden genau wie in der Sowjetunion behandelt.«

»Ich glaube, Ihr erstes Problem wird das Unterhaus sein.«

Smetana erhob sich lächelnd. »Das glaube ich nicht, Sir Frederick. Das glaube ich nicht. Es wird nicht wieder einberufen.« Er lächelte immer noch. »Heute abend gebe ich in unserer Botschaft einen Empfang. Ich hoffe, Sie kommen vorbei.« Smetana wandte sich lächelnd an Sawalew. »Sorgen Sie dafür, daß er kommt, Lew.«

Smetanas Ansprache kam auf allen Fernsehkanälen und in allen Radioprogrammen. Cooper, der mit Sawalew vor dem Fernsehapparat saß, überlegte, welche Melodie das war, die den Vorspann begleitete. Es handelte sich nicht um die »Rote Flagge«, aber Cooper war nicht sonderlich musikalisch. Einen Moment lang glaubte er, eine alte Melodie zu erkennen, die »Wagon Wheels« hieß. Smetana hatte die Einleitungsmusik selbst ausgewählt. Es war ein melodischer Auszug aus Dvoráks 9. Sinfonie – »Aus der Neuen Welt«. Der Titel der Sendung lautete schlicht: »Der Sowjetische Beauftragte für Großbritannien«.

Der Vorspann ging zu Ende, und dann sah man Smetana im blauen Anzug mit dunkelroter Krawatte und weißem Hemd. Jetzt ähnelte er noch mehr einem Top-Manager von IBM. Er hatte die Hände vor sich auf dem Schreibtisch gefaltet, und hinter ihm an der Wand konnte man gerade noch das Karsh-Portrait Churchills erkennen.

»Guten Abend. In den vergangenen Tagen haben die Medien und andere Teile der Gesellschaft über die Pläne für das Wiederaufbauprogramm spekuliert. Einige dachten wohl an ein Szenario, das an eine alte walisische Predigt erinnert – Höllenfeuer und Verdammnis. Andere haben ein fröhlicheres Bild gezeichnet. Heute abend möchte ich Ihre Gemüter beruhigen.

Dies ist ein Land, eine Nation, mit einer langen, von Mut und Fortschritt geprägten Geschichte... die Regierung der Sowjetunion hat mich damit beauftragt, dieses Land zu seiner früheren Größe zurückzuführen. Nicht in zehn Jahren, auch nicht in fünf Jahren, sondern vielmehr innerhalb von Monaten. Das mag unmöglich klingen, aber ich kann Ihnen versichern, daß es das keineswegs ist. Änderungen im Verhalten und in der Lebensweise werden die Folge sein. Aber ich glaube, daß die Mehrheit des Volks diese Änderungen begrüßen wird.

Lassen Sie mich Ihnen einige der Probleme und die Methoden, mit denen wir sie gemeinsam angehen werden, skizzieren.

Arbeitslosigkeit ist ein Verbrechen am Volk. Es gibt keine Entschuldigung dafür. Jeder Bürger – ob Mann oder Frau – hat das Recht und die Pflicht zu arbeiten. Meine Stadtbeauftragten haben bereits Anweisung erhalten, daß für alle Arbeitslosen innerhalb von 21 Tagen Arbeit gefunden werden muß. Löhne und Vergütungen werden in allen Bereichen genau dem entsprechen, was für vergleichbare Arbeitsleistungen in der Sowjetunion gezahlt wird. Für jene, deren Ausbildung nicht mehr gebraucht wird, finden ab sofort Umschulungsprogramme statt. Dies schließt auch die derzeitigen Angehörigen der Streitkräfte mit ein, die bis auf weiteres nicht mehr gebraucht werden. Es gibt Soldaten, Matrosen und Luftwaffenangehörige, deren beachtliche Fähigkeiten der Nation in Handel und Industrie mehr Nutzen bringen als in irgendwelchen öden Kasernen in Deutschland oder sonstwo.

Als nächstes komme ich zu Recht und Gesetz. Jedem Haushalt wird in den nächsten Tagen eine Erklärung der sowjetischen Gesetze zugehen. Darin steht, welche Rechte Sie haben, welche Pflichten Sie haben, und was untersagt ist. Kriminelle Elemente, Rowdys und Unruhestifter werden hart bestraft, genauso, als lebten sie in Moskau oder Leningrad. Die Tage der Gesetzesbrecher sind vorbei.

Die Zeitungsschreiber haben viel über die sowjetischen Absichten spekuliert. Man hat unter anderem den Begriff ›Finnlandisierung‹ benutzt – was sich auf unsere enge Zusammenarbeit mit unseren finnischen Nachbarn bezog. Andere haben vermutet, Großbritannien werde der Sowjetunion angegliedert. Keine dieser Spekulationen trifft zu. Die Sowjetunion ist von den westeuropäischen und amerikanischen Medien als Kriegstreiber angeprangert worden, immer darauf aus, ihre Grenzen in jeder Richtung auszudehnen. Im Zweiten

Weltkrieg wurden 20 Millionen Russen von den Faschisten getötet. Meine gesamte Familie befand sich unter den Opfern. Das waren für mich nicht nur Namen auf einer Liste. Es waren Menschen, die ich liebte. Meine Umwelt. Mein Leben. Kann man mir unterstellen, ich sei ein Kriegstreiber? Kann man irgendeinem Sowjetführer unterstellen, derjenige sein zu wollen, der das sowjetische Volk in einen weiteren Weltkrieg führt? Das überlasse ich Ihrer Entscheidung. Wir konnten diese ständige Feindseligkeit der Amerikaner nicht mehr länger hinnehmen. Von diesen Inseln aus planten sie ihre Spionageakte gegen uns. Und diese Inseln waren es auch, die sie als ihre europäische Basis für den nächsten Krieg betrachteten. Viele Jahre lang duldete die Sowjetunion diese Provokation um des Weltfriedens willen. Aber jetzt muß eine Grenze gezogen werden. Bis hierher und nicht weiter. Trident, Cruise Missiles, Land- und Seestützpunkte, das ging zu weit. Tief im Innern wußten Sie das, aber man ließ Ihnen keine andere Wahl. Als Ihr Premierminister uns um Hilfe bat, um Ordnung zu schaffen, wußten wir, daß wir die Pflicht hatten, seiner Bitte zu folgen.

Beim Aufbau einer neuen Gesellschaft müssen neue Verfahrensweisen, neue Denkweisen angewendet werden. Lassen Sie mich Ihnen einige dieser Veränderungen erklären.

In einer modernen Gesellschaft ist kein Platz für Lords, Barone, Grafen und Ritter. Von jetzt an sind all diese Titel ungültig. Die Politiker haben diesem Land keinen guten Dienst erwiesen. Statt es aufzubauen, haben sie es entzweit, indem sie sich und ihren jeweiligen Gönnern Privilegien verschafften. Darum wird es in den nächsten fünf Jahren in diesem Land keine politischen Parteien mehr geben. Nicht einmal unsere Freunde, die Mitglieder der Kommunistischen Partei Großbritanniens, sind von dieser Regelung ausgenommen. Politische Parteien sind verboten.

Ich habe noch eine letzte Ankündigung zu machen. Ich habe Befehl erteilt, eine Veranstaltung wiederaufleben zu lassen, die hier nach dem Krieg stattfand. Sie wurde *Festival of Britain* genannt und führte der ganzen Welt Ihren Erfindergeist und Ihre Kreativität vor Augen. Meine Mitarbeiter wurden dahingehend instruiert, daß in zwei Monaten ein *Festival of Britain* stattfinden soll.

Bitte denken Sie darüber nach, was ich Ihnen heute abend gesagt habe. Ich bin sicher, daß Sie mit mir übereinstimmen werden, daß die Veränderungen unvermeidlich waren und zu unser aller Bestem sein werden. Gute Nacht.«

Sawalew beugte sich vor und schaltete den Apparat aus. Dann wandte er sich Cooper zu.

»Was halten Sie davon?«

Cooper zog die Augenbrauen hoch. »Sehr schlau. Sehr überraschend.«

»Was war für Sie überraschend daran?«

»Der Ton. Die Haltung.«

Sawalew nickte. »Aber Sie glauben nicht, daß es uns damit wirklich ernst ist?«

»Natürlich nicht. Das Land kümmert euch doch überhaupt nicht. Ihr werdet es ausbluten, so wie ihr es bisher mit jedem Land getan habt, das ihr eingenommen habt.«

»Sie irren sich. Sie irren sich völlig. Wir wollen der Welt zeigen, was man mit dem Kommunismus in einem hochentwickelten Land erreichen kann. In der Sowjetunion mußten wir uns erst von Jahrhunderten der Sklaverei und Rückständigkeit befreien. Wir haben, weiß Gott, Opfer gebracht und werden dafür belohnt werden, wenn die Zeit reif ist. In diesem Land jedoch können wir der ganzen Welt die Vorteile unseres Systems statt im Lauf von Jahrzehnten innerhalb einiger Monate zeigen.«

»Sie hören sich an wie eine Werbeagentur in der Madison Avenue, die einen neuen Kunstdünger verkauft.«

Sawalew schüttelte lächelnd den Kopf. »Warten Sie's ab, mein Freund. Sie werden überrascht sein. Wir tun das, was Sie und Ihr Volk schon vor Jahren hätten tun sollen. Sie haben zugelassen, daß sich das Land auflöste, und keinen Finger gerührt, um diesen Prozeß zu verhindern oder aufzuhalten.«

Es dauerte einige Wochen, bis sich die Bevölkerung darüber klar wurde, was die neuen Machthaber von ihr verlangten. Die meisten sowjetischen Berater trugen ziemlich altmodische Zivilkleidung, waren jedoch ansonsten nicht zu erkennen. Die Pessimistischeren unter ihnen hatten während der ersten Tage Ausschreitungen und möglicherweise Plünderungen befürchtet, aber nichts dergleichen geschah.

Man sagte den Leuten an ihren Arbeitsplätzen, was von ihnen erwartet wurde. Firmen mit mehr als fünfzig Beschäftigten wurden größeren Unternehmensgruppen eingegliedert, die wiederum Teil der großen staatseigenen Kollektive werden sollten. Die neuen Lohntarife und Arbeitsbedingungen wurden in allen Betrieben durch Aushang bekanntgegeben.

Die alten Arbeitsämter wurden zu lokalen Dienststellen des Arbeitsministeriums, und alle dort Registrierten wurden zur Arbeit in Betriebe in der Nähe ihres Wohnorts oder in die neuen Umschulungszentren geschickt. Es gab kein Arbeitslosengeld mehr, weil es illegal war, keine Arbeit zu haben, und es gab auch keinerlei Sozialhilfe mehr.

Die Preise für sämtliche Waren wurden amtlich festgelegt, Einzelhändlern nur winzige Gewinnspannen zugestanden. Sie wurden nicht zum Weitermachen ermutigt, hatten aber die Möglichkeit zu überleben, indem sie ihr Geschäft für eine geringe Summe an das Staatshandelsmonopol verkauften, das ihnen dann gestattete, als Lohnempfänger weiterzuarbeiten.

Die Produktion von sozial nicht vertretbar angesehenen Gütern wurde eingestellt, und statt dessen konnten, je nach Art der Fabrik und vorhandenem Personal, andere, gängigere Waren hergestellt werden.

Es wurde kein Versuch unternommen, gegen privates Hauseigentum vorzugehen, doch durfte man nur das eine Haus besitzen, in dem man auch ständig wohnte. Aller übrige Grundbesitz ging in Staatseigentum über. Der begüterte Adel war die einzige Gruppe, die demonstrativ schlecht behandelt wurde. Waren die Adligen zur Kooperation bereit, wurde ihnen ein kleines Land- oder Jagdhaus zur Verfügung gestellt, ihr übriger Besitz jedoch vom Staat übernommen. Die damit verbundene Bürokratie war sehr unkompliziert und scherte sich wenig um rechtliche Feinheiten. Die Sache war in wenigen Stunden erledigt, erbarmungslos und effektiv.

Der Erzbischof von Canterbury und der römisch-katholische Primas waren gewarnt worden, daß die Kirche streng bestraft würde, falls sie sich zu politischen Stellungnahmen oder Aktivitäten hergab. Ansonsten konnten die Kirchen jedoch weitermachen. Ihre Tätigkeit würde sowohl vom KGB als auch vom Sozialministerium überwacht werden. Kirchen aller Konfessionen waren vom ersten Sonntag des neuen Regimes an überfüllt, und die katholischen Priester wurden mit der Vielzahl von Neueintritten kaum fertig.

Reisen waren auf die Grafschaft beschränkt, in der sich der Wohnsitz befand. Wer jedoch plausible Gründe anführen konnte, erhielt auch die Erlaubnis zu ausgedehnteren Reisen. Benzin war zwar rationiert, aber man konnte ziemlich leicht zusätzliche Gutscheine von lokalen Komitees erhalten, die von britischem Personal verwaltet wurden. Telefonische Einrichtungen waren nur begrenzten Kategorien von Benutzern zugänglich, bestehende Anschlüsse konnten jedoch an drei bestimmten Wochentagen zwischen 18 Uhr und 19 Uhr benutzt werden.

Alle Mieten wurden auf fünf Prozent des Familieneinkommens reduziert, egal, ob das Haus, oder die Wohnung, zuvor Privatbesitz gewesen war oder ob es einer Ortsbehörde gehört hatte.

An verschiedenen Stellen des United Kingdom wurden mindestens zwölf sogenannte Schutzhaftlager entdeckt. Oft waren es ehemalige Armeebaracken und -camps in entlegeneren Teilen des Landes. Es wurde viel Mühe darauf verwandt, festzustellen, welchen Kategorien sich die Insassen zuordnen ließen, deren Zahl sich auf viele Zehntausende belief. Aktive Gewerkschaftler, Trotzkisten, Schriftsteller und Rundfunksprecher, ehemalige Labour-Funktionäre, ehemalige Parlamentarier der Labour Party und der Liberalen und eine Anzahl von Universitätsdozenten und Historikern waren bald identifiziert, aber es schien weder Sinn noch Verstand in der Verhaftung vieler tausend Unbekannter zu liegen. Den anderen Hauptgesprächsstoff bot die Haltung der sowjetischen Behörden gegenüber bekannten Tories, denen man es anscheinend freigestellt hatte, ein Unterkommen in Industrie oder Handel zu finden.

Alle Banken, die fünf großen und die Handelsbanken, sowie die Bausparkassen und die Sparkassen wurden gleichzeitig mit den Versicherungsgesellschaften vom Staat übernommen. Die Londoner Börse war ohne Umstände gleich in der ersten Woche geschlossen worden.

Für diejenigen, die sich irgendwie Gedanken machten, war klar, daß all dies seit langem geplant gewesen war. Sämtliche Operationen wurden rasch und rücksichtslos durchgeführt. Die bisherigen Gesetze des Landes spielten keine Rolle, und es wurde keine Entschädigung gezahlt, egal worum es sich handelte.

Innerhalb der beiden ersten Wochen wurden allen Haushaltungen achtseitige Fragebögen zugesandt, die mehrere hundert Fragen enthielten und innerhalb von vier Tagen beantwortet werden mußten. Die Fragen betrafen familiäre Details über drei Generationen hinweg, Ausbildung, Berufsweg, Vermögenswerte im United Kingdom und im Ausland und Zugehörigkeit zu politischen Gruppierungen. Versäumte man, die ausgefüllten Fragebögen einzureichen, hatte das zur Folge, daß die ganze Familie keinen Antrag auf den Plastikausweis stellen konnte, der Nahrungskäufe und die Registrierung als Arbeitssuchender ermöglichte. Falsche Angaben setzten den Unterzeichner der Gefahr von fünf Jahren Zwangsarbeit in der UdSSR aus.

Präsident Wheeler hatte eine Vorliebe für Frühstückstreffen, die von einigen seiner Spitzenberater, besonders von Außenminister Brodsky, nicht geteilt wurde. Wheeler, der jetzt zweiundsechzig Jahre alt war, hatte sein ganzes Leben in der Politik verbracht und wollte keine Minute davon missen. Brodsky war fünfundfünfzig und wünschte sich oft, wieder in Amherst zu sein.

»Reden wir über London, Joe«, sagte der Präsident. »Was gibt's Neues dort?«

»Die Rote Luftwaffe benutzt unsere alten Stützpunkte in Ostengland. Sie haben die Botschaft übernommen und sie in ein Museum für sowjetische Kultur umgewandelt. Außerdem haben sie ICL, die britische Computerfirma, übernommen. Und so geht es immer weiter.«

»Wie reagieren die Briten?«

»Sie finden es toll. Man kann wieder durch die Straßen gehen, ohne überfallen zu werden. Es herrscht annähernd Vollbeschäftigung. Die früheren Rechten freuen sich, daß die Gewerkschaften keinerlei Hausmacht mehr haben. Die früheren Linken freuen sich, daß die Lords und Barone erledigt sind. Die Schwarzen können sich noch nicht an die Gleichberechtigung gewöhnen, aber es macht ihnen Spaß, es zu versuchen. Es gibt für jeden ein Bonbon. Keine richtigen Bonbons, sondern negative. Jeder sieht, wie seine alten Feinde ihr Fett kriegen.«

»Sie scheinen den Propagandakrieg tatsächlich zu gewinnen. Sie haben keinen falschen Schritt getan.«

»Propaganda ist eine Sache, Mr. President. Das wirkliche Leben eine andere.«

»Jetzt sprechen Sie in Rätseln, Joe. Was soll das alles heißen?«

»Es heißt, daß man, wenn man in der Wüste an Durst stirbt, um Wasser betet und schwört, sein Leben lang nie mehr einen Wasserhahn tropfen zu lassen. Wenn man gerettet wird, läßt man sechs Monate später seine Badewanne vollaufen, ohne auch nur eine Sekunde zu überlegen.«

»Ich verstehe nicht, was Sie damit sagen wollen.«

»Die Briten stecken in einer schrecklichen Klemme. Und sie sind so sehr damit beschäftigt, aus dieser Klemme herauszukommen, daß sie für nichts anderes mehr Zeit haben. Wenn sich die Situation ein wenig gebessert hat, werden Sie anfangen nachzudenken, und dann werden wir die Antwort wissen.«

»Die Antwort worauf?«

»Die Antwort auf die Frage, ob Freiheit und Demokratie noch einen Schuß Pulver wert sind. Oder ob sie nur Worte sind, die gut klingen.«

Wheeler sah Brodsky schweigend an. Dann sagte er leise: »Und inwiefern sind wir dafür verantwortlich? Was hätten wir tun können, was wir nicht getan haben?«

»Meiner Meinung nach sehr wenig. Vielleicht haben wir versucht, zu viele Probleme an zu vielen verschiedenen Orten gleichzeitig zu lösen. Südostasien, der Panama-Kanal, der Nahe Osten, Libyen und Gaddafi, halb Südamerika. Nennen Sie ein Land, und wir waren dort. Europa war ein Problemgebiet, das wir schon lange kannten. Die Briten hatten sich ihre Schwierigkeiten selbst zuzuschreiben.« Er schüttelte den Kopf und dachte einen Moment nach. »Ihre Arbeiter wollten zuviel Geld für zu wenig Leistung, die Politiker ließen alles treiben, und der Pöbel gewann die Oberhand. Die Russen haben jahrelang darauf hingearbeitet, aber niemand hätte geglaubt, daß das im guten alten England passieren könnte. Und doch ist es passiert.«

»Wahrscheinlich haben Sie recht. Berichten Sie mir über diese Sache mit Israel.«

Jamie Boyle saß in seinem Büro auf der Kante seines Mahagonischreibtischs und hörte sich an einem Kofferradio die Rede des Sowjetbeauftragten an. Als sie zu Ende war, beugte er sich vor und schaltete das Gerät aus. Einige Minuten lang saß er mit geschlossenen Augen da. Während er seine Gedanken sammelte, schwang er langsam ein Bein hin und her.

Hunderte von Malen hatte er sich überlegt, was er tun würde, wenn die Krise käme, aber jetzt, wo sie da war, schienen ihm alle Pläne zu drastisch. Zu endgültig. Dies war nicht die Art von Krise, an die sie gedacht hatten, er und Harry Andrews und die anderen. Etwas zu planen, während man an einem sonnigen Tag im Garten saß, war etwas ganz anderes, als es dann in die Tat umzusetzen. Es war, als rede man über eine Lebensversicherung, nicht aber über das Sterben selbst.

Sie hatten nichts dergleichen erwartet. Das, womit sie gerechnet hatten, war weniger definitiv, umfaßte nicht die gesamte Bevölkerung und bezog sich auf die Sorte von Schurken, die sie alle kannten; einheimische Schurken. Dies jedoch ging weit über ihre Vorstellungen hinaus.

Gerade als er nach dem Hörer griff, läutete das Telefon. Er nahm ab.

»Boyle, MacNay und Fowler.«

»Sind Sie es, Jamie?«

»Ja, Harry.«

»Haben Sie die Rede gehört?«

»Ja. Aber ich habe sie noch nicht ganz verdaut. Ich kann's noch nicht recht glauben.«

»Sie sind schon hier. Heathrow und Gatwick sind von allem übrigen Verkehr geräumt worden. Die Rollbahnen stehen voller Aeroflot-Maschinen. Schätzungsweise sind bereits zweitausend russische Verwaltungsbeamte da. Können wir noch auf Sie zählen?«

»Gehen Sie immer noch so vor wie geplant?«

»O ja. Jetzt erst recht.«

»Okay. Dann können Sie auf mich zählen.«

»Wie lange werden Sie brauchen, um Ihre Angelegenheiten zu ordnen?«

»Kann ich eine Woche haben?«

»Sie kommen dann zum vereinbarten Ort, sobald Sie frei sind?«

»Ja.«

»Sie sind der letzte auf meiner Liste, den ich anrufe, Jamie. Niemand hat sich gedrückt. Aber es gibt jetzt weit mehr zu tun, als wir ursprünglich dachten.«

»Ich werde da sein, Harry. Bereit, meine Aufgabe zu erfüllen.«

»Danke. Bis dann.«

Als Jamie Boyle sich in seinem Büro umschaute, überlegte er, was wohl sein Großvater dazu gesagt hätte, daß jetzt alles zu Ende ging. Und auf welche Weise. Der alte Mann hatte das Gesetz als unantastbar betrachtet. Man mußte es peinlich genau befolgen. Die schottische Kirche, der Präsident des Court of Sessions und Robbie Burns waren die Grundpfeiler, auf denen das Leben des alten Knaben ruhte. Er hätte nicht geglaubt, was während der letzten fünf Jahre im Land vor sich gegangen war. Die Entschuldigungen für kriminelles Verhalten, die Rücksicht auf Verbrecher, aber nicht auf ihre Opfer. Er hätte gesagt, daß sie jetzt ernteten, was sie gesät hatten. Aber wer waren denn ›sie‹, wer waren die Leute, die gewollt hatten, daß dies geschah? Nur wenige Politiker, das war sicher. Gleich, welcher der beiden Regierungsparteien sie angehörten. Auch nicht die breite Öffentlichkeit, denn die hatte sich ja immer über die Laxheit empört. Ein paar hundert militante Linke? Die hatten weder die Macht noch die nötige öffentliche Unterstützung. Wer also war es, der ständig entschlossene Maßnahmen zur Wahrung der Gesetze verhindert hatte? Wer war es, der behauptete, daß die Schuld bei der Gesellschaft lag?

Boyle setzte sich kopfschüttelnd an seinen Schreibtisch. Er zog eine Schublade auf und holte einige Bögen Kanzlei-Briefpapier heraus. In der Hoffnung, sie würden zwischen den Zeilen lesen, schrieb er entschlossen darauflos, ohne Korrekturen vorzunehmen. Er überließ die Kanzlei seinem einzigen Partner und dem Prokuristen und sagte sich, daß er das Land bereits verlassen haben würde, wenn sie den Brief lasen. Als er den Umschlag versiegelte, fiel ihm ein, daß er vor Jahren 75000 Pfund nach New York transferiert hatte, als es so aussah, als werde Benn möglicherweise Führer der zerspaltenen Labour Party. Und das Geld war immer noch dort. Es war nicht gebraucht worden, und er hatte es dort gelassen und hohe Zinsen daran verdient.

Er nahm etwa ein Dutzend Aktenordner aus den Regalen und legte sie auf seinen Schreibtisch. Nachdem er die Schubladen abgeschlossen hatte, löste er zwei Schlüssel vom Ring und legte den Rest neben seinen Brief. Als er den letzten Ordner zu seinem Wagen trug, zog er die Tür hinter sich zu und sah sich nicht mehr um.

Jeanie erwartete ihn. Auf dem niedrigen Glastisch standen zwei Gläser Malt Whisky bereit. Vor über einem Jahr hatte er ihr gesagt, daß sie, falls die Zeit käme, einfach das Haus und alles, was darin war, zurücklassen und gehen müßten.

Sie hatte die Rede des Sowjetbeauftragten gehört und bereits zwei Koffer gepackt. In dem Haus in Cramond hatten sie sieben Jahre lang gelebt, und er wußte, daß Jeanie es nur ungern verließ. Außer zwei Ordnern verbrannte er alle übrigen im Garten hinterm Haus und zerstampfte die Asche mit einer Hacke zu Staub.

Es wurde bereits hell, als sie durch Grangehill fuhren und auf den Strand zusteuerten, bis die Straße einen Bogen um das zum Meer hin vorragende Gebirge machte und wieder zurückführte. Zehn Minuten später fuhren sie unter dem gewölbten Blätterdach der Bäume die Auffahrt zu dem alten Steinhaus hinauf.

Trotz der frühen Stunde erwartete der alte MacKay sie bereits. Er trug sein Black Watch-Plaid und eine uniblaue Jacke, und wirkte von Kopf bis Fuß wie ein Gutsherr. Was er aber nicht war. Außer dem Steinhaus und dem dazugehörigen Grundstück besaß er nichts; er lebte bescheiden vom Treuhandvermögen seiner Familie, das gerade genug abwarf, um einen angemessenen Lebensstandard als alleinstehender Mann aufrechterhalten zu können.

Der alte Mann umarmte Jeanie und küßte sie auf die Wange. »Du siehst zauberhaft aus, Liebes. Gehen wir doch rein, da ist es wärmer.« Er wandte sich Jamie Boyle zu. »Dein Vater ist schon hier, Junge. Er wird sich freuen, dich gesund und munter wiederzusehen.«

Nachdem sie bis in die frühen Nachmittagsstunden geschlafen hatten, war Robert Boyle mit seinem Sohn in den Garten gegangen und hatte ihn zu der Holzbank unter der alten Magnolie geführt. Als sie saßen, schaute er ihn an.

»Du siehst bekümmert aus, Junge. Hab' ich recht?«

Jamie lächelte. »Beunruhigt, Vater, nicht bekümmert.«

»Wer wäre das nicht. Du hast sicher gehört, daß sie beide Häuser des Parlaments bis auf weiteres aufgelöst haben. Und das heißt, solange sie hier sind.«

»Das wußte ich noch gar nicht. Die verlieren ja wirklich keine Zeit.«

»Ich weiß nicht, was du vorhast, Junge, aber ich möchte dich warnen: diese Leute sind nicht bloß unangenehm, sondern skrupellos. Noch skrupelloser als die Nazis. Also paß bitte auf dich auf. Du und Jeanie – ihr seid alles, was ich noch habe.«

»Ich paß schon auf, Vater, mach dir keine Sorgen um mich. Und Jeanie wird ja nun ständig hier sein.«

»Hat das alles mit diesem Mann zu tun, den du mir damals vorgestellt hast? Oberst Andrews?«

Jamie lächelte und berührte den Handrücken seines Vaters. »Frag mich nicht, Vater, dann wirst du nicht mit hineingezogen. Sie behalten Abgeordnete und Leute, mit denen sie Umgang haben, im Auge.«

»Hast du getan, was wir in bezug auf die Praxis vereinbart hatten?«

»Ja.«

»Ich habe Vorsorge getroffen, daß Jock MacKay sämtliche Auslagen ersetzt werden, während du und Jeanie hier stationiert seid. Ihr braucht also keine Angst zu haben, daß ihr ihn finanziell belastet. Ich glaube, er freut sich über Gesellschaft. Er mag deine Jeanie sehr und wird gut auf sie aufpassen, während du dich herumtreibst. Ich bleibe weiterhin in Corstorphine, und du kannst mich dort jederzeit erreichen, wenn du mich brauchst.«

Er schlug sich aufs Knie, als er aufstand. Eine Geste des Optimismus, die weit von seinen wirklichen Empfindungen entfernt war.

Am Abend dieses Tages, kurz nach Mitternacht, brach Jamie Boyle auf.

Sie saßen in einem ungefähren Kreis am Berghang. Glyn Thomas, Sanijva Singh, Jamie Boyle, Cameron Davies, Meg Thomas, Joe Langley und Harry Andrews. Der Himmel war wolkenlos, aber durch den heißen Dunst, der aus dem Tal aufstieg, wirkten die fernen Berge fahl. Man hörte keinerlei Geräusch, außer dem Blöken der weiter bergauf grasenden Schafe, dem schwachen Piepsen der Vögel und dem leisen Plätschern des Bachs, der sich über die Felsen ergoß.

Andrews hatte einen Stengel Wiesenklee gepflückt und rollte ihn nun zwischen Daumen und Zeigefinger, während er den Boden zwischen seinen braunen Wanderstiefeln betrachtete. Dann sah er reihum alle Männer an.

»Wir haben vor langer Zeit etwas verabredet. Fast ein Jahr ist es jetzt her. Das, worüber wir damals sprachen, ist nun eingetroffen. Anders, als wir es erwartet hatten, und früher, als wir es erwartet hatten. Mag sein, daß einer von euch oder vielleicht sogar ihr alle das Gefühl habt, wir hätten uns Träumen hingegeben, als es ziemlich unwahrscheinlich schien, daß wir sie je in die Tat umsetzen müßten. Falls irgendeiner von euch seine Meinung geändert haben sollte und sich zurückziehen möchte, kann er es jetzt tun.« Er sah von einem ernsten Gesicht zum anderen. »Ich möchte hiermit sagen, daß ich für jeden, der jetzt aussteigt, genausoviel Respekt habe, wie für jeden, der bleibt. Ein Mensch ohne tiefe Überzeugung könnte Hunderte Leute das Leben kosten. Und dies ist eine Aufgabe, die sich sehr von jener unterscheidet, die wir ursprünglich im Sinn hatten. Sehr, sehr stark unterscheidet.«

Schweigend wartete er einige Minuten, aber niemand sprach. »Unsere ursprünglichen Pläne gingen davon aus, daß wir es mit unseren eigenen Leuten zu tun hätten. Rechts- oder Linksextremisten in solchen Mengen, daß die Polizei und selbst die Armee sie nicht unter Kontrolle bringen könnten. Unser großer Vorteil wären unsere Ausbildung, unsere Erfahrungen mit Guerilla-Operationen und Straßenschlachten gewesen, unsere Organisation und Disziplin, unsere Anonymität und ... um es kraß auszudrücken ... die Tatsache, daß wir bereit waren, außerhalb der Bestimmungen zu operieren, denen Polizei und Armee unterliegen.

Jetzt jedoch sind wir damit konfrontiert, gegen ausgebildete Soldaten zu kämpfen, nicht nur gegen gemeingefährliche Rowdys. Sollen wir es uns also noch einmal überlegen?« Er schwieg und wartete auf Antwort. Als keine kam, fuhr er fort. »Ich denke, die meisten dieser Vorteile haben wir noch. Gegen ausgebildete Truppen wird es zwar viel schwieriger werden, aber vergessen wir nicht, daß es Truppen sind, die unsere Sprache weder sprechen noch schreiben. Sie befinden sich in einem fremden Land und kennen sich nicht aus.« Er machte eine Pause. »Trotzdem gibt es für uns einen Nachteil, den wir nicht berücksichtigt haben. Was immer sie in der Öffentlichkeit sagen, momentan sind sie eine Besatzungsmacht. Sie empfinden nichts für dieses Volk. Sie werden Geiseln nehmen und sie möglicherweise aus Rache für unsere Operationen töten. Das Leben unschuldiger Menschen steht auf dem Spiel. Alles, was wir unternehmen, muß also sorgfältig geplant werden. Es bleibt kein Raum, sich als Cowboy oder Robin Hood aufzuspielen.

Während der letzten sechs Monate haben wir eine ausgezeichnete Truppe aufgebaut. Dreißig Gruppen. Einundzwanzig Mann pro Gruppe, jeweils in Dreier-Teams. Und unsere Position wird immer besser, je mehr Schnitzer die Russen sich leisten und je mehr Leute sie als das erkennen, was sie sind... eine Besatzungsarmee. Und hinter unseren Gruppen haben wir Listen mit mehreren tausend Sympathisanten in strategischen Positionen aufgebaut, die uns passive Hilfe leisten werden.«

Andrews sah, daß Jamie Boyle sich meldete.

»Ja, Jamie?«

»Können wir uns wirklich noch auf diese Sympathisanten verlassen, nachdem es sich um eine so veränderte Situation handelt?«

Andrews zuckte die Schultern. »Nicht auf alle. Wir werden noch einmal von vorne anfangen müssen, die Schafe von den Böcken zu trennen. Und wir werden ihnen versichern müssen, daß es niemals, niemals bekannt werden wird, daß sie uns unterstützen. Ein feierliches Versprechen. Und denkt daran, daß die Zeit auf unserer Seite ist, nicht auf ihrer. Ich möchte keine Operation überstürzen, bevor ich nicht noch viel mehr Informationen über sie besitze. Und am Anfang herrschen natürlich Flitterwochen, in denen sie sich von ihrer besten Seite zeigen. Es wird einige Zeit dauern, bis die Öffentlichkeit kapiert, was sie wirklich vorhaben.«

»Was haben sie denn wirklich vor, Oberst?« Cameron Davies sprach ihn trotz aller Warnungen immer noch automatisch mit seinem Rang an.

Andrews lächelte. »Sie haben gehört, was der Sowjetbeauftragte in seiner Rede sagte. In Wirklichkeit sind sie zu nichts von alledem da. Strategisch sind sie hier, um den Nordatlantik zu kontrollieren. Politisch sind sie hier, weil das die NATO zerstört hat, und um die

Amerikaner aus Europa zu vertreiben, falls sie das können. Ich denke, daß sie es schaffen werden. Und wirtschaftlich sind sie hier, um uns bis zum Weißbluten auszupressen. Sobald sie sich sicher fühlen, werden sie dermaßen die Schraube anziehen, daß wir bloß noch eine Sklavenkolonie sind. Ohne Nahrung, ohne Besitz, ohne das kleinste bißchen Freiheit.« Er machte eine kurze Pause. »Aber wir dürfen uns nichts vormachen. Einigen wird es gefallen. Den Kollaborateuren, den Verrätern. Und sie werden eines unserer Angriffsziele sein.« Andrews nickte Joe Langley zu. »Ja, Joe?«

»Kann eine Guerillatruppe, und sei sie noch so engagiert, überhaupt eine Besatzungsarmee besiegen?«

»In Vietnam war das der Fall, Joe. Die Afghanen tun es. Die IRA war verdammt nah dran.« Andrews erhob sich langsam. »Jetzt wollen wir essen, und dann können Sie zu Ihren Stützpunkten zurückkehren.«

Dieser Abend neulich in Pen-y-Fan schien Harry Andrews schon weit zurückzuliegen. Aber es hatte keinen anderen Ausweg gegeben. Die Russen waren erst drei Tage dagewesen, als sie einen ihrer Ausbrüche bekam. Sie hatte beobachtet, wie er im Obstgarten seine Armeeuniform verbrannte und seinen Wagen vollud, und sie schien zu begreifen, daß er etwas zu verbergen hatte. Als ihr der Verdacht kam, es könnten die Russen sein, vor denen er etwas verheimlichen wollte, war sie sofort in eine Bette-Davis-Rolle gefallen. Andrews erinnerte sich nicht an den betreffenden Filmtitel, aber die Schauspielerin war in Reithosen herumgelaufen und hatte sich mit einer Reitpeitsche aufs Bein geschlagen, während sie den Mann denunzierte, der ihren Vater betrog. Mit blitzenden Augen, die Hände auf den Hüften, hatte Paula gekreischt, sie würde ihn an die Russen verraten.

Die Fahrt nach Wales war ein Alptraum gewesen; auf dem Rücksitz der Zankteufel und alle paar Kilometer Straßensperren. Es hatte zehn Stunden gedauert, und er war erschöpft, als er schließlich den Bauernhof erreichte. Dort zeigte sie sich von ihrer besten Seite, lächelte und flirtete mit Glyn, der aber nicht reagierte, weil er das schon so oft erlebt hatte.

Als sie sich spät in der Nacht zusammensetzten, hatte er Glyn von ihrer Drohung erzählt. Er war sich bewußt, daß seine Augen vor Müdigkeit und Erschöpfung brannten, während der andere ihn ruhig ansah.

»Möchtest du, daß ich es tue, Harry, oder willst du es tun?«

»Ich brächte es nicht fertig, Glyn. Ich brächte es nicht fertig.«

»Uns bleibt nichts anderes übrig, das weißt du. Es stehen viele Menschenleben auf dem Spiel.«

»Ich weiß.«

»Ich werde es mit der Spritze machen. Sie wird nichts merken, das verspreche ich dir.«

Andrews hatte die Augen geschlossen, um zu beten. Dann schüttelte er den Kopf, um seine Schwäche zu überwinden.

»Okay, Glyn. Mach du es.«

Glyn hatte darauf bestanden, daß er eine Schlaftablette nahm, und er war erst am nächsten Tag gegen Abend aufgewacht. Es wurde kein Wort darüber gesprochen, aber alle ihre Sachen waren verschwunden, und er versuchte, nicht allzu oft an sie zu denken. Geliebt hatte er sie schon lange nicht mehr, und vielleicht war es nie mehr gewesen als bloße Verliebtheit, verstärkt durch sinnliche Begierde. Aber es hatte lange gedauert.

Nachdem am nächsten Tag alle gegangen waren, stieg Andrews zum Dachgeschoß des Bauernhauses hinauf. Er lauschte einen Moment lang, dann berührte er den mittleren Nagel des alten Hufeisens, das zwischen den beiden chinesischen Landschaften an der weißen Wand hing. Man hörte nur das leise Zischen von Druckluft, als sich die Aluminiumleiter aus der Decke schob. Auf dem Dachboden drückte Andrews einen Schalter auf einer Schalttafel, und die Leiter kam langsam herauf und glitt leise in ihre Verankerung.

Hier oben gab es keine Fenster, aber einen Monitor, dessen Licht- und Schattenmuster sich allmählich verschärften, bis man die Scheune und den Weg hinterm Zaun erkannte. Andrews drehte an der Skala, daß die Videokamera um 180 Grad schwenkte und den Hof hinterm Haus, den Weiher und den Rand des kleinen Obstgartens zeigte.

Auf einer langen Bank standen zwei Revox-Tonbandgeräte und ein blitzsauberes, schwarzes Funkgerät, dessen Antenne zum Sockel eines Geräts führte, das an ein Periskop erinnerte. Auf einer Tafel, die hinter den Geräten in der Mitte der Wand hing, befanden sich Tabellen, denen man Funkempfangsbedingungen in Europa, Kanada und den Vereinigten Staaten für jede Woche des Jahres entnehmen konnte. Außerdem standen da noch verschiedene Geräte mit Metallgehäusen, darunter ein Spannungsstabilisator, ein FC-841-Frequenzwähler, ein Bearcat 220-Scanner und eine Quarzuhr, die bis auf eine Hundertstelsekunde genau die mittlere Greenwich-Zeit anzeigte. An der Wand hingen drei Digitalanzeigen, von denen man die Zeitdifferenzen von vier ungenannten Orten ablesen konnte. Ein Bildschirmgerät und ein Chiffriergerät befanden sich auf einem separaten Metallwagen.

Der Raum war mit Nut-und-Feder-Brettern aus Kiefer verkleidet und wirkte schwedisch. Am anderen Ende standen ein altes Feldbett und ein zerschlissener Lehnstuhl, und in der Ecke war ein kleiner Emailleausguß mit Boiler und Kaltwasserhahn. Daneben standen eine Kochplatte und ein elektrischer Kessel. Der Boden war völlig mit grauem Teppich mit Schaumstoffrücken bedeckt.

Andrews klappte den Holzstuhl auf, setzte sich an die lange Bank und nahm Block und Bleistift zur Hand. Nachdem er drei Seiten säuberlich beschrieben hatte, las er alles noch einmal durch und unterstrich mehrere Sätze. Dann ging er das Geschriebene ein zweites Mal durch und strich hier und da ein Wort aus. Schließlich ging er mit dem restlichen Text zum Chiffriergerät hinüber und tippte ihn langsam ab, bis er auf dem Bildschirm erschien. Es waren etwa vierhundert Worte und einige Zahlen. Insgesamt ungefähr elfhundert Zeichen. Nachdem er sie zweimal überprüft hatte, drückte er nacheinander zwei Kontrolltasten. Die erste Taste teilte den Text in Gruppen von fünf Zeichen auf, und die zweite Taste setzte diese Gruppen in den Code um.

Er steckte das Koaxialkabel in die Rückseite des Terminals und in einen kleinen grauen Metallkasten, auf dessen Vorderseite sich ein Zähler befand. Dann steckte er ein zweites, von dem Kasten ausgehendes Kabel in eines der Tonbandgeräte. Zehn Minuten später ertönte vom Tonband die ganze Mitteilung in Morsezeichen, etwa 35 Worte pro Minute. Überspielte man diese von einem Tonband aufs andere, dann wurde die ganze Mitteilung auf eine Zeit von sieben Sekunden komprimiert. Nicht als Morsezeichen zu identifizieren, und in einem willkürlichen Code, der tatsächlich nicht zu knacken war und stündlich elektronisch verändert wurde.

Andrews aß eine halbe Dose kalte, gebackene Bohnen auf einem Stück Toast und wartete, bis die über Satellit kontrollierte Uhr 24.00.000 Uhr Greenwich-Zeit anzeigte. Dann stand er auf und ging zur Bank hinüber. Als die Uhr 24.03.000 anzeigte, drückte er auf die Abspieltaste des Tonbandgeräts und beobachtete den Ausschlag des Feldstärkemessers am Funkgerät. Das Ganze wiederholte er genau 23 Minuten später noch einmal, weil es der dreiundzwanzigste Tag des Monats war.

Andrews ließ das Licht brennen, entkleidete sich langsam und legte sich auf das Feldbett. Erst zog er die alte, graue Armeedecke über seine Schultern, dann über sein Gesicht. Er dachte noch einmal an die Ereignisse der letzten beiden Tage. Es hatte alles besser geklappt, als er erwartet hatte.

Auf den Stufen des Rathauses von Birmingham schob der stämmige KGB-Mann die beiden anderen Männer zur Seite. Der Stadtbeauftragte Anatoli Lewinski war bereits schlechter Laune. Er hatte nach dem Unterschied zwischen ›city‹ und ›town‹ gefragt, aber niemand aus seinem Mitarbeiterstab hatte ihm diese Frage beantworten können. Daß man sich bei den Einheimischen danach erkundigte, erlaubte er nicht, und so hatte er knurrend und bellend die tägliche Lagebesprechung hinter sich gebracht und war jetzt auf dem Rückweg ins Büro.

Einer der beiden Männer war um den KGB-Mann herumscharwenzelt und hatte ihm einen Strauß roter Rosen entgegengestreckt. Der Beauftragte stieß sie beiseite. »Was wollen Sie?«

»Ich bin Rory Maguire und das...«, er zeigte auf seinen Begleiter, »... das ist Coulthard.«

»Was wollen Sie?« rief Lewinski. »Sagen Sie, was Sie wollen!«

»Wir sind Ihre Leute in Birmimgham.«

»Um Gottes willen, was soll das heißen?«

»Genosse Maguire ist Präsident der Ortsgruppe Birmingham der Kommunistischen Partei Großbritanniens. Ich bin der hiesige Kandidat. Wir wollen Ihnen bei Ihrer wichtigen Arbeit zur Seite stehen, Genosse.«

Lewinski wandte sich zornig an den KGB-Mann und sagte etwas auf russisch zu ihm. Speichel sprühte ihm von den Lippen. Der KGB-Mann nickte und machte zweien seiner Männer ein Zeichen.

Die beiden Briten wurden gepackt und in der schwarzen Limousine, die neben der Rathaustreppe parkte, eilig fortgeschafft. Zwanzig Minuten später hatte man sie nackt in Einzelzellen im Winson Green-Gefängnis gesteckt. Vier Tage später wurden sie, immer noch nackt, in den Besuchsraum geführt. Der KGB-Mann war schon da. Die beiden wirkten erleichtert, als wüßten sie, daß durch diesen Mann, der ein so enger Mitarbeiter des Stadtbeauftragten war, alles in Ordnung käme. Der dünnere der beiden Briten brachte ein zaghaftes Lächeln zustande.

»Ich lehre Soziologie, Genosse, an der Aston-Universität. Ich habe den Vorsitz übernommen, als unser Freund...« Er zögerte, als er den ärgerlichen Blick des KGB-Manns bemerkte. Dann fuhr er stammelnd fort: »... wir haben nur wenig Mitglieder, die aber sehr aktiv sind, und wir erwarten ...«

»Ruhe!« Das Wort hallte wie ein Gewehrschuß von den Betonwänden wider. Dann sagte der KGB-Mann: »Ihr habt den Stadtbeauftragten belästigt. Daß das ein für allemal klar ist, ihr zwei Häufchen Hundescheiße: es ... gibt ... keine ... politischen ... Parteien ... in ... diesem ... Land. Ist das klar? Sie sind verboten.«

»Aber unsere ganze Arbeit ...«

»Was für eine Arbeit? Ein Haufen alter Weiber, die über die Bedeutung des dialektischen Materialismus diskutieren ... das nennt ihr Arbeit ... ihr tut mir leid!« Er senkte die Stimme. »Euer Fall wurde vor einem Volksgericht verhandelt, und ihr seid staatsfeindlicher Aktionen für schuldig befunden worden. Ihr werdet zu zwei Jahren Zwangsarbeit bei der Forstkommission verurteilt. Verstanden?«

»Aber unsere Familien, wir ...«, sagte der dünne Mann.

Die Faust des KGB-Manns schlug ihm ins Gesicht. Er taumelte zurück und hielt die Hände vor seine gebrochene Nase, aus der das Blut über seine mageren Arme rann. Weit entfernt hörte er die Eisentür ins Schloß fallen. Zehn Minuten später führte ein Wärter die beiden Männer in ihre Zellen zurück.

Joe Langley und die beiden anderen Gewerkschaftsführer hörten aufmerksam zu, als der Russe die vorbereitete, aus London gesandte Erklärung vorlas.

»... und alle Löhne werden der Tabelle entsprechen, die im Handbuch angeführt ist. Diese Tarife entsprechen in Pfund Sterling den gegenwärtig in der Sowjetunion geltenden Lohnsätzen. Alle zusätzlichen Vergütungen hängen von erfüllten Produktionsnormen ab.« Der Russe sah von dem maschinegeschriebenen Blatt auf. »Und unterzeichnet hat es der Beauftragte Smetana, gegengezeichnet Ihr eigener Premierminister, Frederick Cooper. Irgendwelche Fragen?«

Es war Charlie Harris, der das heiße Eisen anpackte. »Was ist mit unseren eigenen Gewerkschaften?«

»Dies *ist* Ihre eigene Gewerkschaft. Die einzige in Großbritannien zugelassene Gewerkschaft.«

»Sie verstehen mich nicht ... wir sind eine Facharbeiter-Gewerkschaft. Alle unsere Mitglieder besitzen eine qualifizierte Ausbildung, sie sind alle Handwerker.«

»Das schlägt sich in euren Lohntarifen nieder, Genosse.«

»Aber wir können doch nicht auf dem Niveau von Hilfsarbeitern oder Männern aus anderen Berufsgattungen verhandeln.«

»Worüber verhandeln?«

»Über alles mögliche ... Lohnstaffelungen, Krankengeld ... alles«, schloß er lahm.

»Lohnstaffelungen sind bereits in den Lohntarifen enthalten. Das Krankengeld ist für alle Arbeiter gleich.«

»Was tut also die Gewerkschaft für uns?«

»Sie vertritt gegenüber dem Beauftragten die Interessen der Arbeiter.«

»Und was ist speziell mit den Gießern?«

»Wieso?«

»Fünfzehn Prozent unserer Mitglieder sind Anhänger der Kommunistischen Partei Großbritanniens. Wir haben Ihre Politik immer unterstützt.«

Der Russe seufzte. »In diesem Land gibt es keine politischen Parteien mehr. Was vergangen ist, ist vergangen, Genosse.«

»Das wird Streiks geben, Genosse. Warten Sie nur mal ab, was die Bergarbeiter, die Elektriker und die Eisenbahner zu sagen haben. Das werden sie sich nicht gefallen lassen.«

»Was werden sie sich nicht gefallen lassen?«

»Daß es keine Verhandlungen gibt.«

Der Russe erhob sich. »Jeder Arbeiter, der einem vom Beauftragten erlassenen Gesetz zuwiderhandelt, wird schwer bestraft.«

»Sie meinen, Sie würden Arthur Scargill und Mick McGahey ins Gefängnis werfen?«

»Wer ist das?«

»Das sind Führer der Bergarbeitergewerkschaft.«

»Es gibt keine Bergarbeitergewerkschaft, Genosse, und auch keine Gewerkschaftsführer. Der Staat vertritt alle Arbeiter. Sie leben noch in der Vergangenheit.«

Er nickte den drei Männern zu und verließ den Raum, wobei seine Verachtung für sie nur allzu offensichtlich war.

Als Joe Langley abends seine Bratwurst mit Kartoffelbrei aß, saß seine Frau strickend dabei und sah fern. Es gab eine Sendung über den Bau eines neuen Damms an der chinesisch-sowjetischen Grenze. Sie beugte sich vor und drehte den Ton leiser.

»Ich verstehe nicht, warum sie die Kommunistische Partei nicht zulassen. Das sind doch schließlich ihre Leute.«

»Nein, mein Liebes. In der Sowjetunion gibt es ebensowenig

Kommunisten, wie es sie hier gab.«

»Aber sie sind doch alle Kommunisten, Joe. Oder nicht?«

»Keineswegs. Sie sind Bolschewiken. Diktatoren. Genauso faschistisch wie Hitler. Das waren sie schon immer, und das werden sie immer sein. Gleichheit ist das letzte, was sie wollen. Sie wollen Macht, und die haben sie auch erreicht. Sie führen ihre Diktatur im Namen von Marx und Lenin, aber es ist alles Heuchelei.«

»So habe ich dich noch nie reden gehört, Joe. Ich dachte immer, du seist irgendwann einmal der Partei beigetreten.«

»Als ich 18 oder 19 war, spielte ich mit dem Gedanken. Aber in der Gewerkschaft sah ich, wie das alles lief. Die Mogeleien und Schiebungen. Die manipulierten Abstimmungen und korrumpierten Führungszirkel. Und am Ende machten sie das gleiche mit der Labour Party. Wie Larven in einem Apfel. Diese sogenannten linken Extremisten und Militanten kümmerten sich einen Dreck um die Arbeiter. Was sie wollten, war Macht. Macht für sich selbst. Du hast sie doch gesehen, Schatz. Wie sie sich in Fernseh-Talkshows produzierten, wie sie Fragen auswichen und immer wieder den gleichen alten Mist erzählten. Sie waren so wild auf Interview-Sendungen, daß sie womöglich noch bei der ›Fragestunde des Gärtners‹ gelandet wären, wenn man sie nur gelassen hätte.«

»Hast du bei der Versammlung irgendwas gesagt?«

»Kein Wort, Schatz. Kein Wort.«

»Warum nicht?«

»Es gibt eine Zeit zum Reden und eine Zeit zum Denken und Handeln. Jetzt ist gerade nicht die Zeit zum Reden. Ich habe von Schwätzern die Nase voll.«

»Aber glaubst du, daß sie etwas Gutes bewirken – die Russen?«

»Das werde ich dir in fünf Jahren sagen, Kleines. Warten wir's mal ab.«

»Es gibt keinen Vanillepudding, Joe. Das Pulver ist knapp geworden.« Sie lachte in sich hinein. »Wer hätte je gedacht, daß uns eines Tages das Puddingpulver ausgehen würde.«

Kapitel 11

Präsident Wheeler wurde seiner Rolle als Präsident nicht ganz gerecht. Wie bei jedem Präsidenten bestand auch sein Tag immer aus einer langen Litanei von Beschwerden, Kritik, Berichten über

Fehlschläge der amerikanischen Diplomatie, des Nachrichtendienstes, der Spionageabwehr und Wirtschaftspolitik in den 50 Bundesstaaten und großen Teilen Südamerikas, im Mittleren Osten, in Afrika von Kairo bis zum Kap und bei mindestens zwei der europäischen und skandinavischen Verbündeten Amerikas. Seit zwei Wochen jedoch waren es eher Katastrophenmeldungen als Beschwerden oder bloße Fehlschläge gewesen.

Kein Planspiel, das jemals vom Pentagon oder von der CIA entworfen worden war, hatte sich auch nur entfernt mit dem befaßt, was nun wirklich eingetreten war. Kaum hatte er eine Entscheidung in Angriff genommen, stand nicht nur gleich wieder eine andere an, sondern äußere Begleitumstände änderten sich immer wieder von neuem. Während der letzten zehn Tage hatte er nachts nie mehr als drei bis vier Stunden geschlafen. Nicht, weil er an Schlafstörungen litt, sondern weil einfach nicht mehr Zeit zur Verfügung stand. Außer Europa mußten alle anderen Staaten auf Sparflamme gehen, während sie Europa überkochen sahen.

»Sagen Sie mir...«, fragte der Präsident, und sah Brodsky mit funkelndem Blick an, »...sagen Sie mir irgendwas, verdammt noch mal, was wir tun können, ohne uns auf einen offenen Kampf einzulassen.«

Der Außenminister hatte genausowenig Schlaf gehabt wie der Präsident. Da er aber nicht der Präsident war, holte er tief Luft und ging noch einmal alles durch.

»Wir können vor der UN enthüllen, was wir über Becque herausgefunden haben. Wir können ein Treffen der Staatsoberhäupter jener Länder einberufen, die noch von der NATO übriggeblieben sind. Oder wir können irgendwo außerhalb Europas eine Vergeltungsaktion gegen die Sowjets starten.«

»Wo, zum Beispiel?«

»Kuba, Angola, Mozambique, Äthiopien.«

»Mein Gott, mir hängen diese verdammten Länder zum Hals heraus. Und unseres auch.«

»Wir müssen nicht unbedingt etwas unternehmen, Mr. President. Wir können es ihnen auch durchgehen lassen.«

Der Präsident wirkte gequält. »Großbritannien ist tatsächlich von den Russen besetzt. Frankreich und Westdeutschland hofieren Moskau. Die NATO ist ein Trümmerhaufen. Unsere eigenen Truppen haben sich aus England zurückgezogen, und die in Europa sind abmarschbereit und warten nur noch auf den Befehl zur Rückkehr.

Wie können wir da noch tatenlos zusehen? Daß sie uns die Hosen ausgezogen haben, heißt doch nicht, daß wir ihnen auch noch unsere Hemden geben müssen.«

»Es besteht ein Unterschied zwischen agieren und reagieren, Mr. President.«

»Hören Sie auf zu philosophieren, Joe. Ich habe es satt, mir professorale Vorträge anzuhören. Was schlagen Sie vor?«

»Ich schlage vor, daß wir nicht noch mehr Geld zum Fenster hinauswerfen. Wir haben vorübergehend unseren Einfluß in Europa verloren. Wir haben unsere Stützpunkte in Großbritannien verloren, und das heißt, daß die Russen jetzt den Nordatlantik unter Kontrolle haben. Diese Kontrolle brauchten wir, um sicherzustellen, daß wir Europa verteidigen konnten. Wir haben unsere Rolle bis zum bitteren Ende durchgestanden. Die Franzosen haben sich nie verstellt. Von de Gaulle bis Giscard haben sie uns wie die Pest gehaßt. Sie haben vor den Deutschen kapituliert, und wir haben sie gerettet. Deshalb hassen sie uns.

Die Westdeutschen haben Angst, daß die Sowjets sie angreifen und Westdeutschland zum Kampfplatz machen könnten. Und das übrige Europa spielt seine eigenen kleinen Spielchen, Land für Land. All diese Demonstranten und Randalierer in West-Berlin, Bonn, Paris, London und Madrid haben gebrüllt ›Raus mit den Amerikanern‹. Tun wir ihnen doch den Gefallen. Europa soll bekommen, was es wollte. Unsere Jungen bleiben zu Hause, und wir sparen, Gott weiß, wie viele Milliarden Dollar ein, die wir hier besser anlegen können.«

Wheeler starrte auf die silbergerahmte Fotografie seiner Familie, die auf seinem Schreibtisch stand. Er schwieg einige Minuten. Dann sah er Brodsky an.

»Sie wissen, daß Sie recht haben, Joe. Ich wünschte, Sie hätten nicht recht.« Er seufzte. »Ich habe das Gefühl, jetzt lernen alle ihre Lektion. Die Briten können lernen, was es für Folgen hat, wenn man dem Pöbel die Macht überläßt. Der Rest Europas kann lernen, wie es ist, Rußland als Verbündeten zu haben. Und ich denke, daß wir lernen können, was es heißt, wieder hinter die Palisaden zurückzugehen.« Er richtete sich in seinem Sessel auf. »Also, zeigen wir's ihnen, Joe.« Er pochte ungeduldig mit den Knöcheln auf den Schreibtisch. »Ich möchte, daß in 48 Stunden ein Gesetzentwurf vorliegt. Keine weitere Hilfe für die sogenannte ›Dritte Welt‹. Wenn diese Kerle internationale Flughäfen wollen, sollen sie sich doch selbst um das Geld dafür kümmern. Stoppen Sie unsere Beiträge für die Vereinten Nationen.

Ziehen Sie unser Geld aus dem Internationalen Währungsfonds zurück.« Er nickte. »Sie wissen, was ich will, Joe. Betrauen Sie ein Spezialteam damit. Drehen Sie die Geldhähne zu. Alle. Und holen Sie unsere Truppen aus Europa zurück. Vereinbaren Sie für mich bei den Fernsehgesellschaften einen Interviewtermin für ... einen Moment ... sagen wir Freitag abend, dann können die Leute übers Wochenende drüber nachdenken.« Er grinste. »Warum sollten wir lange Gesichter ziehen, Joe. Es wird ihnen gefallen. Wie ich sagte, jetzt lernt jeder seine Lektion. Und die erste Lektion lautet: ›Wohltätigkeit beginnt im eigenen Land‹.«

Die Reaktionen der anderen EG-Staaten auf den Versuch Frankreichs, ihre Regierungen dazu zu bringen, der sowjetischen Machtübernahme in London zuzustimmen, variierten von kalt zu lau.

Die Niederlande hatten die Besetzung rundheraus als einen Akt der Aggression verurteilt und das Argument, sie sei auf Bitte der britischen Regierung erfolgt, als Rückkehr zur ›Hitler-Propaganda‹ abgetan. (Die schärferen unter den holländischen Kommentatoren wiesen darauf hin, daß die Sowjetunion und Hitler-Deutschland Verbündete gewesen waren, als die Deutschen Holland besetzten.) Die belgische Regierung verkündete, das sei ein Fall für den Weltsicherheitsrat, bis die Opposition darauf hinwies, daß im Grunde ja ein Mitglied des Weltsicherheitsrats die Grenzen eines anderen Ratsmitglieds verletzt hatte.

Die westdeutsche Regierung bestand ebenfalls darauf, daß es ein Fall für die Vereinten Nationen sei, und die westdeutschen Medien näherten sich offener Kritik, soweit sie es eben wagten. Die Haltungen der Leitartikelschreiber reichten von »falls es tatsächlich auf die Aufforderung der rechtmäßigen Regierung Großbritanniens hin geschah, sollten die übrigen Länder nicht eingreifen« bis zu verschleierten Hinweisen auf Hitlers Begegnungen mit den Tschechen. Ein Zeitungsredakteur hatte wohlweislich aus einem Artikel das Wort ›Anschluß‹ gestrichen, obwohl es im Zusammenhang korrekt gebraucht worden war.

Die Regierung Frankreichs pries lauthals die kluge Entscheidung der britischen Regierung, Hilfe von außen zu erbitten. Sie betonte, es sei besser, wenn man schon eine solche Hilfe benötige, sie abseits der alten europäischen Rivalitäten zu suchen. Dieser Haltung des Präsidenten schlossen sich die französischen Zeitungen bis auf *Le Canard Enchaîné* an. Dort wurde eine Fotografie abgedruckt, die angeblich den Präsidenten zeigte, wie er mit einer Gruppe von Funktionären und Präsident Orlow durch den Park einer Moskauer Villa spazierte. Der Begleitartikel deutete an, daß er der Urheber des Verrats an einem früheren Verbündeten sei. Trotz der Warnungen aus dem Elysée-Palast brachte *Le Canard*, der an solche Dinge gewöhnt war, in der folgenden Woche das Foto eines hübschen Mädchens namens Natascha Kusnetzowa, einer Ballettänzerin, neben einem Bild Präsident Becques. Die beiden waren durch folgende Unterschrift miteinander verbunden: »Manche mögen Diamanten, manche bevorzugen Natascha.«

Wochenlang fanden in der UNO Ausschußsitzungen und Unterausschußsitzungen statt, bis schließlich der amerikanische UNO-Botschafter das russische Vorgehen wütend als »im Grunde genommen eine Kriegshandlung, eine brutale Mißachtung der UNO und der freien Nationen der Welt« anprangerte. Aber die Welt registrierte die Worte »im Grunde genommen« und atmete erleichtert auf. Die amerikanische Presse erinnerte an Afghanistan, die sowjetische Presse an El Salvador. Beide Länder machten zwischenstaatliche Verträge als Entschuldigung dafür geltend, daß sie ihren eigenen Hinterhof von Unkraut frei halten müßten.

Als jedoch der aufgewirbelte Rhetorik-Staub wie üblich sowohl die Fakten als auch die Konsequenzen verschleierte – was ja auch beabsichtigt war –, lehnte sich die Welt bequem zurück; ihren Mangel an Aktivität entschuldigte sie damit, daß etwas, das das britische Volk offensichtlich wolle, die Chance bekommen müsse, sich zu bewähren. Eine Einmischung in die Angelegenheiten eines anderen Landes sei nicht zu rechtfertigen. Niemand, weder Regierungen noch Nationen, wollte über das Geschehene nachdenken. Man war beim Zahnarzt gewesen, ein schlechter Zahn war gezogen worden, und die blutige Lücke ignorierte man am besten. Und es gab nur wenige, denen es nicht Spaß machte, zu sehen, daß sich die Amerikaner eine blutige Nase holten.

Die Fernsehkamera war direkt auf den Präsidenten gerichtet, der an seinem Schreibtisch saß. Rechts sah man gerade noch die Flagge. Dann näherte sich die Linse dicht dem Gesicht des Präsidenten. Durch das Make-up war die Bräune der Haut vertieft worden, und diese Bräune vertiefte das Blau der Augen. Der Präsident sprach langsamer, als er es in Privatgesprächen oder bei kleineren Sitzungen tat.

»Guten Abend. Ich dachte, es wäre an der Zeit, der Nation einige der Probleme darzulegen, denen wir uns in letzter Zeit gegenübersehen, und wie die Regierung der Vereinigten Staaten damit fertig wird.

Die britische Entscheidung, sich aus dem Trident-Programm zurückzuziehen, war nur der Anfang einer Reihe von Problemen in Europa. In vieler Hinsicht jedoch war es typisch für das, was folgte. Es gab eine feste und bindende Vereinbarung zwischen beiden Regierungen; einen Vertrag. Dieser Vertrag wurde einseitig durch die britische Regierung gebrochen. Wir hatten gerade darüber nachgedacht, welche finanzielle Hilfe wir ihnen anbieten könnten, als wir plötzlich damit konfrontiert wurden, daß unsere althergebrachten Verbündeten einen sogenannten Vertrag über Zusammenarbeit mit der Sowjetunion unterzeichnet hatten.

Dann stellte sich heraus, daß die verbleibenden Mitglieder der NATO nicht länger willens waren, ihre Rolle innerhalb dieser Organisation zu erfüllen.

In Anbetracht dieser Ereignisse habe ich den Befehl erteilt, daß alle unsere in Europa stationierten Truppen und ihre Ausrüstung sofort in die Vereinigten Staaten zurückkehren sollen. Die Hälfte ist bereits angekommen. Zusätzlich habe ich die betreffenden Regierungschefs davon benachrichtigt, daß Amerika sich nicht mehr an das NATO-Abkommen gebunden fühlt, ein Abkommen, das sie selbst gebrochen haben.

Viele Kommentatoren in politischen Kreisen und in den Medien, sowohl in Amerika als auch im Ausland, haben behauptet, diese Ereignisse bedeuteten eine diplomatische Niederlage oder eine ganze Reihe diplomatischer Niederlagen für die USA. Wie bei vielen vorhergehenden Anlässen bin ich auch diesmal leider anderer Ansicht als die Experten. Wenn das Haus Ihres Nachbarn in Flammen steht oder von Einbrechern heimgesucht wird, und Ihr Nachbar schlägt Ihr Hilfsangebot aus, dann ist das wohl kaum als Niederlage zu bezeichnen. Es könnte einen eher auf den Gedanken bringen, daß der Nachbar seine Familie und sein Eigentum gar nicht verteidigen *will*, aber in einer Demokratie ist das sein gutes Recht. Und er trägt die Verantwortung dafür.

In unseren Beziehungen zu anderen Nationen gebietet manchmal die Diplomatie, daß man nicht offen ausspricht, was man denkt. Daß man auch noch die andere Wange hinhält. Daß man sich still verhält, wenn man genau von den Leuten zurückgewiesen oder beleidigt wird, die ständig Forderungen an einen stellen, nach noch mehr Dollarmillionen, noch mehr Früchten unserer Forschung und Technologie.

Viele gewöhnliche Bürger, die mit der sogenannten Diplomatie nicht vertraut sind, fragen sich, warum wir Tausende Tonnen Agrarprodukte in andere Länder schicken, nur um zu sehen, daß sie auf dem Schwarzmarkt verkauft werden. Sie mögen sich auch fragen, warum wir der UNO Millionen von Dollar bezahlen, nur um von jenen Nationen an den Pranger gestellt zu werden, die um unsere Hilfe in Form von Geld und Naturalien bitten und sie auch erhalten. Ich könnte noch weitere Beispiele nennen. Die Liste der Anomalien ist lang und deprimierend. Zu lange schon stellt sich aus Washingtons Sicht die Welt der internationalen Diplomatie als eine Phantasiewelt dar, in der Großzügigkeit als Kränkungen, Gewährung von Schutz mit Verleumdung und guter Wille mit Verrat vergolten wird.

Meine lieben amerikanischen Mitbürger... all... dies... findet... heute abend... ein Ende. Wir sind nicht länger bereit, uns von unseren Feinden schlechtmachen und uns von unseren Verbündeten ausbeuten zu lassen. Der heutige Abend markiert den Beginn einer neuen Ära. Ich habe dem Finanzminister, dem Außenminister und anderen verantwortlichen Ministern den Befehl gegeben, daß ab heute um Mitternacht keine Staatsgelder mehr für Zwecke außerhalb der Vereinigten Staaten verwendet werden. Unser überlasteter Staatshaushalt wird nicht mehr die zusätzliche Belastung durch die Probleme der halben Welt zu tragen haben. Diese Länder haben sich zu oft darüber beklagt, daß sie ihre Unabhängigkeit verloren hätten, indem sie unser Geld annahmen. Von heute ab haben sie keinen Grund mehr zur Klage, jetzt sind sie vollkommen unabhängig. Wir haben jetzt genug, meine Freunde. Unsere Steuerzahler können wieder aufatmen, und unsere Söhne werden da bleiben, wo sie hingehören. Hier in der Heimat. Die Vereinigten Staaten haben ihre Lektion gelernt. Um es mit den Worten eines Lieds zu sagen: Es ist Zeit, Schluß zu machen.« Der Präsident lächelte. Es war ein zuversichtliches, etwas dreistes Lächeln. »Ihnen allen eine gute Nacht.«

Die Telefonzentrale im Weißen Haus, die Radio- und Fernsehstationen wurden mit Anrufen bombardiert. An manchen Orten gab es spontane Straßenfeste. Präsident Wheeler hatte zweifelsohne ins Schwarze getroffen. Falls doch manche ihre Zweifel hatten, behielten sie sie für sich.

Da es nur noch eine Zeitung gab, die *British News*, und nur noch ein Sendernetz, die New British Broadcasting Company, erfuhr die britische Öffentlichkeit nur wenig von dem, was außerhalb ihrer unmittelbaren Umgebung passierte. Die Leute gingen mit Bedacht ihren Geschäften nach und vermieden, selbst alten Freunden gegenüber, jeglichen Kommentar.

Fabriken und sonstige Betriebe hatten ihr Kontingent an sowjetischen Beratern, aber es ergaben sich nur zögernd Veränderungen.

Das *Festival of New Britain* fand im Hyde Park statt, und es wurde ein breites Spektrum britischer Produkte und Projekte vorgestellt. Trotz freien Eintritts kamen enttäuschend wenig Besucher, dafür bemühten sich alle um Karten für das sowjetische Turnerteam und das Bolschoiballett. Dynamo Moskau und Dynamo Tiflis trugen einige Freundschaftsspiele gegen Lokalmannschaften der meisten großen Städte aus, und in Portsmouth warteten lange Menschenschlangen darauf, an Bord des sowjetischen Flugzeugträgers *Minsk* gehen zu dürfen.

Die meisten Luxushotels und viele öffentliche Gebäude wurden in Büros und Unterkünfte für russische Verwaltungsbeamte umgewandelt. Soldaten der Roten Armee mußten sich hauptsächlich in ihren Kasernen aufhalten, waren aber höflich und freundlich, wenn man ihnen ein paar Stunden Ausgang in die Stadt erlaubte. Allerdings hielten sie sich auf Distanz, und es war ihnen verboten, mit einzelnen Zivilisten Kontakt aufzunehmen.

Am Ende des Sommers waren die meisten Firmen von den verstaatlichten, ausschließlich von sowjetischem Personal kontrollierten Organisationen geschluckt worden. Die arbeitslosen jungen Männer wurden in der Land- und Forstwirtschaft und beim Straßenbau eingesetzt, die arbeitslosen jungen Frauen in Krankenhäusern und feinmechanischen Betrieben. Einige frühe Widerständler wurden von lokalen Volksgerichtshöfen zu langen Gefängnisstrafen verurteilt. Die Öffentlichkeit brachte ihnen wenig Sympathie entgegen, und es fanden sich kaum Nachfolger.

Es gab jetzt keine Gewalt mehr auf den Straßen, alle Formen des Rowdytums wurden streng bestraft. Bagatelldelikte wurden fast ausschließlich von Gewohnheitsverbrechern begangen, und die Polizei hatte alles sehr gut unter Kontrolle. Die meisten Polizeibeamten hatten ihre Posten behalten. Nur auf regionaler und auf Städteebene unterstanden die Polizeichefs russischen Verwaltungsbeamten.

Erst im Herbst wurden Versorgungsengpässe bemerkbar. Anfangs handelte es sich um unbedeutende Dinge wie Kugelschreiber, Strickwolle, Besteck und Knöpfe. Verärgerung und ein paar Witze in Arbeiterkreisen waren die Folge. Aber Mitte November traten Lebensmittelverknappungen ein, und die Regale der meisten Läden waren halb leer. Einige Produkte wie Brot, Butter und Mehl wurden rationiert, waren aber trotzdem selten zu bekommen. Jetzt begannen die Geschichten von den Schlangen sowjetischer Handelsschiffe zu kursieren, die in allen Häfen lägen und darauf warteten, mit Korn und riesigen Containern britischer Produkte beladen zu werden.

Ein Komiker, der in einer Fernsehshow einen Witz bezüglich der Schiffe und der Engpässe gemacht hatte, war beim Verlassen des Studios verhaftet worden. Er wurde bezichtigt, ein ›Staatsfeind‹ zu sein, erhielt eine ernsthafte Verwarnung, und sein Fall kam auf die Titelseite der *British News*.

In der ersten Dezemberwoche hatte man auf dem Trafalgar Square einen 18 Meter hohen Weihnachtsbaum aufgestellt, ein Geschenk der Roten Armee, und wie um zu unterstreichen, daß es sich jetzt um andere Stifter handelte, schneite es in derselben Nacht.

Zwar war in der Weihnachtswoche die Lebensmittelration verdoppelt worden, aber es gab in den Läden weder Puter noch Gänse zu kaufen. Jeden Tag wurde im Radio auf die gesundheitlichen Vorteile von Kartoffeln, weißen Rüben und Blattgemüse hingewiesen.

Selbst Harrod's, das jetzt nach seinem Moskauer Gegenstück ›Wjentorg‹ hieß, konnte den sowjetischen Armee- und Marineoffizieren, die berechtigt waren, hier einzukaufen, wenig bieten. Es ging das Gerücht, Moskau sei anfangs besorgt gewesen, seine Soldaten könnten von den überall in den Geschäften zugänglichen Waren zu sehr beeindruckt sein, und verknappe absichtlich viele Waren, die in Moskau nicht einmal den Privilegierten zur Verfügung standen.

Im Frühling sollte es sowjetischen Touristen erlaubt werden, nach Großbritannien zu reisen, und auch ihre Reaktionen mußten bedacht werden.

Niemand wußte, woher das Gerücht kam, daß die Königin wie üblich am Weihnachtstag um 14 Uhr im Radio sprechen würde, allerdings aus Ottawa statt aus London. Es gab Leute, die die Königliche Familie dafür kritisierten, daß sie das Land verlassen hatte, aber die Mehrzahl der einfachen Arbeiter sah es so, daß die Königliche Familie keine andere Wahl gehabt hatte. Niemand wollte ein zweites Jekaterinburg im Jahr 1984. Aber es waren nur wenige, die das Gerücht mit der Rundfunkansprache ernst nahmen.

Joe und Mary Langley waren zwei von Millionen, die an ihrem Radio herumdrehten, um die Wellenlänge des alten Radio 4 einzustellen. Die New British Broadcasting Company hatte die Wellenlänge übernommen, aber die Zimmerantennen, die 1983 jeder gekauft hatte, um die Satellitenprogramme empfangen zu können, waren trotz des Verbots noch vielerorts in Gebrauch. Es gab so viele Verordnungen und Verbote, daß weder die Polizei noch die Russen dazu kamen, sie alle durchzusetzen. Es hatte einige Scheinverfahren gegeben, die zu hohen Geldbußen, aber nicht zu Gefängnisstrafen geführt hatten.

Genau um 13.58 Uhr bekam Joe zwischen dem National Service und der alten Wellenlänge von Radio 3 ein Pausenzeichen herein, und um 14.00 Uhr hörten sie ganz schwach und entfernt »God Save the Queen«. Der Empfang war manchmal stärker, manchmal schwächer, aber selbst wenn sie kaum mehr vernehmbar war, konnte man noch die Stimme der Königin erkennen. Sie sprach langsam und deutlich, fast wie immer.

»Ich möchte an diesem besonderen Tag zu Ihnen sprechen, und die kanadische Regierung hat dazu beigetragen, daß dies möglich wurde.

Als meine Familie und ich erfuhren, daß wir unsere Heimat verlassen müßten, um nicht der Besatzungsmacht in die Hände zu fallen, hat sich unser Leben auf dramatische Weise verändert. Aber dieses Schicksal hat uns alle getroffen. Ihre Familien genauso wie meine. In den letzten Jahren haben sich Veränderungen ergeben, die die meisten von uns in einem demokratischen Land nie für möglich gehalten hätten, erst recht nicht in unserem eigenen Land. Menschen mit bösen Absichten haben unsere traditionelle Toleranz und Freiheit für ihre eigenen Zwecke mißbraucht. Als es dahin kam, daß Gewalt und Anarchie an der Tagesordnung waren, waren wir weder politisch noch moralisch gewappnet, mit dieser Situation fertig zu werden. Alte Freunde ließen uns im Stich, und manche gingen sogar so weit, unseren Untergang zu beschleunigen.

Heute wird eine stolze Nation von sowjetischen Truppen besetzt gehalten, und Sie haben unter der gleichen grausamen Diktatur zu leiden wie die Menschen in der Sowjetunion seit beinahe siebzig Jahren. Eine Handvoll Männer, eine selbsternannte und auf ihr eigenes Fortbestehen bedachte Elite im Kreml entscheidet darüber, was Millionen von Menschen wissen und denken dürfen. Beherrscht von einer Geheimpolizei, deren Aktionen der Inbegriff von Brutalität und Gleichgültigkeit gegenüber den Lehren der Humanität sind.

Ich wünschte, ich könnte Ihnen eine Botschaft des Heils und der Rettung verkünden, aber dazu bin ich leider nicht imstande. Hoffnung kann ich Ihnen anbieten, nicht für den nächsten Monat, nicht einmal für nächstes Jahr, aber Hoffnung für die Zukunft, denn an Ihrer

Zukunft wird sich die Zukunft der ganzen Menschheit orientieren.

Sir Winston Churchill hielt im Jahr 1941 eine Rundfunkrede, in der er, wie er es immer tat, auf den kontinuierlichen Fluß der Geschichte hinwies. Er sagte: ›Wenn in der Welt große Dinge in Bewegung geraten, die alle Menschen aufwühlen, sie von ihrem Ofen weglocken, sie dazu bringen, Bequemlichkeit, Reichtum und die Jagd nach dem Glück zu vergessen und auf Impulse zu reagieren, die gleichzeitig furchteinflößend und unwiderstehlich sind, dann spüren wir, daß wir geistige Wesen sind und keine Tiere.‹

Es wäre scheinheilig von mir, Ihnen fröhliche Weihnachten oder ein glückliches neues Jahr zu wünschen, aber mit dem Herzen bin ich bei Ihnen allen, auch wenn mich die gegenwärtigen Ereignisse zwingen, hierzubleiben... Gott segne Sie.«

Als schwach die alte Nationalhymne erklang, schaltete Joe Langley ab. Beide saßen sie einige Minuten schweigend da.

Mary Langley wischte sich eine Träne aus dem Auge und hob ihre Stricknadel auf, die neben ihrem Stuhl am Boden lag.

»Die Arme, sie wird sich Gedanken machen, woher der nächste Schlag kommt.«

»In Kanada ist sie ziemlich sicher.«

»Aber dort hat es doch auch diese ganzen Demonstrationen gegen sie gegeben. Von seiten der französischen Kanadier oder wie die heißen. Im Fernsehen haben sie's gebracht.«

»Diesen Film haben die Russen gedreht. Insgesamt waren es nicht mehr als ein paar hundert Leute. Sie haben einfach die gleichen Leute mit mehreren Kameras aus verschiedenen Richtungen aufgenommen.«

Mary Langley ließ ihr Strickzeug sinken und sah ihren Mann an. »Darf ich dich etwas fragen, Joe?«

Er lächelte. »Wie ich dich kenne, würdest du dich sowieso nicht davon abhalten lassen.«

»Als du neulich fort warst, warum sollte ich da dem Russen, der aus der Fabrik kam, sagen, du seist krank?«

»Weil er nicht wissen sollte, daß ich fort war.«

»Das ist mir schon klar. Aber es sieht dir nicht ähnlich, Leute zu täuschen. Lügen zu erzählen.«

»Die Zeiten haben sich eben geändert, Liebes. Und ich mußte mich auch verändern. Wie viele andere Leute auch, zähle ich Lügen den Russen gegenüber nicht als Lügen. Nicht, wenn es um eine gerechte Sache geht.«

»Sag mir, um welche gerechte Sache es geht, Joe«, bat sie sanft.

»Nein. Es ist besser, du weißt nichts davon. Aber es ist nichts, dessen ich mich schämen müßte, das schwöre ich dir.«

»Ich habe Angst, Joe. Angst um dich. Du bist alles, was ich habe.«

»Du brauchst keine Angst zu haben, Liebes. Ich paß schon auf mich auf.« Er erhob sich aus seinem Sessel. »Ist genug Milch für einen Kakao da?«

»Ja, aber wir brauchen sie für dein Porridge. Und außerdem ist kein Kakao mehr da. Bei Lamperts gab's welchen, aber kaum hatten sich die Leute angestellt, war er schon ausverkauft. Mach dir einen Tee, davon ist noch was da. Mrs. Wilson hat ihn mir gegeben, weil du ihren Wassertank repariert hast.«

»Geh'n wir in die Falle, Schatz. Ich hab' morgen einen langen Tag.«

Kapitel 12

Der Hubschrauber setzte sanft im Friedhof von St. Philip's Cathedral im Zentrum von Birmingham auf. Die Rotarmisten salutierten, als Sawalew und Cooper die Metallstufen herunterkamen. Der britische Stadtbeauftragte und sein russischer Kollege wurden ihnen vorgestellt, und dann fuhr sie ein Wagen zum Rathaus. Sie gingen zu dem Raum, der früher als Empfangszimmer des Bürgermeisters gedient hatte, an dessen Tür jetzt aber ein Schild mit der Aufschrift ›Sowj. Stadtbeauftragter‹ hing.

Sie wurden vom Polizeipräsidenten, vom städtischen Vertreter der Nationalen Gewerkschaft und dem Stadtsyndikus erwartet. Nach ein paar belanglosen Floskeln ließen sich alle am Tisch nieder. Cooper eröffnete die Sitzung.

»Ich bin aus zwei Gründen hierhergekommen. Erst einmal, um zu erfahren, wie die Dinge laufen, und dann habe ich gehört, daß Sie ein paar Probleme haben. Ich würde gern erfahren, worum es sich handelt. Vielleicht sollten wir damit beginnen.«

Der britische Stadtbeauftragte nickte dem Polizeipräsidenten zu. Wie die meisten Polizeibeamten hoher und niedriger Dienstgrade, war auch er in seinem Amt geblieben. Jemand mußte es schließlich ausüben, und wahrscheinlich tat das besser jemand, der darin Erfahrung hatte. Außerdem waren sie alle von den Russen mit Machtbefugnissen ausgestattet worden, die sie nie zuvor besessen hatten. Und sie hatten eine Autorität, einen sozialen Status wie seit sechzig Jahren nicht mehr. Aber die Haltung der Russen den Kriminellen gegenüber hatte unnötige Schwierigkeiten mit der hiesigen Bevölkerung verursacht.

Der Polizeipräsident blickte stur geradeaus, während er sprach, um niemandem in die Augen sehen zu müssen.

»Wir sind gezwungen, Hunderte von Arbeitsstunden auf die Beantwortung von Anfragen zu verschwenden, die sich auf den Aufenthaltsort verurteilter Krimineller beziehen. Oft kennen wir ihn selbst nicht und können deshalb keinerlei Antwort geben. Es gibt Gerüchte, daß viele von ihnen in sowjetischen Arbeitslagern sind, und das bringt meinen Leuten eine Menge feindselige Reaktionen ein. Können wir irgend etwas dagegen unernehmen?«

Es war Sawalew, der darauf antwortete. »Wie viele Anfragen bekommen Sie in einer Woche?«

»Drei- oder vierhundert. Befriedigende Antworten können wir in etwa fünf Prozent der Fälle erteilen.«

»Was antworten Sie den anderen?«

»Wir sagen ihnen, daß wir es nicht wissen.«

»Sonst nichts?«

»Wir können sonst nichts sagen. Wir wissen ja nicht, wo die Leute sind.«

»Und wie sind die Reaktionen?«

»Beschimpfungen und Feindseligkeit.«

»Was für Beschimpfungen?«

»Der übliche Quatsch. Sie sagen, wir seien das britische KGB. Wir würden den Russen in den Arsch kriechen. Solche Dinge.«

»Und wieso würde es Ihnen helfen, wenn Sie ihnen sagen könnten, daß die Verbrecher in die Sowjetunion transportiert worden sind, um dort ihre Strafen zu verbüßen?«

»Meine Männer wären weniger Angriffen ausgesetzt, wenn man wüßte, daß Ihre Leute dafür verantwortlich sind, nicht wir.«

»Sie wollen die Verantwortung nicht mittragen.«

Der Polizeipräsident wurde rot, aber nicht aus Verlegenheit. Nicht einmal aus Wut, sondern aus Empörung.

»Ich habe nicht die Absicht, die Verantwortung für etwas mitzutragen, über das ich nicht zu Rat gezogen wurde und mit dem ich nicht einverstanden bin.«

Sawalew zog die Augenbrauen hoch. »Womit sind Sie nicht einverstanden, und weshalb?«

»Damit, daß Männer außerhalb ihres Heimatlandes gefangengehalten werden. Wo sie die Sprache nicht verstehen und nicht von ihren Angehörigen besucht werden können.«

»Sie haben vor fünf Jahren beim früheren Innenministerium einen Bericht eingereicht, in dem Sie für kurze, harte Strafen plädierten. Haben Sie seit damals Ihre Meinung geändert?«

»Nein.«

»Wenn die Leute in ein sowjetisches Arbeitslager kommen, müssen sie nur ein Drittel ihrer Strafe absitzen.«

»Das ist nicht ausschlaggebend, Mr. Sawalew. Die Strafen sind ohnehin viel zu hoch bemessen.«

»Sie sind also der Meinung, britische Bürger sollten kürzere Strafen bekommen als Sowjetbürger?«

»Vielleicht sollte das für beide gelten.«

Sawalew fand das keineswegs amüsant. »Haben Sie an einem Umschulungskurs teilgenommen?«

»Nein. Dazu hatte ich keine Zeit.«

»Ich werde veranlassen, daß Sie ab nächster Woche von Ihrem Stellvertreter abgelöst werden.« Sawalew wandte sich an den Mann von der Nationalen Gewerkschaft. »Und Sie, mein Freund? Was ist Ihr Problem?«

»Das ist schwer zu erklären, Kommissar. Vielleicht wenn...«

Sawalew unterbrach ihn verärgert. »Ich bin kein Kommissar. In diesem Land gibt es keine Kommissare. Mein Name ist Sawalew.«

»Ja. Gut.« Der Mann sah jetzt noch beklommener aus als vorher.

»Ihr Problem, Genosse.«

»Die Leute beklagen sich, daß ihnen die Gewerkschaft nicht hilft.«

»In welcher Hinsicht?«

Der Mann zuckte die Achseln. »Weil wir nicht über höhere Löhne oder bessere Arbeitsbedingungen verhandeln.«

»Das alles ist vom Staat festgelegt. Die Gewerkschaft ist nicht dafür verantwortlich.«

»Ich weiß. Das habe ich ihnen auch gesagt, aber sie beklagen sich trotzdem.«

»Wer beklagt sich?«

»Es gibt da ein paar, die mir ständig zusetzen.«

»Nennen Sie ihre Namen meinem Kollegen hier.« Sawalew deutete auf den sowjetischen Stadtbeauftragten und sagte etwas auf russisch zu ihm, worauf dieser zustimmend nickte.

»Wie läuft es in der Stadt?« fragte Cooper den britischen Stadtbeauftragten.

Der Mann zuckte die Achseln und lächelte. »Erstaunlich gut, wenn man die ganzen Änderungen bedenkt. Die Leute brauchen einige Zeit, um sich an neue Denkweisen, neue Standpunkte zu gewöhnen, aber im allgemeinen haben sich die Leute sehr gut umgestellt. Es gibt keine Gewalt mehr auf den Straßen. Kaum noch Verbrechen, und wenn, dann haben wir es rasch unter Kontrolle. Vor ein paar Wochen sagte jemand zu mir, daß Birmingham jeden Tag so sei wie Swansea am Sonntagabend.« Er lächelte. »Ich weiß, was er damit meinte, und den meisten Leuten gefällt es so.«

»Was ist mit den Skinheads und Punks?«

»Sie helfen alle beim Bau der neuen Straßen. Sie arbeiten. Es gibt keine Sozialfürsorge mehr, der sie zur Last fallen können, also arbeiten sie. Sie haben jetzt keine Zeit mehr für Selbstmitleid und Klagen. Sie stellen kein Problem mehr da.«

Auf dem Rückflug nach Heathrow trank Cooper mit Sawalew einen Whisky. Trotz allem fand er den Russen allmählich fast sympathisch. In der Haltung der Russen gegenüber den Briten konnte Cooper häufig Sawalews Einfluß erkennen. Sawalew schien sie ganz gut zu verstehen.

»Sie waren heute ja ziemlich schlecht gelaunt, Lew.«

»Wirklich? Mag sein. Wahrscheinlich ärgert es mich, daß sich die Briten dauernd über irgend etwas beklagen. Man bringt die Dinge, die wirklich schlecht waren, in Ordnung, aber trotzdem haben sie immer etwas Neues. Sie sind nie zufrieden. Alle unsere Stadtbeauftragten sagen dasselbe. In den Ausbildungskursen habe ich sie davor gewarnt, aber es ist schlimmer, als ich dachte. Viel schlimmer.«

Cooper lächelte. »Wenn Sie an irgendeiner der letzten Regierungen beteiligt gewesen wären, Lew, dann käme Ihnen das jetzige Verhalten der Leute unglaublich vor. Damals war es noch wesentlich schlimmer. Sie beschwerten sich über alles, was wir taten. Und die Medien gossen noch Öl ins Feuer. Man konnte sich nicht durchsetzen. Was Ihnen jetzt passiert, ist gar nichts.«

Sawalew saß da und schaute aus dem Fenster. Ohne den Kopf zu wenden, sagte er: »Warum haben Sie nach dem Tod Ihrer Frau nicht mehr geheiratet, Freddie?«

»Ich habe niemanden gefunden, von dem ich genauso stark innerlich abhängig sein wollte. Ich wollte keine Kompromisse eingehen.«

»Vielleicht sollten Sie's mit einer hübschen jungen Russin versuchen.« Er lächelte. »Ich werde Ihnen eine aussuchen müssen.«

Cooper lächelte. »Ihre Mädchen sind ein bißchen zu jung für mich.«

Sawalew lachte leise. »Für mich auch. Aber ich mag sie so jung.«

»Ich habe gehört, daß Sie enge Beziehungen zu einem Mitglied der höheren Gesellschaft haben.«

»Sie meinen Daphne, die Ehrenwerte Daphne Mather?«

»Ja, die meine ich.«

Sawalew rutschte auf seinem Sitz hin und her. »Wissen Sie, ich habe mich von Anfang an für sie interessiert. Sie ist neunzehn. Und so eine typische kühle, blonde Schönheit. Ich war sicher, sie würde der reinste Eisberg sein.« Er lächelte. »Als ich das erste Mal mit ihr im Bett war, sagte sie, ich sei ein richtiges Tier. Aber sie hat jede Minute genossen, das können Sie mir glauben. Sie will die ganze Zeit.«

»Aber von Ihrer Seite aus ist es nur das Bett?«

»Ich will nicht heiraten, Freddie. Niemals.«

»Warum denn?«

»Es hat keinen Sinn, wenn man keine Kinder möchte. Und ich habe seit langem beschlossen, daß ich nie Kinder haben werde.«

»Warum? Sie verstehen sich doch immer so gut mit meinen Enkeln!«

»Oh, ich mag Kinder. Aber sie machen einen verwundbar. Für euch ist es schwer zu verstehen, warum wir Russen dauernd von unseren zwanzig Millionen Kriegstoten reden. Ich hatte zwei Schwestern und zwei Brüder. Und weiß Gott wie viele Tanten und Onkel und Neffen und Nichten. Und natürlich meine Eltern. Meine Mutter hat überlebt. Sie lebt in ihrem einen Zimmer in Moskau. Spricht mit sich selber und ihren zwei Katzen. Manchmal erkennt sie mich, manchmal hält sie mich für meinen Vater oder einen meiner Brüder. Sie und ich sind als einzige übriggeblieben.

Ich entsinne mich, daß westliche Kommentatoren sich darüber wunderten, daß die *Forsyte Saga* der BBC in Rußland so populär war. Ich kann Ihnen sagen, warum. Es war, weil man da eine Familie sah, die Jahr für Jahr, Jahrzehnt für Jahrzehnt weiterlebte. Altersschwäche als einzige Todesursache. Für uns Russen war das wie ein Traum. Ihr im Westen behauptet, wir merkten nicht einmal, daß es uns an Waren und Dienstleistungen mangelt, weil wir blind akzeptieren, was uns das Politbüro auftischt. Ihr meint, wir sollten dagegen protestieren, daß vielleicht fünfundzwanzig Prozent unseres Bruttosozialprodukts für die Streitkräfte und Waffen ausgegeben werden. All das macht uns nichts aus, Freddie. Und zwar solange uns das System die Möglichkeit gibt, auch einmal Forsytes zu sein. Große Familien, die jahrzehntelang zusammenbleiben und nur an Altersschwäche sterben.«

»Warum also keine Familie für Lew Sawalew?«

Sawalews braune Augen sahen Cooper an. Dann wandte sich der Russe ab und sah zum Fenster hinaus. »Weil ich nicht glauben kann«, sagte er leise, »daß es so bleiben wird.«

Niemandem war so richtig klar, warum sie Tommy Pardoe eingestellt hatten. Nicht einmal ihm selbst. Als die Russen kamen, hatte er als Reporter beim *Daily Mail* gearbeitet. Er war nicht auf ein bestimmtes Gebiet spezialisiert, sondern hatte Artikel über alle möglichen Themen und hier und da ein Feature geschrieben.

Aber der neue Chef des TASS-Büros am Gough Square hatte ihm eine Stelle angeboten, als alle Zeitungen stillgelegt worden waren. Er fungierte als Berater, und schon nach wenigen Wochen wurde klar, daß man ihn nicht darum ersuchen würde, für die *British News* zu schreiben. Aber man hatte ihm ein kleines Büro zur Verfügung gestellt und ihm während der ersten beiden Monate den Auftrag erteilt, täglich die Ausgabe bis zum letzten Wort zu lesen und am nächsten Tag Petrow seine Kommentare dazu zu liefern. Vor allem wollten sie, daß er sie auf jeden Aspekt ihres generellen Vorgehens hinwies, der die britische Öffentlichkeit möglicherweise kränken konnte.

Petrow kam jeden Morgen herein und setzte sich mit dem Bericht vom vorherigen Tag in der Hand auf die Schreibtischkante. Am Ende der beiden ersten Wochen blieb er länger und machte es sich auf dem einzigen Stuhl bequem, der sonst noch in dem kleinen Büro stand.

»Weshalb Ihre Kritik an unserer Erwähnung der Königlichen Familie?«

»Die Leute werden es übelnehmen. Das funktioniert nicht.«

»In welcher Hinsicht funktioniert es nicht?«

»Wahrheit oder Diplomatie?«

Petrow lächelte. »Wir haben Sie für die Wahrheit angestellt, Genosse. Wenn wir die nicht von Ihnen bekommen, verschwenden wir beide unsere Zeit.«

»Sie haben leicht reden, Mr. Petrow, aber ich möchte nicht in einer psychiatrischen Klinik oder einem Moskauer Gefängnis enden.«

»Teilen Sie uns Ihre sachkundige Meinung mit, dann besteht keine Gefahr irgendeiner Art von Bestrafung.«

»Gut. Die Königliche Familie. Erstens wird sie von der breiten Masse geliebt. Zweitens hat sie keine Möglichkeit zu antworten, und das mag die Öffentlichkeit nicht. Und drittens weiß jedes Schulkind, daß die Mitglieder der Königlichen Familie reine Repräsentationsfiguren waren. Sie haben das Land nicht regiert, und wenn man sie jetzt für das verantwortlich macht, was geschehen ist, dann ist das offensichtlich Propaganda. Zu offensichtlich und nachweisbar falsch. Wenn Sie irgend etwas bringen, das die ganze Bevölkerung als Unsinn erkennt, dann denken die Leute entweder, daß Sie über wohlbekannte Fakten nicht informiert sind oder daß Sie faule Propaganda machen. In jedem Fall werden sie Ihnen nichts mehr glauben, was Sie drucken.«

»Glauben sie denn überhaupt, was wir drucken?«

»Teils. Die Enthüllungen über Korruption unter den Politikern glauben sie zum Beispiel. Den Artikeln über die Wiederherstellung von Recht und Ordnung glauben sie nicht nur, sondern sie stimmen ihnen sogar zu. Sie haben ja gesehen, daß es klappt. Aus demselben Grund glauben sie auch den Artikeln über die Vollbeschäftigung. Aber bei den Vergleichen zwischen britischen und sowjetischen Löhnen stimmen einige Zahlen nicht. Bei Gesprächen mit hier lebenden Russen bekommen die Leute den Eindruck, daß Ihre Angaben über das, was sowjetische Arbeiter bekommen, übertrieben sind. Daß Sie die Moskauer Löhne statt in allgemein gültigen Zahlen in Rubeln zu einem Schwindelkurs angegeben haben.«

»Und was glauben sie außerdem nicht?«

»Den Mist, den Sie über die Amerikaner schreiben. Die Leute wissen mehr über die Vereinigten Staaten als Sie, und sie werden nicht glauben, daß sich innerhalb von ein paar Wochen alles geändert hat.«

Petrow zuckte die Achseln. »Dort hat sich viel verändert. Sie haben Europa verlassen. Das einzige, was sie jetzt noch interessiert, ist ihr eigener Schutz.«

»Mag sein. Aber Sie packen es falsch an. Sie schreiben, als wüßten die Briten nichts über das Ausland, so wie Sie auch in der *Prawda* und der *Isvestija* schreiben. Ihre Leser in der Sowjetunion glauben nicht die Hälfte von dem, was Sie sagen. Wenn Sie hier so weitermachen, dann wird man hier von dem, was Sie drucken, überhaupt nichts mehr glauben. Selbst, wenn es wahr ist.«

»Sie meinen also, wir sollten über die Amerikaner Nettigkeiten sagen?«

»Das meine ich nicht, und das habe ich auch nicht vorgeschlagen. Es hat hier immer eine Menge Kritik an den Amerikanern gegeben, an ihrer Außenpolitik, ihrem Lebensstil, allem möglichen, und das lange bevor Ihre Leute hierherkamen. Aber sie war immer an nüchterne

Fakten geknüpft. Wenn Sie den Amerikanern eins auswischen wollen, dann berichten Sie doch einfach Fakten. In amerikanischen Zeitungen werden Sie genügend Material finden, das Sie direkt zitieren können. Hängen Sie keinen Kommentar an, sondern lassen Sie einfach die Fakten für sich sprechen. Später können Sie schreiben, was Sie wollen, wenn die Leute an Sie gewöhnt sind. Und wenn Sie die Erwartungen erfüllt haben.«

»Welche Erwartungen?«

»Wenn Sie das geschaffen haben, was Sie versprochen haben. Frieden und Wohlstand.«

Petrow sah Pardoe an. »Sie müssen ein guter Reporter gewesen sein, Genosse Pardoe.«

»Nein. Ich war Durchschnitt. Es liegt nur daran, daß dies mein Land und mein Volk ist. Und Ihres ist es nicht.«

Petrow sah verärgert aus, erhob sich aber ohne weiteren Kommentar. An der Tür wandte er sich um. »Haben Sie wirklich Angst vor uns, Genosse Pardoe?«

Pardoe nickte. »Verdammte Angst, Genosse. Und das ist mein voller Ernst.«

Das kleine Dorf Headcorn in Kent hatte im 17. Jahrhundert flämische Weber beherbergt, die aus ihrer Heimat geflohen waren, und manche der von ihnen erbauten Häuser stehen heute noch. Das Dorf hatte sich fast ausschließlich mit Landwirtschaft befaßt, bis aus der ehemaligen Flugschule ein kleiner Flugplatz hervorgegangen war. Er diente vorwiegend privatem Luftverkehr und für Flugzeuge, die zur Schädlingsbekämpfung eingesetzt wurden. Es hatte jahrelang Streit zwischen den Eigentümern des Flugplatzes und den meisten Anwohnern gegeben, die gegen die Erweiterung waren.

Aber als die Russen den Flugplatz in wenigen Monaten um das Dreifache vergrößerten, hatte es keine Proteste gegeben. Zwei der Dorfbewohner, die den damaligen Protest angeführt hatten, waren dabei erwischt worden, wie sie an eine alte Eiche, die auf der Umgrenzungslinie stand, einen Zettel nagelten. Darauf standen nur die Worte: »Dschingis Khan regiert prima.« Am darauffolgenden Tag wurden die beiden Männer zu fünf Jahren Gefängnis verurteilt, und niemand wußte, wo sie diese Strafe absitzen mußten. Einige der ursprünglichen Protestierer änderten ihre Meinung, weil die Russen ihnen wieder zu Arbeit verhalfen. Die übrigen hielten den Mund, weil sie Angst vor möglichen Konsequenzen hatten.

Auf dem Flugplatz waren jetzt fünf SS16-Raketen stationiert und zu seiner Verteidigung stand eine Staffel Sukhoi SU-15 bereit. Ein Bataillon aus einem motorisierten Schützenregiment der Roten Armee war für den Schutz verantwortlich. Es herrschte Ausgangssperre von 22 Uhr abends bis 6 Uhr morgens. Eine Sondergenehmigung bekamen nur die Landarbeiter, die früh zum Melken mußten.

Cameron Davies saß mit den beiden anderen Männern in der Küche des Bauernhauses und überprüfte die Zeitzünder und die Plastiksprengkörper. Er trug Chirurgenhandschuhe, damit der Mandelgeruch des grauen Kunststoffs nicht an seinen Händen haften blieb. Auf dem Tisch stand eine Tasche, die aus einem Stück schaumstoffbeschichteten Teppichs hergestellt war, und daneben lagen zwei Drahtscheren und ein halbes Dutzend eiförmige Isolatoren, die mit plastiküberzogenen Drähten verbunden waren. Dann war da noch ein kleines Meßgerät mit Digitalanzeige, auf der ein rotes Pluszeichen leuchtete.

Neben dem Tisch standen auf dem Boden ein mattschwarzer Granatwerfer und vier Granaten. Aus ihrer Kennzeichnung ging hervor, daß sie aus der Tschechoslowakei stammten. Davies schaute auf seine Uhr, dann sah er den älteren der beiden Männer an.

»Sie warten nicht ab, was passiert. Sie lösen die Zündung aus und gehen dann an den vereinbarten Ort. Wenn wir es schaffen, kommen wir nach, wenn nicht, führen Sie Ihre Befehle aus und bleiben vier Tage dort. Dann werden sie von den anderen geholt. Die geben Ihnen das Zeichen. Sonst reagieren Sie nicht, verstanden?«

Der Mann nickte, ohne zu sprechen. Davies sah den anderen an. »Sie bleiben am Umfassungszaun und verhalten sich ruhig. Sie geben mir genau drei Minuten. Wenn ich nach drei Minuten nicht zurück bin, gehen Sie. Sie nehmen den Weg, den Sie kennen, und dann zurück zum Feld, zu Jacko.«

»Okay, Chef.«

»Falls einer von euch austreten muß, soll er's jetzt tun.«

Keiner der Männer regte sich, und Davies grinste. »Wir haben's noch am besten. Wir sind die ersten. Bis jetzt hat noch keiner was gegen diese Kerle unternommen, und sie rechnen nicht damit. Ab heute nacht werden sie rotieren, und es wird etwas schwerer werden. Das heute nacht ist ein Klacks. Das geht glatt über die Bühne.«

Keiner der Männer wirkte überzeugt, aber er bemerkte auch bei keinem von ihnen jenes verräterische Gähnen oder Schlucken, auf das er eigentlich gewartet hatte.

»Okay. Jacko, machen Sie die Kerze aus und öffnen Sie die Vorhänge. Wir machen uns jetzt auf den Weg.«

An diesem Abend fand in der sowjetischen Botschaft ein Empfang statt. Die Vertragsunterzeichnung jährte sich zum ersten Mal. Viel war in der Zwischenzeit geschehen, aber es kam einem nicht so vor, als sei seit jener schrecklichen Nacht im Kreml schon ein Jahr vergangen. Vielleicht weil die Russen alles so gut geplant hatten. Sie waren klug und rationell vorgegangen. Das Ganze hatte eher an die kommerzielle Übernahme eines großen multinationalen Konzerns durch einen anderen erinnert. Ein paar Gewinner, ein paar Verlierer. Manchen gefiel es, manchen nicht. Natürlich war es viel weniger schwierig, wenn es keine Diskussion, keine Einwände, keinen Konsens gab. Man sagte einfach, was man wollte, und damit hatte es sich. Da hatten nur noch Zahlen Gewicht. Jene Tausende von bereits verfügbaren, bereits ausgebildeten ›Spezialisten‹. Alle in ein paar Tagen an Ort und Stelle. Das war beängstigend. Zu wissen, daß die Männer im Kreml schon seit langem die Anordnungen getroffen hatten, die es möglich machten, Großbritannien einzunehmen, sobald es machbar und erstrebenswert sein würde. Durch Invasion oder Verrat. Es war nicht weiter wichtig, wie es geschah. Wahrscheinlich hatten sie für alle europäischen Länder ähnliche Pläne. Vielleicht sogar für die ganze Welt. Welches Land hätte da Widerstand leisten können? Welches Land hätte tatsächlich Widerstand geleistet? Die Vereinigten Staaten bestimmt, und China, aber andere fielen ihm nicht ein.

Während Cooper mit einem Glas Whisky in der Hand allein dastand, fiel ihm auf, wie wenige Briten anwesend waren. Keiner, von dem man gedacht hatte, daß er bei den Russen in besonderen Gunsten stehen würde, war von ihnen akzeptiert worden. All jenen rabiaten Linken, den Benns, den Scargills, den McGaheys und ihresgleichen, hatte man die kalte Schulter gezeigt. Sie waren in den Augen der Russen nur kleine Männer, die auf Macht aus waren. Einst waren sie nützlich gewesen, jetzt jedoch nicht mehr. Männer, die so hart daran gearbeitet hatten, Regierungen zu stürzen, könnten es möglicherweise wieder versuchen. Die meisten von ihnen befanden sich auf lange Sicht im Lager auf der Isle of Wight.

Und es waren auch keine Klatschkolumnisten und Fernsehleute in der Menge, aus dem einfachen Grund, weil es keine freien Medien gab. Die *New British Broadcasting Company* hatte ihr TV-Sendernetz und die sieben nationalen und regionalen Radiosender. Wales und

Schottland hatten ihre eigenen Rundfunk- und Fernsehanstalten. Alle Sender waren staatseigen. Es gab keine kommerziellen Rundfunk- oder Fernsehprogramme. Sie waren schon in der ersten Woche abgeschafft worden.

Darin, daß all die populären ITV-Serien von der neuen Gesellschaft übernommen worden waren, hatte Cooper Sawalews Einfluß erkannt. Die *British News* und Übersetzungen verschiedener russischer Zeitschriften waren bis jetzt immer noch die einzigen greifbaren Publikationen.

Den öffentlichen Büchereien, den Verlagen und Buchhandlungen war eine lange Liste verbotener Bücher zugestellt worden. Diese Liste hing in den Büchereien zur allgemeinen Beachtung aus. Eines der aufgeführten Bücher zu besitzen, war ein ernstes Vergehen gegen den Staat. Für die Intellektuellen war die Liste so etwas wie der Rubik-Würfel geworden. Wie man sie auch drehte und wendete, nie ergab sich ein Sinn. Warum waren Graham Greene und seine Spionagegeschichten erlaubt, alte Ausgaben von Gollancz' Linker Buchgemeinschaft jedoch verboten? Die Frauen hatten es am besten getroffen. Sowohl Barbara Cartland als auch Catherine Cookson war die Auszeichnung zuteil geworden, daß Präsident Orlows Frau die Übersetzungen ihrer Bücher förmlich verschlang. Und Mills & Boons Liebesromanserie wurde öffentlich gelobt und erhielt in der Tat unbegrenzte Papierkontingente. Neue Schriftsteller erschienen auf der Bildfläche, und die Verleger hatten sich auf den Druck von dicken Bänden über die Neue Gesellschaft gestürzt, während Bücher und Artikel zum Thema ›Mit den Roten leben‹ praktisch eine eigene Industrie geworden waren. So wie ›Mit der Rezession leben‹ und ›Mit dir selbst leben‹ in der Zeit vor dem Vertragsabschluß äußerst lohnende Themen gewesen waren.

Russisch war in allen staatlichen Schulen zur zweiten Sprache geworden. Und andere Schulen gab es nicht. Eton, Winchester und Harrow waren zu Umschulungszentren für Lehrer und Staatsbeamte geworden, und die übrigen Public Schools waren jetzt Einrichtungen der Erwachsenenbildung und benutzten als Basis die Fernsehuniversität. Die Fernsehuniversität machte den Russen großen Eindruck, und es waren bereits Teams von Milton Keynes in der Sowjetunion damit beschäftigt, beim Aufbau einer sowjetischen Version der Fernsehuniversität zu helfen.

Dann sah Cooper Sawalew mit dem Mädchen tanzen, das, bis die Russen kamen, die Ehrenwerte Daphne Mather gewesen war. Er lächelte vor sich hin, als er daran dachte, was Sawalew ihm im Flugzeug erzählt hatte. Kein Paar hätte gesetzter und ernster tanzen können als diese beiden. Sawalew verhehlte seine Schwäche für hübsche Mädchen zwar nicht, trug sie aber auch nicht zur Schau. Es war schwer zu sagen, was er wirklich dachte. Die Russen nannten ihre wirklich Linientreuen ›Sowjets‹, und das war der Gipfel offizieller Anerkennung. Sawalew wurde immer als Sowjet bezeichnet, aber manchmal fragte sich Cooper, ob sie sich nicht täuschten. Da waren gewisse Dinge, die er von Zeit zu Zeit sagte, oder ein seltsames Lächeln, aus dem man schließen konnte, daß er an das, was er vortrug, selbst nicht ganz glaubte. Gelegentlich sagte er zu Smetana, oder in dessen Gegenwart, Dinge, die hart an der Grenze waren. Möglich, daß die Russen klug genug waren, um zu erkennen, daß Sawalew mit seinen wirklich fundierten Kenntnissen über die Briten ihnen gute Dienste geleistet hatte. Hätte er wie ein wirklicher Sowjet gedacht, wäre das nicht möglich gewesen.

Cooper sah, wie Sawalew sich einen Weg durch die Menge bahnte, das Mädchen im Schlepptau. Als er bei ihm angekommen war, verbeugte er sich kurz und lächelte.

»Guten Abend, Herr Premierminister. Darf ich Sie meiner Freundin vorstellen? Daphne, der Premierminister.«

Das Mädchen streckte die Hand aus. »Guten Abend, Sir Frederick.«

»Guten Abend. Ich fürchte, ›Sir‹ trifft nicht mehr zu. Einfach nur Mister.«

Das Mädchen zuckte die Achseln. »Ist mir egal, was diese blöden Kerle wollen. Für mich sind Sie immer noch Sir Frederick. Aber das werde ich nicht laut sagen. Der gute Lew kann sehr böse werden.« Sie lächelte den Russen an. Cooper wurde klar, wie attraktiv Sawalew auf ein neunzehnjähriges Mädchen wirken mußte. Er sah nicht nur in jeder Hinsicht gut aus, sondern war auch, ungeachtet seines Charmes und seiner Eleganz, der zweitmächtigste Mann im Land. Daphne wandte sich wieder Cooper zu. »Er sagt, er muß Sie zu einer Zusammenkunft mit dem großen Mann höchstpersönlich entführen.«

Sawalew nickte. »Smetana hat gefragt, ob Sie vielleicht ein paar Minuten für uns erübrigen könnten.«

Cooper zuckte die Achseln. »Ihr ergebener Diener, Genosse.«

»Ich geh' dann, Lew«, sagte das Mädchen.

»Okay. Nimm meinen Wagen. Ich nehme einen Dienstwagen. Bis später.«

Dann gingen die beiden Männer durch den kurzen Flur in den Raum des Botschafters. Smetana telefonierte gerade in erregtem, eindringlichem Ton auf russisch. Kopfschüttelnd sah er Sawalew an. Schließlich legte er unter einer Flut von ›*Das*‹ auf.

»Da haben wir's, Lew. Da haben wir's.«

»Was haben sie gesagt?«

»Phase Zwei. Sie haben bereits die entsprechenden Befehle erteilt. Ich konnte sie nicht davon abbringen.«

Mit rotem Gesicht und zornigem Blick wandte sich Smetana an Cooper. »Vielleicht wissen Sie schon, worüber wir sprechen, Cooper.« Es war das erste Mal, daß der Russe nicht die Höflichkeit gewahrt hatte, ihn mit ›Herr Premierminister‹ anzureden.

»Leider nicht.«

»Haben Sie je von einem Ort namens Headcorn gehört?«

»Nein. Klingt irgendwie amerikanisch.«

»Von wegen amerikanisch! Es klingt verdammt englisch, weil es verdammt englisch ist.«

Cooper schwieg, weil es für ihn nichts zu sagen gab. Er wußte nicht, worauf Smetana hinauswollte. Aber er hörte Sawalew tief seufzen und wußte, daß es, worum es sich auch immer handeln mochte, etwas Schlimmes war. Sawalew seufzte nicht so schnell.

Dann unterbrach Smetanas barsche Stimme seine Gedanken. »An den heutigen Tag werden Sie sich erinnern, solange Sie leben, Cooper. Diese Scheißkerle haben alles über den Haufen geworfen. Meine ganze Arbeit, all unsere Bemühungen ... mein Gott, die möchte ich erwischen.«

Smetana erhob sich. Er schwankte vor Wut, und plötzlich wischte seine große Hand einen Stoß Akten vom Schreibtisch. Blätter flatterten in alle Richtungen zu Boden.

»Vielleicht sollten Sie mir erst mal sagen, was passiert ist.«

Smetana sah ihn mit gefletschten Zähnen an. »Kommen Sie mir bloß nicht mit dieser beschissenen, britischen Art, Sie Mistkerl! Auf die eine oder andere Weise gehören Sie ja auch zu denen!«

»Um Gottes willen, Juri«, sagte Sawalew ruhig. »Schweigen Sie! Wir brauchen die Mitarbeit des Premierministers jetzt mehr als je zuvor.«

Aber Smetana kochte immer noch. »Mitarbeit!« schrie er. »Welche Mitarbeit? Dieser Mann hat bloß herumgestanden und zu allem ja und amen gesagt. Er hat getan, was wir ihm sagten, und den rechten Augenblick abgewartet!«

Cooper stand auf. »Ich denke, es ist besser, wenn ich jetzt gehe.«

Smetanas Fäuste krachten auf den Schreibtisch, dann fuhr seine rechte Hand vor und deutete auf Cooper.

»Sie bleiben, wo Sie sind! Aber ich warne Sie. Sobald sich nur die kleinste Gelegenheit ergibt, ziehe ich Ihnen das Fell über die Ohren, Sie verdammter Scheißbrite, Sie! Verlassen Sie sich drauf!« Und der ganze Raum erbebte, als Smetana hinausstürmte und die Tür hinter sich zuknallte.

Die Arme auf die Schenkel gestützt, den Kopf gesenkt, saß Sawalew da. Langsam hob er den Kopf und sah Cooper an.

»Haben Sie wirklich von dieser Sache heute abend etwas gewußt?« fragte er ruhig.

»Ich habe nicht die leiseste Ahnung, wovon Sie reden.«

»Dieser Ort... Headcorn... er diente als Raketenbasis. Fünf SS16. Heute abend wurden vier davon zerstört. Außerdem zwei Abfangjäger und etwa fünfundvierzigtausend Liter Treibstoff. Zwölf Rotarmisten wurden getötet.«

»Was ist passiert? Wer hat das getan?«

»Keine Ahnung. Im Moment wird das ganze Gebiet nach den Tätern durchkämmt. Wir wissen noch keine Einzelheiten.«

»Ist das so tragisch? Man wird sie erwischen und bestrafen.«

»Sie verstehen nicht, Freddie.« Er seufzte. »Wie sollten Sie auch. Man hat es Ihnen ja nie gesagt.«

Sawalew stand auf und lockerte seine Krawatte, während er langsam im Raum umherging. Endlich blieb er stehen und wandte sich nach Cooper um. »Ich sollte Ihnen das eigentlich nicht sagen, Freddie, aber wir werden Ihre Hilfe brauchen, und deshalb ist es besser, Sie wissen, um was es geht.

In Moskau gab es zwei Richtungen, wie wir das britische Problem angehen sollten. Die eine Seite, die Generäle, war unerbittlich für eine militärische Invasion. Die andere Seite, zu der ich gehörte, betrachtete es als einmalige Gelegenheit, der Welt zu zeigen, daß der Kommunismus in einem fortschrittlichen, hochentwickelten Land nicht nur funktionieren, sondern sogar gut funktionieren könne, und daß die Bevölkerung daran Gefallen finden würde, sobald sie sich an die neue Denkweise gewöhnt hätte. Wir diskutierten tagelang. Es wuchs sich zu einem handfesten internen Krach aus. Auf beiden Seiten wurde mit Rücktritten gedroht. Schließlich kam es zur Abstimmung. Die Generale gewannen mit zwei Stimmen Vorsprung. Es sollte eine Eroberung werden. Und dann... und dann nahm Jewgenij Orlow sein politisches Schicksal in die eigene Hand und erhob gegen die Invasion Einspruch.

Damit brachte er seine politische Karriere in die Schlußlinie. Er vertraute meinem und Smetanas Rat, daß wir die Sache zum Funktionieren bringen könnten. Der Angriff von heute abend bringt ihn in Gefahr. Nicht sofort, aber wir haben jetzt keinen Spielraum mehr für das, was wir machen wollten.« Sawalew seufzte erneut. »Er hat eine militärische Invasion befohlen. Es sind schon Truppen unterwegs. Eine so große Streitmacht, daß es in Zukunft keine Chance für Widerstand gibt.«

»Wie groß, Lew?«

»Achtzigtausend war die Zahl, die er Smetana nannte.«

»Was ist mit Ihnen und Smetana?«

»Wir werden weitermachen wie bisher, aber die Atmosphäre wird verdammt anders sein. Jetzt geht es um die Besetzung eines feindlichen Landes, und nicht mehr um die Kooperation zwischen guten Freunden.«

»War es denn je eine Kooperation zwischen guten Freunden, Lew?«

»Was soll das heißen?«

»Ich habe den Vertrag nicht freiwillig unterzeichnet. Ich tat es, um Schlimmeres zu verhindern. Sie sind in erster Linie hergekommen, um die Amerikaner aus Europa zu verdrängen. Es gab nie eine echte Chance, daß sich Ihre Träume wirklich erfüllen würden.«

»Warum nicht?«

»Nicht einmal Ihr eigenes Volk teilt diese Träume, Lew. Die Sowjetunion ist eine Diktatur, eine gnadenlose Diktatur. Ihr Land ist ebenso ein besetztes Land wie unseres. Seit 1917 hat es in Rußland einige Fortschritte gegeben. Aber in 68 Jahren ist das nicht überraschend. In allen Ländern hat es Fortschritte gegeben. Den meisten ist es besser ergangen als der Sowjetunion. Auf die eine oder andere Art werden Ihre eigenen Leute so schlecht behandelt, wenn sie ihr Mißfallen über die herrschende Situation äußern, daß sie Angst haben, es auszusprechen. Im Gulag gibt es Lager, in denen Ihre eigenen Landsleute schlimmer als Tiere behandelt werden.

Unser Volk findet es gut, daß die Gewalt auf den Straßen ein Ende genommen hat. Und ich glaube, daß die Leute etwas von euch gelernt haben. Wenn Rowdys randalieren, bestraft man sie hart, statt sie zum Psychologen zu schicken. Die Leute finden die Vollbeschäftigung gut, weil ihnen noch nicht klargeworden ist, auf welche Weise sie zustande kommt. Wenn man nicht die Arbeit erledigt, die einem vorgeschrieben wird, verhungert man. Man hungert nicht nur, sondern man stirbt vor Hunger. Und man hat kein Dach überm Kopf. Und die Familie auch nicht. Über kurz oder lang werden sie sich über all das klar werden. Sie werden sich darüber klar werden, welchen Preis sie dafür bezahlt haben.«

»Welchen Preis haben sie denn dafür bezahlt, mein Freund?«

»Es hat sie ihre Freiheit gekostet.«

»Das hört sich an, als seien Sie auf ihrer Seite.«

»Ich bin auf niemandes Seite, Lew. Ich sage Ihnen nur die Wahrheit. Sie sind intelligent genug, um einzusehen, daß es die Wahrheit ist, was ich eben gesagt habe. Sie waren zwar auch vorher schon intelligent, aber niemand hat Ihnen das mit der Freiheit erklärt. Ihr Russen hattet ja nie Freiheit. Erst die Zaren, dann die Bolschewiken. Ihr seid zu spät zu uns gekommen. König John war unser letzter Diktator. Die Barone und die Magna Charta haben unseren Diktaturen ein Ende gemacht. Ihre Leute sind zu spät gekommen, Lew.« Cooper lächelte. »Sie hätten einen intelligenten Briten in Ihrem Team haben sollen, als Sie sich das alles ausdachten.«

Sawalew sah jetzt genauso zornig aus wie zuvor Smetana. »Wenn ich Sie so reden höre, Freddie, glaube ich allmählich, daß ich einen Fehler gemacht habe. Aber achtzigtausend Soldaten der Roten Armee werden das wieder in Ordnung bringen.«

»Kann ich jetzt gehen?«

»Natürlich.«

»Sie hatten beinahe recht, Lew. Sie haben nur nicht an die Menschen gedacht. Die Menschen stellen das eigentliche Problem dar. Das war schon immer so, seit Adam und Eva. Geben Sie ihnen das Paradies, und sie werden sich nach einem Jahr beklagen. Das Christentum... selbst der Kommunismus... könnten funktionieren, wenn die Menschen nicht wären. Wenn Sie meinen Rat wollen, steht er ihnen jederzeit zur Verfügung. Sie brauchen bloß zu fragen.«

»Ich hoffe, Sie irren sich. Mein Gott, ich hoffe wirklich, Sie irren sich. Um unser aller willen.«

»Do swidanja.«

Und Sawalew lächelte ein wenig über Coopers Russisch.

»Ciao«, sagte er.

Die ganze Nacht über bis in die frühen Morgenstunden dröhnten die Flugzeuge am Himmel. Flugzeugträger und Truppentransporter hatten ihre Stützpunkte in Murmansk bereits seit mehreren Stunden verlassen.

In den Morgennachrichten und der Zeitung war der Angriff auf das Raketengelände das Hauptthema. Bei TASS und Novostij hatte es hitzige Diskussionen darüber gegeben, wie man den Angriff behandeln sollte. Viele fanden, man sollte ihn herunterspielen. Moskau löste das Problem um Mitternacht. Man würde die Sache riesig aufbauschen. Man würde mit Nachdruck auf die unschuldigen Soldaten hinweisen, die ermordet worden waren. Und auf den Schaden, der entstanden war, nicht an sowjetischen Raketen, sondern der britischen Verteidigungsbereitschaft. Und man würde unverhüllt auf die Möglichkeit einer amerikanischen Beteiligung hindeuten.

Die Titelseite der *British News* war von dicken schwarzen Balken umrahmt, und im Radio kam ernste Musik. Auf der zweiten Seite wies ein Artikel darauf hin, daß Moskau sich widerstrebend dazu entschlossen habe, zur Verteidigung Großbritanniens mehr Truppen zu entsenden. Der Empfang in Kensington Gardens zur Feier des Jahrestags des Vertragsabschlusses wurde kaum erwähnt.

Als das Brummen der Flugzeuge den ganzen Tag weiterging, wurde der Bevölkerung allmählich klar, daß sich ihr Leben ändern würde. Diese vielen sowjetischen Truppen bedeuteten, daß sie von jetzt an als Sicherheitsrisiko betrachtet wurden. Viele verfluchten die Verantwortlichen für den Angriff auf das Raketengelände, wer immer das auch sein mochte. Manche hofften sogar, man würde sie bald erwischen. Manche, aber sehr wenige, freuten sich, daß die Russen einen blutigen Denkzettel bekommen hatten. Aber sie behielten ihre Meinung für sich. Es gab einen Mann in Headcorn, der so dachte. Und dieser Mann in Headcorn, ein Landarbeiter, war es auch, der in einem Feld den braun verfärbten Fleck bemerkte.

Tommy Couchman war in Kent geboren und aufgewachsen. Die ersten fünf Jahre in Chatham, die übrigen dreiundzwanzig in Headcorn. Sechs Monate lang hatte er versucht, seinen brennenden Zorn zu bändigen. Er und sein Mädchen hatten darauf gewartet, daß auf dem Gut eine Landarbeiterhütte frei würde. Als aber die Russen den Flugplatz bezogen hatten, hatte einer der Offiziere das Mädchen im Laden gesehen. Eine Woche später hatte Tommy Couchman erfahren, daß sie jetzt in einer Hütte lebte, die die Russen beschlagnahmt hatten. Sie arbeitete auch nicht mehr im Dorf. Eines Morgens war er nach dem Melken zu der Hütte gegangen, weil er dachte, durch diese Überrumpelung könnte er sie zur Rückkehr bewegen.

Ein Rotarmist hatte bei der Hütte Wache gestanden. Er konnte nicht Englisch, aber sein erhobenes Gewehr machte deutlich genug, was passieren würde, wenn Tommy Couchman das Gartentor öffnete. Als er die Hand nach der Klinke ausstreckte, verfehlte der Gewehrkolben seinen Mund, aber er zertrümmerte seine Nase.

Fast acht Wochen waren vergangen, als er die braunen Linien entdeckte, die im unteren Teil des Ten Acre-Felds ein etwa ein Quadratmeter großes Rechteck bildeten.

An den braunen Linien sah man, wo das Gras an den Kanten eines herausgestochenen Rasenstücks welk geworden war. Er stach mit seinem Messer in den Boden und hörte ein Knirschen, als es auf irgend etwas Härteres als Erde oder Steine stieß. Er stemmte die Kunststoffplatte hoch, auf der das Rasenstück lag und schaute in das Loch hinein. Dann schloß er es rasch und sorgfältig wieder und füllte die Fugen zwischen den Rasenstücken mit lockerer Erde. Er behielt seine Entdeckung für sich.

Zwei Tage nach dem Angriff auf den Flugplatz kam Tommy Couchman frühmorgens auf dem Heimweg vom Melken über Lower Ten Acre. Jetzt begann das ganze Rechteck aus Rasenballen braun zu werden. Er goß es in seiner Vormittagspause mit Hilfe eines Eimers und Wasser aus dem Fluß. Wer auch immer das Loch gegraben hatte, war kein Bauer; sonst hätte er gewußt, daß eine fünf Zentimeter dicke Schicht Erde nicht genug Wasser speichern konnte, um die Graswurzeln ausreichend zu versorgen. Aber wer immer es auch sein mochte, Tommy Couchman nahm an, daß er auf seiner Seite stand.

Kapitel 13

Sie war zwanzig, sehr hübsch, groß und schlank, mit langen Beinen, und sie trug ein weißes, seidenes Sommerkleid mit Mohnblumenmuster. Ein schwarzer Gürtel betonte ihre schmale Taille und gerundeten Hüften. Der sanfte Wind, der über den Centralnaja-Platz wehte, blies ihr auf einer Seite das feine Haar aus dem Gesicht.

»Was stellt die Statue dar, Josef? Oder sagt man, wen stellt die Statue dar?«

»Sein Name war Janka Kupola. Er ist unser berühmtester weißrussischer Dichter.«

»Wann starb er?«

»Ich glaube, 1942.«

»Was für Gedichte hat er geschrieben?«

Er wandte sich ihr zu und betrachtete ihr hübsches Gesicht. »Über dich hätte er ein Gedicht geschrieben, wie du in deinem Mohnblumenkleid an einem Frühlingstag auf einer Parkbank sitzt.«

Sie lächelte, ohne ihn anzusehen. »Allmählich wirst du zu einem richtigen Charmeur, Josef Andrejewitsch. Zu einem typischen Moskauer Charmeur.«

»Das macht dein schlechter Einfluß, weil du deine Großstadtallüren in eine so ruhige Stadt wie Minsk trägst.«

Sie griff nach seiner Hand, die auf der Parkbank zwischen ihnen lag. »War dein Freund bereit, heute deine Nachtschicht zu übernehmen?«

»Ja. Ich übernehme dafür dann morgen Nacht seine.« Er sah ihr ins Gesicht. »Ich werde dich so vermissen, Anna.«

»Ich werde dich auch vermissen, Josef.«

»Meinst du das ernst, oder ist es nur... na ja, du weißt schon, Höflichkeit?«

»Ich habe es ernstgemeint, Jojo. Aber wenn du in drei Wochen Urlaub hast, dann können wir eine ganze Woche zusammen in Moskau verbringen.«

»Glaubst du wirklich, daß du mir eine Aufenthaltserlaubnis für Moskau beschaffen kannst?«

»Sicher kann ich das.« Sie schauderte zusammen und erhob sich, wobei sie immer noch seine Hand hielt. »Laß uns in dein Zimmer zurückgehen.«

»Bleibst du heute nacht wieder bei mir?«

Sie nickte und schaute in die andere Richtung auf den Minsker Kulturpalast. »Das ist wirklich ein häßliches Gebäude, Jojo, was ist das?«

»Der Kulturpalast der Gewerkschaft. Stalinistischer Stil.«

»Dieser Stalin muß ja ein richtiges Ungeheuer gewesen sein.«

»Wie kommst du darauf?«

»Ich habe die Rede gelesen, in der Chruschtschow ihn kritisiert. Bei der Arbeit in der Bücherei. Er scheint schlimmer gewesen zu sein als die Zaren.«

»Kein Engel wie Chruschtschow, Breschnjew und Orlow?« Er sagte es mit einem Lächeln, aber sein Blick zeigte ihr, daß er es zumindest teilweise ernst meinte.

»Sprich nicht über sie, Jojo. Das ist gefährlich.«

»Sie sind nur Menschen, keine Götter.«

»Laß uns gehen, Josef. Mir wird allmählich kalt.«

Er lächelte. »Ich werde dich wieder aufwärmen, Kleines.«

Sie lag auf dem Bett und schaute zu ihm auf, als er nach der schwarzweißen Zigarettenpackung und dem Feuerzeug auf dem kleinen Tisch neben dem Bett griff. Die Geste ärgerte sie. Warum machten sie das jedesmal, wenn sie mit ihr geschlafen hatten? So als würden sie jetzt, nachdem sie ihr Vergnügen gehabt hatten, wieder in die reale Welt der Zigaretten und des neuen Torwarts von Dynamo Moskau zurückkehren und... Fünf Minuten zuvor hatte er sie so heftig begehrt, jetzt aber lag sie nackt und verfügbar da, und das einzige, was er wollte, war eine Zigarette. Genau wie die anderen in Moskau.

»Es braucht Zeit, Liebling«, sagte er.

»Was?«

»Das, worüber du gerade nachgedacht hast.«

»Über was habe ich denn gerade nachgedacht?«

»Daß du jung und schön und nackt bist und mit gespreizten Beinen daliegst, aber dieser Idiot sich eine Zigarette anzündet.«

»Woher weißt du, daß ich das eben dachte?«

Er lächelte, ohne auf ihre Frage einzugehen. »Es ist nur Biologie, Liebling. Es braucht einige Zeit, bevor ich wieder kann.«

»Du hast mir nicht geantwortet. Woher wußtest du es?«

»Ich habe es nicht gewußt. Aber es ist das, was ich gedacht hätte, wenn ich als Mädchen auf dem Bett läge.«

Sie stützte sich auf den Ellbogen und sah seinen Blick zu ihrem Busen wandern. »Du bist ein seltsamer Mann, Josef. Ich glaube, du machst sehr, sehr kluge Filme.«

Er lachte, küßte sie sanft und meinte leise: »Ich *mache* keine Filme, ich schreibe nur Drehbücher dafür.«

»Aber du weißt offensichtlich so viel über die Menschen.«

»In diesem Land ist das ein Fluch, kein Segen.«

»Warum?«

Er lächelte. »Heute nachmittag sagtest du, es sei gefährlich, über Breschnjew und Orlow zu reden. Du hast natürlich recht. Es ist gefährlich, weil die Leute anfangen könnten, darüber nachzudenken, was sich in Moskau abspielt, und was durch Moskaus Einfluß in Minsk und Kiew und all den anderen Großstädten vor sich geht.«

»Warum sollten wir uns darüber Gedanken machen?«

Er lachte leise. »Du bist wirklich eine kleine Gans, Anna. Wie kann ich gute Drehbücher darüber schreiben, wie die Menschen wirklich leben, wenn unsere Herren in Moskau behaupten, wir lebten im Paradies, und ich doch weiß, daß die meisten von uns in der Hölle leben? Nur die Spitzenleute leben im Paradies, und sie verbergen es vor uns. Du weißt das, weil du ihnen dabei hilfst, ihr Paradies zu haben, indem du in diesem verdammten Job in Moskau arbeitest.«

»Aber ich mag den Job, Josef.«

»Natürlich magst du ihn. Und du bekommst Karten fürs Bolschoitheater, die du an den Dentisten weitergibst, der dir dein hübsches Gebiß richtet; und du rufst irgend jemand im Verkehrsministerium an, um ihm zu sagen, daß die neuen japanischen Autoradios eingetroffen sind, und er verschafft dir *nachalstwo* Benzingutscheine, damit der Freund deiner Freundin sie am Wochenende auf dem Motorrad mit nach Peredelkino nehmen kann; und wenn du ein Hähnchen willst, bringt sie dir eins aus dem Garten ihres Vaters. Du nennst es *blat*, früher nannte man's Beziehungen, aber das ist es nicht, sondern es ist einfach ein Teil des gesamten Betrugs.«

»Du meinst, ich sollte sowas nicht machen, Josef?«

»Aber natürlich sollst du das. Du mußt überleben, Liebling. Aber ich mag ein Leben nicht, das die Leute wegen eines verdammten Hähnchens egoistisch und unehrlich macht.«

Lächelnd sah sie zu ihm auf. »Du hast ›Liebling‹ zu mir gesagt.«

Und er kannte die Mädchen gut genug, um zu wissen, daß politische Philosophien jetzt nicht mehr angesagt waren. Er küßte sie, und sie öffnete ihre langen Beine, als er sich auf sie wälzte.

Granowskijstraße Nr. 2 ist ein düsteres, braunes Gebäude ohne jegliche architektonischen Besonderheiten. Aus einer daran angebrachten Tafel geht hervor, daß Lenin in eben diesem Gebäude eine Rede an die Führer der Roten Armee gehalten hatte, bevor sie den Bürgerkrieg fortsetzten. Aber selbst dies erklärte nicht die langen Reihen von Dienstwagen draußen auf der Straße. Ohne auf die Vorschriften zu achten, parkten die Chauffeure halb auf dem Gehsteig und warteten auf ihre Fahrgäste. Der Grund für diese lange, ununterbrochene Reihe von Autos war eine kleine Tafel neben dem Eingang, auf der »Amt für Bezugsscheine« stand. Die Nummernschilder der Wagen gaben einen weiteren Anhaltspunkt. Sie trugen alle die Buchstabenkombination MOC.

Anna Simenowa arbeitete im Amt für Bezugsscheine und verbrachte ihre Zeit damit, an die sowjetische Kommunisten-Aristokratie Bezugsscheine für offiziell nicht erhältliche Lebensmittel wie Obst, Fleisch und Gemüse auszugeben. Sie mochte diese Arbeit. Man bediente dabei bedeutende Persönlichkeiten, Spitzenwissenschaftler,

Lenin-Preisträger, Männer von der *Prawda* und *Iswestija* und von Zeit zu Zeit sogar Astronauten. Meist jedoch waren die Kunden unbekannte, aber hohe Beamte.

Freitags und samstags hatte Anna Simenowa in einem anderen Gebäude in der Nähe des Kinos am Bersenewskij-Ufer zu tun. Diejenigen, die dort regelmäßig arbeiteten, bezeichneten es immer als Regierungsgebäude, und die Kunden dort waren sogar noch bedeutender als ihre üblichen Kunden. Das waren die Leute vom Obersten Sowjet. Leute, deren Gesichter man aus Presse und Fernsehen kannte.

Anna arbeitete im Regierungsgebäude besonders deshalb so gern, weil dort auch ihre Freundin Jewgenia angestellt war. Als sie beide am ersten Freitag nach Annas Ferien in Minsk zu ihrem Zimmer zurückgingen, erzählte Anna ihrer Freundin von dem jungen Mann, den sie kennengelernt hatte. Zwar erwähnte sie seinen Namen nicht, aber Jewgenia spürte, daß er für Anna mehr als nur eine Ferienromanze war. Anna sprach die ganze Zeit von ihm, während sie das Abendessen machten, und noch bis tief in die Nacht hinein.

Jewgenia war amüsiert und besorgt zugleich. Anna hatte ihr Zimmer bekommen, als sie Lew Sawalews Geliebte war. Beziehungsweise eine von seinen Geliebten. Und selbst während die Sache mit Sawalew noch lief, hatte es andere Männer gegeben. Kunden aus einem der beiden Regierungsläden, denen die hübsche Anna gefiel. Es war immer noch so. Sie schliefen mit wichtigen Männern, und als Gegenleistung wurde ihre Moskauer Aufenthaltserlaubnis verlängert, und sie erhielten etliche andere bürokratische Vergünstigungen. Falls es sich einmal um echte Liebe handeln sollte, konnte das für sie beide Probleme geben.

Das russische Patrouillenboot wendete langsam und kam auf gleiche Höhe mit dem Fischkutter. Der junge Leutnant der Roten Flotte kletterte an Bord, nachdem die Fender herabgelassen und die Boote miteinander vertäut waren. Es war ein Manöver, das das Patrouillenboot schon viele Male gemacht hatte, aber der junge Mann bildete sich immer noch viel auf seine saubere Ausführung ein. Sein Boot war ein Tragflügelboot der *Pchela*-Klasse mit Pot Drum-Suchradar und anderem elektronischem Schnickschnack, den sie bei ihren Patrouillen an der walisischen Küste vor Conwy selten brauchten.

Der Leutnant überprüfte die Papiere des Fischkutters und forderte, bevor er wieder ging, seinen üblichen Tribut in Form einiger Hummer.

Er kannte alle Fischkutterkapitäne, und diese Patrouillen waren mehr oder weniger zur Routine geworden. Von Zeit zu Zeit machten sie eine Stichprobe und durchsuchten ein Boot vom Bug bis zum Heck, doch sie fanden nie etwas Besorgniserregendes. Manchmal eine oder zwei Stangen Zigaretten, die die Mannschaft von einem irischen Boot bekommen hatte, das in den gleichen Gewässern fischte, doch nichts wirklich Wichtiges.

Das Fischerboot setzte seinen Weg zum Hafen von Conwy fort, legte schließlich am Kai an und lud die offenen, glitschigen Kisten mit gemischtem Fanggut ab. Für drei Tage auf See war es eine geringe Ausbeute, aber das eine Drittel, das sie auf dem freien Markt verkaufen durften, würde ihnen gutes Geld einbringen. Die Einheimischen aßen inzwischen Fisch, den sie früher den Katzen hingeworfen hätten, die auf den Kaimauern herumstreunten. Die *Gwynedd Princess* lag den ganzen Tag an ihrem Ankerplatz, und nur der Kapitän und sein Hund, ein Welsh Corgi, waren an Bord.

Kurz vor Einbruch der Dunkelheit fuhr ein Pferdekarren langsam die Rose Hill Street entlang, am Schloß vorbei, auf den Kai hinunter und zu den drei Fischerbooten hin, die am Kai vor Anker lagen. Von den beiden ersten Booten nahm der Mann mit dem Pferdekarren einige Hummerkörbe mit, die neu gebunden werden mußten. Bei der *Gwynedd Princess* angekommen, rief er ihren Kapitän heraus, und als keine Antwort kam, stieg er von seinem Karren und kletterte an Bord.

Als er die Kajüttreppe hinabstieg, sah er besorgt aus, bis er in dem kleinen Raum den Mann am Tisch sitzen sah. Er hatte eine halb leere Wodkaflasche und ein Glas vor sich stehen und grinste.

»Wie ist es gelaufen, um Gottes willen?« fragte sein Besucher leise.

»Ganz glatt, Johnny. Das U-Boot wartete schon, und wir haben jetzt vier Tonnen vom Besten unten. Der alte Knabe hat es wirklich geschafft.«

»Was habt ihr alles gekriegt?«

»SAM-Raketen, Granatwerfer, elektronische Geräte, Sprengstoff und Zünder, und wo das herkommt, gibt's noch viel mehr davon.«

»Habt ihr mit dem CIA-Mann gesprochen?«

»Ja. Aber es mußte kurz und knapp sein. Sie haben ihre Meinung geändert. Daran kann kein Zweifel bestehen. Sie wollen Andrews so bald wie möglich sehen. Wenn er sie überzeugt, könnten wir alles kriegen, was wir brauchen. Ein unbegrenztes Budget. Bargeld, Waffen, Spezialisten, was immer es sei, wir könnten es bekommen.«

»Ist das offiziell oder inoffiziell?«

Der Kapitän zuckte lächelnd die Achseln. »Inoffiziell, aber direkt vom Weißen Haus. Bei denen hat sich alles um 180 Grad geändert. Harry Andrews ist ihr Mann.«

»Wann können wir mit Entladen anfangen?«

»Heute nacht. Ich fahre übermorgen wieder los.«

»Wie viele Männer können Sie beibringen?«

»Fünf. Und Sie?«

»Soviel wir brauchen. Dreißig, wenn nötig. Fangen wir an!«

»Trinken Sie doch ein Glas mit, zur Feier des Tages.«

Der Besucher schüttelte den Kopf. »Machen wir uns an die Arbeit.«

Jamie Boyle war sich über Macgregor immer noch nicht klar. Der untersetzte Gewerkschaftsführer aus Clydebank war von den Medien inmer als lärmender Roter dargestellt worden. Während seiner Zeit als Rechtsberater der Gewerkschaft jedoch hatte Boyle festgestellt, daß dem rauhen Schotten alle politischen Angelegenheiten beinahe völlig gleichgültig waren und er sich ausschließlich für die Arbeitsbedingungen und Löhne seiner Leute interessierte. Wie so viele Arbeiter aus den Glasgower Mietskasernen hatte auch Macgregor Moskau nach der Revolution als eine Art irdisches Paradies betrachtet. Als Gewerkschaftsvertreter jedoch hatte er einmal die Leningrader Schiffswerften besucht und bei diesem Anlaß gesehen, wie die sowjetischen Arbeiter wirklich lebten. Die Vorstellung von einer Gewerkschaft in einem Land, in dem Streiks verboten waren und mit zehn bis fünfzehn Jahren Zwangsarbeit bestraft wurden, einer Gewerkschaft, die Befehle von den Regierungsbürokraten, ihren alleinigen Arbeitgebern, erhielt, war in Macgregors Augen eine üble Farce. Wie viele andere jedoch, die die Wahrheit begriffen hatten, konnte auch er sich nicht dazu überwinden, das Sowjetsystem öffentlich zu brandmarken, und deshalb haftete ihm nach wie vor der Ruf eines eingefleischten Kommunisten an.

Boyle hatte es immer seltsam gefunden, daß die Tories nie die wirkliche Haltung der Arbeiter verstanden hatten. Ihre Ansichten waren ihm immer fast extrem rechts vorgekommen. Es waren Dockarbeiter und Tagelöhner und Fabrikarbeiter im allgemeinen, die weitgehend mit Enoch Powell und den Tory-Damen übereinstimmten. Sie hätten alle Farbigen hinausgeworfen, die Todesstrafe wiedereingeführt und Bürgerwehren gegründet, um Vergewaltiger, Verbrecher und junge Randalierer zu verfolgen.

Zu keiner Zeit hatten Macgregor oder seine Gruppenführer bei ihren in Schottland durchgeführten Operationen gegen die Russen einen Mangel an Begeisterung gezeigt, ihnen zu schaden, aber der Erfolg dessen, was sie jetzt planten, hing davon ab, daß sie die Stimmung der breiten Bevölkerung richtig gedeutet hatten.

Boyle schauderte zusammen und sah auf seine Uhr. Er hatte seit fünf Tagen Fieber und wurde es nicht los. Die Bedingungen, unter denen er seit Monaten lebte, waren der Krankheitsbekämpfung nicht gerade förderlich. Er war durch mangelhafte Ernährung geschwächt, lief immer in feuchten Kleidern herum, schlief, wo er gerade einen Schlafplatz fand, und schleppte sich auf diese Weise von einer fiebrigen Erkältung zur nächsten. In den ersten Monaten war er noch manchmal heimlich zu dem Haus an der Küste zurückgegangen und hatte Jeanie besucht, aber die wenigen Tage der Sicherheit und des Friedens erschienen ihm zu verlockend. Er wäre am liebsten nicht mehr weggegangen. Er fand, daß es ein großer Unterschied war, in einer geordneten Organisation wie dem SAS zu arbeiten oder in etwas, das ihm unerquicklich wie ein total luftleerer Raum vorkam. Wie die meisten SAS-Männer war er von Natur aus ein Einzelgänger, und das SAS-Training hatte ihn zu einem sehr leistungsfähigen Einzelgänger gemacht. Aber hinter all dem war eine Struktur. Die Truppe, das Bataillon, das Regiment. Und dahinter wieder die Armee selbst und die Regierung, die für die Verteidigung des Landes bezahlte. Es gab Ermutigung, manchmal Lob, sogar Beförderungen. Und das gesicherte Wissen, daß alles, was er tat, Teil eines Plans war, daß alles einen Sinn hatte. Einen wichtigen oder weniger wichtigen Sinn. Vorübergehend oder auf lange Sicht; intelligente, vernünftige, erfahrene Männer hatten beschlossen, daß es getan werden mußte.

Als Harry Andrews zum erstenmal über seine Gedanken mit ihm gesprochen hatte, hatten sie beide noch diesem System von Autorität und Zweckgebundenheit angehört. Aber kaum waren diese Überlegungen Wirklichkeit geworden, schien alles von Anfang an zu diffus, zu vage. Andrews hatte gesagt, es seien dreihundert bis vierhundert Leute in seinen Gruppen. Jede Gruppe stand unter dem Kommando eines ehemaligen SAS-Manns. Jetzt behauptete er, daß es viertausend aktive Mitglieder und mindestens dreißigtausend Leute gäbe, an die man sich wegen Informationen oder gewaltfreier Unterstützung wenden könne. Die Russen waren, wie Andrews ihnen allen so oft ins Gedächtnis rief, nicht wirklich im Vorteil. Auf zwölf oder dreizehn russische Soldaten kam ein Aktivist. Und das waren Soldaten, die sich in einer fremden, unbekannten Umgebung befanden, deren Sprache sie weder sprechen noch lesen konnten. Manche konnten nicht einmal russisch sprechen oder lesen. Boyle wußte jedoch, daß Andrews trotz seiner optimistischen Aussagen bekannt war, daß die Russen in wenigen Tagen zwei- oder dreimal soviel Truppen einfliegen konnten, falls sie es für nötig hielten.

Jedesmal, wenn sie sich trafen, hatte er Andrews nach seinem Ziel gefragt. Die Antwort war immer dieselbe gewesen: »Die Schweinehunde fortjagen.« Und doch war Boyle klar, daß Andrews in seinem Innern wissen mußte, daß man hundert Russen töten konnte, ihre Waffenarsenale in die Luft sprengen und ihre Lager zerstören konnte – aber wenn die Männer im Kreml wollten, daß ihre Truppen blieben, dann würden sie bleiben, egal wie hoch die Verluste waren. Sie würden sich nur heftiger rächen. Monat für Monat brutalere, wahllosere Maßnahmen bei jedem Zwischenfall. Andrews Männer waren nur Flöhe, die einen Elefanten bissen.

Die Dämmerung nahm zu, und Boyle kauerte sich an das Fenster der Holzhütte. Er schaute über den Golfplatz hinweg und überlegte, aus welcher Richtung Macgregor kommen würde. Dann entdeckte er ihn. Er hatte, um sich vor dem Wind zu schützen, den Mantelkragen hochgeschlagen. Boyle schoß vor Wut das Blut ins Gesicht, als er sah, daß Macgregor nicht allein kam. Trotz der strengen Sicherheitsvorschriften war ein zweiter Mann bei ihm.

Boyle trat in die Dunkelheit zurück und wartete, bis Macgregor die Tür öffnete. Dann sagte er: »Wer immer das ist, er soll draußen warten!«

Macgregor zögerte einen Moment. »Es ist kein Mann«, meinte er dann ruhig. »Es ist ein Mädchen. Sie kommt vom Oberst mit einer Nachricht für dich.«

Ohne auf eine Antwort zu warten, schob Macgregor seine Begleiterin herein. Sie hatte einen Seidenschal um ihr Gesicht geschlungen, den sie jetzt auf die Schultern herabzog. »Harry hat mich zu Ihnen geschickt«, sagte sie leise. »Ich habe Mr. Macgregor einen Befehl überbracht, mich zu Ihnen zu bringen.«

Boyle konnte im schwindenden Licht gerade noch ihr Gesicht erkennen. Sie war unglaublich schön. Und sie war eine Farbige. Er nahm an, eine Inderin oder Pakistanerin.

»Wer sind Sie?«

»Ich heiße Indira Singh. Tochter von Sanjiva Singh. Sie haben mich schon einmal gesehen, vor zwei Jahren in Pen-y-Fan, mit meinem Vater.«

»Um welche Nachricht handelt es sich?« Boyles Stimme klang jetzt entspannter.

»Mein Vater hat gehört, daß die Asiaten und Schwarzen in Glasgow nicht mit Mr. Macgregor zusammenarbeiten wollten, wenn mein Vater nicht selbst käme. Sie werden mich als seine Vertreterin akzeptieren, deshalb bin ich hier, um Ihnen und Mr. Macgregor zu helfen.«

»Haben Sie mit den Asiaten gesprochen?«

»Das tue ich erst, wenn Sie es sagen.«

Boyle schwieg ein paar Sekunden, dann fragte er: »Hat Ihnen Ihr Vater mitgeteilt, was Sie sagen sollen?«

»Ja.«

»Gut. Tun Sie es, aber es bleibt nicht mehr viel Zeit.«

»Es wird nur ganz kurz dauern. Es sind nur noch vier Männer zu überreden. Ich versichere Ihnen, daß das kein Problem sein wird.«

»Wo haben Sie so perfekt englisch gelernt?«

Er hörte sie leise lachen. »An der Londoner Universität. Ich bin in diesem Land geboren.«

»Leider kann ich Ihnen weder Gastfreundschaft noch etwas zu essen anbieten.« Er zuckte die Achseln. »Es gibt nichts anzubieten.«

»Ich möchte, daß Sie mit mir zurückkommen, mein Junge«, warf Macgregor ein. »Mein Haus ist hundertprozentig sicher. Ich möchte heute nacht ein paar Dinge mit Ihnen besprechen.«

Einen Moment zögerte Boyle, dann sagte er: »Okay, Mac. Sie zeigen uns den Weg.«

Das Mädchen war eine halbe Stunde vor Beginn der Ausgangssperre wieder zurück. Boyle fragte sich, ob ihre offensichtliche Selbstsicherheit durch ihr Aussehen oder durch andere Faktoren bedingt war.

»Wie ging es?«

Sie lächelte. »Kein Problem. Alles in Ordnung.« Sie sah Macgregor an. »Die tun genau, was Sie sagen, Mr. Mac.«

Dann kam Lily Macgregor geschäftig herein. Es war Essenszeit. Boyle hatte seit sieben Wochen nichts Warmes mehr zu sich genommen, und die beiden Schotten hatten gesehen, daß der Mann, der ihr Führer war, sich offenbar in schlechter Verfassung befand. Es gab Fleischpastete und geschmorte Äpfel mit Vanillesoße, und danach aß Boyle, der immer noch Hunger hatte, eine Scheibe Graubrot nach der andern. Als die Mahlzeit schließlich beendet war, saßen sie alle um den Tisch und unterhielten sich.

»Welches Problem gab es mit den Asiaten, Mac?«

»Sie waren nicht davon überzeugt, daß es in ihrem eigenen Interesse läge, gegen die Russen zu kämpfen.«

»Warum nicht?«

Macgregor zuckte die Achseln. »Warum sollten sie? In früheren Zeiten haben sie nie gleiche Chancen bekommen. Die Russen haben für die Propaganda, die auf die Farbigen gemünzt ist, Zeit und Geld aufgewendet. Natürlich lösen sie nichts ein, sie machen nur Versprechen. Sie scheren sich einen Dreck um die Farbigen, aber sie behandeln sie auch nicht schlechter als die Weißen. Das macht natürlich Eindruck, nach dem, was wir uns geleistet haben.«

Boyle sah das Mädchen an. »Wie haben Sie sie überzeugt?«

Sie lächelte. »Mein Vater hat mir erklärt, was ich sagen sollte. Er ist ein sehr kluger Mann.«

»Erzählen Sie uns, was Sie gesagt haben.«

»Mein Vater hat mir aufgetragen, sie zu fragen, warum sie überhaupt hierhergezogen sind und nicht nach Moskau. Und warum noch kein Mensch ein Flugzeug entführt hätte, weil er in die Sowjetunion wollte. Warum die armen, verzweifelten Boat-People aus Südostasien nicht Kurs auf die Sowjetunion genommen hätten. Mein Vater fragte sie, ob sie jemals von irgendeiner sowjetischen Botschaft gehört hätten, die von Menschen besetzt worden wäre, weil sie unbedingt in dieses Land wollten. Und er fragte sie, ob die Berliner Mauer ihrer Meinung nach dazu da sei, Westdeutsche aus der DDR heraus- oder Ostdeutsche drinzuhalten.«

»Was haben sie dazu gesagt?«

Sie lächelte. »Nichts. Es gibt nichts dazu zu sagen.«

»Aber das wußten die Leute doch sicher schon längst?«

»Hängen Sie selbst keinen Träumen nach, Mr. Boyle? Der Weihnachtsmann, Jesus Christus, Buddha, Mohammed, Brahma. Warum also nicht auch Karl Marx? Wir beten, um unsere Götter um Hilfe zu bitten. Sie geben uns darauf ihre nichtssagenden Antworten. Aber trotzdem glauben wir weiterhin an sie, weil ohne unseren Gott nichts mehr da ist. Wir haben alle Angst, so sehr allein in einer Welt zu sein, die wir nicht begreifen können.«

Lily Macgregor reichte es jetzt mit der Philosophiererei. »Los, Mädchen. Zeit zum Schlafen. Ich habe Ihr Bett gerichtet. Sagen Sie den Männern gute Nacht!«

Das Mädchen lachte und umarmte die stämmige Schottin. »Sie reden genau wie meine Mutter, als ich noch klein war.« Lächelnd wandte sie sich um. »Gute Nacht!«

Als die beiden Männer allein waren, sagte Macgregor: »Du weißt, wer sie ist, Jamie?«

»Sie ist Sanjiva Singhs Tochter.«

»Sie ist mehr als das. Ich dachte, du wüßtest es.«

»Ich weiß nicht, was du meinst.«

»Sie ist das Mädchen des Colonels.«

»Meinst du Harry?«

»Ja.«

»Das kann ich kaum glauben. Harry Andrews mit einer jungen Geliebten?«

»Sie ist mehr als das, Junge. Viel mehr.«

»Was soll das heißen?«

»Ich weiß auch nicht genau, Jamie. Aber es ist nicht nur das Bett. Er vertraut ihr. Es ist irgendwie sonderbar. Er weiß genau, was er will, dieser Bursche. Das war schon immer so und wird wohl auch so bleiben. Aber sie inspiriert ihn irgendwie. Als sei er ein Schachspieler, der jetzt sechs Züge vorausdenken kann statt nur zwei.«

»Aber wie schafft sie das? Was tut sie?«

»Sie ist der Grund... nein, nicht der Grund... ich weiß nicht, wie ich's erklären soll. Vorher tat er alles, weil es das Richtige war. Er beschloß, daß es geschehen mußte, und er war derjenige, der es geschehen ließ. Kein Lohn. Nur seine Pflicht. Jetzt ist sie der Lohn. Sie ist der Preis, wenn er etwas schafft. Bevor diese Kuh von einer Ehefrau verschwand, bestand sein Leben nur aus dem SAS und seinem Plan. Alles Pflicht, und noch dazu eine ziemlich lästige Pflicht. Aber durch sie bekommt jetzt alles eine Art Glanz.«

Obwohl er so müde war, lächelte Boyle. »Vielleicht hätte Robbie Burns es besser formuliert, aber du hast es gar nicht schlecht beschrieben: ein Einzelgänger, der sich verliebt hat und merkt, daß es ihm gefällt.«

Macgregor grinste etwas einfältig. »Es ist mehr als das, Jamie. Warte nur, bis du die beiden zusammen erlebst... Aber jetzt laß uns schlafengehen, du siehst ganz erledigt aus.«

»Bin ich auch, Mac. Fast zu müde, um zu schlafen.«

»Los, beweg dich, Käptn.«

Vier Tage später kam in Edinburgh und Glasgow ab Mitternacht alles zum Stillstand. Das geschah nicht allmählich, sondern auf einen Schlag. Die Läden blieben geschlossen, niemand ging zur Arbeit. Es gab keine Züge, keine Busse, keinen Strom und kein Telefon. Keine Zeitungen, keine Briefe, keine Kommunikation irgendwelcher Art. Die Straßen waren ruhig und leer. Dieser Zustand war zwar für die Bevölkerung unangenehm, aber noch viel unangenehmer war er für den russischen Kommandanten und sein Personal. Niemand sprach mit ihnen, und als sie Beamte in Schlüsselpositionen im Wagen von zu Hause abholen ließen, saßen diese nur hartnäckig schweigend da. Einige wurden vom KGB verhaftet, aber es waren keine Polizisten da, die sie abführen konnten, und das Gefängnispersonal reagierte nicht auf das Klingeln und Klopfen an den großen Eingangstoren.

Dieser Zustand dauerte eine Woche an und verlief vollkommen friedlich, aber er machte eines deutlich: ohne die Mitarbeit der Bevölkerung funktionierte nichts. Die Russen waren klein und machtlos, wenn die Leute nicht mitmachten. Einige Russen taten das Ganze als sinnlos ab, betrachteten es als vorübergehende Unannehmlichkeit. Aber die Russen in London erkannten, was es bedeutete. Trotz ihrer wirklichen Bemühungen, trotz der Tatsache, daß wieder Vollbeschäftigung und Ruhe und Ordnung herrschten, hatten sie nicht die Unterstützung der breiten Masse. Was in Edinburgh und Glasgow geschehen war, war nur ein Ärgernis; falls es aber gleichzeitig im ganzen Land geschah, gab es außer Verhaftungen und Gewaltanwendung nichts, was es aufhalten konnte.

Kapitel 14

Der Pilot der Yak-36 erreichte mit etwas mehr als tausend Stundenkilometern – weit unter seiner Höchstgeschwindigkeit – die Küste von Norfolker südlich von Great Yarmouth, beschrieb über den Lichtern von Bungay eine Kurve und flog wieder aufs Meer hinaus.

Er war von der *Kiew* aufgestiegen, um das große Transportflugzeug zu eskortieren, das Probleme mit seinen Navigationsgeräten hatte. Während er um die Antonow 12 einen weiten Bogen machte, nahm er Kontakt mit dem Piloten auf, um dessen Kurs zu überprüfen. Dann funkte er zur *Kiew* zurück und bekam die Erlaubnis, die Kontrolle über die Transportmaschine zu übernehmen, während sie langsam Kurs auf den in der Nähe von Diss gelegenen Flugplatz nahm.

Als das große Flugzeug sich der Küste näherte, ging der Yak-Pilot herunter, bis sie noch etwa 450 Meter voneinander entfernt waren, und warf eine Leuchtkugel ab, um den Punkt zu markieren, an dem das Flugzeug die Küste überfliegen sollte. Dann zog er seine Maschine steil durch die vom Mond beschienenen Kumuluswolken nach oben und wendete langsam, um wieder über die Anflugschneise von Diss zu kommen.

Er befand sich wieder über dem Festland, als er den Leuchtpunkt auf dem Radarschirm bemerkte. Obwohl er den Schalter immer wieder aus- und anknipste, verschwand das Signal unglaublicherweise nicht vom Radarschirm. Als er wieder mit der *Kiew* Verbindung aufnahm, explodierte mit hellem Blitz eine Rakete und zerstörte die Maschine. Der Pilot des Transportflugzeugs sah es direkt, sein Navigator sah es auf dem großen Radarschirm. Gerade als sich der Pilot zum Navigator umwandte, erwischte sie die zweite Rakete ganz vorne, wo die gesamte Elektronik untergebracht war. Langsam drehte sich die Maschine auf den Rücken, die beiden Schiebetüren am Heck lösten sich, als die Maschine abwärtsstürzte, und die im Heck sitzenden Fallschirmjäger wurden in den Luftsog hinausgerissen. Das Flugzeug zerschellte kurz nach Mitternacht auf der Hauptstraße A143. Die Trümmer der Yak wurden im Umkreis von acht Kilometern über die Rübenfelder zu beiden Seiten des Flusses Yare verstreut.

Im Süden explodierte eine große Tupolew-Maschine mit 420 Passagieren und Besatzung, als sie von einer Rakete getroffen wurde, während sie gerade die Londoner Abflug-Kontrollzone verließ und sich über Brookmans Park befand. Eine Linienmaschine der Aeroflot, die eine russische Handelsdelegation und fünfundzwanzig Fußballspieler von Dynamo Moskau transportierte, wurde über Warwick abgeschossen.

Als die sowjetische Abwehrkontrolle in Whitehall die verschiedenen Berichte empfing, wurde sie durch starke Störungen, die sich über alle von der Roten Armee benutzten Frequenzen hinzogen, daran gehindert, Befehle an Flughäfen und Militärkommandanten auszugeben. Erst nach einer Verzögerung von zwanzig Minuten konnten sie ihre Funksprüche über Satellitenfrequenzen absetzen. Als dann Meldungen eingingen, daß die betroffenen Gebiete von Stromausfällen im Fernleitungsnetz und in lokalen Kraftwerken betroffen seien, wurde den Kommandanten der Roten Armee endlich klar, daß sie es mit gezielten Sabotageakten zu tun hatten.

Smetana war bei einem Empfang in der polnischen Botschaft gewesen, als die ersten Nachrichten über das Tupolew-Unglück eintrafen, aber da wußte noch niemand, daß das Flugzeug von einer

Rakete getroffen worden war. Es war schon fast zwei Uhr, als die Fakten klarer wurden. Er erhielt die Nachricht, als er sich gerade in seiner Suite im Savoy entkleidete. Das Hotel war für den Stab des Beauftragten hergerichtet worden. Wenig später saß er auf dem Rücksitz des großen schwarzen Zil, auf dessen Motorhaube die sowjetische Flagge flatterte. Er konnte seine Wut kaum bezähmen. Der Ausgangssperre wegen waren die Straßen leer, aber es rollten schon Panzerfahrzeuge an: zwei BMD-Feuerschutzfahrzeuge blokkierten den Eingang zum Bahnhof von Charing Cross, und vier oder fünf große T-64-Kampfpanzer standen auf dem Trafalgar Square.

Am Admiralty Arch hatten sich Truppen und Mannschaftswagen der Roten Armee versammelt. Ein Kommandant brüllte Befehle und deutete auf den Park. Smetana wußte genau, was der Mann empfand, aber das Gebrüll war ein Zeichen von Schwäche, nicht von Stärke. Er war froh, daß er es gesehen hatte. Es half ihm, nicht in den gleichen Fehler zu verfallen. Jetzt mußte man ein kühler, ruhiger Führer sein.

Als sie auf den Platz der Horse Guards einbogen, sah er Hunderte von Soldaten, eine Schwadron Selbstfahr-Haubitzen und mehrere AM-21-Raketenwerfer. Seufzend stieg er aus dem Wagen und ging zum Kontrollzentrum im Gebäude des ehemaligen Heeresministeriums. Im Konferenzraum sah man nur wütende Gesichter. Sawalew hatte ihm bereits mitgeteilt, daß Moskau auf seinen Anruf wartete. Die Militärbefehlshaber hatten ihre Meinung gesagt, und es sah so aus, als habe Moskau schon entschieden, daß es an der Zeit sei, den Briten zu zeigen, daß der Spaß zu Ende war.

Das Image des kühlen, ruhigen Führers zerbröckelte im Laufe seines langen Telefongesprächs mit Moskau, das er im Nebenzimmer führte. Orlow fiel auf ein bäurisches Niveau zurück. Er wurde ausfällig, teils obszön und beschuldigte Smetana, ihn und das ganze Politbüro getäuscht zu haben. Es fiel sogar das Wort Verrat. Smetana wurde darüber informiert, daß sich seine Familie bereits in Schutzhaft befinde. Seine eigentlichen Befehle waren ganz konkret. Smetana würde zwar im Amt bleiben, damit das Politbüro keinen Gesichtsverlust erlitt, aber ab jetzt würde General Maljutin die Verantwortung übernehmen. Die Bevölkerung würde nicht mehr als neutral, geschweige denn als befreundet angesehen werden, sondern als Angehörige eines besetzten, feindlichen Staates, und man würde sie mit äußerster Härte behandeln. Die Maßnahmen gegen Smetana selbst würden davon abhängen, ob er bei der Unterwerfung der Briten erfolgreich mitwirkte oder nicht.

Eine Stunde lang ließ Smetana seine Wut an den Generälen aus, schrie ihnen Beleidigungen über ihre Inkompetenz ins Gesicht und drohte damit, Moskau ihre Bestechlichkeit und ihr antisowjetisches Verhalten zu enthüllen, bis er schließlich sein ganzes Gift verspritzt hatte. Erst dann war er ruhig genug, um ihren Berichten über das, was passiert war, zuzuhören.

»Was haben Ihre Leute bisher getan, General?«

»Wir haben die mongolische Infanterie in das Gebiet von Heathrow verlegt und ihr befohlen, alle Häuser zu durchsuchen. Sie haben den Befehl erhalten, allen Männern, Frauen und Kindern gehörig Respekt einzujagen. Dasselbe gilt für die anderen Gebiete. Das KGB untersucht, von wo die Raketen abgeschossen wurden, aber sie warten noch auf Berechnungen der Luftwaffe.«

»Und wenn Sie am Ende der Suche nichts gefunden haben?«

»Dann verschärfen wir die Kontrollen für die gesamte Bevölkerung, verhängen über das Land eine Strafe von fünf oder sechs Millionen Rubeln, die in Naturalien zu bezahlen ist, einen Nationaltrauertag für unsere Toten und dann auch Geiselnahmen, vier für einen.«

»Wie viele Leute haben wir heute nacht verloren?«

»Etwas über achthundert Tote. Es gab nirgends Überlebende.«

»Warum haben sie das Ihrer Ansicht nach getan?«

»Weil Sie zu nachgiebig mit ihnen umgesprungen sind.«

»Aber es war doch unsere Chance, der Welt zu zeigen, daß der Kommunismus in einem hochentwickelten Land funktionieren kann.«

»Erzählen Sie keinen Mist, Smetana. Es würde auch zu Hause nicht funktionieren, wenn wir nicht jeden Gedanken, jeden Schritt der Leute überwachten. Glauben Sie denn, wir würden soviel Geld und Geist darauf verwenden, wenn es nicht notwendig wäre? Die Menschen sind in der ganzen Welt gleich, mein Freund. Geben Sie ihnen den kleinen Finger, und sie nehmen die ganze Hand. Von jetzt an wird dieses Land zur Sowjetunion gehören und genauso funktionieren, nicht wie ein Heim für alte Jungfern.«

Smetana schüttelte den Kopf. »Und die Welt sieht uns erneut versagen. Polen, Afghanistan, Ägypten, Vietnam, Somalia, Eritrea und ganz Südost-Asien. Wir werden als Freunde und Verbündete gerufen, und am Ende sind wir Besatzer und kämpfen gegen eine einheimische Guerilla, die von einer Bevölkerung unterstützt wird, die uns haßt wie die Pest. Milliarden Rubel den Bach hinunter, Tausende unserer Leute tot, und all das für nichts und wieder nichts.«

Maljutin lächelte. Es war ein verkniffenes Lächeln, bei dem die

Augen nicht mitlächelten. »Sie haben zuviel Propaganda der Moskauer Politiker gelesen, Smetana. Jetzt haben die Militärführer die Macht. Was wir wollen, nehmen wir uns einfach. Es muß uns nicht von Ausländern auf einem silbernen Tablett serviert werden. Und wir kümmern uns einen Dreck darum, was der Rest der Welt denkt. Wenn sie auch nur den kleinen Finger rühren, werden wir sie begraben, wie Chruschtschow es gesagt hat. Damals hat er nur geblufft. Unsere Macht hätte gar nicht ausgereicht, um die ganze Welt einzunehmen. Aber jetzt haben wir diese Macht und, bei Gott, wir werden sie gebrauchen.« Er holte tief Luft. »Alles, was ich von Ihnen will, Smetana, ist, daß Sie nicht im Weg stehen. Die Herren im Kreml wollen ihr Gesicht wahren. Das finde ich ganz in Ordnung, aber Sie hatten Ihre Chance. Jetzt sind wir dran. Sie können Ihre Spielchen in aller Ruhe für sich spielen, und wenn Sie sich gut benehmen, werden Sie überleben.« Er deutete mit seinem dicken Zeigefinger auf Smetana. »Aber wenn Sie auch nur einen falschen Schritt machen, mein Freund, dann verschwinden Sie und Ihre Familie für immer im Gulag. Das ist mein voller Ernst.«

Der General erhob sich langsam und sah seine Generalskollegen, Sawalew und die beiden anderen Begleiter Smetanas herausfordernd an.

Als alle außer Smetana und Sawalew gegangen waren, sagte Sawalew ruhig: »Mal wieder einer der liebenswürdigen Zöglinge der Frunser Militärakademie.«

Smetana war nicht nach Späßen zumute. »Ich glaube, ich sollte lieber nach Moskau fliegen und mit den Herren reden.«

»Tun Sie, was Sie wollen, nur das nicht.«

»Warum?«

»Die würden Sie jetzt total fertigmachen. Warten Sie, bis sich die Lage beruhigt hat. Lassen Sie das verdammte Militär eine Weile die Last übernehmen.«

»Und all die Gedanken, all die Pläne sollen vergeblich gewesen sein? Schlimmer als vergeblich!«

»Ja. Und Sie haben ein Wort vergessen: Hoffnung. Wir hatten große Hoffnungen, Sie und ich. Der alte Maljutin mag ein verdammter Dinosaurier sein, aber er denkt realistischer als wir. Es ist wie er sagt: es ist verhängnisvoll, wenn man die Leute entscheiden läßt, was werden soll. Was auch immer sie bekommen, sie wollen immer etwas anderes. Der einzige Weg ist, ihnen keine Wahl zu lassen. Man muß den Leuten Vorschriften machen und sie zwingen, sie zu befolgen.

Ohne wenn und aber. Entweder du spurst oder es fällt das Beil. Das ist der einzige Weg.«

Smetana wandte sich langsam um und sah Sawalew an. »Das ist die Philosophie Moskaus.«

»Und?«

»Haben Sie die KGB-Akten über Dissidenten gesehen? Es gibt ganze Zimmer voll davon.«

Sawalew zuckte die Achseln. »Es funktioniert trotzdem, Smetana. Man braucht nur mehr und mehr Beile.«

»Und größere Gulags.«

»Nein. Am Schluß hört man auf, herumzuspielen. Man erledigt sie, weil es einfacher und billiger ist, als sie zu regieren.«

Die Werkstatt glich den Hunderten anderen, die einst dazu beigetragen hatten, Birminghams Ruhm als Stadt zu wahren, die von der Lokomotive bis zur Stecknadel alles produzierte. Ein baufälliges zweistöckiges Gebäude am Kanal, dort, wo er die Fazely Street kreuzt; im Erdgeschoß standen einige Spindelpressen, zwei Biegemaschinen, eine alte deutsche Drehbank, mehrere Bohrmaschinen und eine moderne schwedische Fräse. Der ganze Raum roch nach jahrzehntelang verschüttetem Öl und Schmierstoff.

Im ersten Stock des Gebäudes, der teils als Lagerraum, teils als Büro benutzt wurde, saßen zweiundzwanzig Männer auf dem Boden. Andrews saß auf einer umgedrehten Holzkiste im hinteren Teil des Raums, von wo aus er durch ein kleines Loch, das er in die Schmutzkruste auf der Scheibe gerieben hatte, hinausschauen konnte. Das Fenster ging auf den Kanal und den Treidelpfad hinaus, der mit Disteln, Wegerich und Weidenröschen überwuchert war. Der Kanal selbst war grün vor Algen. Am gegenüberliegenden Ufer, wo ein rostiger Fahrradrahmen halb aus dem Wasser ragte, saß engumschlungen ein junges Liebespaar. Kein Wunder, daß der Ausguck ein Posten war, den man gern übernahm.

Andrews konzentrierte sich wieder auf die Versammlung und auf Joe Langley, der neben dem wackeligen Tisch stand und mühelos das Gewehr in seinen großen Händen hielt. Obwohl er von Natur aus schweigsam war, konnte er ewig über Waffen reden. Schon immer hatte er den großen Vorteil gehabt, daß er nicht nur mit ihnen umgehen konnte, sondern auch wußte, wie sie hergestellt wurden. Sein Birminghamer Akzent verlieh seinen Worten einen Anstrich von Aufrichtigkeit, ja sogar von Poesie.

»... wir werden sie also nicht mehr als Kalaschnikow bezeichnen. Es ist ein AK-47-Sturmgewehr. Nicht, weil wir keine russischen Namen verwenden wollen, oder gar, weil wir nicht zugeben möchten, daß wir eine in Rußland entworfene Waffe benutzen, sondern weil die AK-47 eben nur eine Waffe ist. Und wie es so geht, war sie zufällig das Plagiat eines Gewehrs, das für die deutschen M-43-Patronen entworfen wurde. Zerlegen wir sie jetzt einmal, um zu sehen, was...«

Andrews konnte sich daran erinnern, daß Sergeant Langley einmal unter der großen Eiche gestanden und die gleichen Worte gesagt hatte, aber damals war Langley nicht älter gewesen als die jungen Männer, zu denen er sprach. Wenn Andrews zurückdachte, kam es ihm vor, als sei in jenen Tagen immer Sommer gewesen. In der Offiziersmesse hatte es Diskussionen darüber gegeben, ob man ein besserer Scharfschütze würde, wenn man genau wußte, wie ein Gewehr hergestellt wird. Malins hatte immer darauf beharrt, daß die Kalaschnikow ohnehin keine Waffe für Scharfschützen sei.

»... eine gute Frage. Wie wir, hatten auch die Deutschen große Kugeln, zwölf Gramm, eine Mündungsgeschwindigkeit von siebenhundertfünfzig Metern pro Sekunde, und treffsicher bis zu Entfernungen von neunhundert Metern. Doch die Sache hatte mehrere Haken. Erstens sind neunhundert Meter fast ein Kilometer, und bei Infanteriegefechten spielen Entfernungen über vierhundert Meter selten eine Rolle, und die meisten Männer könnten nicht mal auf vierhundert Meter ihr Ziel treffen; es war also vergeudete Feuerkraft. Die Deutschen produzierten die M-43-Munition, und das bedeutete, daß eine billigere, leichtere, verläßlichere Waffe sie abfeuern konnte. Dies führte zu...«

Andrews war bei Langleys Hochzeit Trauzeuge gewesen, weil Joe keine Verwandten oder engen Freunde hatte. Es war ein merkwürdiger Anblick gewesen – der harte, selbstbewußte Soldat neben dem pummeligen, lächelnden Mädchen, dem man so offenkundig ansah, daß es dem Mann, der in seiner Gala-Uniform neben ihr stand, ebensosehr Mutter wie Frau würde sein müssen. Einem Mann, der wußte, wie man aus Männern das Beste herausholte, der mit seiner jungen Braut aber genauso behutsam umging wie mit einer entsicherten Granate.

»... und verschiedene Probleme. Das Schloß bleibt nicht offen, nachdem die letzte Runde im Magazin abgefeuert wurde. Man sollte also lieber zählen, sonst kann es einem passieren, daß man den Abzug betätigt, wenn das Magazin längst leer ist.«

Vor langer Zeit hatte Andrews versucht. Langley dazu zu überreden, noch mindestens weitere vier Jahre für den SAS zu arbeiten, aber Langley bekam seine Instruktionen von dem Mädchen in dem von der Stadt gemieteten Häuschen in Birmingham, und die wogen mehr als alles sonst, inklusive Offiziere, Dienstvorschriften und die neue Beförderung zum Stabsfeldwebel.

»... ja, wir haben Dragunows, aber ihr Jungen werdet sie nicht zu Gesicht kriegen. Das sind Waffen für Scharfschützen. Ich bin schon froh, wenn ihr mit Dauerfeuer euer Ziel treffen könnt, geschweige denn mit einzelnen Schüssen. Gut. Wir machen eine kurze Zigarettenpause, und dann reden wir über Angriffe kleiner Kampfgruppen in städtischer Umgebung.«

Langley ging zu Andrews hinüber und lehnte sich neben ihm an die Wand.

»Wie viele von ihnen hätten den SAS überstanden, Joe?«

»Keiner, Sir. Aber sie sind begeistert bei der Sache und stark motiviert. Sehr mutig. Sie werden alles tun, was wir von ihnen verlangen. Auch die übrigen entsprechen alle den Erwartungen.«

»Wie viele haben diese Ausbildungskurse mitgemacht?«

»An die zweihundert. Sieben wurden für die Ausbildung von Rekruten ausgewählt.«

»Auf wie viele könnten wir inzwischen zurückgreifen, die sofort antreten und es versuchen würden?«

»Über zweieinhalbtausend in der Stadt und etwa dreitausend mehr, wenn man Stafford, Coventry, Black Country und Worcester dazunimmt.«

»Hat irgend jemand gekniffen?«

»Bis jetzt fünf.«

»Was haben Sie mit ihnen gemacht?«

»Außer einem habe ich sie mir, sagen wir mal, vorgenommen.«

»Weshalb die Ausnahme?«

»Er hatte Krebs. Nur noch ein paar Monate zu leben. Er wollte bei seiner Familie sein und ist vor einigen Monaten gestorben.«

»Was ist mit seiner Familie?«

»Wir kümmern uns um sie. Das haben wir ihm versprochen. Ich hätte gern, daß Sie mal bei seiner Frau vorbeischauen, wenn Sie Zeit dazu finden. Sie wohnt in Aston, beim Park.«

»Wir gehen hin, sobald wir hier fertig sind.«

»Ich werde mal schauen, ob ich ein Fahrrad auftreiben kann.«

Die beiden Lastwagen voll Soldaten quälten sich von Spaghetti Junction den Gravely Hill hinauf und hielten dort an, wo die Hauptstraße weiter auf Erdington zuschwenkt. Die Lastwagen bogen ab und kamen nach ein paar Metern in der Kingsbury Road zum Stehen. Es war eine lange Straße mit lauter viktorianischen Mittelschicht-Doppelhäusern. Jeweils zwei waren von außen gleich. Überall Erkerfenster, kleine Gärten vorm Haus und Beton- oder Steinwege, die zu kleinen Veranden und Türen mit Glaseinsätzen führten.

Der UvD der Kolonne kletterte aus dem Führerstand des vorderen Lastwagens und sah die Straße entlang. Es war fast Mitternacht, und in den Häusern brannten nur noch vereinzelt Petroleumlampen und Kerzen. Er holte das kleine, tragbare Funkgerät hervor, drückte die Sendetaste und schaltete auf den Kanal, der ihn mit den anderen Einsatzgruppen verbinden würde, die in Six Ways, Tyburn Road, Stockland Green und Sutton Coldfield in Stellung gingen. Er sprach in Khalka, der Amtssprache der mongolischen Volksrepublik. Die meisten seiner Männer sprachen Buryat, Befehle mußten jedoch in der amtlich anerkannten Sprache erteilt werden.

Er gab den Fahrern ein Zeichen, die Scheinwerfer und Motoren auszuschalten. Er lachte über etwas, das über sein Funkgerät kam, murmelte etwas Obszönes vor sich hin und schaltete das Gerät aus. Nachdem er die Antenne eingeschoben hatte, steckte er das Gerät wieder in die Tasche. Er hob die Trillerpfeife an die Lippen, sah auf seine Armbanduhr, ließ ein paar Sekunden vergehen und pfiff dann zweimal lang.

Während die Männer von den Lastwagen herunterkletterten, blieb der UvD neben dem Fahrerhaus des vorderen Lastwagens stehen. Es waren dreiundsechzig Männer, die jetzt in Dreiergruppen, bewaffnet mit leichten Maschinenpistolen, auf die Häuser zurannten. Er hörte den Lärm von brechendem Glas und splitterndem Holz und Schreie. Ein paar Minuten später rannte ein nacktes Mädchen aus einem der Häuser und wurde an ihren langen schwarzen Haaren gepackt und zurückgeschleift. Man hörte zwei oder drei Schüsse und weitere Schreie, dann trat eine gespenstische Stille ein. Er lächelte vor sich hin. Schade, daß sie das nicht jedesmal tun durften, wenn ein Flugzeug aus Moskau vom Himmel fiel. Sein Befehl lautete, ihnen dreißig Minuten zu geben, und er schaute auf die Uhr. Noch neun Minuten. Das reichte für noch eine Frau, wenn sie keine Zeit verschwendeten.

Als dann der Minutenzeiger auf seiner Uhr weiterrückte, nickte er den beiden Fahrern zu und blies zweimal auf seiner Trillerpfeife. Die

Fahrer hatten damit angefangen, Benzinkanister abzuladen, und als die Männer angerannt kamen, trugen sie die Kanister rasch zu den Häusern. Zehn Minuten später brannten die Häuser alle lichterloh, und die Bewohner rannten schreiend die Straße hinunter. Manche waren nackt, manche halbbekleidet, manche mußten getragen werden. Ähnliche Operationen wurden von den anderen Einsatzgruppen im selben Gebiet vorgenommen. In Ilford, Sheperd's Bush, Finchley und Croydon wurden die Häuser zwar nicht angezündet, aber die Truppen durften im Anschluß an die Vergewaltigungen plündern, was sie wollten. Es standen leere Lastwagen bereit, um die Fernsehgeräte, Radios, Kühlschränke, Möbel, Herde und Teppiche abzutransportieren. Eine Lektion war erteilt worden. Nach Moskauer Art. In Berlin lebten noch Leute, die diese Szenen wiedererkannt hätten.

Es war gegen fünf Uhr, und es wurde bereits hell. Am Fuß der Klippen von Hastings stand ein Mann und las mit Bostoner Akzent etwas von Blättern ab, die auf einem Klemmblock befestigt waren. Damit sie nicht im Wind flatterten, hielt er die Seiten fest. Die drei Meter lange Antenne war ganz ausgezogen und das Mikrophon nah bei seinen Lippen. Er sprach langsam, buchstabierte Orts- und Personennamen und gab die Seriennummern der Lastwagen und eine Beschreibung der Insignien des 4. mongolischen Grenzregiments durch. Es dauerte über eine halbe Stunde, dann wechselte er den Kanal und drückte die »Empfang«-Taste. Eine Stimme mit kaum merklichem holländischem Akzent bestätigte, daß seine Botschaft vollständig angekommen sei.

Eine halbe Stunde später gab UPA die Nachricht an ihre Tausende von angeschlossenen Zeitungen, Fernseh- und Rundfunkstationen in der ganzen Welt weiter.

Zwei Tage, nachdem die Rote Armee ihre Rache an der Zivilbevölkerung genommen hatte, saß Tommy Pardoe an seinem Schreibtisch. In die Reiseschreibmaschine vor ihm war ein Blatt Papier eingespannt. Das Blatt war leer. Es war seit zwei Stunden leer.

Eine Stunde später kam Petrow herein, warf einen kurzen Blick auf den Spruch, der an der Wand hing, und sah Pardoe an.

»Warum kein Kommentar zur gestrigen Zeitung?«

Pardoe sah zu dem Russen auf. »Vielleicht war ich mit allem einverstanden, was Sie gedruckt haben.«

Petrow wies mit einer Kopfbewegung auf den Spruch an der Wand. »Das sollten Sie lieber abhängen, mein Freund, oder Sie könnten ernstlich in Schwierigkeiten kommen.«

Pardoe wandte sich um und sah den Spruch an. Er war in Rockwell halbfett gedruckt und lautete: »Die zensierte Presse hat einen demoralisierenden Effekt... Zensur tötet den Gemeinschaftsgeist.«

Pardoe sah wieder den Russen an. »Wieso kann mich das in Schwierigkeiten bringen?«

»Tun Sie doch nicht so dumm, Pardoe. Sie kennen die Spielregeln ebensogut wie ich.«

»Vielleicht kenne ich sie sogar besser als Sie.«

»Was soll das heißen?«

»Diese Worte stammen nicht von mir. Sie sind ein Zitat des Mannes, der die Regeln erfunden hat.«

»Machen Sie keine Scherze, Pardoe!« Petrow riß den Spruch von der Wand, zerriß ihn in kleine Teile und warf sie in Richtung Papierkorb.

Pardoe seufzte und lächelte grimmig. »Sie haben Glück, daß gerade keiner Ihrer Experten da ist, Petrow, sonst müßten Sie einiges erklären.«

»Was ist denn in Sie gefahren, Pardoe? Warum so aggressiv?«

»Wissen Sie, wer diese Worte gesagt hat?«

»Ich pfeif' drauf, wer die gesagt hat.«

»Schade. Das war Karl Marx.«

»Das ist nicht Ihr Ernst!«

»Ich wette mein Monatsgehalt gegen Ihres, daß ich recht habe, mein Lieber. Fragen Sie einen Ihrer Karl-Marx-Experten, und er wird Ihnen sagen, daß ich keine Witze mache. Es beweist nur, was man schon immer über euch gesagt hat.«

»Und was hat man schon immer über uns gesagt?«

Pardoe holte tief Luft und fragte sich, ob der Rubikon ein wirklicher Fluß oder nur ein Mythos war. »Man hat immer gesagt, ihr im Kreml wärt weder Marxisten noch Kommunisten. Nur ein paar Rowdys, die endlich mal die Mächtigen spielen können.«

Petrow schwieg eine Weile. »Ist Ihnen etwas passiert, Pardoe?« fragte er dann leise. »Sind Sie krank?«

Pardoe stand auf. Seine Hände zitterten, als er das weiße Papier aus der Maschine zog. Dann sah er den Russen an.

»Vorletzte Nacht haben Ihre ritterlichen Rotarmisten meine Mutter und meine Schwester vergewaltigt. Nicht im selben Haus. Nicht einmal im selben Stadtteil. Meine Mutter ist heute in den frühen Morgenstunden an einem Herzschlag gestorben. Soviel ich gehört habe, ist das gleiche Hunderten von Frauen im ganzen Land passiert. Ihr laßt sie auf unsere Frauen los, Petrow, und das werdet ihr, bei Gott, noch bereuen.« Tränen rollten Pardoe übers Gesicht. »Es mag Jahre dauern, Petrow, aber wir werden uns rächen. Ganz bestimmt. Ihr habt ausgespielt. Jetzt habt ihr gezeigt, was ihr wirklich seid. Wilde, Barbaren, Tiere.«

Und während der Russe dastand, fegte Pardoe mit einer unbeholfenen Geste die Schreibmaschine vom Tisch, daß sie polternd zu Boden fiel, bevor er den Raum verließ. Petrow griff nach dem Haustelefon, zögerte, und zog dann die Hand zurück.

Als um 2 Uhr nachts der Strom angeschaltet wurde, wachten einige Leute in der Alma Street, Chiswick, die einen leichten Schlaf hatten, auf. In den meisten Fällen war es das Licht, das sie störte, aber eine Familie wurde auch von einem plötzlich laufenden Radio geweckt, und ein alleinlebender Mann von einem Staubsauger, den er angelassen hatte, als wie immer um 23 Uhr der Strom abgeschaltet worden war. Sie murrten alle ein wenig vor sich hin und waren zehn Minuten später wieder im Bett.

Um 2.30 Uhr bog ein schwarzer Fiat in die Alma Street ein. Vier Männer saßen darin, und während der Wagen langsam an den Häuserreihen vorbeifuhr, sagte einer von ihnen dem Fahrer, er solle bei Nummer 27 anhalten.

Alle vier Männer stiegen aus, als der Wagen hielt. Sie trugen alle dunkle Regenmäntel und Filzhüte. Der größte der Männer ging auf dem kurzen Weg zur Haustür voran. Er drückte auf die Klingel, und sie standen unter dem kleinen Vordach und warteten. Nach einer Weile klingelte er wieder. Einige Minuten später sahen sie das Licht einer Paraffinlampe, als jemand zur Tür schlurfte. Zwei Riegel wurden zurückgeschoben, eine schwere Messingkette ausgehakt und die Sperre am Schloß hochgezogen, bevor die Tür sich öffnete.

Der Mann, der sie geöffnet hatte, trug Hosen, Hausschuhe und um die Schultern ein Handtuch. Er spähte auf den dunklen Vorplatz hinaus und fragte: »Wer ist da?«

Der große Mann schob ihn beiseite und betrat den engen Flur. Die anderen folgten ihm. Einer knipste das Licht an. Der Mann, der sie eingelassen hatte, sah überrascht aus. Und dann verängstigt. Es gab nur eine Art von Männern, die den Strom angeschaltet haben konnten und die einem in den frühen Morgenstunden Besuche abstatteten. KGB-Männer.

»Wo ist Joseph Ash?« fragte der große Mann.

»Ich bin Joseph Ash.«

»Sie haben einen Sohn, der Joseph heißt?«

»Ja.«

»Wohnt er hier?«

»Ja. Er liegt im Bett und schläft.«

Der große Mann nickte einem der anderen zu, und sie gingen auf die Treppe zu.

»He! Sie können da nicht hoch. Das ist mein Haus, Mister. Sie haben kein Recht, hier so hereinzukommen. Sie haben kein...« Als eine harte Faust ihn auf den Mund traf, daß sein Gebiß verrutschte, rang der alte Mann nach Luft, und sie ließen ihn keuchend im Flur zurück.

Im ersten Schlafzimmer, das sie betraten, saß eine Frau mittleren Alters aufrecht im Bett.

Sie trug Lockenwickler im Haar und hatte den Mund weit aufgerissen, als sie das Licht anknipsten.

»Wo ist das Schlafzimmer Ihres Sohnes?«

Die Frau schüttelte verwirrt den Kopf und begann zu zittern, als sie die Pistolen in ihren Händen sah. Der große Russe ging in das gegenüberliegende Schlafzimmer. Ein Mann in den Dreißigern hatte dort bereits Licht gemacht und zog gerade seine Hosen an. Er sah auf, als der Russe in der Tür stand.

»Sie sind Joseph Ash?«

»Ja. Was gibt's?«

»Sie arbeiten bei Harvey Engineering?«

»Ja.«

»In der Werkhalle?«

»Ja. Ich bin Vorarbeiter. Ist irgendwas nicht in Ordnung?«

»Sie sind verhaftet.«

»Ich? Warum, zum Teufel?«

»Sabotage. Sie reden vor Ihren Männern gegen den Staat.«

»Das ist Unsinn. Ich habe nie zu irgendwem über Politik geredet.«

»Sie sagen, sowjetische Ingenieure sind inkompetent.«

»Sie sind verrückt! Ich kenne gar keine sowjetischen Ingenieure.«

»Sie kennen Grabowsky, den sowjetischen Aufseher in Ihrer Fabrik, oder nicht?«

»Ja und?«

»Sie machen vor den Arbeitern kritische Bemerkung über ihn.«

»Was für eine Bemerkung?«

»Wir haben unterzeichnete Aussage von Zeuge. Er gehören Ihre Worte.«

»Wer ist das?«

»Spielt keine Rolle. Er ist loyaler Bürger, dem nicht gefällt.«

»Was hat er behauptet, was ich gesagt hätte?«

»Spielt keine Rolle. Wir haben Aussage. Sie kommen jetzt mit.«

»Wohin? Ich möchte einen Anwalt!«

Der große Mann grinste. »Sie ziehen Hemd und Schuhe an, Genosse.«

Joe Ash zögerte nur einen Moment, aber das war ein Moment zu lange, und das Visierkorn der Pistole schnitt ihm in die Wange. Joe Ash stand ungläubig da, bis ihm aus der Schnittwunde warmes Blut über Kinn und Hals floß. Ohne nachzudenken, sprang er mit erhobenem Arm auf den Russen zu, aber dessen Stiefel traf ihn in die Kniescheibe, und er wurde vor Schmerz ohnmächtig.

Zwei der Männer legten ihm Handschellen an und trugen seinen schlaffen Körper zum Wagen hinunter. Der große Russe sagte zu seinem Mann: »Ich werde sein Zimmer durchsuchen. Übernehmen Sie die übrigen.«

Die Fischereigrenzen in der Irischen See und im Fastnet-Gebiet waren von den Russen ohne Absprache mit Dublin festgelegt worden, aber sie hatten die alten Vereinbarungen eingehalten. Die Rote Flotte kontrollierte aktiv und aggressiv die Nordostküste vor Belfast Lough, wo ihre Kriegsschiffe lagen, doch die Überwachung des Fastnet-Gebiets war weniger streng. Zu einer Antlantiküberquerung geeignete Schiffe waren entweder in die Ostsee verbracht oder stillgelegt und unter Bewachung gestellt worden. Wenn sich gelegentlich ein Fischkutter aus Wales oder Cornwall in irische Fischereigewässer verirrte, brachten ihn irische Patrouillenboote wieder zurück.

Es wurde bereits dunkel, als sie den Leuchtturm von Fastnet Rock sahen, mit seinen Fünf-Sekunden-Intervallen zwischen jedem Aufblitzen. Von da an schlichen sie sich an der Küste entlang, gerade außerhalb der irischen Küstengewässer, und kurz vor Mitternacht ließen sie die Spitze von Dursey Island hinter sich. Der Wetterbericht sagte für Fastnet und Shannon nichts Schlimmeres als Windstärke 3 voraus, und bis in die frühen Morgenstunden keinen Nebel.

Als das Schiff vor Anker ging, ließ Owen Philips Strömung und Seegang den Bug drehen und spulte dann den Hilfsanker ab, um es locker an Ort und Stelle zu halten. Die drei Besatzungsmitglieder hielten Ausschau, zwei zur Küste hin, einer seewärts, obwohl fast noch eine Stunde Zeit bis zu ihrem vereinbarten Treffen um ein Uhr nachts war.

Pünktlich sahen sie von der Seeseite her die Blinkzeichen einer Signallampe. Es waren vier Wiederholungen von G709, und Owen Philips bestätigte sie zweimal mit derselben Chiffre. Dann holten die Winden die Anker herauf, und langsam steuerten sie auf die Stelle zu, wo das Licht gewesen war. Zehn Minuten später sahen sie den Schiffsrumpf. Glatt und glänzend wie ein Walrücken, abgesehen von dem großen Kommandoturm mit seinen breiten Stabilisierungsflossen.

Philips ließ das Schlauchboot hinunter. Andrews sprang ungeschickt hinein, während sie die Warpleine hielten und langsam abrollten, bis das Gummibeiboot langsam von der Strömung erfaßt wurde. Es trieb von dem Fischerboot zum U-Boot hinüber, wo ein Matrose in Ölkleidung mit einem Bootshaken in der Hand wartete.

In der nächtlichen Dunkelheit wurde sich Andrews der völligen Stille bewußt, die nur vom Plätschern der Wellen und von seinem eigenen Atem unterbrochen wurde. Das Fischerboot war jetzt mindestens sechs Meter entfernt, und der Rumpf des U-Boots, der hoch vor ihm aufragte, lag noch drei Meter vor ihm. Es dauerte fast zehn Minuten, bis er den Bootshaken in die Tauöse am Bug des Schlauchboots einhaken konnte. Als das Beiboot den stählernen Rumpf berührte, wies der Matrose auf eine Strickleiter, die über den Außenpanzer des U-Boots herabbaumelte. Als Andrews Finger nach der Leiter tasteten, griff jemand nach seiner Hand und half ihm, auf die erste der hölzernen Sprossen zu steigen. Ungeschickt kletterte er auf allen Vieren hinauf. Dann stand er oben, und der Matrose, der ihn um die Taille gefaßt hielt, zeigte auf den dünnen Streifen Licht, der aus dem Lukendeckel des großen Turms fiel.

Zwei Männer in Marineuniform standen direkt im Innern des Turms. Beide waren jung und hatten sonnengebräunte Gesichter. Der blondhaarige von beiden salutierte.

»Willkommen an Bord, Sir!«

Der amerikanische Kapitän stellte ihn dem Korvettenkapitän der Royal Navy vor, der Harris hieß. Sie führten ihn in eine Kabine, die erstaunlich hell und freundlich war. Als Andrews sich umsah, sagte der U-Boot-Kapitän: »Fühlen Sie sich wie zu Hause, Sir. Ich werde Ihnen Kapitän Harris dalassen, damit er Ihnen den Aufenthalt hier so angenehm wie möglich macht.«

Harris führte ihn durch das ganze U-Boot. Andrews war überrascht, wie geräumig und komfortabel alles war. In Anbetracht dessen, daß die Crew drei Monate ununterbrochen auf See war, hatte die US-Marine die Unterkünfte so bequem wie möglich eingerichtet.

Andrews wurde das computerisierte Kontrollsystem gezeigt, das kontinuierlich die Position des U-Boots überwachte, und das Raketenkontrollsystem selbst, und er wußte nicht genau, ob er diesen hohen Stand der Technologie als beruhigend oder beängstigend empfinden sollte. Besonders gespenstisch war die rote Beleuchtung des Kontrollraums. Harris lächelte und erklärte, daß der Kontrollraum, wenn es draußen nacht wurde, »rot angehaucht« und im übrigen Schiff die Beleuchtung gedämpft würde, um den Unterschied zwischen Tag und Nacht zu markieren. Plötzlich kam ihm die Art von Krieg, die er führte, hoffnungslos amateurmäßig vor. Als sie in der Offiziersmesse eine gemeinsame Mahlzeit einnahmen, erwähnte er dies gegenüber Harris und dem US-Navy-Kapitän. Der Amerikaner sah ihn an, während er darauf wartete, daß seine Suppe abkühlte.

»Es ist genau umgekehrt, wie wir zu unserem Leidwesen in Vietnam festgestellt haben. Wir hatten Kriegsschiffe, jede Art von Flugzeugen und Hubschraubern, die man sich wünschen kann, Artillerie, alle Waffen, Panzer und Munition, die die Leute verlangten. Und was hat es uns gebracht? Man hat uns den Arsch aufgerissen. Es war, als töte man Ameisen mit einem Fünfzig-Tonnen-Dampfhammer.

Auf diesem Schiff sind hundertsiebenundzwanzig Mann Besatzung, und an Land wartet eine andere Mannschaft, um es am Ende der dreimonatigen Patrouille zu übernehmen. Wir haben sechzehn startbereite Polaris-A-3-Raketen an Bord. Nennen Sie eine beliebige russische Stadt, und jede von diesen Raketen kann sie dem Erdboden gleichmachen. Ich brauche nur den Knopf zu drücken.« Er schwieg einen Moment. »Und die Moral von der Geschichte ist, daß sie niemals angewendet werden. Weder Moskau noch Washington werden diesen Knopf drücken, weil sie wissen, daß er nach zwei Seiten losgeht. Die gleichen Vögel würden elf Minuten später auf sie selbst zufliegen. Wir hatten das alles...«, er machte eine Armbewegung, »... als wir in Vietnam kämpften...«, er lachte, »... aber wenn wir es angewendet hätten, hätte uns die ganze Welt in Stücke gerissen...« Er wies mit dem Löffel auf Andrews. »Sie und Ihr Volk sind die Vietnamesen... die Russen sind wir in Vietnam... in einem fremden Land, dessen Sprache wir nicht kennen, in dem wir nicht ein Dorf vom anderen unterscheiden können. Ihr werdet siegen, mein Lieber. Es ist nur eine Frage der Zeit und des Muts.«

»Wann nehmen wir mit dem Flugzeugträger Kontakt auf?« fragte Andrews, als das Essen beendet war.

»In ungefähr vierundzwanzig Stunden. Und das kann ich Ihnen sagen, wir verletzen damit sämtliche Vorschriften!«

»Welche Vorschriften?«

»Meine wichtigste Instruktion... Ich kann sie genau zitieren... ›Unter keinen, ich wiederhole, keinen Umständen taucht das U-Boot Robert E. Lee SSBN 601 während der Patrouille auf.‹«

»Warum haben Sie dann diesem Befehl zuwidergehandelt?«

Der Kapitän grinste. »Weil ich den Gegenbefehl vom Oberbefehlshaber persönlich empfangen habe. Die müssen in Washington viel von Ihnen halten, mein Lieber.«

Der nächste Tag zog sich endlos in die Länge. Harris blieb bei Andrews, aber Andrews hatte ihm nichts zu sagen. Sie kamen aus zwei verschiedenen Welten, und er fand es unmöglich, sich mit einem Mann zu unterhalten, dessen Hintergrund der Boston Naval Yard war und dessen Leben man als ganz normal bezeichnen konnte.

Um drei Uhr nachts stieg Andrews auf den Flugzeugträger um, und dreißig Stunden später wurde er zum Marineflugplatz auf Long Island geflogen. Ein Dienstwagen fuhr ihn nach La Guardia, wo er in ein Flugzeug nach Washington gesetzt wurde.

Kapitel 15

Sie schickte ihm die Fahrkarte und den Moskauer Paß und holte ihn am Leningradskij-Bahnhof ab. Als sie ihn den Bahnsteig entlang auf die Absperrung zulaufen sah, fiel ihr erneut auf, wie gut er aussah. Blondes, fast weißes Haar, blaue Augen, breite Schultern und sehr groß. Sie freute sich, daß sie Jewgenia dazu hatte überreden können, ihr für diese Woche ihren Wagen zu leihen.

Es war alles sehr kompliziert gewesen. Das Fernsehgerät von Jewgenias Vater war kaputtgegangen – man brauchte zur Reparatur Teile, die nicht erhältlich waren. Es sei denn natürlich, man kannte einen hohen Beamten im Energieministerium, den es nach einem Paar schwarzer italienischer Weichlederschuhe gelüstete, die man über Jewgenias Chef bekommen konnte, der wiederum gern einmal mit Jewgenias hübscher Freundin Anna geschlafen hätte. Das Ende vom

Lied war, daß Anna mit Vladimir Zagorskij in seinem hübschen Zwei-Zimmer-Appartement hinter dem Statistischen Zentralamt im Bett landete. Und am nächsten Morgen besaß sie eine Fahrerlaubnis für Moskau, Gutscheine für 20 Liter Benzin und eine zehntägige Versicherung bei *Ingosstrach*.

Aber als sie ihn jetzt durch die Bahnsteigsperre kommen sah, fand sie, daß sich für Josef Andrejewitsch Andrejew, Drehbuchautor, all die Scherereien lohnten. Sie küßten sich herzlich, nicht leidenschaftlich, dafür war es zu sehr in der Öffentlichkeit, und dann führte sie ihn zum Wagen. Und er war hinreichend beeindruckt.

In ihrem kleinen Appartement sah er sich gründlich um und bewunderte alles, wie sich das für einen russischen Gast gehört.

»Wo würdest du heute abend gern essen, Anna?«

»Das kannst du entscheiden. Du bist der Boss.«

»In diesem Fall führt der Junge aus Minsk sein Mädchen ins Hotel Minsk, damit sie mal sieht, wie richtige Minsker Pilze schmecken.«

»Wo ist das?«

»Heißt das, du kennst es nicht? Natürlich in der Gorkistraße. Ihr Moskowiter seid richtige Bauern.«

Er lächelte und zog sie zu sich aufs Bett.

Als sie aus dem Hotel Minsk traten und die Ulitsa Gorkowa hinabschlenderten, brannte im *Iswestija*-Gebäude Licht. Sie waren nicht betrunken, aber etwas beschwipst.

Dann standen sie dem Mossowet-Bau gegenüber, in dem die Moskauer Stadtverwaltung untergebracht war. Der junge Mann legte den Kopf in den Nacken, sah zum Mond hinauf und begann mit etwas nuschelnder Stimme zu rezitieren:

Unsere Kraft schwindet immer mehr,
obwohl unsere Schuld keine Schuld ist.
Über dem im System erstarrten Rußland
ist der Mond erloschen –
Nummernschild auf einem Sträflingsanzug.

Und all diese Regierungsbauten
Von Schnee und Regen mit blutigen Blasen bedeckt
Blindäugige Katarakte an ihren Fenstern –
Seit Jahren einsam und ohne Freund,
anonyme Gesichter der Menschheitsführer.

Diese Wölfe in ihren raucherfüllten Zimmern
peitschen die Menschen wie Hunde,
dann erreichen diese Wölfe das Ziel ihrer Mühen,
steigen in schwarze Limousinen
Und...

»Mein Gott«, sagte er. »Ich hasse diese verdammte Stadt!«

Anna zog ihn eilig weg, und sie sprachen kein Wort mehr, bis sie in ihrer Wohnung angekommen waren und er in Kleidern auf ihrem Bett lag.

»Warum sagst du so etwas auf der Straße, Josef? Wir könnten dafür ins Gefängnis kommen.«

Er lächelte und schloß die Augen. »Du magst also keine Poesie, meine schöne Anna.«

»Das war nicht Poesie, sondern staatsfeindliche Propaganda. Du bist verrückt, wenn du solche Gedichte schreibst.«

»Ich habe es nicht geschrieben, Schätzchen. Ich wollte, es wäre so.«

»Welcher Dichter findet solche Worte?«

»Welcher Dichter? Alexander Arkadewitsch Galitsch, geboren im Oktober 1919... Frontsoldat im Bürgerkrieg... schrieb Drehbücher zu *Zu den sieben Winden... Treue Freunde*... im Dezember 1971 aus dem Verband der Filmschaffenden und dem Schriftstellerverband ausgeschlossen... von seinen Schriftstellerkollegen gehetzt, bis er die Sowjetunion verlassen mußte... lebt in Norwegen.«

»War er der Mann, der diese Lieder auf Tonbändern gemacht hat?«

»Genau.«

»Aber es haben doch alle davon geschwärmt!«

Er stieß auf, als er nickte. »Klar. Aber wenn der Kreml sagt, du bist erledigt, dann bist du das auch, Schätzchen. Und ihre Handlanger machen die Dreckarbeit für sie. Ein Wink und ein Nicken reichen schon aus.«

Sie sah die Tränen auf seinen Wangen. »Warum weinst du?« In ihrer Stimme lag echte Besorgnis.

Ungeduldig schüttelte er den Kopf und wischte sich die Tränen mit den Händen ab. »Ich weine nicht, Anna. Nicht richtig. Ich bin nur wütend und enttäuscht.«

»Worüber?«

»Über alles. Wie wir leben. Mit diesen Kerlen im Kreml, die darüber entscheiden können, ob ein Schriftsteller, ein Maler, ein Musiker oder auch nur irgendein verdammter Filmemacher gut oder schlecht ist... Diese Banausen können einen Mann ruinieren, und dabei könnten sie nicht mal eine Tür streichen, geschweige denn ein Bild malen. Und es ist nicht nur die Kunst. Man fällt einmal aus der Rolle, und schon ist man im Gefängnis und dann im Gulag.«

»Aber es gibt doch Gerichte, die solche Dinge entscheiden.«

»Ach, Liebling. Was hat es für einen Sinn, darüber zu reden... du glaubst doch wohl nicht, daß ein Gericht jemanden für unschuldig erklären wird, wenn die da oben ihn in einem Lager haben wollen? Die Gesetze, die Verfassung, alles besteht bloß auf dem Papier. Niemand richtet sich danach. Und wir tun, was man uns sagt, weil wir Angst vor ihnen haben. Wir trauen uns nicht zu sagen, was wir denken. Niemand kann das System kritisieren und dabei überleben.«

»Aber wir beide können sowieso nichts dagegen tun. So ist es eben.«

»Deshalb können die ja immer weitermachen, weil die Leute so denken.«

»Was kann man denn sonst tun?« Sie zuckte die Achseln. »Wir sind gewöhnliche Leute.«

Er schwang die Beine aus dem Bett und setzte sich auf den Bettrand. »Vergiß es, Kleines. Ich werde allmählich nüchtern. Komm, laß uns noch ein bißchen Spaß miteinander haben.«

Am Dienstag verließ Anna ihren Arbeitsplatz schon früh und eilte nach Hause.

Als sie das Gebäude betrat, warf ihr die alte *Deshurnaja* in ihren dicken Wollpullovern und ihrem weiten Rock einen langen Blick zu. »Es wird Zeit, daß Sie mir mal wieder was von dem Schinken besorgen«, sagte sie, als Anna auf die Treppe zuging. »Vor allem, wenn jetzt schon zwei auf Sie warten.«

Anna nickte, ohne weiter über diese Worte nachzudenken, und war deshalb überrascht, als sie ihre Wohnungstür öffnete und den Mann neben Josef am Tisch sitzen sah. Er war in den Fünfzigern, hatte einen dunklen Teint, schwarzes Haar und die stechendsten Augen, die Anna je gesehen hatte.

Josef stellte den Mann als ›Oktjabr‹ vor. Anna fand es albern, einen Mann nach einem Monat zu benennen, aber sie gab ihm lächelnd die Hand und setzte sich zu ihnen. Der Mann, der Oktjabr hieß, goß ein halbes Glas Whisky ein, und Anna fragte sich, wer ihm wohl Zugang zu etwas so Rarem verschaffte. Er hob sein Glas.

»Na sdorovje.«

»Na sdorovje.«

»Josef sagte mir, daß Sie im Amt für Bezugsscheine arbeiten.«
»Außer freitags und samstags.«
»Gefällt es Ihnen dort?«
Sie zuckte die Achseln. »Es ist okay. Eben ein Job.«
»Was halten Sie von den Kunden? Wichtige Leute, wie?«
»Ich habe noch nie über sie nachgedacht.«
»Kennen Sie einen Burschen namens Litowkin? Anatoli Litowkin?«
»Er kommt selten persönlich. Sein Chauffeur holt seine Sachen ab.«
»Wo sind Sie geboren?«
»In Tiflis.«
Der Mann lächelte. »Ah, die Stadt der warmen Quellen, wie man sie nannte. Wann sind Sie nach Moskau gekommen?«
»Vor vier Jahren.«
»Wie haben Sie das geschafft?«
»Ein Besucher aus Moskau hat mir den Job hier verschafft.«
Der Mann lächelte. Es war ein wissendes Lächeln. »Ah ja, natürlich. Wo haben Sie in Tiflis gewohnt?«
»In der Ordschonikidse-Straße, zwischen dem Bahnhof und dem Fußballstadion.«
»Helfen Sie meinem Gedächtnis auf die Sprünge. In welcher Straße war das Stadion? Der Eingang?«
Sie lächelte. »In der Brdsola-Straße. Warum wollen Sie das alles wissen? Kennen Sie Tiflis denn?«
»Ich kenne es gut, meine Liebe. Ich kenne es gut.« Er stand auf. »Ich muß weiter.« Er lächelte. »Sie scheinen diesem jungen Mann den Kopf verdreht zu haben.« Er nickte lächelnd. »Ich glaube, Sie könnten den meisten Männern den Kopf verdrehen. Passen Sie gut auf ihn auf. Wir brauchen ihn.«
Als er gegangen war, sah sie Josef an. »Wer ist das, Jojo?«
Josef lächelte. »Irgendein Mann. Er war Ausbilder bei der Armee, ein Major, als ich meinen Wehrdienst leistete.«
»Und jetzt?«
»Jetzt lehrt er Geschichte und Philosophie.«
»Wo?«
»An der hiesigen Universität.«
»Was meinte er damit, daß ich auf dich aufpassen soll?«
Josef lächelte. »Er meinte, du sollst mich mit dir schlafen lassen, wann immer ich kann.«
Sie lachte leise. »Du bist ein Dummkopf. Ein netter Dummkopf.

Und wer ist ›wir‹?«

»Ich verstehe nicht.«

»Er sagte: ›wir‹ brauchen ihn. Wer ist ›wir‹?«

Josef zuckte die Achseln. »Nur so eine Redensart. Um bei dir ein gutes Wort für mich einzulegen.«

Sie beugte sich vor, um ihn zu küssen. »Das hast du gar nicht nötig. Warum hat er mich nach Litowkin gefragt?«

»Ich weiß nicht. Vielleicht kennt er ihn.«

»Er hat nichts mit der Universität zu tun, er ist vom Verteidigungsministerium.«

»Vielleicht ist er einfach nur ein Freund. Wie kommt's, daß du schon so früh zu Hause bist?«

»Ich habe ein Mädchen gefunden, das mich vertritt, und habe behauptet, es ginge mir nicht gut. Wir müssen heute abend hier essen, damit mich niemand sieht.«

Er grinste. »Ist mir recht. Außerdem bin ich sowieso noch nicht hungrig.«

Als sie am Donnerstagabend nach Hause kam, erwartete Oktjabr sie in ihrer Wohnung. Und von Josef war nichts zu sehen.

»Wo ist Josef?«

»Er kommt wieder, Anna. Er wird nicht lange fort sein. Ich möchte mit Ihnen reden. Setzen Sie sich.«

Einen Moment lang zögerte sie. Es gefiel ihr nicht, in ihrer eigenen Wohnung Befehle zu bekommen, aber seine Augen waren auf ihr Gesicht geheftet, und so zog sie einen Stuhl heran und setzte sich hin.

»Ich habe ein Problem, meine Liebe. Er möchte Sie heiraten.«

Sie schwieg ein paar Sekunden. Überrascht, aber argwöhnisch.

»Er hat mir nichts davon gesagt.«

»Das kommt noch. Ich möchte, daß Sie nein sagen.«

»Warum sollte ich? Ich mag ihn. Er wäre ein guter Ehemann.«

»Aber Sie wären keine gute Ehefrau für ihn.«

»Warum nicht? Sie wissen überhaupt nichts von mir. Wer sind Sie, daß Sie sich darüber ein Urteil erlauben? Es geht Sie nicht das geringste an.«

Er zog ein zusammengefaltetes Blatt aus seiner Innentasche. »Ich habe hier eine Liste der Männer, mit denen Sie in den letzten sechs Monaten geschlafen haben.« Er lächelte ein wenig. »Mag sein, daß einige fehlen, aber insgesamt sind es neunundzwanzig Namen.«

»Weiß Josef davon?« fragte sie leise.

»Ich habe es ihm nicht gesagt. Ich glaube kaum, daß er es weiß.«

»Aber wenn er mich bittet, ihn zu heiraten, und ich sage ja, dann werden Sie es ihm erzählen?«

»Natürlich.«

»Was geht es Sie an, wen ich heirate oder wen er heiratet?«

»Haben Sie einen Parteiausweis?«

»Nein.«

»Einen Komsomol-Ausweis?«

»Nein.«

»Möchten Sie ihn heiraten?«

»Ich mag ihn sehr.«

»Reden Sie nicht solchen Mist. Ich fragte, ob Sie ihn heiraten oder einfach nur mit ihm schlafen wollen?«

»Verlassen Sie jetzt meine Wohnung, oder ich hole die Polizei!«

Er lächelte. »Sie werden niemanden holen, Schätzchen. Diese Liste würde Ihnen einen Platz im KGB-Lager für unsittliche Mädchen einbringen. Mindestens fünf Jahre. Antworten Sie mir also. Möchten Sie ihn heiraten?«

Sie zuckte die Achseln. »Nicht, wenn Sie es nicht wünschen.«

Er lächelte. »So ist's recht. Jetzt verstehen wir einander. Fangen wir nochmal von vorne an und vergessen alles, was wir bisher gesagt haben. Er möchte Sie heiraten. Verstanden?«

Sie nickte.

»Sie meinen, er würde gut zu Ihnen passen, ja?«

»Ja, ich glaube schon.«

»Ich bin derselben Ansicht, und deshalb machen wir ein Geschäft, Sie und ich. Sie sagen ja, und Sie heiraten ihn. Unter einer Bedingung. Ich möchte, daß Sie ab und zu etwas für mich tun. Kleine Gefälligkeiten. Ausreisegenehmigungen, Pässe und ähnliches. Sie besorgen sie mir, und wir behalten unser kleines Geheimnis für uns, ja?«

»Ja.«

Er sah auf die Uhr und erhob sich. »Ich erwarte eine Einladung.«

Als er an der Tür stand, um sich selbst hinauszulassen, lächelte Anna. Sie hatte Erfahrung darin, die Zeichen wirklicher Macht zu erkennen, und dieser Mann mit den stechenden milchig-blauen Augen hatte Macht. Er stank förmlich danach.

Josef erhielt Sonderurlaub, um seine Anna zu heiraten, und als er zurückkam, sah er, daß er eine neue Stelle hatte und jetzt drei Wochen im Monat in Moskau und eine Woche in Minsk zubringen würde.

Während der nächsten vier Monate beschaffte Anna dem Mann namens Oktjabr eine nicht abreißende Flut von Sondergenehmigungen, Pässen und Dokumenten. Er wollte nicht wissen, wie sie an sie herankam, und von sich aus sagte Anna nichts. Und sie dachte auch nie darüber nach, wofür jemand so viele Sondergenehmigungen brauchen könnte.

Mit ihrem Mann sprach sie nie über diese Sache. Da sie inzwischen viel mehr als bloße Zuneigung für ihn empfand, quälte es sie zwar, etwas vor ihm zu verheimlichen, und sie bedauerte die Mittel, mit deren Hilfe sie sich das Material beschaffte. Aber wenn er dahinterkam, würde für sie beide alles zu Ende sein.

Kapitel 16

Vom Meer her blies ein heftiger Wind und trieb vereinzelte Schneeflocken durch die Luft, als Jamie Boyle gesenkten Kopfs die Küstenstraße entlangradelte. Als er schließlich in die kurze, gewundene Auffahrt des Hauses einbog, ging er so leise wie möglich über den Kies und versteckte sein Fahrrad in den dichten Rhododendronbüschen neben der Garage.

Es herrschte graue Morgendämmerung, am Himmel hingen bedrohlich schwarze Wolken, die richtigen Schnee ankündigten, falls der Wind sie nicht landeinwärts trieb, aber im Haus brannte kein Licht. Langsam ging Boyle über den nassen Rasen zu der Bank unter den kahlen Ästen der Magnolie, wo er mit seinem Vater gesessen hatte, als sie damals hergekommen waren.

Wie er so saß und zum Haus hinsah, bedrückte ihn der Gedanke an all die vergeudeten Monate ohne Jeanie. Er hatte ihr Botschaften übermittelt, aber nichts von ihr gehört, da sie keine Adresse hatte, an die sie schreiben konnte. Zu telefonieren war ihnen in keiner Form genehmigt, und Geld hatte er ihr nur jämmerlich wenig schicken können. Und wofür das alles? Um Führer von Gruppen zu organisieren und auszubilden, deren Mitglieder daran glaubten, daß es möglich sei, die Russen solange zu zermürben, bis sie ihre Besetzung beendeten. Obwohl er den anderen nichts gesagt hatte, betrachtete er dies alles jetzt als Hirngespinst. Ein Luftschloß, das an jenen weit zurückliegenden Sommerabenden entstanden war, als sie alles geplant hatten. Doch die Pläne hatten der Zerschlagung unorganisierter Massen gegolten, nicht der Vertreibung Tausender gut bewaffneter und ausgebildeter Soldaten eines feindlichen Landes. Seine eigenen Worte, mit denen er sie zu Loyalität, Mut und Patriotismus angefeuert hatte, hallten ihm noch in den Ohren. Glaubte er wirklich selbst, wovon er andere zu überzeugen versuchte? Und selbst wenn er daran glaubte, konnte er es verantworten? Der Großteil der Bevölkerung lebte weiter wie bisher, so gut es eben ging. Diese Leute hielten es nicht für nötig, in Scheunen und Kellern, Hecken und Dachkammern zu nächtigen. Und dann sah er in einem der Schlafzimmer das Licht angehen.

Er stand wartend unter dem Vordach, während er zum zweiten Mal den Messingknopf der Klingel drückte. Ein paar Minuten später wurde die Tür geöffnet, doch die Kette blieb vorgelegt. Jock MacKay, in einem altmodischen Morgenmantel und Filzpantoffeln, spähte durch den schmalen Spalt.

»Was wollen Sie?« Die Stimme des alten Mannes hatte einen aggressiven Unterton.

»Ich bin's, Jock. Jamie«, sagte er leise.

»Wer?«

»Jamie. Jamie Boyle.«

Der alte Mann hob den Kopf und sah Boyle mit zusammengekniffenen Augen an. Dann nickte er langsam. »Ach ja, Jamie. Natürlich. Natürlich.«

Man hörte die Kette rasseln, und die Tür öffnete sich. MacKay setzte seine Brille auf und streckte die Hand aus. »Sind Sie also endlich wieder da«, meinte er, als Boyle sie ergriff. »Das ist gut. Das ist besser. Ich wollte mir gerade in der Küche eine Tasse Tee machen. Leisten Sie mir doch Gesellschaft.«

Als er ihm am Küchentisch gegenübersaß, bemerkte Boyle schokkiert, wie sehr sich der alte Mann verändert hatte. Die frühere Lebhaftigkeit war verschwunden, er sprach langsam und wirkte geistesabwesend.

»Wie geht's Jeanie?«

»Gut. Gut. Und Ihnen?«

»Mir täte es gut, ein Bad zu nehmen und zu schlafen. Wie ist es gegangen, Jock? Irgendwelche Sorgen?«

MacKay zuckte die Achseln. »Wir haben alle unsere Sorgen. Auf die eine oder andere Weise.« Boyle sah, daß dem alten Mann Tränen in den Augen standen.

»Irgendwas Besonderes?«

Der alte Mann stand auf. Seine Tasse klapperte auf dem Unterteller, als er beides zum Ausguß trug. Schweigend wartete Boyle auf eine Antwort, aber der alte Mann war ganz damit beschäftigt, die Tasse und den Teller abzuwaschen.

»Ich gehe mal nach oben und sehe nach, ob Jeanie wach ist, Jock.«

»Tun Sie das, mein Junge.«

Boyle stieg die breite Treppe hinauf und betrat das zweite Schlafzimmer links. Als er die Tür öffnete, drehte Jeanie sich um, strich sich die Haare aus dem Gesicht und sah ihn schlaftrunken an.

»Jamie! Mein Gott. Ich habe dich gar nicht erkannt.« Sie setzte sich auf und klopfte mit der Hand auf das Bett neben ihr. »Wann bist du gekommen? Schön, daß du da bist!«

Dann umarmten sie sich. Jeanies weiches Haar berührte seine Wange, ihr Kopf lag an seiner Schulter. Sie richtete sich auf, um sein Gesicht zu sehen.

»Wann bist du angekommen?«

»Ich habe mit Jock eine Tasse Tee getrunken.«

Sie zog die Augenbrauen hoch, als stünde Jock nicht mehr in ihrer Gunst.

»Du siehst erschöpft aus, Jamie. Ich lasse dir ein Bad ein. Es kommt zwar nur lauwarmes Wasser, aber es wird dich entspannen.«

»Was ist mit Jock los?«

»Ach, nichts. Er wird nur ein bißchen pingelig auf seine alten Tage. Komm, zieh diese gräßlichen Sachen aus, und ich lasse dir das Wasser ein.«

Er schlief in der Badewanne ein. Jeanie weckte ihn, wickelte ihn in ein Badetuch und half ihm zum Bett hinüber.

Er schlief ununterbrochen bis zum Mittag des nächsten Tages. Beim Erwachen fühlte er sich wieder in Form und nicht mehr so niedergeschlagen.

Der Garten war leicht verschneit, der meiste Schnee jedoch fiel weit im Innern des Landes. Im Wohnzimmer brannten Holzscheite im Kamin. Sie hatten Tee getrunken und Toast dazu gegessen, während sie alle drei ums Feuer herumsaßen.

»Erzählt mir, wie ihr beide überlebt habt.«

Obwohl Jeanie abwartend schwieg, um ihn zuerst zu Wort kommen zu lassen, antwortete MacKay nicht. »Uns ging es ganz gut, Jamie«, meinte sie schließlich. »Es ist zwar alles knapp, aber auf die eine oder andere Weise kommen wir schon durch. Und wie läuft es bei dir?«

»Ich kann nicht viel sagen, Kleines. Es tut sich was, langsam aber sicher.«

Jock MacKay stand auf. »Ich lasse euch zwei alleine miteinander reden. Draußen vor der Küchentür sind noch mehr Holzscheite, wenn ihr welche braucht.«

Als sie allein waren, meinte Boyle: »Ich habe das Gefühl, daß er sich aus irgendeinem Grund nicht besonders freut, mich zu sehen. Er kommt mir ein wenig distanziert vor.«

»Ach, mach dir keine Gedanken, Jamie. Er wird älter und hat sich noch nicht an die neuen Lebensumstände gewöhnt. Es ist einfach das Alter.«

»Erzähl mir, wie du dich gefühlt hast.«

Sie zuckte die Schultern. »Einsam natürlich. Man ist so isoliert hier. Aber mach dir um mich keine Sorgen.« Sie schwieg einen Augenblick lang. »Du hast deine Meinung über das, was du tust, nicht geändert?«

»Manchmal habe ich so meine Zweifel. Wenn ich deprimiert bin. Wenn ich dich vermisse.«

»Warum machst du nicht Schluß damit, Jamie? Wir könnten es auf irgendeine Weise schaffen.«

»Warum sagst du das?«

Sie seufzte. »Ist es denn die Sache wert? Sie sind hier. Sie sind nicht mehr wegzubringen. Die meisten Leute haben sich an sie gewöhnt. Manche finden es jetzt sogar besser als vorher.«

Boyle zuckte die Achseln. »Mit der Frage, ob es die Sache überhaupt wert ist, hast du vielleicht recht. Aber der Rest beruht auf einem Trugschluß. Natürlich sind die Leute froh, daß jetzt wieder Ruhe und Ordnung herrschen. Daß jeder Arbeit hat. Aber deshalb sind sie noch lange nicht glücklich darüber, daß uns eine russische Besatzungsarmee im Genick sitzt.«

»Ist das wirklich so wichtig? Irgendwelche Leute sitzen uns immer im Genick. Unsere waren nicht einmal imstande, für Ruhe und Ordnung und Vollbeschäftigung zu sorgen. Sie haben nicht Wort gehalten.«

»Du gehst logisch an die Sache heran, Liebling. Aber wir haben doch zweifelsohne unsere Freiheit verloren. Ist es zumindest das wert?«

Sie lächelte. »Welche spezielle Freiheit haben wir verloren?«

»Fast jede Art von Freiheit, die es gibt.«

»Sag mir Beispiele.«

Er lächelte. »Ich sage lieber, daß ich gestern, als ich ankam, dich oder Jock nicht wecken wollte, und deshalb setzte ich mich auf die Rasenbank und hatte so ziemlich die gleichen Gedanken wie du. Aber das kam daher, daß ich so müde und erledigt war. Also... verlorene Freiheiten. Nun, wir haben zum Beispiel Vollbeschäftigung, weil es keine Gewerkschaften mehr gibt. Die Löhne sind niedrig, die Technologie ist in den Hintergrund getreten, und du kannst dir deinen Job nicht mehr aussuchen. Du mußt tun, was man dir sagt. Tja und dann ist deshalb wieder Ruhe und Ordnung eingekehrt, weil du kein Gerichtsverfahren kriegst, wenn du gegen ein Gesetz verstößt, und sei es auch noch so geringfügig. Du wirst einfach abgestempelt. Wenn ein Polizist oder ein Russe behauptet, du warst es, dann hat sich's schon. Ich gebe zu, daß es funktioniert. Aber es ist total ungerecht.

Du kannst nicht offen sagen, was du denkst. Du kannst nicht lesen, was du gerne lesen möchtest. Du kannst dir deinen Wohnort nicht aussuchen. Du kannst deine Kinder nicht so erziehen, wie du willst. Es ist eine Art Sklaverei.«

Sie lachte. »Fünf Beispiele mögen stimmen, Jamie. Vielleicht auch sechs. Aber was macht es schon, die Technologie zu vernachlässigen, wenn dafür Arbeitsplätze da sind. Es ist doch zweifellos besser, wenn alle Arbeit haben. Und wenn man schon Gesetze hat, ist es doch besser, daß man die Leute auch dazu bringt, sie einzuhalten. Und *ich* will nicht über Politik reden. Mir ist es total gleichgültig, unter welcher Ideologie ich lebe.«

»Du hältst es also auch mit ›lieber rot als tot‹?«

»Aber ich bin doch nicht ›rot‹. Ich bin nichts. Lieber lebendig als tot, die Farbe spielt dabei keine Rolle.«

»Für jemanden, dem alles egal ist, scheinst du aber verdammt viel nachgedacht zu haben, Jeanie.«

Sie wurde rot. »Vielleicht bin ich einfach nur streitsüchtig.«

Später, nachdem sie zusammen geschlafen hatten, sah sie ihm ins Gesicht. »Wie lange bleibst du?«

»Ich gehe morgen mittag.«

»Kann ich dir etwas besorgen? Brauchst du irgendwas?«

»Zum Beispiel?«

»Egal was.«

»Nein, Liebling, danke. Ich komme schon zurecht.«

»Wie lange wird es dauern, bis du wiederkommst?«

»Etwa so wie üblich. Zwei Monate, plus minus eine Woche. Es hängt davon ab, wo ich bin und was gerade läuft.«

Sie küßte ihn zärtlich. »Schlaf nochmal mit mir.«

Er ging um die Mittagszeit und winkte zu Jeanie zurück, als er schwankend auf dem Rad die Auffahrt hinunterfuhr. Macgregor erwartete ihn mit dem Lieferwagen in Kirkcaldy und setzte ihn kurz nach acht Uhr in der Nähe des Hauses ab, in dem sein Vater wohnte.

Die Tür flog gleich beim ersten Läuten auf, und sein Vater nahm ihn bei der Hand und führte ihn in den kleinen Flur. »Wie schön, daß du da bist, Jamie! Ein richtiges Fest!«

Boyle runzelte die Stirn. »Hast du mich erwartet?«

Sein Vater zwinkerte. »Ein kleiner Vogel hat mir zugeflüstert, ich könnte vielleicht Glück haben.«

»Welcher kleine Vogel?«

»Zerbrich dir nicht den Kopf darüber, Junge. Zieh deine Jacke aus und komm erst mal rein.«

Jamie Boyle schüttelte den Kopf. »Du verstehst mich nicht, Vater. Wenn dir das irgend jemand gesagt hat, dann könnte er es auch anderen Leuten gesagt haben. Ich muß das wissen!«

Sein Vater zuckte die Achseln. »Macgregor gab mir einen kleinen Wink, das ist alles. Nur, damit ich auch da sein würde, wenn du kommst. Jetzt komm aber rein und wärm dich auf.«

Sie plauderten zwei Stunden. Allgemeines über die Russen und die Besatzung und ein bißchen über entfernte Verwandte. Um ungefähr zehn Uhr läutete das Telefon. Boyles Vater ging in die Diele, um abzunehmen. Da er beim örtlichen Benzinzuteilungskomitee tätig war, hatte er eine Telefonerlaubnis.

»Wie fandest du Jock MacKay?« fragte sein Vater, als er zurückkam.

»Er scheint ziemlich abgebaut zu haben. Kam mir sehr merkwürdig vor, so alt und tatterig. Ich hatte fast das Gefühl, ich sei nicht willkommen.«

»Wann warst du das letzte Mal dort?«

»Vor etwas mehr als zwei Monaten.«

»Und davor?«

»Ach, das muß ungefähr genauso lange her gewesen sein.«

»Wie war es das letzte Mal?«

»Ziemlich wie immer, fand ich. Mir ist nichts Ungewöhnliches aufgefallen.«

Sein Vater sah ihn an und meinte leise: »Junge, ich muß dir etwas sagen. Ich habe deswegen in den letzten Wochen viele schlaflose Nächte gehabt. Es ist eine dieser gräßlichen Entscheidungen. Was man auch tut, ist schlecht. Man hat nur die Wahl zwischen zwei Übeln.

Mir tut das alles ganz furchtbar leid.«

»Worum handelt es sich denn, Vater? Was ist denn passiert?«

»Es war nicht Macgregor, der mir gesagt hat, daß du kommst. Es war Jeanie. Und das eben am Telefon war auch Jeanie, und sie wollte wissen, ob du angekommen bist und ob...«

»Aber sie haben doch keine Telefongenehmigung, und warum um alles in der Welt. hat sie nicht auch mit mir gesprochen?«

»Jamie. Bitte, Jamie. Laß es mich sagen.« Er seufzte tief. »Seit etwas über drei Monaten hat Jeanie eine Beziehung mit einem Russen. Er lebt hier in Edinburgh, aber die beiden haben sich regelmäßig getroffen. Sie hat mir vor etwa vier bis fünf Wochen davon erzählt. Letzte Woche hat sie ihn mitgebracht. Ich habe ihn gesehen. Ich glaube, es ist eine sehr reale Beziehung. Ich habe ihr gesagt, daß ich es dir eventuell erzählen würde. Sie war innerlich ganz zerrissen, das arme Mädchen. Ich habe sie darauf hingewiesen, wie gefährlich das für dich sei, aber sie bat mich, dir nichts zu sagen, damit du dich nicht zu sehr aufregst und falls die Beziehung nicht andauert. Ich habe aber das Gefühl, daß sie andauert, und ich habe das Gefühl, daß sie eine Gefahr ist. Man hat nach dir gefragt, wo du seist. Ich war beunruhigt. Auch Jock MacKay hat sich schreckliche Sorgen gemacht. Er hätte Jeanie am liebsten fortgeschickt, aber ihm war klar, daß dadurch eventuell alles noch schlimmer würde. Daß es dich in Gefahr bringen und sie diesem Burschen in die Arme treiben könnte. Es tut mir schrecklich leid, meine Junge. Es tut mir schrecklich leid, daß ich dir all das sagen muß.«

Jamie Boyle saß da. Er sah seinen Vater an, ohne ihn wirklich zu sehen. Er versuchte, ein Schaudern zu unterdrücken, als sich die Kälte über seinen ganzen Körper ausbreitete. Es erklärte so viel, aber er konnte es nicht glauben. Sie hatte ihn doch gebeten, mit ihr zu schlafen, und hatte sein Begehren leidenschaftlich erwidert. Kein Wunder, daß sie und MacKay nervös und fast verstört gewirkt hatten, als er kam. Und kein Wunder, daß sie all die pro-russischen Antworten wußte. Es paßte alles zusammen. Es war alles wahr. Aber er konnte es nicht glauben. Am liebsten wäre er fortgegangen und hätte so getan, als habe er es nicht gehört und als sei nichts geschehen. Er hätte am liebsten geschrien.

»Wer ist der Mann?« fragte er ruhig.

»Er heißt Borowski. Igor Borowski. Er ist hier in Edingburgh mit der Reservetruppe des Bolschoi-Balletts.«

»Wie hat sie ihn kennengelernt?«

»Dr. Fox und seine Frau haben sie zu einer Vorstellung in der Usher Hall mitgenommen. Sie sind Gönner der Bolschoi-Truppe. Er ist ihr offizieller Arzt. Nichts Politisches. Sie mögen eben Ballett. Jeanie hat den Burschen nach der Vorstellung kennengelernt.«

»Ist er Tänzer?«

»Nein. Er wird als Berater bezeichnet. Ich würde sagen, er ist vom KGB und paßt auf, was sie machen.«

»Wie ist er?«

»Etwas jünger als Jeanie und du. Freundlich, attraktiv, und ich vermute, daß seine Gefühle für sie aufrichtig sind.«

»Schläft er mit ihr?«

Sein Vater zuckte die Achseln. »Das kann ich nicht wissen. Es wären reine Mutmaßungen.«

»Sprich sie aus.«

»Ich glaube schon, Jamie. Es ist ziemlich wahrscheinlich. Er wirkt zwar sehr aufrichtig, aber er gehört bestimmt zum KGB und ist deshalb sicher nicht gerade ein Muster an Tugend und Ritterlichkeit.«

»Wo wohnt er?«

»Keine Ahnung. Irgendwo in Edinburgh. Sie haben eine Menge Häuser für den Stab des Beauftragten beschlagnahmt. Hauptsächlich bei George Heriots oben.«

»Was soll ich tun, Vater?«

»Darüber habe ich nachgedacht, seit ich wußte, daß ich dir dies alles sagen muß. Ich weiß es wirklich nicht, mein Junge. Es ist etwas so Privates. Rein gefühlsmäßig würde ich dir eher raten, gar nichts zu unternehmen. Aber das widerspricht vielleicht deinem Temperament.«

»Ab wann ist hier Ausgangssperre?«

»In Schottland gilt die gleiche Zeit wie überall. Die Ausgangssperre hat schon begonnen.«

Und plötzlich wurde Jamie Boyle ganz ruhig. Jetzt wußte er, was er tun würde.

»Erzähl mir, was du so gemacht hast, Vater.«

»Sie haben ehemaligen Parlamentsmitgliedern eine annehmbare Pension ausgezahlt. Um uns ruhigzuhalten, nehme ich an. Ich arbeite in einem Ausschuß, der darüber entscheiden hilft, wer Benzingutscheine bekommt und wer nicht, und noch in einem anderen Ausschuß, der Leute berät, wie sie bei Problemen mit Behörden ihre Klagen vorbringen können. Das und der Garten und ein paar alte Freunde, das füllt mich so ziemlich aus.«

»Weißt du, worauf ich Lust hätte?«

»Sag's mir.«

»Eine Teller Porridge.«

»So, so. Porridge gibt's eigentlich nur für Familien mit Kindern unter fünfzehn Jahren. Aber...«, er hob lächelnd die Hand, »...ich habe Beziehungen, mein Junge. Die Lennoxes nebenan haben drei Kinder unter fünfzehn, die Porridge alle hassen. Mal sehen, was ich tun kann.«

Als sein Vater nach nebenan ging, kam die Depression zurück. Jamie aß seinen Teller Porridge und ging in sein altes Zimmer hinauf, in dem er gewohnt hatte, bis er die Universität verließ und zur Armee ging. Es kam ihm viel kleiner vor, als er es in Erinnerung hatte. An der Wand hingen Fotografien von Rugby-Teams, auf denen sein Gesicht immer am jüngsten wirkte. Zeitungsausschnitte an einer Pinnwand, Berichte über die beiden Spiele, die er für Schottland bestritten hatte. Ein paar Paperbacks und Gesetzbücher. Ein Foto, das Jeanie und ihn zeigte, wie sie auf den Felsen von Arthur's Seat in Edinburgh saßen. Und im Eckschrank war sein alter Abendanzug und ein Paar abgetragener Lackschuhe mit schwarzen Schleifen. All das schien lange zurückzuliegen.

Er schlief unruhig und verließ am nächsten Morgen schon sehr früh das Haus. Sein Vater war den Tränen nahe gewesen, als Jamie in sein Schlafzimmer kam, um auf Wiedersehen zu sagen. Flüchtig wurde Jamie bewußt, daß auch sein Vater sehr einsam sein mußte.

Er nahm einen Bus zur Princes Street und ging zu Fuß nach Leith. Macgregor schien nicht überrascht, ihn zu sehen. Als er ihm die Geschichte erzählte, hatte er das Gefühl, daß sie Macgregor nicht neu war.

»Und was willst du mit diesem Kerl tun, Jamie?«

»Wirst du es für mich tun?«

Macgregor lächelte ein wenig. »Das werde ich.«

»Weißt du, wo er wohnt?«

»Ja. Überlaß das nur mir und mach, daß du über die Grenze kommst.«

Ein Briefträger entdeckte die Leiche Igor Borowskis am Sockel des Scott-Monuments. In seiner Brust steckte ein stählerner Armbrustpfeil, und man hatte ihn brutal kastriert. Seine Genitalien fand man in seiner Jackentasche.

Kapitel 17

Da der Tscheljuskintsew-Park früher einmal ein Fichtenwald gewesen war, hießen die beiden Haltestellen der Kindereisenbahn Fichtenwald und Fichtenpark. Der Park selbst erstreckte sich über beinahe hundert Hektar, und am Nordrand befanden sich die Bauten der *Belarusfilm*-Studios. Man war daran gewöhnt, dort die ganze Nacht über Licht zu sehen, da sie die meisten Kurzfilme produzierten, die in der Sowjetunion vertrieben wurden.

In dieser Nacht wurde nicht gefilmt. Nur die Filmtechniker, die die automatischen Geräte kontrollierten, hatten Dienst, und eine Gruppe von Drehbuchschreibern und Beratern besprach den Film über regionale Landwirtschaft, der anlaufen sollte, sobald das Wintergetreide ausgesät war. Die Sitzung fand in der Holzbaracke statt, die die freiberuflichen Drehbuchautoren allmählich als ihre Domäne betrachteten.

Um den langen Tisch, den die nahegelegene botanische Abteilung der Akademie der Wissenschaften ausrangiert hatte, waren Männer aus den meisten Sowjetstaaten versammelt: aus Georgien, Litauen, Armenien, Estland, Usbekistan, Aserbaidschan und der Moldauischen SSR und der Ukraine. Schließlich waren auch noch Josef Andrejewitsch Andrejew und der Mann da, der sich Oktjabr nannte.

»Sie alle haben das Drehbuch gesehen. Sind Sie mit den Veränderungen einverstanden?« Er machte eine Pause, und einige nickten. Rasch fuhr er fort: »Ich will es hinter mich bringen. Aber das ist der Grund, aus dem wir hier sind. Über dieses Thema reden wir, falls wir unterbrochen werden.«

»Können Sie keine Wache vor die Tür stellen? Geschäftsgeheimnisse und so.«

Der Mann lächelte. »Wir haben Vorsichtsmaßnahmen getroffen. Es könnte sein, daß wir gestört werden, aber nicht überraschend.« Er lächelte. »Legen Sie aber den Drehplan und das Treatment vor sich auf den Tisch.« Er beugte sich vor und sah jedem ins Gesicht. Langsam und eindringlich, wie ein General, der eine vorbeiziehende Parade inspiziert und nach zukünftigen Napoleons oder Timoschenkos Ausschau hält. Mit leiser Stimme sprach er weiter.

»Hat jemand ein Problem, von dem ich noch nichts weiß?«

Ein Mann meldete sich.

»Ja, Georgi. Um was geht es?«

»Wie können wir so sicher sein, daß wir nicht vom KGB infiltriert sind?«

»Fragen Sie das, weil Sie glauben, es trifft auf Ihre Gruppe zu?«

»Nein. Ich will nur wissen, warum *Sie* so sicher sein können.«

»Weshalb glauben Sie, daß ich so sicher bin?«

»Keine Ahnung, Genosse. Wenn Sie gesagt hätten, Sie *glaubten*, wir seien nicht vom KGB infiltriert, könnte ich das verstehen. Aber daß Sie es *wissen* können, scheint mir unmöglich.«

Ein anderer Mann nickte. »Das habe ich mir auch überlegt.«

»Gut«, fuhr Oktjabr fort, »wenn ich Ihnen sagen würde, woher ich das weiß, würde ich Menschen in Gefahr bringen, die bereits viel größere Risiken auf sich nehmen als wir alle. Dazu bin ich nicht bereit. Sie werden mir einfach glauben müssen.« Er hob die Augenbrauen. »Noch etwas?«

Ein Mann, der schlecht russisch sprach und einen unverkennbar armenischen Akzent hatte, hob die Hand.

»Wenn es dunkel ist, Genosse, erscheint mir das, was wir planen, was wir tun, was unser Ziel ist, sowohl vernünftig als auch erreichbar.« Er machte eine Pause und lächelte ein wenig. »Aber am Tag, wenn die Sonne scheint, kommt es mir verrückt vor. Wie verrückt ist es wirklich? Wie verrückt sind wir?«

»Eine gute Frage, mein Lieber. Eine grundlegende Frage. Die Wurzel unseres Problems. Gehen wir es noch einmal zusammen durch.« Oktjabr schloß die Augen beim Sprechen. Und er sprach langsam, als er fortfuhr.

»Das Problem ist, daß man nicht weiß, wo man anfangen soll«, fuhr er langsam fort. »Wie weit man zurückgehen soll. Gehen wir einmal ganz weit zurück. Während der Zarenzeit hatten wir zwei Gesellschaftsgruppen. Die reichen Aristokraten und den Rest. Leibeigene, Sklaven. Nicht alle Adligen waren Ungeheuer. Einigen waren der Hunger und die Armut nicht egal. Aber es hing vom Zufall ab, auf wessen Grundbesitz man geboren wurde. Das entschied, ob man nur hungerte oder verhungerte. Die Revolution bestand aus mehreren Revolutionen. Die Bolschewiken, die Menschewiken und so weiter. Sie kennen die Geschichte jener Zeit ebensogut wie ich. Die Bolschewiken übernahmen die Macht. Die Arbeiter sollten Zaren ihres eigenen Schicksals werden. Freiheit für alle. Wohlstand für alle.

Die Frage ist also: Haben sie ihr Versprechen gehalten – die Bolschewiken, die sich Kommunisten nennen?« Er machte eine Pause und sah die anderen an. »Ich denke, die Antwort ist ja. Es gibt mehr zu essen, mehr zu kaufen, mehr Geld auszugeben, Vollbeschäftigung, medizinische Versorgung – viele, viele Dinge. Es gibt noch Leute, die einst zwei Kochtöpfe als Reichtum betrachteten und heute zwei Zimmer, einen Elektroherd, ein Radio und sogar einen Fernseher besitzen.« Er lächelte spöttisch. »Worüber beklagen wir uns also überhaupt?

Ich werde es Ihnen sagen. Wir beklagen uns über den Preis, den wir dafür zahlen. Und wir beklagen uns darüber, daß eine Elite durch eine andere ersetzt wurde. Für die Bratpfannen nahmen sie uns unsere Freiheit. Sie gaben uns Freiheit auf dem Papier. Die Gesetze des Obersten Sowjet garantieren unsere Freiheit. Aber es gibt eine alte lateinische Redensart, die ich an der Universität gelernt habe: *quis custodiet ipsos custodes* – wer bewacht die Bewacher? Unsere Gesetze sind bedeutungslos. Sie werden ignoriert, verzerrt und mißbraucht. Die Männer, die das Gesetz anwenden, tun, was der Staat ihnen befiehlt. Wenn man seine Meinung frei äußert, wird man zum Staatsfeind. Die Zare im Kreml, im Politbüro und so weiter haben die Macht. Nicht nur die Macht, über sämtliche Aspekte unseres Lebens zu bestimmen, sondern auch darüber, ob wir leben oder sterben.

Was unser Volk in den Fabriken produziert, unser Reichtum, wird für Kriegsschiffe ausgegeben, die Milliarden Rubel kosten, für Raketen, die die gesamte Weltbevölkerung sechsmal ausradieren können. Und warum? Weil die Männer im Kreml hungrig nach Macht, hungrig nach Eroberungen sind. Als sogenannte Berater oder Experten dienen sowjetische Soldaten in jedem Land, das sie haben möchte. Was tun wir dort? Es heißt, das diene der Verteidigung der Sowjetunion. Aber wie verteidigen uns unsere Männer in Angola, Mozambique, Libyen, Vietnam, Laos, Thailand? Sie sind dort, um den Einfluß und die Herrschaft des Politbüros auszudehnen. Und damit das finanziert werden kann, arbeitet jeder sowjetische Arbeiter zwei Tage in der Woche, und noch einen dritten Tag, um die Kubaner, die PLO und weiß Gott wen mit einer Milliarde pro Tag zu unterstützen.

Das sind jedoch nur die sekundären Übel. Das Hauptübel ist, daß ein Sowjetbürger nicht sagen kann, was er denkt, nicht schreiben kann, was er denkt, und nicht einmal malen kann, was er denkt. Diese prähistorischen Männer im Kreml können entscheiden, daß eine Sinfonie nicht wirklich kommunistisch ist. Ein Violinkonzert kann subversiv sein. Wir leben in einem Tollhaus, Genossen. Und es kann nicht so weitergehen.

Unser Freund hier fragt, ob wir verrückt sind.« Er schwieg einen Moment. »Wenn wir verrückt sind, dann ist die ganze Welt verrückt. Kein Land der Welt, auch wenn es sich in einer noch so ausweglosen Lage befindet, hat jemals freiwillig das sowjetische Modell übernommen. Niemand will es haben. Warum finden wir uns also damit ab?

Ich werde Ihnen sagen, warum, meine Freunde. Aus Angst. Aus Angst vor dem Gulag. Aus Angst vor den Staatsgefängnissen. Aus Angst vor der Ungerechtigkeit unserer Gerichte. Aus Angst vor der Geheimpolizei. Aus Angst vor der Rache des Staats, nicht nur an uns, sondern auch an unseren Familien. Kleine Ängste und große Ängste. Angst, daß unsere Kinder nicht auf die Universität dürfen. Angst, daß unseren Kindern die Karriere verbaut wird, die sie einschlagen möchten.« Wieder machte er eine Pause.

»Muß ich fortfahren? Sind dafür all die Opfer gebracht worden? Die Millionen, die Stalins Säuberungsaktionen zum Opfer fielen? Die zwanzig Millionen Toten des Bürgerkriegs?« Er sah von einem zum anderen. »Wir, meine Freunde, leben in einem Land, in dem kein Ausländer zu leben begehrt. Wir werden von niemandem beneidet, aber von vielen verachtet. Die ganze Welt lacht über unsere Propaganda, selbst wenn sie vor unseren Raketen zittert. Die ganze Welt bedauert unser Volk, dem jede wichtige Freiheit fehlt. Wir sind nicht verrückt, mein Freund, der du diese Frage gestellt hast. Wir wären verrückt, wenn wir bereit wären, weiterzumachen wie seit so langer Zeit.«

Allenthalben wurde zustimmend genickt, aber mehr nicht. Er hatte auch nicht mehr erwartet. Er predigte den Bekehrten. Er war nur der Katalysator, der sie zusammengebracht hatte. Er hatte nur versucht, die Klagen, die Enttäuschungen, die Ängste zu vereinigen, die über ein Jahrzehnt unter der Oberfläche geschlummert hatten.

Wenn er einzeln mit ihnen in ihrer vertrauten Umgebung sprach, redeten sie offen und frei, aber bei einem Treffen wie diesem hier blieben sie still. Die instinktive, schützende Vorsicht, die sie sich während vieler Jahre der Zensur angewöhnt hatten, konnte nicht in wenigen Monaten überwunden werden. Sie würden Zeit und ein paar Zeichen des Erfolgs brauchen, bevor sie frei vor den anderen reden konnten.

»So. Jetzt kommen wir zu unserer Arbeit. Sie haben während der letzten Monate Ihre Gruppen aufgebaut, unter Berücksichtigung der Vorsichtsmaßregeln, die ich in meinen Instruktionen niedergelegt habe, und jetzt ist der Zeitpunkt da, die Maschinerie, die Sie geschaffen haben, auch wirklich zu benutzen.« Er machte eine Pause, um die Worte wirken zu lassen. »Bevor Sie gehen, werde ich mit jedem einzelnen von Ihnen über die Mittel sprechen, die Ihnen zur Verfügung stehen. Sie werden zu keinem Zeitpunkt etwas unternehmen, bevor Sie von mir spezielle Anweisungen erhalten haben.

Noch wichtiger aber als die Aktionen, die Sie unternehmen sollen, ist, daß Sie unsere Ziele verstehen. Diese Ziele haben nichts mit mehr Rubeln in der Lohntüte, mehr Fernsehgeräten und Kühlschränken und volleren Bäuchen zu tun. Wir fordern nicht einmal eine neue politische Partei. Was wir fordern, ist, daß alle Elitegruppen verschwinden und der Mißbrauch der Staatsgesetze dem Volk gegenüber aufhört. Weder Karl Marx noch die sowjetische Verfassung halten solch einen Mißbrauch für nötig. Wir wollen, daß unsere Gesellschaft ein menschliches Gesicht bekommt. Was die Tschechen auch wollten, bevor unsere Panzer durch ihre Straßen rollten. Eine Gesellschaft, in der ein Mensch sagen kann, was er denkt, ohne als Staatsfeind in den Gulag zu müssen. Eine Gesellschaft, in der die Gerichte das Gesetz gemäß dem Gesetz verwalten und sich nicht nach der Laune irgendeines Affen im Kreml richten. Eine Gesellschaft, in der Urteile und Gefängnisstrafen nicht darauf abzielen, den Lebensmut eines Menschen zu brechen oder ihn so lange auszuhungern, bis er sich unterwirft.

Außerhalb der Sowjetunion werden diese Dinge nicht als große Zugeständnisse betrachtet, sondern als jedem zustehende Rechte. Um diese Veränderungen zu wollen, müssen wir keine Kapitalisten werden. Der wahre Kommunismus wird damit fertig. Wir leben in einem Gefängnis, Genossen. Es ist Zeit, auszubrechen.«

Er sah sich in der Gruppe um und nickte einem der Männer zu. »Georgi. Mit Ihnen spreche ich zuerst. Den anderen hat Josef noch einiges zu sagen, und er hat auch die Landkarten und Kompasse, die wir Ihnen versprochen haben.«

Er erhob sich und ging, gefolgt von dem anderen Mann, in den kleinen Raum, der am Ende der Baracke abgeteilt war.

Der Mann, der Andrews in Dulles International erwartete, war etwa im gleichen Alter, aber größer und sonnengebräunt, und seine Augen wirkten, als seien sie an weit entfernte Horizonte gewöhnt. Er streckte die Hand aus.

»O'Malley. Ich freue mich, Sie zu sehen. Ich bin mit dem Wagen da. Wie fühlen Sie sich?«

»Bevor ich jemanden treffe, würde ich gern ein Bad nehmen und mich rasieren, wenn das möglich ist.«

»Klar. Sie wohnen ein paar Nächte bei mir. Wir bringen Sie schon unter, keine Angst. Sie sind ein ziemlich ungewöhnlicher Gast.«

Andrews lächelte. »Wieso?«

»Vom Pentagon und von der CIA willkommen geheißen zu werden, das ist sehr ungewöhnlich, glauben Sie mir.«

»Wozu gehören Sie?«

»CIA. Ich fahre Sie überall hin und bin Ihnen behilflich, so gut ich kann. Haben sich die Jungs von der Navy gut um Sie gekümmert?«

»Ja.«

»Hier ist der Wagen. Steigen Sie ein, die Tür ist offen.«

O'Malley versuchte, die Konversation in Gang zu halten, während sie die Hauptstraße hinunterfuhren, aber es funktionierte nicht so recht. Sein Gast war nicht besonders gesprächig und schien sich weder für den Washingtoner Klatsch zu interessieren noch beantwortete er selbst die allgemeinsten Fragen nach seinen persönlichen Lebensumständen. Langley würde von diesem Mann, den sie allmählich als eine Art Helden betrachteten, sehr enttäuscht sein. Er sah weder so aus noch hörte er sich so an. Vielleicht brachte es Grace fertig, ihn aus der Reserve zu locken.

»Waren Sie schon einmal in Washington, Mr. Andrews?«

»Nein. Leider nicht.«

»Waren Sie sonstwo in den Vereinigten Staaten?«

»Nur ein einziger Besuch. Vor ein paar Jahren.«

»Hat es Ihnen gefallen?«

»Es war kein Besuch zum Vergnügen.«

O'Malley gab den ungleichen Kampf auf und konzentrierte sich aufs Fahren. Sein Passagier schaute nicht einmal zum Fenster hinaus. Er saß nur mit geschlossenen Augen da. Vielleicht war der Junge ja nur müde. Zwei Tage in einem US-U-Boot, drei Tage auf einem Flugzeugträger und dann noch der Flug zum Marineflugplatz, bevor er nach Washington kam, das konnte jeden erschöpfen.

Von einem Amerikaner konnte man kaum erwarten, daß er bemerkte, daß sein Gast halbverhungert war, erschöpft von dem ständigen Unterwegssein, von der seit Monaten allein getragenen Verantwortung und gehetzt von der Angst, alles, was er tue, könne möglicherweise sinnlos oder schlimmeres sein.

Eine Stunde später öffnete Andrews die Augen, als sie gerade langsam an einer Reihe von Läden und Häusern vorbeifuhren, die ebensogut hätten in Paris stehen können. Der Wagen hielt vor einem Antiquitätengeschäft, das auf Porzellan spezialisiert zu sein schien.

»Unsere Wohnung ist ganz oben. Gehen wir rauf.«

Die Frau, die die Tür öffnete, war viel jünger als O'Malley. Sie sah gut aus, hatte schwarzes Haar, hohe slawische Backenknochen und einen großen, sinnlichen Mund. Lächelnd streckte sie Andrews die Hand entgegen. »Mein Gott, sehen Sie aber müde aus! Sie nehmen erst mal ein warmes Bad und schlafen ein bißchen, bevor ihr mit der Arbeit anfangt. Ich zeige Ihnen Ihr Zimmer.«

Es war ein heller, luftiger Raum. Die Chintzvorhänge an den offenen Fenstern flatterten träge im Wind. Die Frau sah Andrews an.

»Wo sind Ihre Sachen?«

Ohne nachzudenken, holte er ein Rasiermesser und einen alten Rasierpinsel aus seiner Jackentasche. Einen Moment lang schaute sie ihm ins Gesicht, dann meinte sie ruhig: »Nehmen Sie das Bad später. Schlafen Sie jetzt lieber. Ich halte Ihnen die Wölfe vom Leib.«

Er nickte und begann, seine Jacke auszuziehen. Einen Moment lang war sie versucht, ihm zu helfen, dann aber drehte sie sich um, ging aus dem Zimmer und schloß leise die Tür.

Ein Stockwerk tiefer hatte ihr Mann sich einen Whisky eingegossen.

»Geht's ihm gut, Schatz?«

»Du mußt den Verstand verloren haben, wenn du das glaubst.«

»Wieso? Was meinst du damit?«

»Der Mann ist krank! Er braucht einen Arzt. Ruf Gibbons an, er soll gleich rüberkommen.«

»Warten wir doch, bis er geschlafen hat.«

»Auf keinen Fall. Nicht, wenn du ihn nicht aufwecken willst, Liebling. Er stirbt bei dir, wen er nicht behandelt wird.«

Eine Stunde später kam Dr. Francis Gibbon ins Wohnzimmer, stellte seine Arzttasche auf den Boden und bat um einen Drink.

»Erzähl mir was über ihn, Charlie. Ich habe nichts aus ihm rausbekommen.«

»Ist er ernsthaft krank, Frankie?«

»Er ist halb verhungert, physisch und psychisch erschöpft, aber in ein paar Tagen ist er wieder in Ordnung.« Gibbons sah Grace O'Malley zärtlich an. »Sie haben ein bißchen übertrieben, meine Liebe, aber es war gut, daß Sie mich geholt haben. Auf dem Tisch in seinem Zimmer finden Sie ein paar Anweisungen und vier Pillenfläschchen. Ich habe ihm eine hohe Vitamindosis gegeben und etwas für seine überreizten Nerven. Aber in zwei Tagen geht's ihm wieder gut. Ein zäher Bursche. Ich würde sagen, er ist an Strapazen gewöhnt und hat eine Konstitution wie ein Gorilla. Wer ist er?«

O'Malley zuckte die Achseln. »Fragen Sie nicht danach, Doc. Aber vielen Dank für die rasche Hilfe. Wir passen gut auf ihn auf.«

Präsident Wheeler legte großen Wert auf seine Wochenenden in Texas. Mindestens einmal im Monat flog er hin, und selbst wenn er erst am Samstag in den frühen Morgenstunden ankam, fand er, daß es sich lohnte. Er schwor darauf, daß ihm die texanische Luft guttat und fand es absolut nicht lustig, wenn jemand stichelte, daß das einzig Besondere an der texanischen Luft nur der Staub und der Gestank nach Rohöl sei.

Gleich nach der Landung von Air Force One hatte ihn der Helikopter herübergebracht, und Wheeler war in liebenswürdiger Laune. Er hatte den Umständen ein Schnippchen geschlagen. Es war heller Nachmittag und immer noch Freitag.

Er trug den sorgsam plazierten Klappstuhl aus dem lauschigen Schatten in die Sonne. Wheeler hatte das Hemd ausgezogen und trug nur gut geschnittene Hosen und offene Ledersandalen. Die zusätzliche Zeit hatte er sich auf Kosten einer letzten geschäftlichen Sitzung mit dem Außenminister erkauft. Geschäftliches in der Sonne zu erledigen und ohne Hemd, entsprach seiner Vorstellung davon, wie man Geschäftliches immer erledigen sollte.

»Also erzählen Sie mal, Joe. Nützt er uns etwas?«

»Sogar mehr als das, Mr. President. Er ist genau das, was wir brauchen.«

»In welcher Hinsicht?«

»Er ist nicht politisch. Er ist der anerkannte Führer der Guerilleros. Keine Rivalen. Keine Opposition, und er macht, daß die Sache funktioniert. Unsere Leute in Europa schätzen ihn sehr. Er hat Erfahrung, er weiß genau, was er tut, und er hat viel Mut und Ausdauer.«

»Hört sich nicht so gut an, Joe.«

»Warum denn nicht, Mr. President?«

»Was passiert, wenn die Russen ihn kriegen? Was passiert, wenn er umgebracht wird?«

»Er hat sich bereit erklärt, einen Amerikaner zum stellvertretenden Kommandeur zu machen, wenn wir ihm mehr Mittel zur Verfügung stellen und er aus Washington und Amsterdam mehr Unterstützung erhält.«

»Was hält Bob Klein von ihm?«

»Total mit ihm einverstanden. Keine Zweifel. Keinerlei Vorbehalte.«

»Und jetzt wollen Sie, daß ich mit ihm spreche?«

»Wenn Sie die Zeit erübrigen können, Mr. President.«

»Ist er hier?«

»Ja, Bob Klein hat ihn bei O'Malley untergebracht, dem Mann, dem wir als stellvertretenden Kommandanten zugestimmt haben.«

»Ist O'Malley für das Pentagon tragbar? Das ist keine reine CIA-Angelegenheit, wissen Sie.«

»Ja. Sie sind einverstanden. Es gab einiges Hin und Her über sein Alter.« Brodsky lächelte. »Sie konnten nicht offen darüber sprechen, weil er vier Jahre jünger ist als Andrews, der Engländer.«

Wheeler grinste. »Und wahrscheinlich fünfzehn Jahre jünger als ich.«

»Oder als ich, wenn wir schon dabei sind.«

»Und unseren anderen Trumpf haben Sie nicht erwähnt?«

»Nein.«

»Nicht einmal ein Wink?«

»Kein einziges Wort.«

»Lassen wir es dabei.«

»Ja, Mr. President.«

»Noch etwas?«

»Nein, Sir.«

»Bringen Sie Ihre Leute um sechs Uhr zu einem Imbiß hier heraus.«

Brodsky übernahm die Vorstellung, Wheeler versuchte, Andrews nicht anzustarren, aber er war neugierig auf diesen Mann, für den alle nur Lob übrig hatten. Es waren die Augen des Mannes, die ihn am meisten fesselten: hellbraun, fast gelb, wie die Augen eines Raubvogels. Wachsam, lebhaft und merkwürdig beunruhigend. Jetzt im Moment war der Mann relativ entspannt, aber Wheeler fragte sich, wie diese Augen aussehen mochten, wenn er zornig war.

»Bedienen Sie sich, Mr. Andrews, keine Umstände.«

»Danke, Sir.«

»Was hat Sie veranlaßt, Ihren Kampf zu beginnen, Mr. Andrews?«

»Ich hatte ihn bereits ziemlich lange geplant, bevor die Russen kamen.«

Wheeler lächelte. »Sie müssen ja eine ziemlich gute Kristallkugel gehabt haben, um das alles vorauszusehen. So etwas könnten wir auch gut brauchen.«

Andrews lächelte. »Ich habe nicht diese speziellen Ereignisse vorausgesehen. Ich rechnete damit, daß entweder die extreme Rechte oder die extreme Linke einen Bürgerkrieg entfachen würden, und hatte Pläne, dies, wenn möglich, zu verhindern.«

»Haben Ihnen meine Leute wunschgemäß geholfen?«

»Ja, Sir, danke. Sie haben mich in jeder Weise unterstützt. Selbstlos und wirkungsvoll.«

»Und es macht Ihnen nichts aus, wenn Mr. O'Malley Sie begleitet?«

»Ich begrüße es sogar.«

»Sie wurden über unsere Pläne in Europa informiert?«

»Ja, Sir.«

»Glauben Sie, daß es funktionieren wird?«

»Es *muß* funktionieren, Sir. Es gibt keine andere Möglichkeit.«

»Und Sie streben als Resultat an, daß die Russen hinter ihre Grenzen zurückgehen?«

»Nicht durch das, was wir tun.«

»Was wird also passieren?«

»Europa hat durch die Besetzung Großbritanniens seine Lektion gelernt. All jene Mottos wie ›lieber rot als tot‹ hat man jetzt aufgegeben. All die rosigen Träume vom Kommunismus sind in Birmingham und London gestorben. In Europa gibt es jetzt keine Illusionen mehr über die Sowjetunion. Aber unsere Anstrengungen werden sie nicht zurückdrängen. Was sie bewirken werden, ist, den Weg dafür zu ebnen, und wenn Europa gemeinsam mit den USA sagt ›geht in eure eigenen Grenzen zurück und bleibt dort‹, dann werden sie gehen.«

»Gibt es irgendwelche Politiker in Ihrer Familie, Mr. Andrews?«

»Keinen einzigen, Sir. Gott sei Dank.«

»Warum ›Gott sei Dank‹?«

»In Großbritannien wird niemand mehr jemals Politikern trauen. Sie haben uns ins Chaos abdriften lassen. Sie waren nur an der Macht interessiert. Nicht daran, das Land weise und stark zu regieren, sondern nur an Macht für die jeweilige Klasse oder Gruppe, die sie unterstützte. Das Unterhaus war zur Farce geworden: Lügner und Heuchler.«

»Keine ehrlichen Männer?«

»Ein ehrlicher Mann hätte nicht fürs Parlament kandidiert. Und wenn er es doch getan hätte, wäre er niemals gewählt worden.« Er machte eine Pause. »Wissen Sie, Sir, mir haben Hunderte von Leuten, alle Arten von Leuten, gesagt, wie herrlich sie es fänden, nicht mehr diese aalglatten Gesichter im Fernsehen zu sehen. Die Gewerkschaftsführer und ihre internen Rivalen, die Politiker, die Industriemagnate, die alle ihre Lügen von sich gaben, die alle wußten, daß es Lügen waren, und sich sogar darüber klar waren, daß auch die Öffentlichkeit es wußte, und sich trotzdem einen Dreck drum scherten.«

»Was wollen Sie also statt dessen? Wer soll regieren, wenn nicht Politiker – die Streitkräfte?«

»Nein. Eine Gruppe von Leuten, ein Forum, vielleicht zwanzig Männer und Frauen, die keine egoistischen Ziele verfolgen. Sie werden das Land regieren, wobei ihre Entscheidungen auf einer geschriebenen Verfassung beruhen.«

Wheeler lächelte gezwungen. »Vielleicht können wir Ihnen da helfen. Ich habe schon oft das Bedürfnis gehabt, an unserer Verfassung etwas zu verbessern.« Er erhob sich und wandte sich an Klein. »Du wirst dich um Mr. Andrews kümmern, Bob.« Er drehte sich zu Andrews um und streckte die Hand aus. »Ich bin froh, daß Sie Zeit hatten, hierherzukommen. Ich wünsche Ihnen viel Glück, und wenn Probleme auftauchen, die nicht zu lösen sind, dann können Sie mich anrufen, persönlich und direkt. Bob Klein wird Ihnen sagen, wie das geht.«

Als Wheeler später am Abend mit Brodsky auf dem Rasen stand und auf den Helikopter wartete, fragte er ihn beiläufig: »Welchen Eindruck hatten Sie von Andrews?«

»Ich denke, er wird seine Sache großartig machen. Wir könnten viele wie ihn brauchen.«

»Ich bin mir nicht so sicher, Joe. Ich bin mir nicht so sicher. Was tut ein Bursche wie er, wenn alles glattgeht? Wenn es keine großen Ziele mehr gibt? Nur harte Arbeit und Vergnügen?«

»Wahrscheinlich züchtet er Rosen, Mr. President.«

Wheeler sah nicht sehr überzeugt aus. »Es wird ein langes, langes Tauziehen geben, Joe. Und es muß funktionieren. Bei Gott, es muß funktionieren. Vor allem in Großbritannien. Ich bringe uns wieder hinter die Palisade zurück, und dem Land gefällt es. Denen, die die Tatsachen des Lebens nicht kennen. Sie werden kein gutes Haar an mir lassen, wenn wir da in Europa hineingezogen werden und dann mit genau dem alten Szenario daherkommen, von dem wir behauptet hatten, wir würden nicht mehr mitmachen.«

Brodsky war klar, daß Wheeler den Preis kannte. Genausogut wie er selbst ihn kannte.

»Ich nehme an, es gibt zwei Preise, Mr. President. Beide ins selbe Papier eingewickelt. Als Sie den Leuten sagten, daß wir genug hätten, war es der richtige Zeitpunkt und die richtige Stimmung. Sie sagten genau, was die Leute hören wollten. In diesem Moment hätte der Versuch, die Kosten dieser Politik zu berechnen, keinerlei Chancen gehabt. Aber vom Standpunkt der Administration aus *müssen* wir die Kosten berechnen. Die Bauern, Handel und Industrie, die Banken, die Gewerkschaften und sogar die Künste sind sich bereits jetzt bewußt, daß Isolation Jobs und Dollars kostet. Sie haben sich nicht beklagt – bis jetzt. Aber in zwei Jahren werden die Probleme größer. Wir brauchen den Handel, Mr. President, und das ist der Hauptpreis.«

»Und der andere?«

Brodsky seufzte tief, bevor er weitersprach. »Ich nehme an, wir bleiben nicht hinter den Palisaden, Mr. President. Jedenfalls nicht andauernd. Der zweite Teil unserer Belohnung ist die Chance, wieder Amerikaner sein zu können.« Er lächelte matt und sagte leise: »Wir hatten Zeit nachzudenken. Zeit, Luft zu holen. Wir haben dem Rest der Welt ein paar Lektionen erteilt, besonders den Europäern. Und wir haben auch uns selbst ein paar Lektionen erteilt.«

»Welche Lektionen, Joe?«

»Daß wir nicht hinter die Palisaden gehören, Mr. President.«

Wheeler holte tief Atem und schaute zum Helikopter hinüber. »Sie rufen nach Ihnen, Joe. Grüßen Sie Ihre Familie von mir. Schönes Wochenende!«

»Ihnen auch, Mr. President.«

Das Verdeck des MG war zurückgeschlagen, und Sawalew saß da und las den Abschnitt, den sie angestrichen hatte. Nachdem er ihn einige Male gelesen hatte, sah er sie an und schüttelte den Kopf.

»Ich verstehe es nicht. Was soll das bedeuten?«

»Es geht darin um dich und mich, mein Lieber.«

»Aber warum behaupten die, wir würden über Uganda reden? Ich bin nie dort gewesen, ich war überhaupt noch nicht in Afrika.«

»Das ist eine scherzhafte Umschreibung dessen, daß du mit mir schläfst.«

Wieder sah er auf den Artikel und las ihn langsam vor.

»In der Moskauer Elite erzählt man sich, daß der arrogante Lew Sawalew mit einer Angehörigen *unserer* früheren Elite, der Ehrenwerten Daphne Mather, tief in Diskussionen über ugandische Angelegenheiten verstrickt ist. Es heißt, ›Daffers‹ sei früher ugandische

Beraterin einer langen Reihe von Schürzenjägern gewesen, bevor sie dem öligen Charme der sowjetischen Number Two in der schönen Baker Street erlag, wo Holywell Mansions das neueste sowjetische Liebesnest ist.« Stirnrunzelnd sah er sie an. »Wo hast du das gekauft?«

»Das kauft man nicht, Schatz. Es geht von einer Hand zur anderen. Wie eure *Samisdat* in Moskau.«

»Woher hast du es? Wer hat es dir gegeben?«

»O Lew, Liebling! Was soll ich dir sagen?«

»Die Wahrheit.«

»Gut. Ich habe es in der Damentoilette in Victoria Station gefunden.« Sie lachte, als sie sein Gesicht sah. »Lächle doch, Lew. Es ist lustig. Es ist doch nur *Private Eye*. Was da drinsteht, glaubt sowieso niemand. Es ist alles falsch. Aber es macht Spaß, drin zu lesen.«

»Vielleicht sollten wir uns eine oder zwei Wochen nicht mehr sehen.«

»Gute Idee, mein Lieber. Dein Freund Barakow versucht schon seit Wochen, mir nachzustellen. Er sagt, er habe genug davon, daß man für alles Gutscheine braucht.«

»Du meinst Leonid Barakow?«

»Natürlich.«

»Er will mit dir schlafen?«

»Warum nicht? Freie Liebe und so.«

Sawalew schüttelte verblüfft und angewidert den Kopf.

»Weißt du, irgendwas an London korrumpiert die Menschen.«

»Natürlich. Deshalb kamen sie früher auch von überall hierher. Und jetzt bist du dran. Entspann dich und genieße es.«

Sawalew lächelte gezwungen. Sogar sein *Private Eye*-Image zog er dem eines Tölpels vor. Er fragte sich, ob Smetana *Private Eye* jemals zu Gesicht bekommen hatte. Smetanas Mädchen war eine Russin, vom KGB ausgesucht. Wöchentliche medizinische Untersuchung, sehr hübsch und kostete nicht eine *Kopeke*. Vielleicht war das der sicherere Weg. Diese alten Burschen im Politbüro waren nicht immer so dumm, wie sie aussahen. Er nahm sich vor, Uganda einmal auf der Karte nachzusehen.

Er fuhr sie in die Stadt zurück und lud sie im neu eröffneten *Aragwi* in der Sloane Street zum Essen ein. Dieses Restaurant entsprach genau dem Original in der Moskauer Ulitsa Gorkowo. Es wurden die gleichen georgischen Gerichte serviert – *khartscho* und Lammbraten und auf heißen Steinen gekochtes Huhn. Das Mädchen langte herzhaft zu, und Sawalew fand es merkwürdig, daß nur die Oberschicht sich für das russische Essen erwärmen konnte. Die übrige Bevölkerung blieb immer noch eisern bei den gräßlichen Pommes frites.

Als der Kaffee gebracht wurde, hatte Sawalew sich besänftigt. »Das mit diesem Zeitschriftenartikel tut mir sehr leid. Es muß peinlich für dich sein.«

»Für mich nicht, Liebling. Aber Papa lief Amok.«

»Vielleicht sollte ich ihm das mit uns erklären.«

»Mein Gott, nein! Er weiß alles über uns. Aber irgend so ein Idiot hat ihm an seinem Auto die Scheiben eingeschlagen. Hielt es für meins.«

»Ich werde sie ihm reparieren lassen.«

Sie lächelte. »Mach dir keine Sorgen, das ist schon geschehen. Dein Freund Barakow hat sie repariert. Er hat was von einem Arschkriecher. Denkt, wenn er Papa eine Freude macht, kommt er leichter an mich ran.«

In der Geschichte aller Besatzungsmächte gibt es Phasen, in denen die Probleme mehr familiärer, privater Natur sind, und dies war eine dieser Phasen. An diesem Abend fühlte sich Sawalew verärgert und enttäuscht, aber es standen ihm nicht mehr viele Tage bevor, an denen sein Leben so ruhig verlief.

Kapitel 18

So weit das Auge reichte, erstreckte sich im Westen das üppige grüne Weideland, während in nördlicher Richtung die lange, schneebedeckte Reihe der Celestial Mountains lag. Das Gras war von ungewöhnlich sattem Grün und der blasse, blaugrüne Himmel beinahe wolkenlos.

Der Mann auf dem zottigen, grauen Pony ließ die langen Beine locker herunterhängen. Seine Stiefel waren kaum einen Meter vom Boden entfernt. Nachlässig hatte er sich den rauhen weißen Schaffellmantel umgeworfen. Direkt vor ihm ritt auf einem zweiten Pony ein kleinerer Mann, der den Kopf gesenkt hatte, weil trotz des Sonnenscheins ein scharfer Wind blies. Jahrhundertelang war das lange breite Tal eine der wichtigsten Verbindungen der Seidenstraße gewesen, jetzt aber führte es nach Urumtschi, der Hauptstadt von Chinas größter autonomen Provinz Sinkiang. Sechs Stunden später waren sie in der Stadt, die einst Dihua geheißen hatte – Stadt der Erleuchtung. Es war eine merkwürdige Stadt, ohne jede Schönheit, ohne Stil oder Würde. Kein einziges Gebäude hatte irgendwelchen architektonischen Wert. Unter der Regierung der chinesischen Kommunisten hatte sie jetzt einen Volkspark mit einem Teich, ein oder zwei Brücken und ein paar Pavillons im traditionellen Stil aufzuweisen. Innerhalb der strengen Grenzen lebten eine halbe Million Menschen, die dreizehn verschiedenen Nationalitäten angehörten. Die meisten waren Uiguren türkischer Herkunft. Urumtschi, das einst für die Herstellung von Musikinstrumenten und Teppichen berühmt gewesen war, erschien jetzt in Fünfjahresplänen als Produzent von Eisen und Stahl, Traktoren und Chemikalien, Kohle und Erdöl. Es hätte ohne aufzufallen zu Birminghams Black Country um die Jahrhundertwende oder einem der außerhalb Pittsburghs gelegenen Bergbaugebiete gehören können. Wenn man wenigstens irgendeine Empfehlung für die Stadt finden wollte, so konnte man sagen, daß ihre kernlosen Trauben süß schmeckten und ihr Ginseng in Chinas Hauptstad Beijing, im Westen Peking genannt, guten Absatz fand.

In dieser Nacht schliefen die beiden Männer unter ungetrimmten Fuchsfellen im Hinterzimmer eines Second-Hand-Teppichladens. Der kleinere der beiden Männer hatte ein Lamm-Kebab gegessen, der größere Mann aß nichts und trank nichts.

Kurz nach Tagesanbruch ritten sie am nächsten Morgen aus der Stadt, und am Nachmittag erreichten sie das erste der flachen Rundzelte, die ›Jurten‹ genannt werden, und die dort angebundenen Pferdeherden. In einem der größeren Zelte aßen und schliefen sie an diesem Abend.

Der Mann, mit dem sie aßen, trug die blaue Jacke und Hose, die zur traditionell bescheidenen Uniform hoher Beamter der Volksrepublik China geworden waren. Es war ein mehrgängiges Mahl, das über vier Stunden dauerte. Auf gedünstete Fleischklößchen folgten nach und nach, unter sorgfältiger Beachtung des Protokolls, Curry-Huhn, scharf gewürztes Rindfleisch, gedünstetes Kaninchen mit einer Farce aus schwarzen Bohnen, Eierkremwürfel und Tomaten, klare Fleischbrühe, weißer Reis und schließlich frische Wassermelonen.

Der Mann aus Beijing hörte dem größeren der beiden anderen Männer zu. Zwar stellte er hin und wieder eine Frage, schaute die beiden Männer, die ihm im Zelt gegenüber saßen, jedoch kein einziges Mal an. Er hieß Hsin Tschi und gehörte zu jenen sieben Personen, die nach Maos Tod ein Jahr lang darüber beraten hatten, ob die Partei weiterhin darauf bestehen solle, daß Mao unfehlbar gewesen sei. Und es war fünf Jahre her, daß ihre übereinstimmende

Ansicht, er *sei* es gewesen, öffentlich bekanntgegeben worden war. Die Instruktionen, die er zwei Tage vor dem Treffen auf dem Gestüt vom Parteivorsitzenden erhalten hatte, machten klar, daß seine Mission der vorletzte Schritt in einer Kette von Entscheidungen war, die die Rolle seines Landes in der Welt für die nächsten hundert Jahre festlegen konnten.

Die Fragen, die er während des Essens stellte, schienen sich manchmal vom Thema ihrer Beratung zu entfernen. Es waren einfache, bedeutungslose Fragen, wie sie etwa ein Bauer hätte stellen können, der mit einem Händler aus der Stadt über seine Waren feilscht. Aber das Gesicht des großen Mannes blieb völlig unbewegt, als er die Fragen sorgfältig und ausführlich beantwortete. An diese Art Fragen war er aus seinem eigenen Land gewöhnt.

Es war schon nach Mitternacht, als in dem verrauchten Zelt Hsin Tschi dem großen Mann ins Gesicht sah. Er tat das sehr lange und dann nickte er. Dieses Nicken bedeutete seine Zustimmung, seine Zusage, und war seine einzige Äußerung. Es gab keine Dokumente, keine Unterschriften, keinen Händedruck. Aber der große Mann holte aus seiner Satteltasche ein kleines Päckchen und reichte es Hsin Tschi. Der packte es aus und hielt eine kleine goldene Scheibe mit zwei eingravierten chinesischen *pin yin*-Zeichen in der Hand. Eines für die Zahl zehn und eines für das Wort ›Monat‹. Prompt holte auch Hsin Tschi einen kleinen, in Seide gewickelten Gegenstand aus seiner Jackentasche und reichte ihn dem großen Mann. Es war ein unregelmäßig geformtes Stück weißer Nephrit-Jade mit kyrillischen Schriftzeichen, die das Wort *Oktjabr* bildeten.

Hsin Tschi bestieg am nächsten Morgen einen Helicopter, der große dunkelhaarige Mann und sein Begleiter sattelten ihre Ponys und traten die lange Rückreise zur Grenze und zur Sozialistischen Sowjetrepublik Kasachstan an.

Kapitel 19

Wenn man durch eine mit Ziegeln gepflasterte Gasse ging, kam man an einen Hintereingang, der schon seit der Erbauung des Hauses im Jahr 1901 existierte. Es war die linke Hälfte eines Doppelhauses. Die Gasse umsäumten auf beiden Seiten etwa zwei Meter hohe Holzzäune, wobei der rechte Zaun den anderen etwas überragte. An beiden rankte sich leuchtend roter und gelber wilder Wein empor.

In einem der hohen Räume im oberen Stockwerk hatte man das Fenster mit Brettern vernagelt, bis auf eines jener kleinen Gucklöcher, durch die man an Hotelzimmertüren Besucher kontrolliert. Man sah durch diese Linse den Garten hinter dem Haus und eine Kegelbahn, die dem hiesigen Arbeiterverein gehört hatte, bevor ihn ein Club der Roten Armee übernahm.

Joe Langley saß mit drei anderen Männern um einen Tisch, auf dem eine Öldrucklampe stand. Auf dem kahlen Holzfußboden neben dem Tisch lagen drei Waffen. RPG-7Vs. Ihre Projektile lagen auf einem zerschlissenen Stück Teppich beisammen. Zwei der Sprengköpfe waren hochexplosiv, einer war ein hitzegelenktes Geschoß.

Vor Joe Langley befanden sich auf dem Tisch eine Stoppuhr und eine elektronische Armbanduhr. Die Männer mußten erst in einer halben Stunde gehen, aber niemand sagte etwas. Wenn er nichts Spezielles vorzubringen hatte, war Joe Langley kein guter Unterhalter. Und außerdem hatte er fast achtzehn Monate lang einen Großteil seiner Zeit allein verbracht, war von Einheit zu Einheit gefahren, die ihn alle seiner Führereigenschaften, seiner Erfahrung und seines Erfolgs wegen als Führer akzeptierten.

In den Jahren davor, als Langley innerhalb von sechs Monaten drei SAS-Befragungen über sich ergehen lassen mußte, waren es nur Andrews Beurteilung und Einfluß gewesen, die ihn durchgebracht hatten, obwohl Andrews damals nur Leutnant gewesen war. Langley hatte sich auf allen Gebieten ausgezeichnet, nur auf einem nicht: man sagte ihm schlechte Führerqualitäten nach. Und dies trotz der Tatsache, daß bei allen Truppenübungen seine Kompanie immer am besten abschnitt. Sie änderten die Zusammensetzung seiner Kompanie dreimal, falls vielleicht einzelne Kompaniemitglieder für die Erfolge verantwortlich waren. Aber dies hatte an den Resultaten des Mannes, dem sie Führereigenschaften absprachen, nichts geändert. Wenn sie ihm Fragen stellten und versuchten, ihn aus der Reserve zu locken, in seinen Gedanken zu lesen, dann antwortete er nur mit ›ja‹ oder ›nein‹, soweit das genügte. Genügte es aber nicht, dann antwortete er so kurz wie möglich, im Telegrammstil. Die Antwort enthielt immer ausreichende Informationen, aber nicht mehr. Langley war vollkommen aufrichtig, und es wurde offensichtlich, daß seine lakonischen Antworten kein Zeichen von Unehrlichkeit waren, sondern zu seinem Charakter gehörten. Er war ein geborener Führer, aber kein gesprächiger Mensch. Ihm fehlte wirklich jegliche Begabung, Eindruck zu machen. Er wurde nie zum Offizier ernannt, war aber einer der besten Hauptfeldwebel, die der SAS je hatte. Und man muß fairerweise sagen, daß jeder Mann, der beim SAS Hauptfeldwebel wurde, bei einem anderen Regiment Kommandant geworden wäre.

Eine Woche lang war Langley mit dem Fahrrad um das Gebiet herumgefahren, das das Ziel der heutigen Nacht darstellte. Er hatte zeitliche Berechnungen angestellt, Winkel berechnet, Messungen vorgenommen und alles bis ins Detail geplant. Dann hatte er zehn Tage lang den anderen das Terrain gezeigt und ihnen ihre Aufgaben zugewiesen. Wieder und wieder hatten sie im Brookvale Park Übungen veranstaltet, bis Langley sicher war, daß die drei Männer die Operation fast im Schlaf durchführen konnten.

Genau um neun Minuten nach Mitternacht gingen sie leise zu viert durch die Hintergasse. Auf ihre Gesichter und Schultern fiel Tau, als sie die herabhängenden Schlingpflanzen streiften. Weder in den Häusern noch im Freien brannte Licht in der Mere Road. Der Zivilbevölkerung wurde immer noch von abends 22 Uhr bis morgens 5 Uhr der Strom abgeschaltet. Eine Ausnahme machten ländliche Gegenden, wo die Bauern immer schon um 4 Uhr morgens Strom hatten.

Als sie die Anchorage Road überquerten, hörten sie Schreie und sonstigen Lärm, der von betrunkenen Russen im Club verursacht wurde. Am Fuß des Hügels, wo sie auf die Slade Road stießen, befahl Langley den anderen stehenzubleiben und ging allein voran. Manchmal kamen auf der Slade Road motorisierte Patrouillen vorbei, die von der schwer bewachten Spaghetti Junction zum Camp der Roten Armee in Witton Lakes fuhren. Aber da sie mit aufgeblendeten Scheinwerfern und Suchscheinwerfern die Straße entlangratterten, sah man sie aus fast einem Kilometer Entfernung in beide Richtungen. Wie Langley erwartet hatte, war die Slade Road leer. Ein paar Sekunden lang spähte er über die Straße zu den Silhouetten der furchteinflößenden roten Backsteingebäude hinüber, die am Fuß des Hügels lagen. Früher hatte man sie wahrheitsgemäß, aber verächtlich, »Arbeitshaus« genannt. Jetzt hießen sie, euphemistischer, Highcroft Hospital. Tatsächlich waren sie das administrative und fernmeldetechnische Hauptquartier des Ersten Garderegiments der Roten Armee, das erst vor kurzem von seinem regulären Hauptquartier in Dresden, Ostdeutschland, hierhergekommen war.

Langley kehrte zu den anderen zurück und führte sie an der Häuserreihe vorbei, die dem Gelände des früheren Armenhauses gegenüberlag. Geduckt überquerten sie die Slade Road und bogen in die Fentham Road ein.

Die Fentham Road liegt an einem steilen Hang. Die Häuser und Grundstücke liegen alle links unterhalb des Bergkamms. Um die Grundstücke und die Terrassenhäuser auf der anderen Straßenseite verliefen hohe Eisengitter und Ligusterhecken. Vorsichtig schlichen die vier Männer an den Häusern entlang. Langley drückte den Leuchtknopf seiner Uhr, und die Digitalanzeige leuchtete auf. Es waren noch zwei Minuten und fünfzehn Sekunden.

Exakt zur vereinbarten Zeit ging im vorderen Erdgeschoßfenster des am weitesten entfernten Hauses ein Licht rasch an und aus. Langley drückte den Arm des ersten Mannes, der gehen mußte. Als alle drei in der Dunkelheit verschwunden waren, ging Langley langsam auf jenes Haus zu. Er betrat einen Durchgang zwischen den beiden Häusern, der zu dem draußen gelegenen Kohlenschuppen und einem gemeinschaftlichen Hinterhof führte. Leise und langsam schob er die vier Fahrräder durch den Durchgang vor das Haus, wo er sie gegen die niedrige Backstein-Gartenmauer lehnte. Alle in der Richtung, aus der die Männer gekommen waren. Schließlich hob er die gußeiserne Platte von der Einstiegsöffnung, die zum Hauptkanal führte, und hielt sie mit Hilfe eines Holzklotzes offen.

Die erste Rakete traf das Haupt-Fernmeldegebäude, als Langley zur Vorderseite des Hauses zurückkam. Er spürte die Erde beben, und nach einem Moment der Stille sah er eine riesige orangefarbene Flamme aufschießen, die sich langsam entfaltete, wie eine Blume in einem Zeitlupenfilm. Dann sah Langley das plötzliche Aufglühen des Treibsatzes der zweiten Rakete, und das hitzegelenkte Geschoß steuerte sie auf die Hitze des Feuers zu. Man sah in dem Flammenmeer die schwarzen Umrisse in die Luft geschleuderter Gebäudeteile. Das dritte Geschoß sollte mit einer Verzögerung von einer Minute einschlagen. Es würde den Wagenpark treffen und gleichzeitig den Helicopter, die Panzerfahrzeuge und die Truppen, die zu den Lastwagen rannten, um die Verfolgung aufzunehmen. Dann gingen mit einem furchtbaren Getöse Tausende Liter Benzin und Dieselöl in Flammen auf, als die dritte Rakete traf.

Die beiden ersten Männer kamen zusammen zurück. Sie keuchten, von ihren schwarzgefärbten Gesichtern sah man nur die Augen. Als der dritte Mann ihm seinen Raketenwerfer gegeben hatte, wickelte Langley alle drei in Plastikhüllen und versenkte sie in der Kanalisation. Dann entfernte er den Holzklotz und schloß den Deckel.

Sieben Minuten später waren sie wieder in dem Haus in der Mere Road, ohne daß sie ein Zeichen von Verfolgung bemerkt hatten. Die Fahrräder hatten sie im Gartenschuppen des leerstehenden Nachbarhauses untergebracht. Dann kletterten sie an dem Seil zum Dachboden hinauf und schlossen hinter sich die Falltür. Der Dachboden war sauber und ordentlich. Der Fußboden war isoliert und mit Brettern belegt, die wiederum mit einer fünf Zentimeter dicken Teppichunterlage aus Schaumgummi bedeckt waren. Die Einrichtung war hell und modern. Auf einem Regal aus Spanplatten standen ein Funkgerät, zwei 12-Volt-Autobatterien, ein Kleinlader und zehn CB-Handfunkgeräte aufgereiht. In der Ecke stand ein großer Kühlschrank, daneben ein kleiner Tisch mit einem Toaster und einer elektrischen Kochplatte. Geschirr befand sich auf Regalen über dem Tisch, und auf dem untersten Brett eines Bücherregals stand ein Mini-Fernseher mit ausgezogener Antenne. Außer technischen Handbüchern, Landkarten und Reiseführern gab es nur wenige Bücher.

Langley übernahm die ersten vier Stunden der Wache, aber keines der Lichtsignale oder Mikrophone signalisierte, daß jemand das Haus betreten hätte.

Der erste Beitrag der Abendnachrichten im Fernsehen zeigte Präsident Orlow bei der Eröffnung eines neuen Wasserkraftwerks in Sibirien, der zweite betraf ein Fußballspiel zwischen Dynamo Tiflis und einem Team der Roten Armee. Der dritte Beitrag folgte dem Beauftragten Smetana auf einem Rundgang durch eine wiedereröffnete Textilfabrik in Bradford, die gerade einen Fünf-Jahres-Auftrag zur Lieferung von Rote-Armee-Uniformen erhalten hatte. Die Kurzbeiträge betrafen einen Sowjetveteranen und das neugeborene Panda-Baby im Londoner Zoo, eine Gruppe von Arbeitern aus Clydeside, die Lenins Grab auf dem Roten Platz besuchte, und dann kam noch ein kurzer Ausschnitt aus einer Probe des Bolschoi-Balletts für eine Vorstellung in Manchester.

Es wurde weder der Sabotageakt in Birmingham erwähnt noch die anderen Operationen dieser Art, die in Glasgow, Portsmouth und Chatham stattgefunden hatten.

Indem er so viele seiner besten Männer gleichzeitig auf so viele Ziele verteilte, war Andrews ein Risiko eingegangen, aber er hatte O'Malley erklärt, daß es im Ausland einen enormen Propagandaeffekt haben würde, wenn man sah, wie umfassend der britische Widerstand geworden war.

Präsident Wheeler besaß eine Vorliebe für heiße Schokolade, die seine Frau verzweifelt zu verheimlichen versucht hatte, als sie nach Washington gezogen waren. Wer ihn mochte, bezeichnete diese Vorliebe als zwar vulgär, aber tolerierbar, und wer ihn nicht mochte, betrachtete sie entweder als Beweis für seinen infantilen Charakter oder als List. Teil seines Vom-Tellerwäscher-zum-Millionär-Images, das er sich gern zulegte. Genaugenommen trafen beide Ansichten zu. Er mochte heiße Schokolade wirklich sehr gern und hatte unerschütterliche Kenneransichten über ihre richtige Zubereitung, und er scherte sich einen Dreck darum, ob das vulgär war oder nicht. Und es *gehörte* zu seinem Image, daß er nicht allzuviel darum gab, was die Medien oder Washingtons Hausfrauen von heißer Schokolade hielten, oder von dem Problem, in Georgetown Hausangestellte zu finden. Seine mittlere Tochter hatte einmal zu ihm gesagt, er sei ein für allemal ›non-Preppy‹, und als sie ihm erklärt hatte, was das bedeutet, hatte er ihr einen Klaps auf ihr hübsches Hinterteil gegeben und gemeint: »Sag das nur weiterhin von mir, Süße. Ich finde das herrlich.«

Als Joe Brodsky die große verchromte Thermoskanne mit der Aufschrift »Schokolade« sah, vermutete er, daß es eine sehr lange Sitzung werden würde. Sich selbst goß er einen puren Whisky ein und lehnte sich in seinem Sessel zurück. In diesem Moment ging die Tür auf, und ein Mann sprach in scharfem Ton zu jemandem im Korridor draußen. Als der Mann endlich die Tür schloß und ins Zimmer trat, entschuldigte er sich.

»Verzeihen Sie, Mr. President, auf der Brücke stand quer über der Autobahn ein Lastwagen.«

Wheeler nickte ohne Kommentar. »Setzen Sie sich, Bob. Sollen wir es ganz formell machen oder können wir ungezwungen reden?«

»Wie Sie wünschen, Mr. President.«

»Sie haben den CIA-Bericht über die Situation in der Sowjetunion gelesen?«

»Ja.« Er lächelte. »Die haben ziemlich viel von unserem Material verwendet, deshalb bin ich mit den Daten und Argumeten vertraut.«

Diese Bemerkung ließ Wheeler weder lächeln noch die Stirn runzeln. Die Sticheleien zwischen der CIA und dem Pentagon waren normal und hatten Tradition, aber er fand es ärgerlich und langweilig, wenn er zuhören mußte.

»Gab es irgendwelche abweichende Meinungen von Bedeutung?«

»Eigentlich nicht, Mr. President. Es gab einen Kommentar aus

Ottawa, daß wir ihren Zahlen nach die Ausgaben für Forschung und Entwicklung von Satelliten unterschätzt hätten. Im übrigen waren sie aber sowohl mit unseren Zahlen als auch mit unseren Auswertungsresultaten einverstanden.«

»Also, dann geben Sie mir jetzt die CIA-Analyse. So kurz wie möglich.«

»Die Russen verwenden zwischen zwanzig und dreiundzwanzig Prozent ihres Bruttosozialprodukts für Verteidigung und Geheimdienst und weitere drei bis vier Prozent für die Unterstützung der Kubaner, der Nordkoreaner und einer Reihe von Terroristen und Guerilleros auf der ganzen Welt. Die Produktion fast aller inländischen Erzeugnisse nimmt seit sieben Jahren ständig ab. Infolge von Verwaltungsmängeln und bürokratischer Trägheit schrumpft die gesamte Wirtschaft. Das Volk beklagt sich über die Zustände offener, als wir es je erlebt haben. Die beiden letzten Ernten waren ganz gut, aber wir schätzen, daß zehn Prozent einfach verrottet sind, weil die Maschinen nicht imstande waren, die Ernte rechtzeitig einzufahren.

Es gab Berichte über sieben Streiks. Streiks sind zwar illegal, aber sie fanden trotzdem statt. Bergleute und Schwerarbeiter, die behaupten, ihre Fleischrationen seien weniger als halb so groß wie die der Polen und der Deutschen. Aber wahrscheinlich sind es die Zahlen im Anhang E, die das eigentliche Problem darstellen. Ein Moskauer Arbeiter muß dreimal so lange für seine Nahrung arbeiten wie ein Deutscher oder ein Franzose. Für einen kleinen Farbfernseher oder einen Wagen arbeitet ein Russe zehnmal so lange wie ein Amerikaner. Einmal beklagten sie sich auch darüber, daß sie zwar Geld hätten, aber in den Läden nichts dafür kaufen könnten. Waren gibt es immer noch nicht, aber jetzt gibt es auch keine Rubel mehr. Ihre Arbeiter sind total desillusioniert, sie arbeiten so wenig wie möglich, und der Schwarzmarkt weitet sich rasch aus. Was 1980/81 in Polen geschah, war eine Lektion, die der sowjetische Arbeiter nicht vergessen hat.

Wenn wir den Rüstungswettlauf fortsetzen, können sie uns nicht einholen, ja nicht einmal ihren gegenwärtigen Stand beibehalten, ohne an der heimatlichen Front noch mehr Opfer zu bringen. Das ganze Land zerfällt allmählich.«

»Sagen Sie mir, was wir tun könnten, wenn einige der Beschränkungen aufgehoben würden. Wir werden den CIA-Bericht als einen der Hauptpunkte besprechen.«

»Ich würde dazu gern einige Gedanken äußern, Mr. President. Kann ich darauf zurückkommen?«

»Ja, natürlich. Frühstücken Sie doch morgen mit Joe und mir. Es ist Samstag, da können wir uns Zeit dafür lassen. Ich erwarte Sie um acht Uhr.«

Robert Klein erhob sich. »Gut, Mr. President.«

Während er den Korridor entlangging, fragte sich Bob Klein, ob Julie nicht recht gehabt hatte, als sie ihm davon abriet, seine Anwaltspraxis zu verlassen, um CIA-Direktor zu werden. Sie hatte zwei Gründe angeführt, die dagegensprachen. Erstens sein Alter – er war weder alt genug noch jung genug. Ihrer Meinung nach war 52 genau das falsche Alter für einen Wechsel. Der zweite Grund, der dagegen sprach, war, daß Mike Wheeler schon immer seine Heldengestalt gewesen war. Mit beachtlichem Scharfblick hatte seine um vieles jüngere Frau erkannt, daß, wenn man für einen Helden arbeitete, am Ende entweder dessen Image nicht mehr ganz so strahlend war, oder man selbst seine Unabhängigkeit verlor. Dann paßte man sich seinem Denken an, weil man ihn mochte, und nicht, weil man ihm innerlich zustimmte. Und seine Sympathie für Mike Wheeler bestand schon lange.

Die *Washington Post* hatte in einem Leitartikel die Überlegung angestellt, ob man das Weiße Haus nicht in Dom Polski umbenennen sollte, weil Präsident Wheeler je einen Polen zum Außenminister und zum Direktor des CIA gemacht hatte und die First Lady aus einer polnischen Chikagoer Familie stammte. Mike Wheeler war Gouverneur von Texas gewesen, hatte jedoch die Verbindung zu seinem Jugendfreund, der jetzt Traktoren verkaufte, nicht verloren. Und als der Sohn dieses Freunds die Chance bekam, in Austin zu studieren, war es Mike Wheeler, der die Eltern überredete, ihn gehenzulassen, und der ihm in der Republikanischen Partei einen Freizeitjob verschaffte. Seitdem war Bob Klein seinen eigenen Weg gegangen, aber für ihn würde Mike Wheeler immer der Mann mit dem weißen Hut bleiben.

Bob Klein hatte für die Sitzung sein Büro ausgeräumt, um einen längeren Tisch und sechs Stühle mit geraden Lehnen hineinzustellen. Während die anderen nacheinander eintraten und sich an den Tisch setzten, stand Bob Klein vor dem Fernsehapparat. Die NBC-Wochenschau zeigte Bilder von einem Flugzeugträger der US-Navy, der sich etwa 40 Kilometer vor der irischen Küste befand. Drei sowjetische Jagdbomber überflogen ihn einer nach dem anderen so niedrig, daß man auf ihren geschwungenen Tragflächen die Kennzeichen ablesen konnte. Dazu sagte der Berichterstatter: »...typisch für die Belästigung unserer Schiffe in internationalen Gewässern... Präsident Wheeler hat unseren Botschafter in Moskau beauftragt, gegen diese...« Klein schaltete den Apparat ab und setzte sich an seinen Platz am Kopfende des Tisches.

»Guten Morgen, meine Herren. Bevor ich beginne, möchte ich Sie daran erinnern, daß während dieser Sitzung keinerlei Notizen gemacht werden. Falls jemand Sie fragt, weswegen Sie hier waren, verweisen Sie ihn an mich. Wer immer es auch sei.« Er schloß einen Moment lang die Augen, um sich zu konzentrieren, und schaute dann über den Tisch. »Das Weiße Haus hat unseren Vorschlägen hinsichtlich Polens, Ost- und Westdeutschlands, Belgiens und Hollands zugestimmt. Wie Sie wissen, waren die Holländer von Anfang an nicht mit dem französischen Plan einverstanden. Sie haben während der ganzen Besatzungszeit mit den Briten sympathisiert und sind bereit, uns bei den neuen Operationen zu unterstützen. Die neue Phase, in die wir jetzt eintreten, wird also von Amsterdam aus geleitet. Das holländische Königshaus und die holländische Regierung – und das ist nur für Ihre Ohren bestimmt – haben beide von unserem Plan erfahren und haben inoffiziell ihre Zustimmung gegeben; vorausgesetzt, daß außer jenen, die bereits dabei sind, keine holländischen Staatsangehörigen daran beteiligt werden, und daß kein Versuch unternommen wird, die holländische Kooperation als Propagandamittel zu benutzen. Okay?«

Es wurde zustimmend genickt, und Klein fuhr fort: »Ich möchte, daß mir jeder von Ihnen einen Überblick über die momentane Situation gibt und darüber, was Sie brauchen, um die Sache ins Rollen zu bringen. Fangen Sie an, Steve. Ihre Leute werden anfangs den größten Teil der Versorgungslast zu tragen haben.« Der große blonde Mann kräuselte die Lippen, sah vor sich auf den Tisch und dann auf die anderen Teilnehmer. Er hatte eine überraschend leise Stimme.

»Okay. Also los. Meine Gruppe besteht aus sechs Amerikanern, alle bei der CIA oder jedenfalls früher dabeigewesen. Acht Holländer. Wir können auf weit über hundert holländische Staatsangehörige in strategischen Positionen zählen, wann immer es nötig ist. Wir haben einen begrenzten Vorrat an Waffen und Munition. Fünf Funkgeräte und eine Funkstation, die uns hier mit Langley verbinden kann. Zur Botschaft und den Konsulaten haben wir keinen Kontakt, und sie sind auch nicht über unsere Gruppe informiert worden.

Bisher haben wir unsere Aktivitäten darauf beschränkt, Erkundigungen über russische Flugzeuge auf holländischen Flughäfen einzuziehen, über ihr Botschaftspersonal und das Personal von Konsulaten und Handelsmissionen. Wir bringen unser Material direkt ins United Kingdom.« Er sah Klein an. »Kann ich den UK-Plan überhaupt erwähnen?«

Klein schüttelte den Kopf. »Nein.«

Der blonde Mann zuckte die Achseln. »Wir bringen unser Material auch wieder hierher zurück. Wir haben unsere eigenen Druckmaschinen und Kontakte mit holländischen Staatsangehörigen am Flughafen, bei der Fernsprechzentrale, die die sowjetische Botschaft bedient, bei den Fernseh- und Radiostationen, bei den Zeitungen, bei der Polizei und der Armee. Und...«, er lächelte, »...bei ihrem eigenen Geheimdienst. Zur Tarnung dienen uns ein Reiseleiter für Reisen in die Vereinigten Staaten und eine kleine Import-Export-Firma. Beide sind auch unabhängig von ihrer Tarnfunktion tätig.«

Als der Mann sich zurücklehnte, erleichtert, daß er es hinter sich hatte, meinte Klein: »Okay. Sagen Sie uns, was Sie jetzt, wo wir grünes Licht haben, als nächstes tun werden.«

»Wir werden ein Untergrund-Flugblatt herstellen. Es wird vier Seiten haben und den Titel *Vrij England* tragen, und darin werden die Mißstände der Sowjet-Bürokratie in Großbritannien angeprangert, die Korruption, die mangelnde Leistungsfähigkeit. Wir werden zu verhindern versuchen, daß aus den Niederlanden Waren und Geld in irgendeinen Staat des Warschauer Pakts gelangen. Wir werden die Medien und die Politiker mit Informationen füttern, und wenn wir grünes Licht bekommen, werden wir alle offiziellen Russen, die wir identifizieren können, sowohl Diplomaten als auch Geschäftsleute, physisch attackieren. Wir werden sowjetische Flugzeuge zerstören, wo immer wir können, und natürlich auch Schiffe.

Schließlich wollen wir die Öffentlichkeit wachrütteln und dafür sorgen, daß es bei den Vereinten Nationen zur Auseinandersetzung mit diesem Thema kommt.«

Klein sah die anderen an. »Irgendwelche Fragen?«

Ein Mann in einem blauen Baumwollhemd und Jeans sagte: »Sie schildern das alles, als sei es irgendeine Werbekampagne ohne jedes Risiko, ohne Widerstand. Wieso ist das alles so einfach?«

Der blonde Mann zuckte die Schultern. »Mag sein, daß ich es schlecht erklärt habe. Es wird nicht einfach sein, aber der Großteil der Bevölkerung ist auf unserer Seite. Na ja – auf der Seite der Briten.«

»Warum sind sie so für die Briten?«

»Ich weiß nicht. Vielleicht, weil beides Monarchien sind. Oder waren. Sie ähneln sich ein wenig. Gemächlich, geduldig, aber wenn sie in Fahrt kommen, richtige Berserker. Ich glaube, sie haben einander immer akzeptiert. Kein großes Hurrageschrei oder irgendwelche Staatsverträge, aber sie mögen und respektieren sich. Zweifellos werden die Holländer ihnen mit allen Mitteln beistehen, die Russen aus England zu vertreiben, außer dem offenen Krieg.«

Klein nickte dem Mann im blauen Baumwollhemd zu.

»Wie sieht es in Deutschland aus?«

Der Mann räusperte sich und beugte sich mit auf den Tisch gestützten Armen vor.

»Da gibt es sehr verschiedene Möglichkeiten. In Westdeutschland können wir auf weniger Hilfe zählen als in Ostdeutschland. Es hört sich verrückt an, aber es ist für uns tatsächlich leichter, in Ostdeutschland zu operieren und Leute zu rekrutieren als in Westdeutschland. Es ist die alte Geschichte: Den Ostdeutschen braucht man nicht zu sagen, wie die Russen sind, sie erleben es jeden Tag. Und abgesehen davon sind sie schon daran gewöhnt, die Russen reinzulegen, sie zu manipulieren. Aber die Westdeutschen sind genauso, wie es die Briten waren. Sie stecken den Kopf in den Sand und hoffen einfach, daß das Schlimmste nicht eintrifft, und wenn es dann zwangsläufig doch eintritt, setzen sie eine strahlende Miene auf und trösten sich damit, daß es noch viel schlimmer hätte kommen können.

In Westdeutschland werden wir von der Arbeiter- und der Mittelschicht unterstützt. Die Oberschicht kümmert sich wie üblich nur um ihren eigenen Kram, und den Rest kann der Teufel holen. Ich kann auf fast vierhundert strategisch plazierte Personen und Aktivisten zählen, und vielleicht auf fünfhundert andere, die zwar Informationen weitergeben, aber an keinen Aktionen teilnehmen würden.

Meine direkten Kontakte in Ostdeutschland sind weniger zahlreich, aber sehr einflußreich, und es gibt Tausende, die mit diesen Leuten kooperieren würden. Wirkliche Kooperation, Sabotage, Gewalt, alles. Wir werden also das gleiche Programm haben wie Amsterdam, aber wir werden sowjetische Truppen und rückwärtige Verbindungen zermürben und sabotieren. Das sehe ich als unsere Hauptaufgabe an. Wir brauchen keine antisowjetische Propaganda. Die wissen mehr über die Russen als wir.«

»Was empfinden sie den Briten gegenüber?«

»In Westdeutschland meist Wohlwollen, aber auch Angst, von der ›Englischen Krankheit‹ angesteckt zu werden. Natürlich sind sie da nicht ganz auf dem laufenden. In Ostdeutschland sind überhaupt keine Empfindungen da, glaube ich. Die Briten waren zu lange außerhalb ihres Blickfelds. Außerdem brauchen wir dort sowieso keine pro-britischen Gefühle. Sie hassen die Sowjets von allein, und das genügt. Wir werden eine Menge Waffen und Munition brauchen und viel Geld.«

Klein nickte. »Das werden wir noch im einzelnen in Sondersitzungen besprechen. Das ist kein Problem.« Dann nickte er einem älteren Mann zu, der, auch der Kleidung nach, eher wie ein Diplomat als wie ein CIA-Mann wirkte. Was auch dem entsprach, was er war: ein ehemaliger CIA-Mann und jetzt Beamter.

»Schildern Sie uns kurz, wie es in Belgien aussieht.«

Der ältere Mann lächelte. »Ich fürchte, aus Brüssel gibt es nichts Dramatisches zu berichten. Von den beiden Weltkriegen her ist noch erstaunlich viel Wohlwollen den Briten gegenüber vorhanden. Aber die Belgier sind nicht für Volkserhebungen und Widerstand. Sie sind es gewohnt, überfallen und besetzt zu werden. Sie sind keine Arschkriecher, aber sie versuchen zu kooperieren, damit das Leben so normal wie möglich weitergehen kann.« Er zuckte die Achseln. »Die Geschichte hat sie gelehrt, daß dieses Verhalten am besten ist. Vernünftig, zivilisiert und für das, was wir vorhaben, ziemlich entmutigend. Und wegen des ständigen Handgemenges zwischen den Flamen und den Wallonen ist es noch schwieriger, für die Briten viel Interesse aufzubringen.

Trotzdem ist es mir gelungen, eine große Zahl belgischer Geschäftsleute und Diplomaten zu rekrutieren. Rekrutieren ist vielleicht eine Übertreibung. Sagen wir mal, ich habe eine lange Liste von Sprechern, die bei EG- und UNO-Konferenzen eine entschiedene probritische, antisowjetische Haltung vertreten werden. Von bürokratischer Ebene bis hinauf an die Spitze. Mehr als das kann ich nicht bieten.«

»Lassen Sie mich Ihnen sagen«, warf Klein ein, »daß wir mehr auch nicht erwartet oder verlangt haben. Wir wollen Belgien als Zufluchtsort. Das brauchen wir, wenn unsere Leute mit ihren eigenen Behörden Ärger bekommen.« Klein wandte sich an den jungen Mann mit dem Mondgesicht und den blauen Augen. Trotz seiner Jugend war er fast kahlköpfig. Sein hellrotes Haar erinnerte an die Tonsur eines Mönchs, nur der Schnurrbart war buschig. »Jetzt Polen.«

Der junge Mann atmete tief ein, zögerte und schüttelte dann langsam den Kopf.

»Ich möchte hier nicht über die Operation in Polen sprechen. Lassen Sie mich nur so viel sagen, daß sich *ihre* und *unsere* Interessen genau decken. Sie stehen auf der Seite von jedem, der die Russen hinter ihre eigenen Grenzen zurücktreiben will, und sie sind stark probritisch eingestellt. Ich unterstütze sie in jeder erdenklichen Weise. Es besteht keine Möglichkeit für mich, dort ein separates Netz aufzubauen. Es bedarf keiner Propaganda oder Ermutigung von meiner Seite, um sie antisowjetisch zu beeinflussen. Sie hassen die Sowjets wie die Pest und haben das in der Geschichte immer getan. Es sind alles Patrioten, Männer, Frauen und Kinder, und so mutig, daß es manchmal schon an Dummheit grenzt.

Jetzt, wo wir das Startsignal gegeben haben und sie antisowjetische Bewegungen in anderen Ländern beobachten, wird meine Aufgabe darin bestehen, sie mit allem Nötigen zu unterstützen und sie doch davon abzuhalten, einen Großangriff zu starten, statt sich auf Sabotage zu beschränken.«

»Wenn sie so etwas wie einen militärischen Angriff gegen die Russen anfangen, könnten sie alles zunichte machen«, warf der Mann im Baumwollhemd ein. »Die Russen würden das einfach als Vorwand benutzen, um einen Krieg in Europa anzufangen. Wir wollen, daß sie in ihr eigenes Gebiet zurückkehren und nicht, daß sie in Europa herumtoben.«

»Dessen bin ich mir bewußt, und es wird auch alles getan, um sie zu warnen. Aber das ist nicht einfach, wenn sie dauernd erleben, was die Russen in ihrem Alltag anrichten.«

»Wir haben doch genug Polen im Weißen Haus. Könnten die nicht ihren Einfluß geltend machen?«

Der junge Mann warf Klein einen Blick zu. Klein nickte kurz.

»Das machen wir. Und die *Stimme Amerikas* denkt bei ihren Reportagen daran.«

»Noch irgendwelche Fragen?« Klein schaute in die Runde, und ein Mann hob die Hand, der bis dahin noch nichts gesagt hatte. »Bitte, Leonard.«

»Ich habe an vielen solchen Konferenzen teilgenommen. Von dem Schweinebuchtfiasko bis... na, ich will keine alten Sachen aufwärmen... Was ich sagen will, ist nur, daß wir uns auch bei allen anderen Operationen Erfolg erhofft haben. Bei manchen traf das zu, bei manchen nicht. Aber diesmal gibt es keine Wahl. Diese Operation *muß* gelingen. Es sieht vielleicht nicht so aus oder fühlt sich nicht so an, aber ihr Burschen macht Geschichte. Wenn wir diesmal versagen, würden die Uhren um tausend Jahre zurückgedreht. Wir haben diesen Kampf nicht gewollt, das waren diese Hunde in Paris, und die Russen sind darauf eingegangen. Jetzt im Augenblick bereuen sie es wahrscheinlich bitter, aber die ganze Welt steht auf Messers Schneide. Wenn man Moskau dies durchgehen läßt, dann fangen wir lieber gleich an, jenes Loch in unseren Hinterhöfen zu graben. Und das ist kein Bluff und keine Übertreibung. Wenn wir diese Kerle nicht hinter ihre eigenen Grenzen zurückbringen, dann ist es aus mit uns. Mit uns allen. Hier handelt es sich nicht um eine Übung in Diplomatie, nicht einmal um eine Kraftprobe. Sondern um unsere letzte Chance. Die allerletzte Chance.«

Es herrschte Schweigen am Tisch. Ein verlegenes Schweigen, ein Schweigen, das aus der unbehaglichen Ahnung zu kommen schien, daß man möglicherweise gerade die Wahrheit gehört hatte, nicht nur rhetorische Floskeln.

»Jetzt gehen wir erst mal essen«, sagte Klein schließlich, »und dann spreche ich mit jedem von Ihnen allein. Diejenigen, die Geld und Reisearrangements brauchen, können nach dem Essen in die Buchhaltung gehen.«

Kapitel 20

Im zweiten Jahr der Besetzung hatten die Russen wirklich versucht, ihre Haltung gegenüber britischen Institutionen, die sie als unpolitisch betrachteten, zu lockern. Sie hatten das Pokalendspiel in Wembley erlaubt, obwohl sie eine tiefsitzende Abneigung gegen Massenversammlungen hatten. Es hatte ein sehr langweiliges Wimbledon-Turnier gegeben, an dem die Spieler nicht teilnahmen, weil sie sich dafür qualifiziert hatten, sondern weil sie eingeladen worden waren. Die meisten der ausländischen Teilnehmer kamen aus Warschauer-Pakt-Staaten, Indien und Südostasien.

Die Inder hatten zu einer Veranstaltung, die offiziell Europäische Testserie hieß, eine starke Cricketmannschaft geschickt, und die Anglophilen in der Administration hatten Unterricht genommen, um die Spielregeln zu lernen, es dann aber verzweifelt aufgegeben.

Smetana hatte der New British Broadcasting Company erlaubt, die Promenadenkonzert-Saison wiederaufleben zu lassen – vorausgesetzt, das Musikprogramm wurde mit ihm abgesprochen –, weil sich so viele seiner britischen Bekannten lobend darüber geäußert hatten. Da er selbst keine musikalischen Neigungen hatte, übertrug er diese Aufgabe Sawalew, dessen musikalische Kenntnisse sich auf russische Komponisten beschränkten und innerhalb dieses Bereichs wiederum fast nur auf Ballettmusik, zu der er seine Freundinnen vom Bolschoi-Theater ab und zu hatte tanzen sehen. Sawalew bestand darauf, daß einige russische Kompositionen gespielt wurden, die dem britischen Konzertbesucher nicht geläufig waren, aber ansonsten tat er kaum mehr, als daß er die Programme auf Komponisten hin überprüfte, die verboten oder aus der Sowjetunion geflohen waren. Dieselbe Einschränkung galt für die Interpreten. Es hielt sich aber keiner mehr von ihnen in Großbritannien auf.

Als er hörte, welche heftigen Emotionen mit dem letzten Abend der Promenadenkonzerte verknüpft waren, arrangierte es Sawalew, daß mehrere sowjetische Spitzenfunktionäre aus diesem Anlaß Partys veranstalteten. Das Programm zollte seinen russischen Sponsoren einen kleinen Tribut in Form des ersten Beitrags: Rachmaninows »Vokalise«. Dann folgte »The lark ascending« von Vaughan Williams und Waltons »Belshazar's Feast«. Dann gab es eine Pause. Die Russen waren vom Enthusiasmus des Publikums entzückt, wenn sie die Überschwenglichkeit der jungen Promenadenkonzert-Besucher auch ein wenig beunruhigte.

Die zweite Hälfte hatte sich für Sawalew immer mehr zu einem Alptraum entwickelt. Auf dem Programm hatte alles so harmlos ausgesehen. Zuerst hörte man von Elgar »Pomp and Circumstance No. 1« und dann folgte Henry Woods »Fantasia on British Seasongs«. Plötzlich, als das Tempo der Musik wechselte und die Pauke dröhnte, erschienen Tausende von Union Jacks, und das Publikum sang. Obwohl er fließend Englisch sprach, versand Sawalew nichts außer der ersten Zeile, die immer und immer wiederholt zu werden schien. »Land of Hope and Glory...« Aber es war das schreckliche nächste Lied, das den eigentlichen Schaden angerichtet hatte. Als sie es zum zweitenmal sangen, hatten sich alle Zuschauer den sowjetischen Würdenträgern in ihren Logen zugewandt und das Lied, während sie trotzig die Fähnchen schwenkten, wieder und wieder gesungen. »Britons never, never, never, shall be slaves... Rule Britannia, Britannia rule the waves...« Es lief ihm immer noch kalt über den Rücken, wenn er daran dachte.

Am nächsten Tag hatte Sawalew dem britischen Personal die Hölle heißgemacht, aber als seien sie auf seinen Angriff gefaßt gewesen, führten sie ihm Videoaufzeichnungen der letzten Promenadenkonzertabende der vergangenen sechs Jahre vor. Es war jedesmal dasselbe, nur daß sie sich sonst nicht den Logen zugewandt hatten und ihnen nicht die Tränen übers Gesicht gelaufen waren. Smetana war zwar zusammen mit einigen anderen hinausgegangen, als die Menge zu singen begann, aber er war über Sawalews Panne nicht allzu sehr erzürnt. Seiner Ansicht nach konnte so etwas den Leuten helfen, latente Spannungen loszuwerden, die sie ganz offensichtlich noch in sich trugen.

Was bei den Männern im Kreml Anfang der Woche noch Wut gewesen war, verwandelte sich bis zum Wochenende in ungläubiges Staunen.

In Amsterdam war in einer Reparaturhalle eine Iljuschin der Aeroflot völlig zerstört worden. Obwohl kein Zweifel bestehen konnte, daß es sich um Sabotage handelte, war Moskau bereit gewesen, den Vorfall nach außen hin als Unfall zu behandeln. Als aber eine zweite Iljuschin in Schiphol explodierte, ließ sich der Tatbestand der Sabotage nicht mehr länger verheimlichen. In den Vereinigten Staaten hatte die Fernfahrergewerkschaft erklärt, es würden keine Güter aus den Warschauer-Pakt-Staaten mehr befördert, und aus dieser Ankündigung ging klar hervor, daß dies für immer gelten sollte. Die Seemannsgewerkschaft hatte gewarnt, daß Schiffen, die Warschauer-Pakt-Ländern gehörten oder dorthin fuhren, die Benutzung der Hafenanlagen verweigert würde und daß sie beschlagnahmt würden, falls sie trotzdem versuchten, einen Hafen der Vereinigten Staaten anzulaufen.

In der Mitte der Woche wurde dann der sowjetische Stadtbeauftragte für Glasgow ermordet, und in Cardiff wurde ein zwar erfolgloser, aber gewalttätiger Angriff auf zwei KGB-Offiziere verübt. In Paris hatten sich nach Schätzungen über 20000 Menschen am Triumphbogen versammelt, um gegen die sowjetische Besetzung Großbritanniens zu demonstrieren. Der sowjetische Botschafter in Paris berichtete, daß die französische Polizei trotz eines ministeriellen Befehls, den Platz zu räumen, tatenlos zugesehen habe.

Am Freitag wurden das Ausmaß und der Sinn der sich abspielenden Vorgänge offenbar. Ein Reinigungstrupp hatte in Paris am frühen Morgen an einem der Bäume auf den Champs Elysées einen Erhängten entdeckt. Es war der nackte Körper eines Mannes, der ein Schild um den Hals trug mit der Aufschrift: *Traître de sa patrie et de l'humanité*. Erst vier Stunden später wurde die Leiche identifiziert. Es war Charles Alphonse Becque, Präsident der Republik.

Der Gipfel war schließlich die Verteilung eines vierseitigen Untergrund-Flugblatts. Auf der Titelseite befand sich eine Fotografie Präsident Orlows, wie er 1983 eine Rede vor dem Kongreß hielt. Die Balkenüberschrift war ein Zitat daraus: *»Die Sowjet-Menschen müssen ihre Kraft in den Dienst des Staats stellen und dürfen Belohnungen nicht für sich selbst, sondern erst für ihre Kinder und Enkel erwarten...«* Im übrigen enthielt die Titelseite Zitate aus in letzter Zeit von anderen Mitgliedern des Politbüros und einigen führenden Ministern ausgesprochenen Ermahnungen. Diese erste Seite glich ganz genau der Titelseite einer normalen *Prawda*-Nummer. Dies galt für Überschrift, Impressum, Schriftbild und Format. Die folgenden drei Seiten waren jedoch politischer Sprengstoff. Sie enthielten einzelne Artikel über vierzehn verschiedene Spitzenfunktionäre, einschließlich Präsident Orlows und sieben anderer Mitglieder des Politbüros. Die Artikel enthielten zum Beispiel Namen, Adressen, manchmal sogar die Telefonnummern ihrer Geliebten oder gelegentlichen Sexualpartnerinnen und detaillierte Angaben bezüglich Sonderzuteilungen an Lebensmitteln, die sich die Betreffenden innerhalb der letzten sechs Monate beschafft hatten. Dann folgten Listen der im selben Zeitraum erfolgten Vorzugseinkäufe rarer Importgüter, eine Fotografie des Hauses, des Landhauses und des Privat- und Dienstwagens. In mehreren Fällen gab es Fotos, auf denen der Betreffende mit einer bekannten Konkubine zu sehen war. Im Fall Präsident Orlows enthielt die Liste seiner Privatwagen 25 seltene und teure Fabrikate, von Rolls-Royces bis Ferraris, und die Liste seiner Sexualpartnerinnen war lang und abwechslungsreich. Sie enthielt unter anderem die Frauen einiger hoher Funktionäre.

Die ersten Nummern dieser gefälschten *Prawda* wurden von der Polizei in der Moskauer Metro-Station Kusnecki Most gefunden, und in den nächsten beiden Stunden wurden Funde in ganz Moskau gemeldet. Im Lauf des Tages kamen solche Meldungen aus jeder sowjetischen Großstadt und Hunderten von Kleinstädten. Im Kreml wurde eine Sitzung einberufen, in der alle ihre Verlegenheit hinter einer zornigen Miene verbargen. Außer daß der Polizei und dem KGB der Befehl erteilt wurde, rasch und energisch mit den Ermittlungen zu beginnen, hatte jedoch niemand einen konstruktiven Vorschlag zu machen. Erst nach der Sitzung traf die Nachricht ein, daß das skurrile Nachrichtenblatt auch noch in 25 anderen Ländern verteilt worden war, sorgfältig und exakt in die jeweilige Landessprache übersetzt.

Gegen Abend zitierte die Stimme Amerikas Auszüge daraus, und fügte die ersten jener subtilen Witze hinzu, die jeden Korruptionsskandal am Kochen halten.

Am nächsten Tag füllten die Enthüllungen die Titelseiten der Weltpresse, und es war ein großer Tag für die Karikaturisten. Die Kommentare befaßten sich entweder todernst mit der Angelegenheit oder aber amüsiert, je nach Leserschaft. Aber wie sie sich auch damit befaßten, Moskau kam immer schlecht dabei weg. Es ist keine ganz leichte Entscheidung, ob man in den Augen seiner Landsleute und der Welt lieber als scheinheiliger Gauner dastehen möchte, oder als Feigling, den man mit heruntergelassenen Hosen ertappt hat.

Als das KGB und das *Iswestija*-Auswertungsteam die Exemplare der *Samisdat Prawda* untersuchten, bemerkten sie, daß die Fälschung zu perfekt war, als daß sie in der Sowjetunion hergestellt worden sein konnte. Papier, Druckfarbe, Format und Schriftbild stimmten genau. Sie war professionell hergestellt worden. Der schwerwiegendste Aspekt jedoch war die Verteilung in der Sowjetunion. Im Lauf der nächsten Tage kam man zu Schätzungen von mindestens drei Millionen Exemplaren allein in der Sowjetunion. Dies bedeutete nicht nur eine enorme Druck-Aktion, sondern auch ein großes Transportproblem. Um die Verteilung dermaßen effizient zu gestalten, mußten Hunderte von Sowjetbürgern daran mitgewirkt haben. Man kam zu dem Schluß, daß die Verteilung sich über einen Zeitraum von mehreren Wochen erstreckt haben mußte, damit innerhalb dieser beiden Tage die Blätter überall gleichzeitig auftauchen konnten. Lokale Parteiführer wurden von ihren Gemeinden mit der Frage bedrängt, warum die Behauptungen denn nicht abgeleugnet worden seien, und ihre eigenen kleinen Sünden wurden ans Licht gezerrt. Hitzköpfige Parteiführer hatten Verhaftungen vornehmen lassen, aber die öffentlichen Proteste schlugen auf Moskau zurück, und so wurden die Verhafteten größtenteils wieder gegen Kaution freigelassen.

In einem vornehmen Haus in Maryland zog ein Mann durch sieben verschiedene Schriftlinien im rechten Winkel Striche, die auf eine dicke schwarze Linie stießen. Die ganze Tabelle war von vertikalen Linien durchzogen, die die Tage von acht aufeinanderfolgenden Monaten unterteilten. Das Ganze erinnerte stark an eine Fischgräte, und in der linken oberen Ecke stand nichts als: »G709 CPM-Methode«.

Der Warschauer Stadtteil Rynek Starego Miasta sieht immer noch fast so aus wie im 18. Jahrhundert, nur, daß das alte Rathaus verschwunden und der Platz jetzt voller Straßencafés, Künstler und Touristen ist. Trotz der romantisch beleuchteten Kopfsteinpflasterstraßen hatte der Mann darauf bestanden, daß man sich drunten in Fukiers altem Weinkeller traf.

Die verqualmte Atmosphäre und das Stimmengewirr ringsum vermittelten eine gewisse Art von Sicherheit, und O'Malley erkannte, daß der Russe Warschau viel besser kannte als er selbst. Es war nicht schwierig gewesen. Nachdem er mit Hilfe eines französischen Passes angekommen war, hatte ihn der Mann, der sich Oktjabr nannte, am Flughafen abgeholt und ihn zu dem Haus in der Altstadt gebracht. Dies war ihr drittes Treffen innerhalb von zwei Tagen.

Die hellblauen Augen sahen ihn flüchtig an, als sich der Mann eine Zigarette anzündete. »Wieviel Versprechungen und wieviel Fakten?«

»Alles was ich sage, werden wir auch tun. Und was ist mit Ihrem Part?«

Der Mann lächelte leicht, ein selbstbewußtes, überlegenes Lächeln. »Sie wissen bereits, daß ich meinen Part erfülle, sonst wären Sie nicht hier, mein Lieber. Sagen Sie mir, was wir bekommen können.«

»Sagen Sie mir, was Sie wollen, dann sage ich Ihnen, ob wir es liefern können.«

Der Mann holte aus seiner Jackettasche ein Theaterbillett. »Auf dem Punkt hinter dem Namen des Regisseurs befindet sich ein Mikrobild. Das ist eine Liste dessen, was wir wollen.«

»Ich habe kein Lesegerät dabei.«

»Dann lesen Sie es, wenn Sie zurück sind.«

»Wie haben Sie Zugang zu Mikrobild-Geräten?«

»Sie glauben doch nicht im Ernst, daß ich Ihnen das sage?«

»Eigentlich nicht. Geben Sie mir doch irgendeinen Hinweis auf das, was Sie wollen.«

»Geld. In Gold oder Silber. Krügerrands oder Maria-Theresia-Taler. Raketenwerfer. Boden-Boden-Raketen. Boden-Luft-Raketen. Maschinenpistolen. Munition. Leicht bedienbare Funkgeräte und gefälschte Dokumente.«

»Um welche Mengen handelt es sich? Zum Beispiel bei den Raketen?«

»Wirklich unbegrenzt. Was immer Sie auch liefern, ich kann alles verwenden. Weniger als zweihundert Boden-Boden-Raketen würden sich nicht lohnen, aber mit hundert See-Luft-Raketen könnte ich viel anfangen.«

»Wären Sie einverstanden, daß wir den Zeitpunkt gemeinsam festlegen?«

»Für die Lieferung oder den Einsatz?«

»Beides.«

»Für die Lieferung fast sicher. Für den Einsatz vielleicht.«

»Können Sie uns echte Dokumente geben, damit wir sie für die Fälschungen kopieren?«

»Ja. Kein Problem.«

»Wie kann ich wieder mit Ihnen in Verbindung treten?«

»So wie diesmal.«

»Ich meine, wenn es eilt.«

Oktjabr sah O'Malley ziemlich lange ins Gesicht. Dann fragte er leise: »Ich nehme an, Sie sind von der CIA?«

»Ja, das bin ich.«

»Verheiratet?«

»Ja.«

»Kinder?«

»Zwei.«

»Würden Sie für die Freiheit der Vereinigten Staaten das Leben eines Ihrer Kinder aufs Spiel setzen?«

»Nein. Ganz sicher nicht. Aber mein eigenes.«

Oktjabr lächelte und legte seine Hand auf O'Malleys Hand, die auf dem Tisch lag. »Eine gute Antwort. Ich glaube Ihnen. Okay. Wenn wir gehen, werde ich Ihnen einen Namen und ein Codewort geben. Der Verbindungsmann ist in unserer Vertretung bei den Vereinten Nationen in New York. Gehen wir?«

»Okay.«

Das Wetter war noch warm genug, daß man sich in eines der Cafés setzen und im Freien Kaffee trinken konnte. Als er gebracht worden war und sie allein am Tisch saßen, fragte der Russe: »Warum hat es so lange gedauert, bis Ihre Leute mit mir Kontakt aufnahmen?«

»Sie wollten sicher sein, daß Sie kein Agent sind. Als wir das ziemlich sicher wußten, haben wir mit Ihnen Verbindung aufgenommen.«

»Was hat Ihnen diese Sicherheit gegeben?«

»Ach, verschiedene Dinge. Wir hörten Gerüchte über das, was Ihre Leute in der Sowjetunion getan hatten. Und wir hörten davon, daß Sie dem Engländer geholfen haben.«

Oktjabr lächelte. »Bezeichnen Sie ihn nicht als Engländer. Da ist er sehr empfindlich. Er ist Schotte. Aber was will das schon heißen.«

»Ich nehme an, wenn Sie ein Spion wären, wäre der Mann jetzt tot oder im Gefängnis. Sie wissen, wer er ist, und Sie wissen, wie man mit ihm in Kontakt tritt. Das wissen Sie seit fünf Monaten, und er ist immer noch am Leben.«

Oktjabr lächelte. »Ihr Amerikaner seid in vieler Hinsicht wie Kinder. Nette Kinder zwar, aber ein bißchen taktlos.«

»Warum sagen Sie das?«

»Sie unterschätzen die Russen. Das KGB.«

»Inwiefern?«

»Wenn ich unseren schottischen Freund verraten hätte, hätten sie ihn nicht unbedingt hochgehen lassen. Sie hätten ihn eventuell rund um die Uhr überwachen lassen und eine wunderschöne Liste seiner sämtlichen Kontakte aufgestellt.«

»Und in der Zwischenzeit jagt er sowjetische Camps in die Luft, sabotiert Kommunikationsanlagen und bringt russische Soldaten um.«

Oktjabr schüttelte langsam den Kopf und lächelte. »Meinen Sie, das würde das KGB stören, wenn es die Informationen bekommt, die es will? Nie im Leben, mein Freund.«

»Warum hat es so lange gedauert, bis die Russen gegen den Kreml protestierten?«

»Um das zu verstehen, braucht man nicht selbst Russe zu sein. In erster Linie spielt Furcht eine Rolle. Während der Säuberungsaktionen ließ Stalin eine halbe Million Russen ohne Gerichtsprozeß ermorden. Und zwar nicht Dissidenten oder Unruhestifter, sondern Parteimitglieder.« Er lächelte. »Das läßt die Leute sehr vorsichtig werden. Stalin mag tot sein, aber die Maschinerie deren er sich bediente, existiert immer noch. Und zweitens hat es, obwohl kein Mensch den Unsinn glaubt, der vom Propagandaapparat des Politbüros verzapft wird, seit Stalin Systemverbesserungen gegeben. Die UdSSR ist ein unvollkommener sozialistischer Staat. Aber obwohl es in politischer Hinsicht keine demokratischen Aspekte gibt, findet man diese auf wirtschaftlichem und industriellem Gebiet durchaus. Aber die Regierungselite hat klugerweise die Kunst freiwilliger Selbstbeschränkung erlernt, was ihre Art uns zu regieren angeht. Zu ihrem Pech gibt es in politischer Hinsicht nichts Derartiges wie eine unvollkommene Demokratie. Entweder ist die Tür zu oder sie ist weit geöffnet. Sie haben geglaubt, sie könnten die Tür einen Spalt weit

öffnen. Das war ein Fehler. Deshalb werden sie nicht überleben.«
»Wie lange *werden* sie überleben?«
»Wer kann das wissen? Zehn Jahre? Mit Ihrer Hilfe weniger. Und noch weniger, wenn Europa und Amerika ihre Macht ausspielen.«
»Und was kommt dann?«
»Demokratie in irgendeiner Form. Das muß beraten und entschieden werden. Mein Volk möchte nur endlich wirklich über sich selbst entscheiden.«
»Werden wir uns noch einmal treffen, bevor ich morgen gehe?«
»Nein. Die Person, die Sie kontaktieren sollen, heißt Simenow. Gregor Illjitsch Simenow. Sie rufen ihn in der UNO an, nicht zu Hause. Das Kennwort ist mein Name. Oktjabr.«

Sie hatten vereinbart, sich am Donnerstag in dem Bauernhaus in Pen-y-Fan zu treffen. Joe Langley war als erster gekommen, zwei Stunden später trafen Jamie Boyle und Macgregor ein. Indira Singh war bereits da. Sie war während Harry Andrews' Abwesenheit bei Glyn Thomas und Meg geblieben. Jetzt warteten sie auf Sanjiva Singh.

Andrews war seit zwei Tagen zurück, und seine Nachrichten hatten sie ermutigt. Zwar gab es manches, das er ihnen nicht gesagt hatte, aber sie freuten sich auch schon über das, was er ihnen hatte mitteilen können. O'Malley wurde als sicherer Beweis dafür gewertet, daß die Hilfe und die Lieferungen aus Washington kontinuierlich erfolgen würden. Außerdem hatte er einen Hauch amerikanischen Selbstbewußtseins mitgebracht. Sonnengebräunt und wohlgenährt trat er als Botschafter einer Welt auf, in der noch Freiheit herrschte. Einer Welt, in der es noch neue Filme und Hamburger gab, eine Welt, in der jeder wußte, was ›Dallas‹ und ›Kojak‹ bedeuteten, und all der andere Fernsehkram, den sie einst als Quatsch abgetan, aber begeistert angeschaut hatten. Einer Welt, in der die Abendnachrichten zusammengestellt, aber nicht manipuliert wurden.

Es gab Leute, die noch funktionierende Videorecorder besaßen und an Samstagabenden heimlich Partys veranstalteten, bei denen Kassetten mit Aufzeichnungen alter Fernsehsendungen gezeigt wurden. Das von den Russen kontrollierte Fernsehnetz lieferte vorzügliches Material. Natur- und Reisefilme, sowjetische Dokumentarfilme und herrliche russische Spielfilmklassiker. Dank Sawalews Einfluß durfte »Coronation Street« und »Crossroads« weiterhin ausgestrahlt werden, wenn die Drehbücher auch zensiert wurden. Aber es war wie eine nur aus Haferbrei bestehende Diät, und die Leute vermißten die kitschigen Quiz-Shows. Eine Morecambe-and-Wise-Serie war genehmigt worden, bis die Russen nach der ersten Sendung erkannten, daß es subtile Mittel gab, die einem beim Lesen des Manuskripts entgingen, sich über die neuen Machthaber lustig zu machen. Selbst Kassetten mit alten Schwarzweiß-Filmen wie *Casablanca* und *Dick und Doof* hatten einen hohen Schwarzmarktwert.

Was sie vielleicht am meisten freute, war die Wirkung, die zehn Tage Schlaf und gutes Essen auf Andrews gehabt hatten. Er hatte zu seinem alten, tatkräftigen, beinahe arroganten Selbst zurückgefunden.

Um zehn Uhr abends gab es noch kein Zeichen von Sanji, und es war unwahrscheinlich, daß er es riskieren würde, bei Dunkelheit durch die vielen russischen Straßensperren zu kommen. Glyn Thomas blieb jedoch die ganze Nacht auf, falls er es doch schaffen sollte.

Als Sanji am nächsten Morgen um neun Uhr immer noch nicht da war, hatte es Glyn riskiert, ihn auf der für diesen Tag geltenden Frequenz anzurufen. Als keine Antwort kam, nahmen sie an, er habe sich zumindest schon auf den Weg gemacht.

Andrews ging mit Indira den Berg hinauf spazieren. Sie saßen im Sonnenschein am Ende der Graslinie. Hinter ihnen ragte der Fels fast zweihundert Meter steil empor.

Indira trug ein verblichenes blaues Baumwollhemd und einen dazu passenden Rock. Mit angezogenen Beinen, den Kopf auf den Knien, saß sie da und schaute Andrews an.

»Es ist toll, dich in so guter Verfassung zu sehen, Harry. Hat es dir, abgesehen von der Reise, gefallen?«

»Ich habe dich vermißt. Das hatte ich zwar erwartet, aber nicht, daß es so schlimm sein würde. Einmal habe ich von dir geträumt.«

»Ein schöner Traum oder ein Alptraum?«

»Ein schöner Traum.«

»Wovon handelte er?«

»Das sage ich lieber nicht. Du wärst schockiert.«

Sie lächelte. »Jetzt *mußt* du's mir erzählen, du Ekel! War es Sex?«

»Ich fürchte ja.«

»Irgendwas, das du in Wirklichkeit noch nie mit mir gemacht hast?«

»Einiges.«

»Sag schon, du Idiot.«

Er schloß die Hand um einen verdorrten Sauerampferstengel und fuhr daran entlang, bis er die ganze Hand voller rötlicher welker Blättchen hatte. Lächelnd wandte er sich ihr wieder zu.

»Mach die Hand auf.«

Sie hielt sie ihm hin, die langen, schlanken Finger gespreizt.

»Schließ deine Finger. Ja, so.«

Dann streute er ihr die trockenen Samen auf die Handfläche.

»Manche Leute nennen das Narrengold, andere nennen es Feengold.«

»Was ist das?«

»Sauerampfer. Früher war das eine hochgeschätzte Pflanze.«

»Warum?«

»Man kann damit Flecken entfernen, es löscht den Durst, und man kann die gekochten Blätter essen.«

»Woher weißt du das alles?«

»Bei Überlebenskursen lernt man viel über Pflanzen und Beeren.«

»Reden wir wieder vom Sex und davon, daß ich schockiert sein werde.«

Aber Andrews starrte mit zusammengekniffenen Augen in Richtung des Bauernhauses.

»Glyn winkt uns. Wir gehen besser mal.«

Das Mädchen hob den Kopf und sah ebenfalls zu dem Bauernhaus hinunter. »Ich sehe ihn nicht. Doch, jetzt. Ich dachte, du willst dich nur drücken.« Sie streckte die Hand aus, weil Andrews schon aufgestanden war, und ließ sich hochziehen.

Trotz des holperigen Bodens hielt er auf dem ganzen Rückweg ihre Taille umschlungen.

Glyn erwartete sie in dem kopfsteingepflasterten Hof. Er sah müde aus. Andrews fiel ein, daß der Waliser nicht geschlafen hatte. »Legen Sie sich eine Weile hin, Glyn. Ich bin ja jetzt da.«

»Gut. Aber erst muß ich mit Ihnen reden.«

»Natürlich, um was geht es?«

Glyn zögerte und wandte sich dann an das Mädchen. »Meg sucht nach Ihnen, Liebes.«

»Warum sie verärgern, Glyn?« fragte Andrews ruhig, nachdem das Mädchen langsam und offensichtlich widerwillig weggegangen war. »Sie gehört zu uns wie alle anderen auch.«

»Ich habe schlechte Nachrichten, Harry. Wirklich schlechte. Und ich wollte nicht, daß sie es hört.«

»Was ist es?«

»Ich habe gerade einen Funkspruch von Moraji Patel in Manchester bekommen. Sie haben Sanjis Gruppe gefaßt. Alle außer einer Handvoll. Vor drei Tagen schon.«

»Wo waren sie?«

»An ihrem Aufenthaltsort Nummer vier, über der Imbißhalle in Brixton.«

»Haben sie Sanji erwischt?«

»Ja. Es waren fünf von ihnen da. Sie haben sie alle erwischt.«

»Was geschah? Wo sind sie jetzt?«

»Sanji ist tot. Sie wollten ihn zum Reden bringen. Folterten ihn. Brachen ihm die Finger und die Knöchel und hielten ihm dann eine Waffe an den Kopf mit der Drohung, sie würden ihn erschießen, wenn er nicht redete. Er tat es nicht, und da haben sie ihn erschossen.«

»Und die anderen?«

»Man hat sie zum Verhör gebracht. Ein paar Stunden später fielen sie in alle Wohnungen Sanjis ein. Sie nahmen fünfzig Leute mit, einschließlich Sanjis Frau, und schafften sie auf Lastwagen in das Lager an der Küste in der Nähe von Rye. Ein altes Ferienlager und Hotel in Camber Sands. Sie haben die Sender, die Listen mit den Codes, alles.«

»Daß sie die Listen haben, macht nichts. Sie sind alle verschieden, und es gibt keinerlei Hinweise auf Kontakte.«

»Irgend jemand hat geredet, Harry, wir wissen nicht, was sie alles erzählt haben.«

Andrews zuckte die Achseln. »Nichts, was irgendeine andere Gruppe gefährden könnte. Aber wir sollten sie doch besser warnen.«

»Das habe ich bereits über Funk getan. Ohne Angabe von Details. Ich habe Crowther gebeten, nach Romney Marshes herunterzukommen, um näheres über das Lager in Erfahrung zu bringen.«

»Ich glaube nicht, daß wir etwas für sie tun können, Glyn. Wir sind schon zu nah am letzten Stadium. Wir können jetzt nicht noch mehr Leben aufs Spiel setzen.«

»Was ist mit Indis Mutter?«

»Ich werde schauen, ob wir Hilfe von außen kriegen. Wir können nichts tun. Sind Sie ganz sicher, daß Sanji tot ist?«

»Ja. Sie haben seine Leiche dort gelassen, und zwei von seinen Jungen kamen zurück, als die Russen fort waren, und haben ihn nach Hause getragen. Er wird eingeäschert.«

Andrews sah Glyn Thomas ins Gesicht. »Das ist unser erster wirklicher Rückschlag, Glyn. Bis jetzt hatten wir sehr viel Glück. Irgendwer hat geredet, sonst hätten sie Sanji nie gekriegt. Ich fahre besser mal wieder herum und schärfe ihnen noch einmal die Sicherheitsvorschriften ein.«

»Sagen Sie es Indi?«

»Ja. Ich sage es ihr.«

Als er auf Andrews' Gesicht wieder jenen angespannten Ausdruck wahrnahm, sagte der Waliser ruhig: »Lassen Sie mich es ihr sagen. Sie können sie dann trösten. Es wird leichter sein, wenn ich es tue. Weniger emotional.«

Andrews schüttelte den Kopf. »Danke. Aber ich werde es selbst tun. Weiß es Meg schon?«

»Nein. Nur Sie und ich.«

Als sie zum Haus zurückgingen, stand Indira in der Tür. Sie hielt eine Tasse Tee in der Hand. »Pünktlich zur vollen Stunde«, meinte sie lächelnd.

Andrews nahm die Tasse und ergriff Indiras Hand. »Komm, setz dich zu mir auf die Bank.«

»Okay.«

Als sie saßen, stellte er die Tasse auf das Pflaster und legte Indira den Arm um die Schultern. »Schau zum Berggipfel hinauf, Indi.«

Als sie zu den Wolken hinaufsah, die den Gipfel des Bergs wie Watte umhüllten, sagte Andrews: »Ich habe schlechte Nachrichten, Liebling. Die Russen haben viele Leute aus der Gruppe deines Vaters entdeckt. Deinen Vater haben sie erschossen und viele andere gefangengenommen, auch deine Mutter.«

Nach einer langen Pause fragte sie leise: »Bist du sicher? Besteht keine Chance, daß es ein Irrtum ist?«

»Nein. Es ist wahr, Liebes. Es tut mir furchtbar leid.«

»Erzähl mir, was passiert ist.«

Er schilderte ihr knapp die Details, und nach einer Weile fragte sie: »Warum sollte ich auf den Berggipfel schauen, bevor du es mir sagtest?«

»Wann immer ich früher unglücklich war, machte ich einen Spaziergang und betrachtete einen großen Baum, um alles im richtigen Verhältnis zu sehen. Um mein Problem an der Natur zu messen. Hunderte von Jahren gegen meine wenigen Jahre. Regen, Sonnenschein, Sturm und Wind und Generationen von Menschen, die denselben Baum betrachtet hatten. Das hat mich meistens beruhigt.«

»Das erinnert mich an etwas, das mein Vater oft zu mir sagte, weil ich mich nicht für religiöse Dinge interessierte. Er sagte: ›Dein ganzes Universitätswissen, deine Überzeugung, so etwas wie Gott existiere nicht, werden sich eines Tages ändern. Nicht durch logische Argumente, sondern weil du an jenem Tag Gott brauchen wirst.« Sie wandte ihm ihr Gesicht zu. »Ich glaube, daß dieser Tag heute für mich gekommen ist, Harry.« Und sie schlug ihre schönen, schmalen Hände vors Gesicht und schluchzte.

Beim Anblick des schlanken Nackens und der üppigen schwarzen Locken wurde Andrews wieder einmal bewußt, wie schön sie war. Und wie jung. Er hätte sich gewünscht, den Schmerz und die Trauer an ihrer Stelle tragen zu können. Sie war zu zart, zu edel, zu unschuldig, um eine solche Last aufgebürdet zu bekommen. Und einen flüchtigen, entsetzlichen Moment lang überlegte er, ob der Tod ihres Vaters ihre Beziehung zerstören könnte. Er wagte kaum, daran zu denken. Seine Tätigkeit hatte seine gesamte Zeit, sein ganzes Denken beansprucht. Jahrelang hatte er nichts anderes im Kopf gehabt, und auch das Auftauchen völlig neuer Gegner hatte keine neuen Gedanken in ihm hervorgerufen. Die Beziehung zu dem Mädchen jedoch hatte all dies verändert. Zuvor war er an allem nur körperlich und geistig beteiligt gewesen, aber nun war er auch emotional beteiligt und war sich seiner Verwundbarkeit bewußt. Mehr noch, er hatte Angst vor ihr. Jetzt hatte er ein persönliches Interesse am Ausgang der Sache, und das Mädchen war etwas, das er nicht verlieren wollte. Seine Achillesferse. Das Wort Liebe war keines der Wörter, die er mochte oder in den Mund nahm. Er empfand es als eines jener Worte, die dem Benutzer immer noch ein Hintertürchen offen lassen, die alles und nichts besagen. Ein Wort, das zu großzügig gebraucht wurde. Und allzuoft eher, um auszuweichen, als um etwas zu bekräftigen. Als er jedoch das Mädchen ansah, dachte er sehr an das Wort Liebe.

Nach einiger Zeit hob sie den Kopf und schaute Andrews an. Langsam schüttelte sie den Kopf. »Es kommt mir schrecklich vor, Harry, nirgends mehr hinzugehören.«

»Du gehörst schon wohin. Du gehörst zu mir.«

Sie legte ihre Hand in seine. »Denk an dein schottisches Gedicht: ›Der reist am schnellsten, der alleine reist.‹«

»Ich beabsichtige nicht, schnell zu reisen, Liebes. Und du gehörst jetzt schon so lange zu mir.«

»Ein paar Monate nur, Harry, mehr nicht.«

»Sieben Monate und acht Tage.«

Die zärtlichen braunen Augen sahen ihn an. »Ich liebe dich, Harry Andrews. Ich hatte mir geschworen, es nie zu sagen. Aber jetzt tu ich's.«

»Ich liebe dich auch, Indi.«

»Das ist keines deiner Worte, Harry. Was bedeutet es für dich?«

Er dachte einen Moment lang nach. »Daß ich dich mehr liebe als mich selbst, das trifft es am ehesten. Wenn nur einer von uns beiden glücklich sein könnte, dann würde ich wünschen, daß du es bist.«

»Mein Vater hat dich angebetet. Du warst sein Held.«

»Warum war das so?«

»Oh, größtenteils aus den verkehrten Gründen. Du seist tapfer und nicht egoistisch, du seist ganz einer Sache hingegeben. Du seist kein Trinker und kein Weiberheld.«

Sie lächelte warm. »Es gab sicher noch andere Gründe, aber das waren die, die er laut sagte.«

»Hat ihm das zwischen dir und mir etwas ausgemacht?«

»Er hat nie darüber gesprochen, weder so noch so. Wir redeten nie darüber. Aber er hat seine Meinung über dich nie geändert. Das weiß ich.«

»Könntest du mal darüber nachdenken, ob du mich heiraten würdest?«

»Nein.«

»Warum nicht?«

Sie lächelte leicht. »Darüber brauche ich nicht mehr nachzudenken. Natürlich würde ich dich heiraten.«

»Sofort?«

»Noch heute, wenn das möglich ist, und wenn du es willst.«

»Ich muß zwei Tage hierbleiben, dann werden wir nach Cambridge gehen. Dort heiraten wir.«

»Hat man sich um die Leiche meines Vaters gekümmert?«

»Ja. Er wurde eingeäschert. Einige seiner Männer, die nicht gefangengenommen wurden, sorgten dafür. Ich bin sicher, sie haben alles richtig gemacht.«

»Darf ich nach meiner Mutter fragen?«

»Ich werde sehen, was ich tun kann. In der Zwischenzeit werde ich ihr eine Nachricht zukommen lassen. Damit sie weiß, daß es dir gutgeht.«

Am Abend gab es eine kleine Feier mit einer Flasche von Glyn Thomas' Löwenzahnwein. Indi war den ganzen Tag bei Meg gewesen, während Andrews die Männer über den neuesten Stand der Dinge informierte. Trotz Sanjis Tod waren es gute Nachrichten. Am nächsten Morgen brachen sie alle auf. Langley nach Mittelengland, Jamie Boyle nach Schottland und den angrenzenden Grafschaften und Andrews nach London.

Kapitel 21

Cameron Davis saß im Dachgeschoß in Pen-y-Fan am Zeichentisch. Er überprüfte die Blaupausen, auf denen die Positionen von Hochspannungsmasten in einem bestimmten Gebiet aufgezeichnet waren. Dieses Gebiet lag südlich einer Linie, die von The Wash nach Mittelengland zwischen Birmingham und Stafford führte. Joe Langley und er selbst hatten schon berechnet, wo man die Ladungen plazieren mußte, um den größtmöglichen Schaden anzurichten, aber die Wahl des Hochspannungsmasten hing davon ab, wie man mit der begrenzten Sprengstoffmenge, die zur Verfügung stand, ein Maximum an Zerstörung bewirkte.

O'Malley hatte sechs Reisen unternommen, um Sprengstoff und Zünder zu Jamie Boyle und seinen Männern nach Schottland und in den Norden zu transportieren, und Joe Langley hatte die Verteilung im Süden übernommen. Das Problem bestand darin, wirklich die Hochspannungsmasten auszuwählen, deren Zerstörung den Russen den größten Schaden zufügen würde. Die meisten ihrer militärischen Einrichtungen hatten Notgeneratoren, und Andrews hatte verlangt, daß die Allgemeinheit möglichst wenig beeinträchtigt würde. Darum stellte die Wahl der einzelnen Masten ein Problem für sich dar. Es war genug Sprengstoff für 300 Masten vorhanden.

Zum ersten Mal in ihrer Kampagne waren Andrews, Langley und Boyle gemeinsam durchs Land gereist und hatten in 22 kleineren und größeren Städten die lokalen Gruppenführer veranlaßt, die Streikpläne noch einmal im Detail durchzugehen. Sie hatten sie vor den möglichen Folgen gewarnt, aber die Gruppenführer hatten geschworen, daß ihre eigenen Leute alles hinnehmen würden, was in ihrem Bereich passieren könnte. Sie waren sich sicher, daß die Öffentlichkeit sie unterstützen werde.

Der Jahrestag der Unterzeichnung des Moskauer Vertrags fiel auf einen Sonntag. In den Großstädten veranstalteten die Russen Freiluft-Militärkonzerte, Gymnastikvorführungen, Ausstellungen sowjetischen Kunstgewerbes und Paraden mit Panzerfahrzeugen und Truppen in Gala-Uniform. Die Zuschauer waren vorwiegend stille Kinder, die anschließend mit kleinen Bonbontüten belohnt wurden. Nach Einbruch der Dunkelheit fanden Feuerwerke statt, denen aber nur die übliche Handvoll Kollaborateure und ein paar direkt bei den Russen beschäftigte Leute beiwohnten. Ihre Namen wurden von den Männern und Frauen der lokalen Widerstandsgruppen notiert. Kurz nach Mitternacht waren die Flugblätter Straße für Straße in jedem Haushalt verteilt und die Verteilung war noch im Gange, als man bereits deutlich die ersten fernen Explosionen vernahm. Zum ersten Mal wurden auf den Flugblättern die Namen der Führer der Widerstandsbewegung genannt. Der Text war kurz, aber deutlich.

ALLEN BÜRGERN GROSSBRITANNIENS

1) Sie werden Ihren Arbeitsplatz nicht aufsuchen, bevor Sie über den Rundfunk auf 330 Meter dazu aufgefordert werden. Dies ist die frühere Wellenlänge von Radio 2 in Ihrem Radio. Eine Stimme, die Sie wiedererkennen werden, wird die einzige Stimme sein, der sie gehorchen. Die Sendung wird am betreffenden Tag um 18 Uhr ausgestrahlt werden.

2) Die illegalen Besatzungstruppen werden versuchen, Sie dazu zu zwingen, den Streik zu brechen. Wenn Ihnen Ihre Freiheit und die Zukunft Ihrer Kinder etwas wert ist, dann werden Sie dem Druck nicht nachgeben. Sie werden zwar Verhaftungen vornehmen und sich an der Zivilbevölkerung rächen, aber sie können nicht die ganze Bevölkerung einsperren.

3) Alle Männer und Frauen, die freiwillig mit der Besatzungsmacht kooperieren, werden von der Widerstandsbewegung hart bestraft.

4) Unser Land ist zu einem riesigen Sklavenlager geworden, in dem die Menschen keine Entscheidungsmöglichkeiten und keine Freiheit haben und täglich gedemütigt werden. Dies wird erst dann enden, wenn die Besatzungsmacht erkennt, daß wir niemals mit ihr kooperieren werden.

5) In der Widerstandsbewegung sind Zehntausende mutiger Männer und Frauen, die täglich ihr Leben riskieren, um unser aller Freiheit zu verteidigen – lassen Sie sie nicht im Stich!

6) Falls Sie immer noch nicht von der Skrupellosigkeit und Unbarmherzigkeit der Besatzer überzeugt sind, werden

Sie sie in den nächsten Wochen in Aktion erleben. Lassen Sie diese Aktionen für sich selbst sprechen.

7) Im Zweiten Weltkrieg sagte Winston Churchill, er habe nichts anzubieten als ›Blut, Schweiß und Tränen‹. Nicht einmal in jenen schlimmen Tagen, als die Sowjetunion und Nazi-Deutschland Alliierte waren, mußten wir seiner Liste noch ›Folter, Sklaverei, Mord‹ hinzufügen. Nur die brutalen Truppen Moskaus haben dies notwendig gemacht.

8) Seien Sie stark. Nicht bloß heute, sondern auch morgen und in aller Zukunft.

Harold Andrews
James Boyle
Joseph Langley
Cameron Davis
Glyn Thomas

Während der frühen Morgenstunden wachten die Leute vom Lärm der Fahrzeuge der Roten Armee auf, die zu den geknickten oder zerstörten Hochspannungsmasten fuhren. Sie befanden sich meist in entfernten Tälern, in der Nähe von Hängen und Äckern, so daß der Zugang erschwert und die Masten in der totalen Finsternis kaum auszumachen waren.

Als im Rote-Armee-Hauptquartier in Whitehall und im Feldquartier in Caterham die Meldungen aus dem ganzen Land eingingen, wurde klar, daß dies der bisher größte und entschlossenste Akt des Widerstands war und die Behebung der Schäden Wochen oder gar Monate dauern würde.

Von Kollaborateuren wurden gleich nach dem Ende der Sperrstunde einige Exemplare des Widerstands-Flugblatts abgeliefert, und Smetana war hin- und hergerissen zwischen sofortigen Vergeltungsmaßnahmen und einigen Tagen Aufschub, um zu verhindern, daß die in dem Flugblatt gemachte Unterstellung der Brutalität nicht wohlbegründet erschien. Moskau löste dieses Problem in ein paar Minuten. Die Generale führten jetzt den Befehl, und es herrschte ab sofort Kriegsrecht. Man würde die Arbeiter mit Gewalt zu ihrer Arbeitsstelle bringen, und falls sie sich weigerten zu arbeiten, würde man Geiseln nehmen und sie auf der Stelle erschießen.

Zu jeder großen Firma oder einer Gruppe kleinerer Fabriken kam ein Offizier der Roten Armee, und es wurden Armeelastwagen losgeschickt, um die auf den Lohnlisten stehenden Arbeiter abzuholen. Wer beim Besteigen der Lastwagen auch nur den geringsten Widerstand leistete, wurde geschlagen und grob behandelt. In großen Fabriken war das Problem, unwillige Arbeiter arbeitswillig zu machen, jedoch tatsächlich nicht zu lösen. Eine Handvoll Männer, die sich weigerten, ihre Pflicht zu erfüllen, konnten ganze Fließbänder stillegen.

Offiziere riefen Gruppen von jeweils fünfzig Leuten zusammen und lasen ihnen in stockendem Englisch die Erklärung des Kriegsrechts vor und welche Konsequenzen Gehorsamsverweigerung hatte. Erst um 15 Uhr nachmittags wurden die ersten Exekutionen vorgenommen, um 17 Uhr jedoch waren schon mehrere hundert Männer und vierzig Frauen vor den Augen ihrer Arbeitskollegen erschossen worden. Aber die Geiseln, die offen Widerstand leisteten, waren diejenigen, deren Arbeitsverweigerung der Grund für die Verzögerungen war, und als sie in Blutpfützen tot am Boden lagen, gab es niemanden mehr, der ihre Erfahrung und ihre Fertigkeiten besaß und ihren Platz hätte einnehmen können. Die düsteren, zornigen Mienen der am Leben gebliebenen Arbeiter ließen manche Offiziere Verstärkung herbeirufen, und in einigen Fällen führte es dazu, daß die Arbeiter bis zur nächsten Frühschicht beurlaubt wurden.

Am nächsten Tag herrschte ein noch schlimmeres Chaos. Die brutalen Erschießungen und der Umstand, daß die Arbeiter dabei zusehen mußten, taten ihre Wirkung. Selbst die fast drei Jahre dauernde sowjetische Okkupation hatte nicht die Furcht erzeugt, die die sowjetischen Arbeiter nach jahrzehntelanger erbarmungsloser Brutalität unterjocht hatte.

Um die Produktion in großen Fabriken in Gang zu halten, hatte man sowjetische Techniker zu Hilfe geholt, aber es war zwecklos. Die Frauen und Männer taten nur so, als arbeiteten sie, und die Fließbänder stockten kleinerer Sabotageakte wegen alle zehn Minuten.

Nach vier Tagen Aufruhr hielt Maljutin im Radio und Fernsehen eine Rede auf russisch, die Satz für Satz ins Englische übersetzt wurde. Es war eine Mischung aus Appellen an die Arbeiter, in ihrem eigenen Interesse mitzumachen, und der Androhung von Massendeportationen, falls sie sich weiterhin weigerten.

Nachdem nach zwei Tagen noch keine Besserung eingetreten war, ging die Rote Armee dazu über, willkürlich irgendwelche Leute als Geiseln zu nehmen. Nicht nur Arbeiter, sondern auch einfach Menschen auf der Straße. Soldaten mit Maschinenpistolen verfrachteten ihre Opfer auf Armee- und Zivillastwagen und fuhren sie weg.

Sie kamen alle nach Portsmouth, wo sie von vier sowjetischen Transportschiffen erwartet wurden. Selbst in diesem letzten Stadium gab es noch Geiseln, die die Brutalität und die Gleichgültigkeit der Rotarmisten schockierte. Aber die Soldaten der Roten Armee hatten in etlichen Ländern rund um die Welt ähnliche Aufgaben ausgeführt. Und in der Sowjetunion sogar gegen ihre eigenen Mitbürger. Die Rotarmisten führten die Befehle ihrer Herren im Kreml aus, weil sie sehr wohl wußten, daß sie selbst exekutiert oder in ein Arbeitslager geschickt würden, sobald sie auch nur das geringste Mitleid für ihre Opfer zeigten.

In der Nacht, in der die vier Transporter abfuhren, wurde das Rote-Armee-Hauptquartier im ehemaligen Kriegsministerium von Boden-Boden-Raketen vollständig zerstört. Smetanas Hauptquartier im Hotel Savoy brannte die ganze Nacht hindurch, und in Birmingham, Glasgow, Manchester, Newcastle, Cardiff und London wurden einzelne Rote-Armee-Einheiten mit Raketen beschossen. Unter den Sowjets gab es über 2000 Tote und noch viel mehr Schwerverletzte. Und die ganze Nacht und den folgenden Tag hindurch flogen Truppentransportflugzeuge der Roten Armee sämtliche Flughäfen und Flugplätze im Land an und brachten immer mehr Verstärkung.

An jedem Tag des Generalstreiks schaltete auch heute jeder Haushalt die zwei Wellenlängen des alten Radio 2 ein und schaltete von einer zur anderen. Am zehnten Tag fingen die Hörer auf 909 kHz um 17.58 Uhr das Summen einer Trägerwelle auf. Es hatte viele Spekulationen gegeben, um wessen Stimme es sich wohl handeln mochte. Pünktlich um 18 Uhr begann die Musik, und noch vor den Seemöwenschreien lächelten die Leute, und dann vernahmen sie die vertraute Stimme. »Ich hoffe, daß die meisten von Ihnen sich an die Kennmelodie von ›Platten auf einer einsamen Insel‹ erinnern. Diese Sendung kam früher auf der Wellenlänge von Radio 4, und ich wünschte, ich könnte auch heute wieder einen unserer Gäste und seine acht Schallplatten vorstellen. Traurigerweise ist das im Augenblick nicht möglich. Ich wurde gebeten, Ihnen zu sagen, daß der Generalstreik jetzt zu Ende ist. Wenn Sie wollen, können Sie morgen früh wieder zur Arbeit gehen. Sie haben die Brutalität der Sowjetarmee gesehen. Die gleiche Brutalität, die auch Menschen in Ostberlin, Polen, Ungarn, der Tschechoslowakei, Afghanistan und vielen anderen Ländern erlebt haben. Außerdem haben Sie gesehen, daß die sowjetische Besatzungsmacht dieses Land nicht ohne ihre Kooperationsbereitschaft regieren kann.

Der Widerstand wird ab jetzt wieder energisch von den Widerständlern selbst weitergeführt. Sie haben Ihren Part gespielt und aus Ihrem Mut und Ihrer Unterstützung haben die Leute, die dem Widerstand angehören, neue Kraft geschöpft. Seien Sie versichert, daß diese Brutalität Tag für Tag gerächt werden wird, je mehr sich die Truppen der Freiheit gegen diese Aggressoren durchsetzen.

Ich spreche zu Ihnen von außerhalb Großbritanniens, was an sich schon ein Zeichen dafür ist, daß wir vom Rest der Welt nicht vergessen oder im Stich gelassen werden. Im Augenblick mag für Sie alles sehr düster aussehen, aber so wird es nicht bleiben... wie unsere Widerstandsführer sagten... es wird ein Morgen geben. Es sprach zu Ihnen Roy Plomley. Gute Nacht und Gott segne Sie.«

In der gesamten freien Welt füllten detaillierte Berichte über das brutale Vorgehen der Russen die Titelseiten der Zeitungen und waren das Hauptthema in Radio- und Fernsehsendungen. Moskau war in die Falle gegangen, hatte wütend die Prügeleien und Deportationen abgestritten und behauptet, all dies sei eine pure Erfindung Washingtons.

Am nächsten Tag gab Washington eine Unmenge Fotografien frei, denen man eindeutig entnehmen konnte, was wirklich geschehen war. Moskau erwiderte, die Fotografien seien alle gestellt und gefälscht. Daraufhin gab die Mediensonderabteilung, die in New York eingerichtet worden war, Filme und übersetzte Tonbänder an die Fernsehstationen weiter. Diese Dokumente zeigten peinlich deutlich den Schmerz und die Not der mißhandelten Zivilisten und die Abtransporte der Gefangenen auf sowjetischen Schiffen. Es konnte sich um keine Fälschung handeln, die Namen auf dem Rumpf der sowjetischen Schiffe waren deutlich zu erkennen. Und einige Tage später wurden Tonbandaufzeichnungen von Telefongesprächen zwischen sowjetischen Funktionären und Offizieren der Roten Armee sowie deren Truppeneinheiten freigegeben. Es gab Interviews mit Augenzeugen, die betrüblicherweise offenkundig authentisch waren.

In allen europäischen Parlamenten wurden zornige Fragen erhoben. Selbst nicht pro-westliche Regierungen hatten offizielle Protestnoten nach Moskau gesandt. Lateinamerika, die arabischen Länder, Indien, China und Japan eingeschlossen.

Außer Finnland verhängten alle skandinavischen Länder eine

Handelssperre über die Sowjetunion und ihre Satellitenstaaten, und darin folgten ihnen die Niederlande, Belgien, Italien, Griechenland, Spanien und Saudiarabien. Portugal, Irland, die Türkei, Kanada, Australien und Neuseeland schlossen ihre Botschaften in Moskau und wiesen ihrerseits die sowjetischen Botschafter aus dem Land.

Eine Woche später beriefen auch Frankreich und Deutschland ihre Botschafter aus Moskau ab und gaben damit endlich auch dem Unwillen ihrer Völker Ausdruck.

Im Kreml brannte die ganze Nacht hindurch Licht. Drinnen wurden zornig Vorwürfe wegen Inkompetenz und Führungsschwäche gemacht und zurückgewiesen. Der Kreml schien seinen magischen Touch verloren zu haben. Jahrelang war er mit jedem seiner Abenteuer ungeschoren davongekommen. In Afrika, den Golfstaaten, Südamerika, Afghanistan und Polen hatte die Sowjetunion die internationale Meinung mißachtet und war doch davongekommen. Nicht nur, daß sich jedesmal die kühnsten Hoffnungen des Kremls erfüllten, sondern es erhob sich auch keine Hand gegen die Sowjetunion, außer den Amerikanern. Und als die Amerikaner Exportverbote für Getreide und spitzentechnologische Erzeugnisse erließen, fielen ihnen ihre sogenannten Freunde oder Verbündeten ohne weiteres in den Rükken. Das Getreide war aus Argentinien gekommen, die Technologie aus Frankreich und Deutschland. Und die Sowjetunion hatte wieder einmal ihr Ziel erreicht. Die Kapitalisten trieben mit jedem Handel. Geld und Handel waren wichtiger als Freiheit, besonders wenn es um die Freiheit anderer Völker ging.

Sie trieben nicht nur Handel mit der Sowjetunion, sondern überdies boten ihre Politiker und Bankiers günstige und langfristige Kredite an. Der Ostblock hatte beim Westen so hohe Schulden, daß es die Kreditgeber nicht wagten, irgendwo in der Welt von ihrem Reinfall zu berichten. Alle Theorien über den unvermeidlichen Zusammenbruch kapitalistischer Systeme bewahrheiteten sich. Die Männer im Kreml konnten es sich erlauben, den traurigen Zustand ihrer eigenen Industrie und Landwirtschaft zu ignorieren. Der Westen war gern bereit, die Löcher zu stopfen, nicht nur mit seinen eigenen Produkten, sondern auch mit Geld. Und in der Zwischenzeit konnte die sowjetische Wirtschaft in eine Kriegsmaschinerie umgewandelt werden, die den Krieg überflüssig machte. Eine überwältigende Überlegenheit, die den Krieg zwecklos werden ließ. Die Spielfiguren würden eine nach der anderen umfallen. Ein sanfter Stoß, ein Stirnrunzeln oder Knurren aus dem Kreml, und schon würden sie klein beigeben, auch wenn sie auf ihre Atomraketen verzichten mußten oder die Versuche der Vereinigten Staaten ignorierten, die sowjetische Aggression rund um die Welt unter Kontrolle zu halten. Wer kümmerte sich nach den ersten Monaten noch darum, was in Afghanistan geschah? Wer kümmerte sich darum, wer in Massawa oder Addis Abeba abgesetzt oder ermordet wurde, selbst als sie das Rote Meer und einen Teil des Indischen Ozeans beherrschten? Wer konnte auch nur auf der Karte zeigen, wo Kambodscha oder Vietnam lagen?

Niemand im Kreml hatte gesagt, das alles sei zu schön, um wahr zu sein. Es *war* wahr, und es war nur eine Frage der Zeit, daß der Westen alles hinschmiß und den zermürbenden, erschöpfenden, fruchtlosen Kampf aufgab.

Und jetzt hatte sich plötzlich alles geändert. Selbst in der Sowjetunion gab es Streiks und Proteste gegen die Lebensbedingungen, sogar gegen den Gulag, und es vollzog sich eine allmähliche Steigerung der Proteste gegen den Staat selbst. Aber es war vor allem die Reaktion auf die Situation in Großbritannien, die die sowjetischen Machthaber verwirrte und schockierte. Sie hatten dort ja nichts getan, als was sie schon in etlichen anderen Ländern getan hatten. Warum also soviel Aufhebens um die Briten? Vor drei bis vier Jahren hatte keine einzige europäische Regierung für Großbritannien und die Briten ein gutes Wort übrig gehabt. Warum jetzt dieser Aufruhr? Was war an den Briten so besonderes?

Trotz aller inneren Streitigkeiten waren die Russen entschlossen, die Herrschaft über Großbritannien nicht aufzugeben. Um das Volk ging es dabei nicht, das hatte nichts zu melden, aber diese kleine Inselgruppe beherrschte den Nordatlantik und versperrte den Amerikanern den Weg nach Europa und zur Ostsee. Falls es nötig sein würde, würden sie die Briten ausradieren. Die, die noch übrigblieben, würde man in den Osten des Urals deportieren und das Land dann mit sowjetischen Familien kolonisieren.

Der Streit tobte Tag um Tag, Nacht um Nacht, aber es kam zu keiner endgültigen Entscheidung. Es fehlte ein Stück in dem ganzen Puzzlespiel. Wie Philosophen des Altertums warteten sie auf ein Zeichen. Ein Zeichen, das ihnen den richtigen Weg zeigen würde. Der Gedanke, daß ihr Verhalten in Großbritannien einen Mythos zerstört hatte, den sie selbst erfunden und jahrzehntelang gepflegt hatten, kam keinem der Mitglieder des Politbüros in den Sinn. Der Mythos des »Hier könnte so etwas nicht passieren«. Dies hatten sowjetische Sympathisanten jahrzehntelang in raffinierter, unbarmherziger Weise in Europa verbreitet. Was in Warschau, Prag und Kabul passiert war, hatte spezielle Gründe und war etwas völlig anderes. Euch könnte das nicht passieren. Die Polen, Tschechen und Afghanen wußten zwar, daß es einem doch passieren konnte, aber sie waren an solche Dinge gewöhnt. Es gehörte zu ihrer Geschichte. Und man konnte sie ein wenig mit hübschen Mädchen vergleichen, die aufreizende enge Pullis tragen und dann vergewaltigt werden. Sie hatten es so gewollt. An Frankreich, Deutschland, Italien, Holland und Großbritannien waren sie nicht rangekommen. Zumindest nicht in früheren Zeiten.

Kapitel 22

Lew Sawalew schaute durch den Vorhangspalt. Er stand nackt am Fenster. Er beobachtete die Morgendämmerung, während er zu den Gartenanlagen des Buckingham Palasts hinüberschaute. Sawalew hatte die Penthaus-Suite auf dem Dach des Hotels Rossija belegt. Vor einigen Jahren waren die ›Hilton London‹-Lettern entfernt worden, als das Hotel in ein Apartmenthaus für hohe sowjetische Berater umfunktioniert worden war.

Die Ehrenwerte Daphne Mather lag, ebenfalls nackt, mit geöffneten Beinen auf dem luxuriösen Rundbett. Aber Sawalew hatte genug. In fünf Stunden mußte er in Heathrow sein, und es würde eine Reise ohne Rückkehr sein. Er ging zum Bett hinüber und zündete sich eine von Daphnes Zigaretten an.

»Wann hat er es dir gesagt, Lew?«

»Vor drei Tagen.«

»Welchen Grund gab er an?«

Sawalew zuckte die Achseln. »Er braucht keine Gründe anzugeben. Wenn er sagt, ich soll gehen, dann gehe ich.«

»Warum, glaubst du, schickt er dich zurück?«

»Ich weiß verdammt genau warum. Das Militär macht größere Schwierigkeiten als wir. Smetana hofft, daß ich sie davon überzeugen kann, daß er wieder die Führung übernehmen sollte, oder zumindest, daß ein paar dunkle Flecken wieder ausradiert werden, die er sich eingehandelt hat.«

»Was wirst du in Moskau tun?«

»Keine Ahnung. Wahrscheinlich werden sie mich wieder in dieses gräßliche Ausbildungscamp zurückschicken.«

»Sie werden dich aber nicht in den Gulag schicken oder irgend so was Schlimmes in dieser Art?«

»Ich denke nicht. Aber ich habe zu wenig Verbindung zu den Kerlen, um zu wissen, was in ihren Köpfen vorgeht.«

»Was bedeutet eigentlich Gulag im Russischen? Ist das ein Ort oder was?«

Sawalew lächelte. »Das sind viele Orte. Es sind die Anfangsbuchstaben einer Organisation – *Glavnoe Upravlenie Ispravie-telnotrudovich Lagerei.* Das bedeutet übersetzt die Hauptverwaltung der Besserungs-Arbeitslager. Und es wird vom KGB verwaltet.«

»Wo ist das?«

»Gulag-Lager sind überall in der Sowjetunion. Es gibt über fünfzig. Vielleicht sind es inzwischen sechzig geworden.«

»Wie viele Leute sind in den Lagern?«

»Nur ein Spitzenmann innerhalb der Gulag-Organisation könnte eine genaue Zahl angeben, aber es dürften etwa zweieinhalb Millionen Kriminelle und zehn Millionen politische Gefangene sein.«

»Zehn Millionen! Allmächtiger! Was, zum Teufel, haben sie denn getan?«

»Sie sind Staatsfeinde.«

»Was heißt das?«

»Sie haben das Regime oder das System kritisiert.«

Sie sah ihn an. »Armer alter Lew. Es ist furchtbar.«

»Wieso sagst du das?«

»Ihr seid schlimmer dran als wir. Es ist unglaublich. Warum lassen sich die Leute das gefallen? Warum beklagen sie sich nicht?«

»Weil sie nicht selbst in den Gulag wollen.«

»Ist Smetana immer noch in Ungnade?«

Sawalew lachte auf. »Liebling, er ist in Ungnade gefallen, die Generäle sind in Ungnade gefallen. Alle sind in Ungnade gefallen. In dieses Land abkommandiert zu werden ist, laut Smetana, kaum besser, als nach Sibirien verschickt zu werden. Man kann es in diesem Schutthaufen zu nichts bringen.«

»Warum türmst du nicht einfach?«

»Was heißt das... türmen?«

»Weglaufen. Sich verstecken. Einfach nicht zurückgehen.«

»Und was tun, um Gottes willen?«

»Weißt du, ich verstehe nicht, warum ihr Russen dauernd sagt ›Um Gottes willen‹ und ›Um Himmels willen‹? Ihr glaubt doch nicht an Gott, warum redet ihr dann dauernd von ihm?«

»Wahrscheinlich, weil ihr Bastarde uns angesteckt habt.«

»Hör schon auf, Lew. Dir ist es hier sehr gutgegangen. Du hast wie ein Millionär gelebt und konntest mit jedem Mädchen schlafen, auf das du Lust hattest. Was könnte ein Mann mehr wollen?«

Sawalew drückte die Zigarette aus. »Du würdest es ja doch nicht verstehen, Süße.«

Sie griff nach seiner Hand und legte sie zwischen ihre Beine. »Machst du es nochmal? Um der guten alten Zeit willen.«

Und Sawalew war Gentleman – oder Lüstling – genug, um sich neben sie aufs Bett zu legen und sie an sich zu ziehen.

In Scheremetjewo wartete auf Sawalew ein offizieller Brief. Seine früheren Räume stünden bereit, und er solle sich sobald wie möglich am Dsershinskij-Platz melden. Sawalew atmete auf. Es sah nicht so schlecht aus, wie er befürchtet hatte.

Am nächsten Tag im KGB-Hauptquartier wurde zwar kein roter Teppich ausgerollt, aber es gab auch keine Vorwürfe. Er erhielt ein paar Tage Urlaub und sollte dann dem Team beitreten, das sich mit der Erforschung der zunehmenden Subversion in der Sowjetunion befaßte.

Er ging ins Amt für Bezugsscheine, um seine Lebensmittelkarten abzuholen, und es war Anna, die sie ihm gab. Sie lächelte.

»Ich habe schon gehört, daß du wieder da bist, Lew. Wie hat es dir in London gefallen?«

»Nur du hast mir noch gefehlt, dann wäre alles perfekt gewesen.«

Sie lachte. »Da habe ich aber ganz andere Dinge gehört!«

»Du solltest nie auf den Klatsch hören, der vom Außenministerium in die Welt gesetzt wird. Man kann sich nie darauf verlassen.«

»Es war nicht das Außenministerium. Aber egal. Wir haben frische Lieferungen aller Früchte, außer Erdbeeren und Himbeeren. Rindfleisch, Huhn, Gans. Beide Sorten Kaviar und eine große Käseauswahl.«

»Wähl du für mich aus, Anna. Und nimm Dinge, die auch dir schmecken.«

Anna lächelte zu ihm auf. Es war ein schelmisches Lächeln. »Ich bin verheiratet, Lew. Hast du das nicht gewußt?«

»Na und? Wer ist es denn?«

»Er ist ein Drehbuchautor und sehr nett.«

»Bist du immer noch im selben Zimmer?«

»Ja. Wir bemühen uns um einen Tausch, damit wir noch ein zweites Zimmer haben.«

»Wann kann ich dich sehen?«

»Ich hab' dir doch gesagt, daß ich verheiratet bin.«

»Sei nicht albern. Komm in meine Wohnung.«

»Hast du immer noch dein früheres Apartment?«

»Ja. Ich bin gestern abend eingezogen. Sag dem alten Lemontew, daß du dich nicht wohl fühlst, und komm mit mir.«

»Ich kann es nicht riskieren, Lew.«

»Hör doch auf, Kleines. Du würdest doch nicht mehr hier arbeiten, wenn du nicht mit andern Männern schlafen würdest.«

Sie zögerte. »Ich komme, wenn hier zugemacht wird. Mein Mann ist für ein paar Tage in Minsk. Aber es geht nicht regelmäßig.«

Sawalew lächelte. »Natürlich nicht, Süße. Mit zwei-, dreimal pro Woche bin ich schon zufrieden.«

Anna lachte. »Du bist ein Schuft, Lew. Du kennst doch so viele alleinstehende Mädchen, mit denen du schlafen kannst.«

»Bis später, Kleines.«

Sie nickte, und bevor er ging, beugte er sich über die hölzerne Schranke und küßte Anna.

Ein Teller mit dreieckigen Stücken georgischem Käse, zwei Pflaumen und einem Löffel voll schwarzem Kaviar stand schief zwischen ihnen auf dem Bett.

Während Sawalew die Ecke eines *blini* mit Kaviar bestrich, sagte er: »Erzähl mir was von deinem Jungen. Wie heißt er?«

»Josef. Und er ist jung und sieht gut aus, und außerdem ist er sehr talentiert.«

Sawalew grinste. »Das muß er auch sein, um Sie immer zufriedenzustellen, Madame.«

»So meine ich das doch gar nicht, du Idiot, obwohl...«

Sawalew umfaßte eine ihrer Brüste. »Sei doch nicht gleich gereizt, es war nur ein Scherz unter alten Freunden. Hast du mich vermißt?«

»Nein. Es gibt immer viele Gelegenheiten, das zu tun, was du tun willst.«

»Was macht er in Minsk?«

»Dort ist die Filmgesellschaft. Er ist dort jeden Monat eine Woche oder zehn Tage. Warum nimmst du denn den Teller weg...«

Aber ihre Beschwerde wurde durch einen Kuß erstickt, und ihr geschmeidiger junger Körper drängte sich ihm heftig entgegen.

Als es vorbei war, lag Sawalew auf dem Rücken, sah zur Decke hinauf und streichelte Annas Schenkel. »Erzähl mir, was während meiner Abwesenheit in Moskau passiert ist.«

»Wie lange warst du insgesamt weg?«

»Etwas mehr als zwei Jahre. Zwei Jahre und drei oder vier Monate.«

»Was möchtest du denn wissen? Hast du die *Iswestija* und die *Prawda* in London nicht bekommen?«

»Ich meine den Klatsch. Wer mit wem schläft, und wem man was nachsagt.«

»Dein ehemaliger Chef Podgornij schläft mit dem Mädchen, das in *Der Traum von Morgen* die Hauptrolle spielte. Der alte Tkatschew schläft mit einem unserer Botenjungen, der seinerseits auch mit Karow schläft. Tkatschew wäre wütend, wenn er es erfahren würde, aber Karow hat außerdem auch noch einen Jungen, der als Bühnenbildner beim Bolschoi-Theater arbeitet. Ustinows Sohn nimmt Drogen und schläft mit Orlows Tochter und wird bestimmt im Gulag enden. Und...«

»Sag mir, was du sonst noch über Podgornij weißt.«

»Welche Art von Dingen?«

»Natürlich negative. Was weißt du noch von ihm?«

»Er steckt in Schwierigkeiten. Es hat irgend was mit Dissidenten, Subversion, Staatsfeinden zu tun, oder wie immer man sie nennen will.«

»Was ist mit denen?«

»Sie haben Streiks organisiert. Einer dauerte eine Woche. Und einer fand in dem Atomkraftwerk in Tscheljabinsk statt. Jemand hat dort irgend etwas Wichtiges sabotiert. Ein Ventil zugedreht.«

»Woher weißt du das?«

»Er schläft mit der Filmschauspielerin, und deren Mann besucht mich ab und zu. Er ist eifersüchtig auf Podgornij, würde aber nie wagen, etwas gegen ihn zu unternehmen. Podgornij hat Natascha angedeutet, ihr Mann würde im Gulag landen, falls er sich einmischte. Er ist ein richtiger Schweinehund, aber das weißt du ja wahrscheinlich selbst.«

»Erzählst du deinem Mann von diesen Dingen?«

»Nein. Er interessiert sich nicht dafür, und wenn er nur die Hälfte von dem wüßte, was da so vorgeht, dann würde er gegen mich Verdacht schöpfen.«

»Bleibst du heute nacht hier?«

»Möchtest du das wirklich?«

»Ja.«

»Tust du etwas für mich, wenn ich die ganze Nacht bleibe?«
»Was möchtest du?«
»Benzingutscheine und eine Reiseerlaubnis.«
»Wie viele und wohin?«
»So viele du kriegen kannst, und die Erlaubnis so weit wie möglich.«
»Ich habe noch keine Gutscheine, aber du kannst morgen früh aus meinem Wagen einen Tankvoll absaugen. Du mußt auf dem Erlaubnisschein genaue Ortsangaben machen. Wo möchtest du hinfahren?«
»Es ist nicht für mich.«
»Für wen dann?«
»Für einen Burschen, der mir Kleider und Unterwäsche besorgt.«
Sawalew lachte. »Du freches Luder. Er muß das Reiseziel und Zwischenstationen angeben. Und nichts in Richtung chinesische Grenze! Das würde ich nicht einmal für mich selbst kriegen.«
»Ich werde dir eine Liste der Orte mitbringen, wenn ich morgen wiederkomme... oh, Lew... nicht schon wieder!«

Orlow war von der offiziellen Eröffnung einer neuen Ausstellung in der Eremitage nach Moskau zurückgeflogen. Wenn es einen Aspekt der russischen Kunst gab, der Orlow langweilte, dann waren das Ikonen, und in Leningrad eine Ikonenausstellung eröffnen zu müssen, bedeutete für ihn Zeit- und Geldverschwendung. Aber der französische Botschafter war dagewesen, und er hatte ein paar Worte mit ihm reden wollen. Jetzt jedoch wollte er direkt von Scheremetjewo aus zu der neuen Datscha fahren, die er sich in der Nähe der Schriftstellerkolonie Peredelkino hatte bauen lassen.

Er fluchte innerlich, als er auf dem Hallenvorfeld Fomenko stehen sah, der ihn erwartete. Hinter Fomenko stand eine ältliche Frau.

»Was gibt's, Fomenko? Mein Wagen wartet. Ich ziehe mich für ein paar Tage zurück.«

»Ich möchte vor Ihrer Abfahrt mit Ihnen sprechen, Herr Ministerpräsident. Es ist äußerst dringend.«

»Wer ist denn diese gräßliche Frau mit der Brille?«

»Das ist Professor Piatkowa, eine Historikerin.«

»Was, zum Teufel, tut sie hier?«

»Heute morgen wurde auf Ihrem Schreibtisch ein Brief gefunden. Ich dachte, es könne sich vielleicht um den Brief eines Irren handeln, und schickte ihn zum KGB hinüber. Die gaben ihn der Professorin. Sie arbeitet dort in der Auswertungsabteilung. Sie machte eine dringende Meldung. Ich wurde angerufen, und man schickte sie her. Ich glaube,

Sie sollten einmal mit ihr sprechen.«

»Können *Sie* sich denn nicht damit befassen, um Himmels willen?«

»Doch. Aber ich würde Ihnen raten, es sich einmal anzuschauen. Ich habe dafür gesorgt, daß wir hier ein Büro benutzen können.«

Orlow seufzte. Auf seinem Gesicht spiegelte sich unverhohlener Ärger.

»Gut, gehen wir. Aber nicht länger als zehn Minuten.«

Fomenko hatte die VIP-Empfangsräume belegt, und er machte der Frau ein Zeichen, sie solle warten, während er Orlow die Tür zum inneren Raum aufhielt.

Als Orlow schwer in einem der Ledersessel saß, schaute er auf die Uhr und sagte: »Also. Worum geht's?«

Fomenko entnahm seinem Aktenkoffer eine Plastikhülle und gab sie Orlow, der den Brief las, ohne ihn zuvor aus der Hülle zu nehmen.

Er las langsam und gründlich, nahm den Brief dann doch aus der Hülle und las ihn noch einmal von vorn.

Schließlich steckte er ihn zurück und sah auf das Gemälde an der ihm gegenüberliegenden Wand. Es zeigte den schneebedeckten Roten Platz in der Abenddämmerung mit einem blassen Mond. Alles war in Blau- und Grautönen gehalten, und das Historische Museum hob sich als dunkle Silhouette gegen den rauchigen Himmel ab. Orlow wandte sich Fomenko zu.

»Das ist das Werk eines Irren. Irgendein Verrückter, der keine Aufenthaltsgenehmigung für Moskau erhält.«

»Sie sollten sich lieber mal anhören, was die Professorin dazu meint. Sie sagt, es seien einige typische Sätze und Wendungen dabei.« Orlow las den Brief noch einmal durch. Er war nicht getippt, sondern gedruckt.

EIN OFFENER BRIEF AN JEWGENIJ ILLJITSCH ORLOW, MINISTERPRÄSIDENT DER SOGENANNTEN UNION DER SOZIALISTISCHEN SOWJETREPUBLIKEN

Als der ernannte (nicht gewählte) Führer der Kommunistischen Partei halten wir Sie für die Diktatur der selbsternannten Elite verantwortlich, die die arbeitenden Massen Rußlands mißbraucht. Als Führer der Bolschewiken, die gewaltsam und illegal, mit der finanziellen Unterstützung unseres damaligen Feindes, der deutschen Regierung, an die Macht gelangten, fordern wir Sie auf, umgehend Maß-

nahmen zu ergreifen, um das historische Unrecht zu korrigieren, das am russischen Volk begangen wurde.
Wir fordern die Erfüllung folgenden Programms:

1) Redefreiheit und Organisation aller Arbeiter in politischen Parteien und unabhängigen Gewerkschaften.
2) Freie Wahlen in geheimer Abstimmung, überwacht von unabhängigen Gremien.
3) Die Freilassung aller politischen Gefangenen.
4) Die sofortige Abschaffung sämtlicher Privilegien, die die Mitglieder der Kommunistischen Partei auf allen Ebenen in Anspruch nehmen.
5) Die Abschaffung der Geheimpolizei (KGB – Komitet Gosudarstwennoj Bezopasnosti).
6) Die Freiheit für alle Bürger, Reisen im In- und Ausland zu unternehmen.
7) Unabhängigkeit für alle sogenannten Sowjetrepubliken und alle Länder des Warschauer Pakts.
8) Die Veröffentlichung dieses Briefes in allen nationalen Medien.

Falls wir nicht sofortige Beweise dafür sehen, daß unsere Forderungen erfüllt werden, werden wir Maßnahmen ergreifen, um für alle Bürger Gerechtigkeit zu erlangen.

Das Zweite Provisorische Revolutionskomitee

Orlow sah seufzend von dem Ordner auf. »Holen Sie sie herein. Holen Sie die dumme Ziege herein.«
Fomenko holte die Frau herein und wies auf den Orlow gegenüberstehenden Sessel.
»Sagen Sie dem Ministerpräsidenten, was Sie mir gesagt haben.«
Da die Frau ihn ansah, als warte sie auf seine Zustimmung, nickte Orlow und verschränkte aggressiv die Arme.
»Genosse Ministerpräsident, die Bezeichnung dieser Organisation... ihr Name... das Zweite Provisorische Revolutionskomitee... hat eine bestimmte Bedeutung... Sie werden sich sicherlich daran erinnern, daß sich als Erstes Provisorisches Revolutionskomitee die konterrevolutionäre Organisation bezeichnete, die der Marineangestellte Petritschenko 1921 mit den Aufständischen des Kriegsschiffs *Petrowpawlowsk* gründete, als die Ostseeflotte auf dem Flottenstützpunkt in Kronstadt gegen die Kommunistische Partei meuterte.«

»Ich würde Ihnen nie widersprechen, Professor. Weiter. Was soll das, die Partei sei von den Deutschen finanziell unterstützt worden?«

»Das bezieht sich auf die ursprünglichen Behauptungen von 1917, daß Lenin und die Propagandakampagne der Partei von der deutschen Regierung unterstützt worden seien.«

»Hat das jemand geglaubt?«

»Es gab Briefe des Genossen Lenin an zwei Männer namens Haniecki und Kolowskij, in denen der Empfang des Geldes bestätigt wird. Und der deutsche Außenminister Kühlmann schrieb in diesem Zusammenhang an den Kaiser einen Bericht, der sich noch heute in einem deutschen Archiv befindet.«

»Sonst noch was?«

»Ja. Der Wortlaut der Forderungen basiert exakt auf den vom damaligen Komitee gewählten Worten.«

»Und was beweist das alles? Daß der Verrückte, der diesen Brief geschrieben hat, ein Historiker ist oder was?«

»Ich meine, es deutet alles darauf hin, daß diese Leute unbedingt wollen, daß Sie es ernst nehmen.«

»Haben Sie sonst nichts zu sagen?«

»Nein, Genosse Ministerpräsident.«

Orlow entließ die Frau mit einem Kopfnicken. Sie ging hinaus und schloß die Tür hinter sich. »Noch etwas, mein Lieber?« erkundigte Orlow sich eisig bei Fomenko. »Möchte das KGB vielleicht, daß ich den nationalen Notstand ausrufe?«

Fomenko zuckte die Schultern. »Ich dachte eben, Sie sollten es so bald wie möglich lesen.«

Orlow stand auf. »Lassen Sie meinen Wagen kommen.«

Genau eine Woche später kam der erste Schlag, und Orlow erkannte, daß er die Situation falsch eingeschätzt hatte.

In der Samstagausgabe der *Prawda* erschien der offene Brief in voller Länge. Und zwar inmitten der Sportkommentare. Das KGB wurde durch den anonymen Telefonanruf eines aufmerksamen Zeitungsverkäufers darauf hingewiesen. Ein KGB-Team begab sich sofort in die Druckerei und hatte nach zehn Minuten Namen und Adressen des Layouters und des für die Korrektur speziell dieser Seite zuständigen Redakteurs herausgefunden.

Der eine wohnte in der Nähe der Metro-Station *Sokolniki*. Der Korrekturleser wohnte in der Nähe des Antiquariats in der *Ulitsa Katschalow*. Das Zimmer des Layouters war leer. Keine Möbel, nichts. Es wurden routinemäßig Fingerabdrücke gesichert und ein paar Nachbarn befragt. Seit zehn Tagen hatte ihn niemand mehr gesehen.

Der Redakteur war im Krankenhaus. Er war vier Tage zuvor von einem Wagen angefahren worden, dessen Besitzer Fahrerflucht beging, und lag immer noch im Koma.

Der Einschub in der *Prawda* wurde in den Medien nicht erwähnt. Obwohl ihn Zehntausende von Menschen gelesen haben mußten, schien das Echo sehr gering zu sein. Das KGB hatte vierzig Anrufe registriert und auch bei der *Iswestija* waren Anrufe und Briefe eingegangen, aber weniger als hundert. Von denjenigen, die Namen und Adresse angaben und befragt werden konnten, hielten einige den Text für eine seltsame, sinnlose Werbeanzeige, andere wunderten sich darüber, daß ein satirischer Artikel im Sportteil stand.

Zum eigentlichen Eklat kam es, als der Brief detailliert in der *Stimme Amerikas* und der *Deutschen Welle* erörtert wurde. Die meisten westlichen Zeitungen erwähnten ihn, sowohl in Form von Artikeln als auch als Feature.

Weder Orlow noch der Rest des Politbüros wurden um ihre Nachtruhe gebracht, nachdem sich herausgestellt hatte, daß der Effekt auf die Bevölkerung gering war.

Der alte Mann sah von der ledergebundenen Ausgabe von ›Krieg und Frieden‹ auf und dem jungen Mann ins Gesicht.

»Zehn Rubel. Mehr nicht.«

»Zehn?«

»Zehn.«

»Ich nehme sie.«

Der alte Mann holte eine Zehnrubelnote aus der Kasse und reichte sie über den mit unordentlichen Bücherstapeln bedeckten Ladentisch. Als der junge Mann das Geld nahm, nickte der Alte

Josef ging durch den Perlenvorhang am Ende des Verkaufsraums und stieg die enge Treppe hinauf. Er ging rechts einen kurzen Gang entlang und klopfte an eine Tür, neben der an der Wand eine getippte Karte hing. Sie lautete: ›Buchladen Dom Knigi, Kwenchtschatikstraße 44, Kiew (Antiquariat)‹.

Er wartete einen Moment, aber als von drinnen keine Antwort kam, öffnete er vorsichtig die Tür und schaute hinein. Alle Wände des Raums waren voller Bücher. In einem Korbsessel in der Fensternische saß der Mann namens Oktjabr. Er sah aus dem Fenster und rauchte eine Zigarre. »Kommen Sie herein, Josef«, sagte er, ohne den Kopf zu wenden.

Josef schloß die Tür und sah sich nach einer Sitzgelegenheit um. Er räumte einen Bücherkarton von einem schäbigen altmodischen Sofa. Als er sich setzte, wirbelte Staub auf.

Lächelnd wandte sich der Mann am Fenster um. »Haben Sie Ihre Arbeit erledigt?«

»Das meiste davon.«

»Haben Sie die Fotografien bekommen?«

»Ja.«

»Haben Sie sie da?«

Josef öffnete seine Aktentasche aus weichem Leder und entnahm ihr einen großen braunen Umschlag, den er dem anderen Mann reichte.

Oktjabr betrachtete die Fotografien eine nach der anderen, wobei Josef ihn beobachtete. Josef schätzte ihn auf fünfzig oder etwas darüber. Sein dunkles Haar war glatt nach hinten gekämmt, so wie es die Vorkriegs-Filmstars hatten. Er sah auf merkwürdig bedrohliche Weise gut aus. Die braungebrannte Haut und der schmale Schnurrbart ließen ihn altmodisch wirken. Er hatte lange Finger mit gepflegten Nägeln. Sein blaues Hemd war von gutem, modernem Schnitt, seine braunen Hosen steckten in Reitstiefeln aus weichem Leder. Josef war noch nie zuvor einem Mann wie Oktjabr begegnet.

Er wußte so wenig über ihn, aber er wußte, daß er selbst mit Freuden sein Leben riskieren würde, wenn dieser Mann es für notwendig hielt.

Er schien keine Zweifel zu kennen, war vollkommen selbstsicher. Weder reagierte er auf schlechte Nachrichten zornig oder verärgert noch merkte man ihm bei guten Nachrichten an, daß er sich freute. Er gab einem Erklärungen, wenn man ihn darum bat, aber immer kurz und knapp. Es reichte gerade, um einen von etwas zu überzeugen. Nie klang die Bitte um Hilfe oder ein Überredungsversuch mit an. In Josefs Augen war dieser Mann ein Held. Aber ein ziemlich furchterregender Held. Es kam einem so vor, als halte Oktjabr die Kraft und die Spannung, die in ihm herrschten, gerade noch unter Kontrolle.

Während Oktjabr die letzten paar Fotos in den Umschlag zurücksteckte, sah er den jungen Mann an.

»Kennen Sie einen Mann namens Sawalew? Lew Sawalew.«

Josef schüttelte den Kopf. »Ich fürchte nein.«

»Jemals den Namen gehört?«

»Nein. Was macht er?«

»Können Sie in der Fabrik filmen, ohne gesehen zu werden?«

»Wenn ich oben im Aufzugsschacht sitzen kann, ja. Ich kann beide Kameras mit Fernbedienung benutzen. Die Bilder werden eben nicht perfekt sein.«

»Wochenschau-Standard?«

»Das auf jeden Fall.«

»Kennen Sie den kleinen Durchgang bei der Kirche auf dem Andrejewskyj Spusk?«

»Nein. Ist das die Kirche auf dem Berg?«

»Genau die.«

Er nahm einen Schlüssel aus der Brusttasche seines Hemds.

»Dort ist ein Haus mit einer blauen Tür und einer Geranie im Fenster. Mit diesem Schlüssel können Sie in das Haus, und ich komme in einer Stunde hin.«

»Wird jemand dort sein?«

»Nein.«

Sie waren zum Essen in ein Restaurant gegangen und dann in das Haus neben der Kirche zurückgekehrt. Da der Mann einen entspannten Eindruck machte, faßte sich Josef ein Herz und fragte ihn etwas, was ihn schon lange beschäftigte.

»Ist der Streik ein richtiger Streik?«

»Ja.«

»Aber sie werden ihn niederschlagen. Sie werden Soldaten einsetzen.«

»Ja, natürlich.« Die milchig blauen Augen blinzelten nicht. Als Josef nichts erwiderte, meinte der Mann: »Aber sie werden eine Lehre erhalten.«

»Wer?«

»Die Regierung. Die Bolschewiken.«

»Und die Männer?«

»Die werden ebenfalls eine Lehre erhalten.«

»Was für eine?«

»Daß sie ihr Sklaventum beenden können, wenn sie etwas Mut aufbringen.«

»Haben sie soviel Mut?«

»Sie hatten ihn im Kampf gegen die Deutschen.«

»Aber das waren ja auch unsere Feinde. Wir lagen im Krieg mit ihnen.«

»Möchten Sie einen Drink?«

»Nein, danke. Ich trinke nicht.«

»Warum nicht?«

»Mein Vater war Alkoholiker.«

Der Mann schenkte sich selbst einen Wodka ein und lehnte sich zurück. Einen Moment lang sah er zum Fenster, als versuche er, eine Entscheidung zu treffen. Dann wandte er sich wieder dem jungen Mann zu.

»Mein Vater war General. Ein General der Roten Armee. Er kämpfte im Bürgerkrieg für sie. Ein großer Kommandeur und ein ergebener Anhänger der Partei.« Er machte eine Pause. »Wissen Sie etwas über die Säuberungsaktionen? Stalins Säuberungsaktionen?«

Josef zuckte die Achseln. »Nur, daß sie passiert sind. Wie Chruschtschow in seiner Rede vor dem Präsidium sagte, wann immer das auch war.«

»Versuchen Sie, das im Kopf zu behalten. 1937 und 1938 hatte Stalin drei von fünf Generalfeldmarschallen umgebracht, 13 von 15 Armeebefehlshabern, 57 von 85 Korpskommandanten, 110 von 195 Divisionskommandanten, 220 von 406 Brigadekommandanten und elf Vize-Kriegskommissare und 75 von 80 Mitgliedern des Obersten Militärrats. In Prozenten ausgedrückt waren das neunzig Prozent aller Generäle und achtzig Prozent aller Obersten. Und die Säuberung ging immer noch weiter, als uns die Deutschen angriffen. Mein Vater war einer der Generäle.«

»Das muß ja furchtbar gewesen sein.«

»Das ist der Grund dafür, daß ein so kleines Land wie Finnland im Zweiten Weltkrieg monatelang so mit uns umspringen konnte. Das ist der Grund dafür, daß wir zwanzig Millionen Tote hatten. Nur weil ein Verrückter sich vor seiner eigenen Nation fürchtete.«

»Und deshalb tun Sie all dies?«

»Nicht nur deshalb.«

»Aus welchen Gründen noch?«

»Sie haben von Workuta gehört?«

»Dem Kohleabbaugebiet?«

»Ja. Was wissen Sie noch über Workuta?«

»Nichts.«

»Meine Mutter war viel jünger als mein Vater. Als der NKWD kam, schliefen sie gerade. Es war zwei Uhr morgens. Sie traten die Tür ein. Sie waren zu sechst. Sie schlugen meinen Vater vor den Augen seiner Frau mit Gummiknüppeln. Dann hielten sie ihn fest, und er mußte zusehen, wie sie auch meine Mutter schlugen. Sie war zwanzig. Dann vergewaltigten sie sie vor seinen Augen. Alle. Als sie damit fertig waren, erschossen sie ihn. Meine Mutter wurde mit Tausenden anderen in das Arbeitslager in Workuta gebracht.«

Josef liefen die Tränen übers Gesicht, und seine Stimme zitterte. »Es hört sich an wie ein Alptraum. Das tut mir so leid. So leid.«

»Ich wurde acht Monate später in dem Arbeitslager geboren und wuchs dort auf. Zehntausende von Gefangenen arbeiteten dort wie Sklaven und wurden von den Wachen wie Tiere behandelt. Die Wachen konnten tun, was sie wollten. Sie konnten dich schlagen, verhungern lassen, umbringen. Und all das taten sie auch. Nach dem Krieg kamen dorthin jedoch andere Gefangene. Die Offiziere aus den Armeen von Wlassow und Krasnow, die Kriegsgefangene der Deutschen waren. Meine Mutter starb 1946 an Fieber und Entkräftung. Von einem der Offiziere wurde ich so etwas wie adoptiert. Er beschützte mich. Brachte mir Dinge bei. Gab mir den Mut zu überleben.

1948 gab es einen von den ehemaligen Offizieren der Roten Armee geführten Aufstand. Sie brachten die Waffen der Bewacher an sich, und fünftausend brachen aus dem Lager aus. Sie hatten vor, in den Wäldern einen Partisanenkrieg zu beginnen. Ich war bei ihnen. Damals war ich elf Jahre alt. Als wir uns in die Tundra hinauswagten, schickte Moskau Flugzeuge der Roten Armee. Sie schossen auf uns. Etwa fünfzig überlebten. Ich war einer von ihnen.

Dann wurden wir nach Workuta zurückgebracht. Man schlug mich und mißbrauchte mich sexuell, aber ich blieb am Leben. 1950 wurden die Kommunisten von den Amerikanern in Korea geschlagen und Moskau beschloß, die Sklavenarbeiter im Lager von Kolyma zu liquidieren. In diesen Lagern waren über eine Million Menschen. Als sie anfingen, sie umzubringen, hörte man in Workuta davon, und es gab einen weiteren Aufstand und Ausbruch.« Er schwieg einen Moment, dann schloß er: »Ich floh.«

Josef seufzte. »Und was passierte mit Ihnen?«

Der Mann lächelte ein wenig. »Ich bin hier.«

»Was tun Sie? In Moskau, meine ich.«

»Ich halte Vorlesungen an der Universität. Das wissen Sie doch.«

»Aber dort sind Sie sehr selten. Wieso bekommen Sie da keine Schwierigkeiten?«

»Da gibt es schon Wege.« Der Mann erhob sich. »Sie sollten lieber etwas schlafen. Das habe ich auch getan.«

Kapitel 23

Wheeler stand allein an einem Fenster des Oval Office und starrte hinaus, ohne etwas wahrzunehmen. In den frühen Morgenstunden war er versucht gewesen, ein Gebet zu sprechen. Er war sich nicht sicher, ob es eine Bitte um Führung oder eine Bitte um den Segen für eine bereits getroffene Entscheidung sein sollte. Als Mensch war er absolut nicht gläubig, als Präsident jedoch mußte er von Zeit zu Zeit Gottesdienste besuchen. Er hatte sich stets bemüht, seine Gunst gerecht auf Protestanten, Katholiken und alle anderen Religionsgemeinschaften zu verteilen. Aber obwohl er einzig und allein in seiner Eigenschaft als Politiker anwesend war, wurde er doch jedesmal flüchtig beeindruckt. Er beneidete die Menschen, die einen Glauben besaßen. Es nahm einem einen Großteil der Verantwortung ab. Bei solchen Menschen hörte die Verantwortung nicht auf dem Schreibtisch im Oval Office auf, sondern konnte nach oben weitergegeben werden.

Als sein Assistent Brodsky und Curnow hereinführte, kam Wheeler wieder auf den Boden der Realität und der Politik zurück, und das unangenehme Gefühl einer gewissen Unschlüssigkeit ließ nach. Jetzt ging es wieder um Politik und Entscheidungen, da kannte er sich aus.

Er nickte. »Morgen, Herr Minister, morgen, General. Machen Sie sich's bequem.«

General Kurnow entsprach genau dem Bild, das man sich von einem General macht: massig gebaut, sonnengebräunt, altmodisch genug, noch einen Bürstenhaarschnitt zu tragen, und mit schwellenden Muskeln, die sich unter seiner Uniform abzeichneten.

Als sie sich in die Sessel vor Wheelers Schreibtisch niedergelassen hatten, setzte Wheeler sich ebenfalls.

»Wir haben jetzt so oft über diese Sache gesprochen. Wir haben Expertenmeinungen dafür und dagegen gehört. Eigentlich sollten wir keinerlei Zweifel mehr haben. Ich will nicht sagen, daß ich selbst irgendwelche Zweifel habe, aber ich möchte die Sache ein letztes Mal mit Ihnen beiden besprechen. Vielleicht ist es hilfreich, wenn ich sage, ich sei überzeugt, daß wir das Richtige tun, aber ich möchte sichergehen, daß wir nicht doch noch einen negativen Aspekt außer acht gelassen haben. Falls also einer von Ihnen oder einer Ihrer Berater sich die Sache anders überlegt haben sollte, können Sie das jetzt noch sagen. Es ist die letzte Gelegenheit. Wenn ich den Knopf gedrückt habe, kann ich das nicht mehr rückgängig machen.« Er lehnte sich zurück. »Herr Minister, fangen Sie bitte an.«

»Nun ja, Mr. President, es hat sich nichts geändert, weder Fakten noch Meinungen. Wie Sie ja wissen, Sir, sieht auf dem Papier immer alles so aus, wie wir es uns wünschen. Ich glaube jedoch, wir sollten daran denken, daß wir es mit Menschen zu tun haben, die unter starkem Druck stehen, und in solchen Situationen kann man mit Logik oft nicht das Geringste erreichen. Wir können überlegen, welche Art von Druck wir anzuwenden gedenken. Wir können versuchen, uns vorzustellen, wie wir selbst unter einem solchen Druck reagieren würden. Wir können ungefähr abschätzen, wie dann aggressivere Führer reagieren werden, aber letzten Endes haben wir es immer mit Menschen zu tun und nicht mit Logikprofessoren oder Historikern. Und außerdem sind diese Leute schon von Meinungsverschiedenheiten und Rivalitätskämpfen aufgerieben. Es sind Männer, die bereits ihre Macht in ihrem eigenen Land untergraben sehen. Männer, deren Haltung zu Frieden und Krieg sich nicht nur von unserer Haltung unterscheidet, sondern auch untereinander. Das ist der einzige unberechenbare Faktor.«

Wheeler nickte. »Da stimme ich Ihnen zu. Ich komme gleich darauf zurück. General, Ihre Ansicht.«

»Keine Änderung in der Haltung des Pentagon, Mr. President. Wären wir mit den Maßnahmen konfrontiert, die wir Moskau gegenüber anzuwenden gedenken, dann hätten wir keine andere Wahl, als uns zu fügen. In ausschließlich militärischer Hinsicht haben sie keine Wahl. Wir und unsere Verbündeten sind ihnen auf jeden Fall haushoch überlegen. Nur ein militärischer Laie könnte ihnen raten, uns anzugreifen. Sie würden nicht nur einen Militär um seine Meinung zu einer solchen Sache bitten, sondern mindestens zwanzig bis dreißig Spitzenleute. Und ich bin sicher, daß sie alle von einem Angriff abraten würden. Die Sowjets haben kompetente und erfahrene Militärs. Sie mögen zwar aggressiv sein, würden aber nie zu einer Sache raten, für deren Erfolg sie nicht garantieren können. Und da das in diesem Fall nicht möglich wäre und sie Profis sind, würden sie eine solche Garantie auch nicht geben.«

Wheeler nickte. »Wenn Sie umgekehrt selbst mit diesem Tatbestand konfrontiert wären, was würden Sie mir sagen?«

»Ich würde Ihnen sagen, Mr. President, daß wir besiegt würden, wenn wir kämpfen.«

»Und wenn ich wollte, daß Sie kämpfen?«

»Dann würde ich sofort die nötigen Befehle erteilen.«

»Würden sie befolgt werden?«

»Ich zweifle nicht daran, Sir, daß man sie befolgen würde.«

Wheeler sah beide an. »Das einzige, was wir entscheiden müssen, ist, ob es möglich wäre, daß das Politbüro sich über die Fakten hinwegsetzen und seinen Generälen den Befehl zum Angriff geben könnte. Wie denken Sie darüber?«

»Ich bin sicher, daß ihre Militärs angreifen würden, wenn sie den Befehl dazu erhielten. Wenn auch vielleicht unter Protest und nur, nachdem sie den Befehl formell und schriftlich erhalten haben. Und ich bin sicher, daß sie ihre Zweifel am Ausgang der Sache schriftlich niederlegen würden.«

Wheeler wandte sich an Brodsky. »Und was meinen Sie, Mr. Secretary, wird das Politbüro jenen Befehl trotz der Warnung der Generäle erteilen?«

»Betrachten wir einmal, womit sie konfrontiert sind. Die sogenannten Warschauer-Pakt-Staaten in Aufruhr. Heftige Unzufriedenheit und einige Aufstände in der Sowjetunion selbst. Dann ganz Europa, außer Finnland, bereit zum Angriff. Das sind an sich schon ziemlich entmutigende Aussichten. Wenn wir unseren letzten Trumpf ausspielen, würden ihre schlimmsten Befüchtungen, ihre Alpträume wahr werden. Fast die ganze Welt gegen sich zu haben, ist zuviel.

Nehmen wir aber einmal an, die Meinungen im Politbüro sind geteilt. Die Hälfte wäre bereit, zuzustimmen, die andere Hälfte, uns zum Kampf herauszufordern. Was dann? Die Befürworter müßten zeigen, was sie sich von dem Ganzen erwarten. Was können sie anbieten? Nur eines: daß sie vor ihrem eigenen Untergang die ganze Welt, vor allem uns, einen furchtbaren Preis haben bezahlen lassen. Sonst können sie nichts anbieten.« Brodsky machte eine Pause. »Das ist nicht sehr verlockend, Mr. President. Was wäre die Alternative? Keine Zerstörung. Kein Verlust sowjetischen Territoriums. Unversehrte Truppen und Waffen. Die Chance eines wirklichen Abrüstungsvertrags, der ihnen die Möglichkeit gibt, ihre Ressourcen statt in die Militär- in die Zivilindustrie zu investieren. Und schließlich auch die Chance, als Friedensretter und kreative Denker dazustehen. Ruhm über dem ganzen Politbüro. Und – was ja auch nicht gerade unwichtig ist – sie überleben.«

»Die Sache hat einen Haken, Mr. Secretary. Sie könnten durch einen Angriff ihren eigenen innenpolitischen Problemen ausweichen.

Ein Krieg würde das Land einen. Ist das nicht auch eine Möglichkeit?«

»Ich glaube nicht, Mr. President, und zwar aus zwei Gründen. Erstens herrscht die von mir geschilderte Situation. Sie würden zwangsläufig besiegt, trotz des Schadens, den sie uns noch zufügen könnten. Zweitens hätten sie, selbst wenn sie diesen Aspekt ignorieren, immer noch nicht ihre innenpolitischen Probleme bewältigt. Unsere Lösung wäre ihnen dabei behilflich, ohne daß sie einen Gesichtsverlust erleiden würden. Nur eine Handvoll Leute wird wissen, warum sich die Sowjetunion zurückgehalten hat. Und diese Leute sind sehr daran interessiert, ihr Wissen geheimzuhalten. Falls einer von ihnen jemals reden würde, könnte er keinen einzigen Beweis erbringen, weil es nämlich keinen gibt. Nicht einmal ein Stück Papier mit einem Codenamen darauf wurde als sicher erachtet.«

»Auf welcher Seite steht Präsident Orlow?«

»Auf unserer.«

»Warum so sicher?«

»Weil er, wenn er nicht auf unserer Seite steht, auf jeden Fall erledigt ist, egal was passiert. Das russische Volk will keinen Krieg, und der Mann, der es in den Krieg führen würde, hätte ausgespielt – wie immer es auch enden würde.

Millionen Russen würden am Tag X sterben. Orlow ist viel zu klug, um Werkzeug der Generäle zu sein.

Davon abgesehen könnte er auch der Mann sein, der sie aus ihrem gegenwärtigen Abenteuer herauszieht. Er wäre Präsident auf Lebenszeit. Niemand könnte ihn mehr beiseite schieben.«

»Warum haben Sie Wien als Treffpunkt bestimmt?«

»Es ist von Moskau aus nur eine kurze Reise.«

»Ist das der einzige Grund?«

Brodsky bewegte sich in seinem Sessel. »Ich dachte, es wäre ein geeigneter Ort. Es war die Stadt, in der Chruschtschow Kennedy schikanierte, als der noch kaum im Weißen Haus war.«

»Das können Sie vergessen. Die einzigen Leute, die sich daran erinnern, sehen es als das, was es ist. Ein kleiner Racheakt. Wo sonst?«

»Schweiz?«

»Nein. Das stinkt nach den Vereinten Nationen und dem früheren Völkerbund.«

»Irland?«

»Gut. Aber nicht Dublin. Wären die Iren damit einverstanden?«

»Sie würden nicht gefragt. Es würde bedeuten, den Kreis derer, ›die es wissen müssen‹, noch mehr zu erweitern.«

»Sie übernehmen das also, Joe. So unauffällig und inoffiziell wie möglich. Ich werde heute mit ihrem Premierminister sprechen, ihm aber nicht sagen, worum es geht. Nur, daß es auf höchster Ebene ist und ich möchte, daß er mit Ihnen zusammentrifft und wenn möglich allem zustimmt.«

»Gut, Mr. President. Kann ich warten, während Sie ihn anrufen?«

»Klar.«

Wheeler griff nach dem Telefon. »Geben Sie mir den Premierminister der Republik Irland, wo immer er auch sein mag... was... dann sagen Sie ihnen, sie sollen ihn um Himmels willen aus dem Bett holen.«

Eine Stunde später flog Brodsky auf den Atlantik hinaus, wo die eskortierenden Jagdflugzeuge von anderen abgelöst wurden, die von den über den ganzen Nordatlantik verteilten Flugzeugträgern aufstiegen.

Colm O'Brien war kein Angelexperte, aber er liebte die Ruhe und Gelassenheit dieser Beschäftigung und die Schönheit des Angelgeräts. Der neun Meter lange Seamaster war außer seinem Haus in Dublin der teuerste Kauf seines Lebens, und er schuldete der Bank dafür immer noch etwas mehr als 4000 Pfund. Seine Kinder hatten ihm zum Geburtstag eine neue Hardy-Angelrute und eine schwedische Rolle geschenkt, und seine ganze Familie hatte das Wochenende mit ihm auf dem Boot auf dem Lough Derg verbringen müssen, bis der Telefonanruf aus Washington alles verdarb. Da sie höchste Sicherheit verlangten, hatte er darauf bestanden, daß ein im Lough vor Anker liegendes Boot sicherer sei als die meisten anderen Orte. Brodskys Flugzeug war bereits in Shannon gelandet, er mußte jeden Moment eintreffen. Während O'Brien den Spinner auswarf, war er sich wohl bewußt, daß ihn aus dem Gebüsch und Gehölz an den Ufern des Loughs etliche Augenpaare durch Ferngläser beobachteten.

Mit 55 hatte O'Brien zwar immer noch sein rotes Haar, aber das hitzige Temperament, das Rothaarigen nachgesagt wird, war ihm immer abgegangen. Er war ein ruhiger, freundlicher, zäher Mann, der mit einer Zwangsläufigkeit an die Spitze der irischen Politik aufgestiegen war, für die politische Kommentatoren noch keine wirklich befriedigende Erklärung gefunden hatten. Er war sowohl typisch irisch als auch demonstrativ nicht-irisch. Seine Zurückhaltung ließ ihn die Schwächen, die Kleinlichkeit, die Gier vieler seiner Zeitgenossen erkennen, und sein Irentum machte es ihm möglich, sie zu verstehen. Zwar fällte er in seinem Inneren Urteile, fand es aber nicht nötig, diese Urteile privat oder öffentlich von sich zu geben. Nach etlichen jener Spaltungen und Fehden, die die Politik beinahe jedes Landes charakterisieren, kam ein Tag, an dem das Schlachtfeld plötzlich leer war und keiner mehr zwischen den Leichen stand außer Colm O'Brien. Niemand war überrascht gewesen, als er Premierminister wurde. Es hatte auch niemand gejubelt oder protestiert. Im Lauf der Jahre jedoch hatte er alte Wunden geheilt, gesträubte Federn geglättet und beiden Parteien im Abgeordnetenhaus einen geschäftsmäßigen, sachlichen Charakter gegeben. In seinen Verhandlungen mit London war er der Lösung des Belfast-Problems nähergekommen als irgend jemand vor ihm. Seine Vorschläge waren nicht besonders einfallsreich oder originell, sondern er sprach nur das aus, was die meisten Iren immer gedacht, aber nie auszusprechen gewagt hatten. Die Iren hatten einen gewissen Gerechtigkeitssinn, vorausgesetzt, es handelte sich nicht um ihre Geschichte. Dies war ein Thema, bei dem Böswillige durch Erwähnung von Fakten und Erfindungen ihre Gemüter erregen konnten. Colm O'Brien war der erste Premierminister, der den Mut aufbrachte, den Protestanten von Ulster ein Angebot zu machen, das abzulehnen in wirtschaftlicher und sozialer Hinsicht töricht gewesen wäre. Sie hatten akzeptiert, und ein bis anderthalb Jahre später waren die Russen dazwischengekommen.

Sie hatten sich benommen, als hätten sie noch nie vom irischen Problem gehört. Es hatte weder Beratungen noch Verhandlungen gegeben. Inhabern irischer Pässe gab man eine Woche Zeit, Großbritannien zu verlassen, und in Belfast wurden Akten der Polizei und der Verteidigungsstreitkräfte von Ulster beschlagnahmt, mit deren Hilfe man alle IRA-Mitglieder ausrottete. Ulster war der einzige Teil des United Kingdom, in dem die Russen von Anfang an hart und brutal durchgegriffen hatten, gegen Katholiken und Republikaner.

Es gab viele, die angesichts dieses skrupellosen Vorgehens frohlockten. Probleme, die sechzig Jahre lang unlösbar gewesen waren, lösten sich innerhalb von zwei Monaten. Es war gut und schön, Ire sein zu wollen, vorausgesetzt, man befand sich in der Republik Irland und nicht in Großbritannien. Die Proteste der irischen Regierung waren ignoriert worden. Der Flugzeugträger und die Kriegsschiffe auf dem Lough Foyle und dem Belfast Lough waren Antwort genug. Die Russen hatten fast über Nacht geschafft, was der Reverend Ian Paisley nicht einmal im Lauf von Jahrzehnten hätte erreichen können. Es gab beifälliges Nicken von seiten vieler britischer Staatsbürger. Man hatte es immer als verrückte, anomale Situation empfunden, daß die Iren in Ulster Briten erschießen konnten, während gleichzeitig irische Staatsbürger wegen Abtreibungen, Scheidungen, Inanspruchnahme des Staatlichen Gesundheitsdienstes, Jobs und Arbeitslosengeld nach England strömten. Die Euphorie hatte nicht lange angehalten. Es war wie bei vielen zerstrittenen Paaren, daß man im Lauf der Zeit erkannte, wie sehr man einander brauchte. Ein ignoranter Außenseiter hatte die Geschichte beiseite gewischt, und der Rest der Welt war des Gejammers und der Selbstgerechtigkeit beider Seiten sowieso schon lange überdrüssig gewesen. Nicht einmal die professionellen Iren in Boston und New York kümmerten sich länger als neun Tage darum. Die westliche Welt hatte ihre eigenen Probleme, und der sowjetischen Haltung haftete eine gewisse unglückselige Logik an. Davon abgesehen, hatten sie jetzt wirklich die alleinige Herrschaft über den Nordatlantik.

Colm O'Brien hatte erkannt, daß es sich für niemanden auszahlte, sich mit den Russen anzulegen, und er war einerseits erleichtert, diesen Mühlstein Ulster nicht mehr um den Hals zu haben. Die Amerikaner hatten zu Dublin ständige freundschaftliche Beziehungen unterhalten, und als sowohl die Russen wie auch die Amerikaner ihr Botschaftspersonal fast verdoppelten, hatte O'Brien nicht dagegen protestiert. Zwar war die Bewegungsfreiheit der sowjetischen Diplomaten auf eine Fünf-Meilen-Zone um Dublin herum beschränkt, aber die meisten diplomatischen Höflichkeiten wurden doch von beiden Seiten respektiert.

Gerade als O'Brien aus dem stachligen Maul seines soundsovielten Streifenbarsches den Spinner entfernte, sah er den Hubschrauber über Mountshannon niedergehen, dem Dorf, in dem er an den Angel-Wochenenden wohnte. Die Leute dort waren an das Hin und Her gewöhnt, das seine Gegenwart verursachte; sie nahmen es leicht und waren froh über das zusätzliche Geschäft, das es mit sich brachte, aber nicht bereit, sich von bekannten Gesichtern und großen schwarzen Limousinen allzusehr beeindrucken zu lassen.

Dann sah er die Barkasse vom anderen Ufer ablegen und auf ihn zusteuern. Im Dorf gingen die Lichter an, und O'Brien knipste die Positionslichter an. Dann ging er in die Kabine hinunter, um die Vorhänge zuzuziehen, bevor er die Hauptbeleuchtung anschaltete.

Langsam und sauber legte die Barkasse am Fender an, und O'Brien streckte die Hand aus, um Brodsky an Bord zu helfen. Dann nickte

O'Brien den beiden Männern in der Barkasse zu.

»Ich funke, wenn ich Sie brauche.«

»In Ordnung, Sir.«

O'Brien wandte sich an den Amerikaner. »Ich freue mich, Sie zu sehen, Joe. Ich dachte, auf dem Boot wäre es vielleicht privater und sähe mehr nach Urlaub als nach Geschäft aus. Okay?«

»Sehr gut, Sir. Wo kann ich meine Tasche hinlegen?«

»Lassen Sie sie da. Haben Sie schon gegessen?«

»Ja. Im Flugzeug.«

»Gehen wir doch hinunter und trinken etwas. Stoßen Sie nicht mit dem Kopf an!«

Während O'Brien Jameson Ten Year Old einschenkte, meinte er: »Ich nehme an, Sie haben es eilig, Joe, also schießen Sie am besten gleich los.«

Brodsky lächelte. »Ich muß erst ein kleines Ritual hinter mich bringen, Colm. Es ist wirklich sehr wichtig, daß alles auf einer streng vertraulichen Basis geschieht.«

»Natürlich, mein Lieber. Fangen Sie an.«

»Wir wollen ein Treffen arrangieren, bei dem niemand außer den Teilnehmern weiß, worum es ging und was beschlossen wurde. Niemand soll erfahren, wer daran teilgenommen hat. Und schließlich soll niemand, oder zumindest möglichst wenige, wissen, daß das Treffen überhaupt stattgefunden hat.«

O'Brien zuckte die Achseln. »Klingt machbar. Ich nehme an, Sie möchten dieses Treffen in der Republik abhalten?«

»Ja.«

»Wer wird dran teilnehmen?«

»Das ist das Hauptproblem. Ich werde es Ihnen sagen, wenn Sie darauf bestehen, aber eigentlich möchte ich es nicht.« Er lächelte. »Sie brauchen es nicht zu wissen.«

»Es geht mich nichts an, Joe, aber unsere Sicherheitsbeamten müssen ungefähr wissen, von welcher Seite Schwierigkeiten zu erwarten sind.«

»Es sind überhaupt keine Schwierigkeiten möglich. Die Abschirmung richtet sich nur gegen Leute, die wissen, wo wir uns aufhalten und wer wir sind. Wir wollen weder die Gardai noch die Armee oder Ihre Sicherheitsbeamten mit hineinziehen.«

»Wie viele Leute würden an dem Treffen teilnehmen?«

»Etwa dreißig. Inklusive das Personal.«

»Den Leuten würde eine solche Menge überall in Irland auffallen.«

»Wir müssen eine Tarnstory erfinden, Colm.«

»Schlagen Sie etwas vor.«

»Wir könnten ein Filmteam sein, das Aufnahmen für einen neuen Spielfilm dreht.«

O'Brien lächelte. »Nicht schlecht. Und wenn jemand erkannt wird, heißt es einfach, es seien Schauspieler.«

»So ungefähr.«

»Warum haben Sie's dann nicht einfach getan? Warum werde ich mit hineingezogen?«

»Aus mehreren Gründen. Erstens wollten wir, daß Sie es wissen und gutheißen. Zweitens werden wir einige Sondergenehmigungen brauchen, was Landungen angeht und so weiter.« Er grinste. »Wir hatten sogar die Hoffnung, es könnte eine Andeutung fallen, daß wir Sonderrechte bekommen, weil sich Irland finanziell an dem Filmprojekt beteiligt. Drittens wird sich, falls das Treffen erfolgreich verläuft, später vielleicht die ganze Welt daran erinnern, wo es stattgefunden hat. Wir hätten gern, daß das Irland wäre. Und wir dachten, Sie hätten es auch gern.«

O'Brien sah einen Moment auf sein Glas und dann Brodsky ins Gesicht. »Das kommt direkt vom Präsidenten, nicht wahr?«

»Ja.« Brodsky lächelte. »Ich bin nur der Botenjunge.«

»Sagen Sie mir eines, Joe. Sie meinten gerade, wenn das Treffen erfolgreich wäre, würde sich später die ganze Welt erinnern, wo es stattgefunden hat.« Er schwieg einen Moment. »Was ist, wenn es ein Mißerfolg wird?«

Brodsky schüttelte langsam den Kopf. »Es wird kein Mißerfolg. Keiner der Teilnehmer könnte es zu einem Mißerfolg werden lassen. Das kann sich niemand leisten.«

»Sie haben meine Frage nicht beantwortet, Joe. Was ist, wenn es doch ein Mißerfolg wird?«

Brodsky seufzte. »Ich nehme an, wir werden alle irgendwann herausfinden, ob es wirklich ein Leben nach dem Tode gibt. Aber es wird nicht eintreten, mein Lieber.«

»Wo würde es stattfinden? In Shannon?«

»Gibt es ein Haus, nicht allzuweit von Shannon entfernt, das wir für sieben bis zehn Tage mieten könnten?«

»Ja. Nicht weit von hier gibt es ein Landhaus. Es gehört der Regierung. Das könnten wir Ihrer Filmgesellschaft vermieten.«

»Wir brauchen es vom letzten Tag des nächsten Monats an für zwei Wochen.«

»Das geht in Ordnung. Es wird selten benutzt. Es steht Ihnen ab heute jederzeit mit zweitägiger Kündigungsfrist zur Verfügung.«

»Wir werden uns an Ihre Kooperationsbereitschaft erinnern, Colm, wenn alles vorbei ist. Wir werden Ihre Hilfe nicht vergessen.«

»Ich werde eine Kerze für Sie anzünden, Joe. Eine große.«

Als Brodsky lächelte, sagte O'Brien leise: »Das war kein Scherz, ich meine es ernst.«

Brodsky nickte. »Da bin ich ganz sicher, Colm, da bin ich ganz sicher.

Präsident Wheeler hatte den Film zwar schon eine Stunde vorher gesehen, aber er saß trotzdem mit Brodsky und den anderen in seinem Privatzimmer, um die Wochenschau anzusehen. Alle drei Sender brachten es als ersten Beitrag.

Obwohl der Film körnig war und die Farben verwaschen, zeigte er doch deutlich genug, was sie sehen wollten. In einer langen Einstellung sah man den Hauptkomplex der Fabrik, und das Geknatter der Maschinengewehrsalven wurde noch unterstrichen von den Glasscherben, die aus den zersplitternden Fenstern des Bürogebäudes flogen. Es handelte sich um die große Traktorfabrik am Rande von Kiew.

Ein gepanzerter Truppentransporter schob sich in den Vordergrund, und gleich noch einer. Bei den Haupttoren wendeten sie und steuerten auf die Gießerei zu. Dann kam ein Filmschnitt, und es war offensichtlich später am Tag. Flammen schlugen aus den Fenstern, und zwei T-55-Panzer standen mit lose hängenden Raupenketten verlassen da. Daneben sah man die Leichen einiger Besatzungsmitglieder auf dem Boden liegen. Drei schwere T-10-Panzer walzten langsam den Drahtzaun nieder, der das Gelände umgab. Als der erste sich krachend seinen Weg bahnte, folgten die beiden anderen nach, und die Kamera schwenkte auf vier weitere wartende Panzer. Einen Moment lang sah man nur orange- und lachsrotes Flackern auf dem Bildschirm, das schließlich zu Flammen wurde, bevor ein neuer Schnitt kam. Jetzt wurden die rauchenden Trümmer der Panzer gezeigt. Von der Rakete, die sie zerstört hatte, war nur noch verbogenes Metall erkennbar. Man sah nur einen einzigen Toten. Die Lasche seiner Kampfanzugjacke flatterte im Wind. Als eine Landkarte mit einem Pfeil auf dem Bildschirm erschien, beugte sich Wheeler vor und schaltete das Gerät aus.

Er lehnte sich zurück und sah Brodsky an. »Diesen Männern scheint es wirklich ernst zu sein.«

»Ja, Mr. President. Die Berichte unserer Leute haben das wieder und wieder betont.«

»Wie hat es geendet?«

»Moskau hat die Rote Luftwaffe hingeschickt. Sie haben den ganzen Platz zerbombt.«

»Hat jemand überlebt?«

»Ungefähr zwölf kamen heraus, bevor das Bombardement begann. Man mußte ihnen den Befehl dazu geben.«

»Hat die sowjetische Öffentlichkeit davon erfahren?«

»Das ganze Gebiet wurde von der Armee und dem KGB abgesperrt. In den Medien wurde bloß erwähnt, es habe in den Traktorwerken von Kiew eine Explosion gegeben. Aber in Kiew wissen über zwei Millionen Menschen, was wirklich passiert ist. Die kann man nicht für immer einsperren. Und die ›Stimme Amerikas‹ bringt es heute abend in den Nachrichten. Es wurde allen Nachrichtenagenturen in Übersee mitgeteilt.«

Wheeler seufzte. »Diese Leute müssen einen unglaublichen Mut haben.«

»Und Verzweiflung, Mr. President. Früher oder später mußte der Topf explodieren, auch ohne unsere Hilfe.«

»Ich weiß, daß das seit Jahren behauptet wird, aber ich hätte nie geglaubt, daß es wirklich passieren würde.«

»Es kommt noch mehr.«

Wheeler drehte den Kopf nach Brodsky. »Unsere Leute?«

»Nein. Ihre und unsere. Tausende von ihnen und ein paar von uns.«

»Und was versprechen sie sich davon?«

»Ein wenig Freiheit. Die Chance, so zu leben, wie sie selbst es möchten. Ihre eigenen Gedanken laut auszusprechen. Keine Spitzel der Geheimpolizei mehr.« Er schwieg. »All die Dinge, die für uns zu selbstverständlich geworden sind.«

Während der nächsten sieben Wochen wurde für die Rote Armee und das KGB aller Urlaub gestrichen. Für Orlow und das ganze Politbüro war es ein sich lang hinziehender Alptraum. Im Anfangsstadium wurden Truppen, manchmal auch ganze Bataillone hingeschickt, um mit Sabotage in Betrieben und auf Straßen fertig zu werden, aber diesmal funktionierte es nicht so wie früher. Es war nicht der übliche leichte Sieg. Diesmal schlugen die Menschen zurück. Es wurde tatsächlich auf die Soldaten geschossen. Sie wurden getötet und verwundet. Man versuchte, mit Hilfe von Megaphonen die Soldaten zu überreden, doch nicht auf ihre Landsleute zu schießen, und in einzelnen Fällen hatte es auch Erfolg.

Groß- und Kleinstädte wurden abgeriegelt, unabhängig davon, ob es Unruhen gab oder nicht, und es mußten aus den Warschauer-Pakt-Staaten und sogar von den Grenzen der Sowjetunion Truppen zurückbeordert werden. An einigen Orten gab es ernstliche Probleme. Sabotage, Streiks, Sit-ins und Demonstrationen. Neuen Ausschreitungen zuvorzukommen, hieß jedoch die Mittel bis zum Äußersten beanspruchen. Es wurde sogar das Bombardement der betreffenden Städte erwogen, aber die Konsequenzen waren doch zu erschreckend, und außerdem drangen die Nachrichten von den Vorfällen trotz strengster Zensur ins Ausland. Und die Welt sah zu.

Allmählich entschärfte sich die Situation, aber die Männer im Kreml erkannten deutlich, daß dies nicht auf ihre repressiven Maßnahmen zurückzuführen war, sondern darauf, daß die Dissidenten sich entschlossen, den Druck auf den Staat etwas zu vermindern. Und die Männer im Kreml begriffen die Botschaft. Die Unruhen waren noch nicht zu Ende. Dies war nur eine Warnung. Falls nötig, konnte noch mehr dergleichen arrangiert werden.

Der Telefonanruf erreichte Orlow nach einer langen Sitzung der höchsten Politbüromitglieder. Es war ein persönlicher Anruf Präsident Wheelers. Orlow nahm ihn allein in seinem Privatbüro entgegen.

Kapitel 24

In der *Irish Times* erschien ein kleiner Beitrag über ein amerikanisches Filmteam, das sich in einem Landhaus eingemietet habe, um Szenen für einen großen Film über die Multinationalen Konzerne und ihren Einfluß auf die Weltpolitik zu drehen. Die Amerikaner trafen kurz nach Mitternacht in zwei 747ern ein und wurden gleich zu den Autos gebracht, die am Rand des Flughafengeländes warteten. Die eskortierenden Jagdflugzeuge hatten sich von Shannons Luftüberwachung ferngehalten, damit man sie nicht auf den Radarschirmen erkennen konnte, und die Flugzeugträger der US-Navy hatten draußen auf See auf Instruktionen gewartet. Absichtlich hoben sie sich das Entladen der Scheinwerfer und Kameras und der Aluminiumkoffer mit der Ausrüstung eines großen Filmteams bis zum nächsten Vormittag auf, wo die Bevölkerung dem Verladen auf Lastwagen zusehen konnte.

Haus Stanhope lag inmitten von über hundert Morgen eigenen Lands, vorwiegend Parkanlagen mit Bäumen und einem Zierteich. Ursprünglich im georgianischen Stil erbaut, waren dem Hauptgebäude die beiden Seitenflügel erst viel später hinzugefügt worden. Trotzdem war es immer noch ein elegantes Bauwerk, das seine verschiedenen Besitzer in erstklassigem Zustand erhalten hatten. Die Inneneinrichtung war fast ausschließlich im Stil der Brüder Adam gehalten, und die Zimmerfluchten waren schöne Beispiele für die prachtvolle Dekoration. Die Möbel und sonstigen Einrichtungsgegenstände waren fein und elegant, die Gobelinstoffe schmückten herrliche Rokokomöbel, der Marmor und die Vergoldungen allenthalben waren dank der Sorgfalt von Restauratoren im ursprünglichen Zustand erhalten.

Die beiden gegnerischen Teams des amerikanischen Geheimdienstes hatten noch zwei Tage Zeit, um die Sache ein letztes Mal zu proben. Sofort nach ihrer Ankunft machten sie sich ans Werk. Sie arbeiteten seit sechs Monaten zusammen und hatten sich jetzt so mit ihren Rollen identifiziert, daß sie sich beinahe als wirkliche Gegner empfanden. Man hatte ein Team zusammengestellt, das sich in sowjetischer Politik und im sowjetischen Militärbereich unglaublich gut auskannte. Diese Männer hatten Zugang zu sämtlichen diplomatischen und geheimdienstlichen Informationsquellen, die vermutlich auch Moskau zur Verfügung standen, und konkurrierten täglich mit ihren Gegenspielern, die die Vereinigten Staaten repräsentierten. Sie trafen selten zusammen, und jede Partei war täglich mit Situationen konfrontiert worden, auf die sie eingehen mußte, als seien sie wirklich die Russen oder Amerikaner, die sie darstellten. Die Auswertungsteams waren rund um die Uhr damit beschäftigt, die beiden entgegengesetzten Reaktionsmuster zu überprüfen, zu beurteilen und sie diversen Tatbeständen zuzuordnen. Nach den ersten beiden Monaten rechnete man damit, daß ihre Reaktionen beinahe hundertprozentig zutrafen, und allmählich reagierte das russische Team auf die Weltereignisse wirklich so, wie es die Russen selbst getan hätten. Die Idiosynkrasien der jetzigen sowjetischen Führer wurden in Rechnung gestellt, und es wurde direkt unheimlich, wie die Reaktionen des Teams die möglichen sowjetischen Reaktionen spiegelten und vorhersagten.

Vor ihrer Ankunft in Shannon waren sie zwei Wochen lang täglich mit dem Szenario konfrontiert worden, das sich bald im wirklichen Leben bewähren sollte. Jeden Tag wurden noch kleinere Veränderungen eingefügt, bis in der Feinabstimmung sämtliche Möglichkeiten zu erwartender Reaktionen durchgespielt worden waren.

Das endgültige Verhaltensschema war von Wheeler und Brodsky noch einmal sorgfältig durchgegangen worden. An den beiden Tagen vor dem Treffen waren sich Wheeler und der Mann, der Orlows Rolle gespielt hatte, nur in Begleitung der beiden Dolmetscher gegenübergetreten, bis schließlich ein Punkt eintrat, an dem Wheeler merkte, daß er mit den Einzelheiten zu vertraut wurde und allmählich in seinen eigenen Reaktionen unflexibel wurde. Er hatte genug. Durch seine Adern floß mehr Adrenalin als Blut.

Die beiden Teams setzten ihr realistisches Rollenspiel fort, Wheeler jedoch wollte noch etwas ausruhen, bevor der Kampf begann.

Der Flughafen von Manchester wurde zwei Stunden vor Orlows Landung gesperrt, und der Hubschrauber, der ihn nach Belfast brachte, hob pünktlich ab. Weder von den Briten noch von den Russen ahnte irgend jemand, daß das russische Staatsoberhaupt in Großbritannien gelandet und sofort weitergeflogen war. Der Hubschrauber ging auf dem Landekreis nieder, der auf dem Rasen vor Haus Stanhope ausgelegt war, und hatte von der Flugkontrolle Shannon als Teil des Filmunternehmens Einflugerlaubnis erhalten.

Die sowjetische Begleitmannschaft, zwölf Leute insgesamt, war als Team von Elektrikern und technischen Beratern nach Shannon eingeflogen worden. Auf O'Briens persönlichen Befehl hin hatten sie den Zoll nicht als Einzelpersonen, sondern als Gruppe passiert. Wheeler hatte Orlow die vom Protokoll vorgeschriebenen Höflichkeiten erwiesen, indem er ihn an der Hand nahm und in jenen Gebäudeflügel führte, der für das sowjetische Team vorgesehen war. Orlow machte nicht den Versuch, seinen Ärger zu verbergen. Sein Gesicht war aschfahl, seine Gesten waren aggressiv. Wheeler ertappte sich dabei, daß er die verschiedenen Vorhersagen seines Teams mit diesen ersten Minuten der Begegnung verglich. Sie trafen in unglaublichem Maße zu, wenn sie auch keine Bedeutung für das Ganze hatten. Präsident Orlow hatte darauf bestanden, daß die Sitzung am nächsten Tag so früh wie möglich beginnen sollte und daß es bis dahin keinen diplomatischen oder sozialen Kontakt geben sollte. Außerdem hatte er gefordert, daß seine Sicherheitsbeamten die Möglichkeit haben sollten, den von den Amerikanern bewohnten Flügel zu inspizieren; Wheeler hatte dies jedoch abgelehnt.

Brodsky und Fomenko hatten sich darauf geeinigt, daß die Konferenz genau um neun Uhr beginnen sollte, und als die Bronze-Uhr die volle Stunde schlug, hatten sich Wheeler, Orlow und die beiden Dolmetscher in dem kleinen Anbau des Hauptgebäudes versammelt.

Die beiden Staatsoberhäupter saßen sich gegenüber, jeder hatte seinen eigenen Dolmetscher neben sich.

Wheeler begann seine Einleitung. »Herr Präsident. Auf meiner Seite wissen dreiundsechzig Leute, daß wir uns hier treffen. Doch nur sieben wissen, worum es bei diesem Treffen geht. Ich nehme an, Sie haben die gleichen Sicherheitsvorkehrungen getroffen.« Er wartete einen Augenblick lang auf ein Zeichen der Zustimmung. Da keines kam, fuhr er fort: »Wir haben uns sehr viel Mühe gegeben, Sie von unserem guten Willen zu überzeugen. Wir haben die Standorte unserer Raketen und unserer Streitkräfte bekanntgegeben. Wir haben Ihnen gezeigt, daß auch wir die Standorte der Raketen und des Kriegspotentials Ihres Landes kennen. Wir haben auf jeden Aspekt unserer Möglichkeiten hingewiesen, bis hin zur kleinsten Truppeneinheit, zur letzten Routinewaffe. Wo wir Schwächen haben, haben wir sie gezeigt. Selbst unsere Forschungs- und Entwicklungsprogramme haben wir offen dargelegt. Das einzige, was ich bei all dem im Auge habe, ist, daß wir uns beide über die Folgen eines bewaffneten Konflikts klar sind. Sie hatten Zeit, über meine Vorschläge nachzudenken, und ich warte gespannt auf Ihre Antwort. Ich sollte vielleicht hinzufügen, daß – obwohl ich außer dem Außenminister keinen meiner Kollegen informiert oder um Zustimmung gebeten habe – ich Ihnen die feierliche Garantie geben kann, daß unser Abkommen gewissenhaft eingehalten würde.«

Wheeler schwieg, um Orlows Antwort abzuwarten, aber Orlow saß still da und lauschte der Übersetzung, obwohl er, wie Wheeler genau wußte, recht gut englisch konnte. Als der Dolmetscher fertig war, sah Orlow Wheeler an.

»Sie haben geträumt, Präsident Wheeler. Kinderträume. Frauenträume, in denen alle glücklich bis an ihr seliges Ende leben. Aber in so einer Welt leben wir nicht.«

Wheeler hörte der Übersetzung von Orlows Worten genau zu. Es waren nicht exakt die Worte, die sie sich vorgestellt hatten, dem Sinn nach jedoch entsprachen sie ihrer Analyse.

»Präsident Orlow, Sie wären nicht hier, wenn das alles wäre, was Sie zu sagen haben. Fahren Sie also bitte fort.«

»Meine Generäle sagen, Ihre Berechnung des Ausgangs sei falsch.

Sie könnten uns gar nicht vernichten.«

Langsam schüttelte Wheeler den Kopf. »Ihre Generäle sind zu erfahren, zu kompetent, als daß Sie Ihnen so etwas gesagt haben können.« Wheeler bemerkte, daß sie sich ohne die Dolmetscher unterhielten. Früher, als es das Team erwartet hatte. »Ihre Spitzengeneräle sind mit Ihnen hier, Herr Präsident. Vielleicht wäre es hilfreich, wenn sie unsere Analyse offen mit meinen Leuten besprechen würden. Ich bin sicher, daß sie nie in Versuchung kämen, Sie zum Narren zu halten, aber ganz bestimmt würden sie niemals ihren Ruf aufs Spiel setzen, indem sie versuchen, Kollegen hinters Licht zu führen. Oder mich. Also, was halten Sie davon?« Wheeler hielt die Luft an, während er auf Orlows Antwort wartete. Nahm Orlow diesen Vorschlag an, so war das bereits das erste schlechte Zeichen.

Orlow zuckte die Achseln. »Ist es das, was Sie wollen?«

»Ich möchte nur gemeinsam mit Ihnen feststellen, daß die Fakten, die ich Ihnen angebe, korrekt sind.«

»Sie würden mich aber nicht überzeugen können, egal was Ihre Leute sagen. Sie werden dafür bezahlt, das zu sagen, was Sie wollen.«

»Sie wissen, daß das nicht zutrifft. Weder für meine kommandierenden Generäle noch für die Ihrigen.«

»Ihr Land würde vernichtet werden, Präsident Wheeler.«

»Nein, Präsident Orlow. Ihr Land würde zerstört. Nicht eine Stadt bliebe mehr übrig. Wir würden zwar schwer lädiert, könnten jedoch überleben.«

»Warum fangen Sie dann an, der Sowjetunion zu drohen?«

Wheeler holte tief Luft, als er den Mund öffnete, um die entscheidende Antwort zu formulieren.

»Weil ich weiß, daß Sie dieses Mal zuhören müssen, Präsident Orlow. Weil wir seit vierzig Jahren zum erstenmal die Chance haben, den Kalten Krieg zu beenden und unsere Zeit und unser Geld statt für Cruise-Missiles und SS-20-Raketen für die Herstellung von Kühlschränken zu verwenden.«

»Warum glauben Sie, daß ich zuhören muß?«

»Weil Sie in zu vielen Ländern zu weit gegangen sind. Selbst wenn wir jetzt keine Maßnahmen gegen Ihr Land ergreifen, haben Sie ausgespielt. In Polen, der Tschechoslowakei, Ungarn, Ostdeutschland und Rumänien wächst der Druck auf Moskau, mehr Unabhängigkeit zu gewähren, Tag für Tag. Und es handelt sich nicht nur um ein paar andersdenkende Dichter und Schriftsteller, sondern um Männer, die bereit sind, für ihre Unabhängigkeit zu kämpfen. Sie haben in der

Sowjetunion aktive Dissidenten, neben Lebensmittel- und Konsumgüterproblemen, die in direktem Zusammenhang mit dem Wettrüsten stehen. Ihnen dürfte – wie mir – bekannt sein, daß Ihre Okkupation Großbritanniens aus Ihren europäischen Freunden Feinde gemacht hat. Ich biete Ihnen weit mehr an, als Sie verdienen. Sie sind wie ein Spieler, der sein ganzes Geld auf eine Karte gesetzt hat und verliert. Aber wir wollen Ihnen Ihren Einsatz zurückgeben.«

»Ihr hübsches Bild hat nur einen Haken. Dieser Spieler hat eine Waffe auf Sie gerichtet.«

Wheeler spielte seine Dame aus. »Sagen Sie mir, warum Sie hergekommen sind, Orlow.«

»Um Sie zu warnen. Sie heben die Hand gegen mich, und Sie sollen wissen, daß Sie sich verschätzt haben. Es dürfte zu spät sein. Aber Sie sollen es wissen.«

»Sie wollen sagen, daß meine Berechnungen, was in einem Atomkrieg passieren würde, falsch sind?«

»Sie können sicher sein, daß sie falsch sind.«

»Dann tun Sie mir doch einen Gefallen. Was wäre Ihre Reaktion gewesen, wenn ich recht gehabt hätte und Ihre Generäle Ihnen das klargemacht hätten? Was hätten Sie dann getan?«

»Vielleicht hätte ich dann einen Handel abgeschlossen.«

»Erzählen Sie mir etwas über diesen Handel.«

»Sie halten sich aus Europa heraus und wir uns aus dem Mittleren Osten und Südamerika.«

»Sie würden die Kubaner sausenlassen?«

»Wenn es nötig wäre, ja.«

»Also sind wir uns nur noch über Europa uneinig?«

»Wir sprechen nicht über irgendwelche bestimmten Länder, Wheeler. Wir theoretisieren. Mehr nicht.«

»Okay. Sie fordern uns also auf Ihre hypothetische Weise auf, Europa zu verlassen. Was heißt das?«

»Genau das, was es heißt. Es uns als Interessensphäre überlassen.«

»Aber was passiert, wenn die Leute Widerstand leisten und um ihre Freiheit und Unabhängigkeit kämpfen?«

»Damit würden wir fertig. Das wäre kein Problem. Zwei Wochen. Länger würde es nicht dauern.«

»Wir reden allmählich wie zwei Spieler, Orlow. Aber wir sind keine Spieler, sondern Staatsmänner. Also, werden wir wieder offiziell. Möchte die Sowjetunion Frieden oder Krieg?«

»Frieden. Wir haben immer Frieden gewollt. Das haben wir tausendmal gesagt. Es waren die Vereinigten Staaten, die sich weigerten, über eine Friedenserklärung zu verhandeln.«

»Aber den Grund dafür kennen Sie doch genausogut wie ich.«

»Warum also?«

»Weil Sie Frieden wollten, um ein Land nach dem andern einzusakken. Aber das taten Sie sowieso. Trotz SALT 1, trotz Helsinki, Wien, Genf und so weiter.«

»Es geschah immer auf Wunsch des betroffenen Landes. Wir halfen immer nur befreundeten Regierungen, die Zustände in ihrem Land zu stabilisieren.«

»Was ich Ihnen anbiete, ist mehr, als Sie verdienen. Das wissen Sie bereits.«

»Also, was bieten Sie an? Sagen Sie es doch.«

Wheeler zögerte einen Moment. »Brauchen wir Dolmetscher, Herr Präsident?« fragte er dann.

»Ich nicht.«

»Können wir sie wegschicken?«

»Natürlich.« Und Orlow nickte seinem Mann kurz zu. Wheelers Dolmetscher ging ebenfalls. Als sie beide den Raum verlassen hatten, sah Wheeler Orlow direkt an.

»Lassen Sie es mich also aussprechen. Sie ziehen sich aus Großbritannien und den Warschauer-Pakt-Staaten zurück. Sie bleiben innerhalb Ihrer eigenen Grenzen, und die Sowjetunion und die Vereinigten Staaten unterzeichnen einen Friedensvertrag mit gegenseitigen Garantien. Wir schließen einen Abrüstungsvertrag bis zu Pfeil und Bogen zurück. Sie würden als der Mann in die Geschichtsbücher eingehen, der den wahren Frieden gebracht hat, und Ihre Ressourcen würden Ihre zivile Wirtschaft in Ordnung bringen.«

»Das werden sie nicht akzeptieren, Wheeler. Ich habe es schon versucht. Die Generäle sagen, sie könnten mehr tun, als Sie oder Ihre Leute wüßten. Sie meinen, es sei eine Situation auf Messers Schneide. Wenn wir untergehen, könnten sie die USA ebenfalls zugrunde richten. Vollständig. Das Politbüro meint, daß unsere Sreitkräfte sich in etwa die Waage halten. Und damit könnten sie recht haben, nach allem, was ich weiß.«

»Sie wollen sagen, daß Ihre Generäle Ihnen empfohlen haben zu kämpfen? Und daß sie meinen, sie könnten gewinnen?«

»Nein. Sie sagten, daß zwar beide Seiten vernichtet wären, daß sie aber Ihrem Land größeren Schaden zufügen könnten, als Ihre Leute vielleicht gedacht haben.«

»Das glaube ich nicht.«

»Ich selbst vielleicht auch nicht so richtig, aber das war jedenfalls der Rat, den sie dem Politbüro gegeben haben. Daß wir nicht siegen könnten, aber Sie auch nicht.«

»Und was haben Sie empfohlen?«

»Ich habe empfohlen, wir sollten einen Kompromiß schließen.«

Wheeler spielte seinen König aus. »Wir würden keine Kompromisse schließen. Entweder der eine Weg oder der andere, aber dann richtig.«

Orlows Gesicht war grau, und Wheeler sah neben seinem linken Auge eine Ader pulsieren. Er zählte in Gedanken die Sekunden, bevor er sprach. Dann sagte er ruhig: »Was haben die Generäle vorgeschlagen, was mit den südlichen Grenzen geschehen soll?«

Er sah die Überraschung und den Schrecken auf Orlows Gesicht, als ihm die Bedeutung dieser Worte klar wurde. Seine Stimme sank fast zu einem Flüstern herab, als er fragte: »Heißt das, die Chinesen sind auch dabei?«

»Natürlich.«

»Das kann ich nicht glauben.«

»Er ist auf einem unserer Flugzeugträger, der vor der Bucht liegt. Er kann in ein paar Stunden hier sein.«

»Wer? Doch nicht Deng selbst?«

»Doch.«

Orlow schloß die Augen und saß längere Zeit still da. Er hatte die Hände so fest ineinander verschlungen, daß die Knöchel weiß hervortraten. Dann öffnete er die Augen und sah Wheeler an.

»Haben Sie Beweise für diese Haltung Chinas?«

»Nein. Aber Sie können mit Deng Xiaoping privat auf einer nicht überwachten Leitung telefonieren, wenn Sie möchten.«

Als Orlow nickte, stand Wheeler auf und ging zu einer fahrbaren Telefonkonsole, deren dickes Kabel zu einem Stecker in der Wand führte.

Wheeler nahm das rote Telefon und drückte sorgfältig vier Knöpfe, einen nach dem anderen, während er den Hörer ans Ohr preßte. Er wartete einen Moment, und als dann am anderen Ende eine ruhige Stimme ertönte, sagte er, was er in den letzten Wochen so oft geübt hatte: *»Wang shi dzou... aweile... ch'ing... dzedze.«* Dann winkte er Orlow herüber. Als er ihm den Hörer gab, sagte er: »Sprechen Sie langsam und deutlich auf englisch oder deutsch.«

Dann ging Wheeler zum anderen Ende des Raums und betrachtete, ohne wirklich etwas wahrzunehmen, die Bücher in dem Mahagoni-Regal. Er hörte, daß Orlow langsam und sorgfältig sprach, aber er verstand nicht, was. Nicht daß Wheeler in irgendeiner Weise am Ausgang der Sache zweifelte. Die Bastarde waren in der Klemme, und Orlow wußte das. Man war versucht, sie ständig daran zu erinnern, aber was genug war, war genug.

Langsam ging Orlow zu seinem Sessel zurück und setzte sich schwerfällig, die Hände auf den Oberschenkeln. Wheeler setzte sich zu ihm.

»Haben Sie gehört, was Sie wollten, Orlow?«

»Wir sollten lieber darüber reden. Irgendeine Lösung finden.«

»Wir akzeptieren nur eine einzige Lösung.«

»Sie sollten sie aussprechen.«

»Wir unterzeichnen einen Vertrag, der als der Sowjetisch-Amerikanische Vertrag von Shannon bekanntwerden wird. In der Präambel wird stehen, daß die Begegnung von Ihnen initiiert und mit mir ausgehandelt wurde. Daß beide Regierungen den Vertrag ratifiziert haben. Sie haben diese Unterhandlungen initiiert, weil Ihrer Regierung Frieden und Wohlstand in der Welt ein Anliegen sind. Beide Regierungen sind bereit, im Interesse des Weltfriedens Opfer zu bringen.

Die Sowjetunion wird ihre Truppen aus allen Gebieten außerhalb der Sowjetunion zurückziehen, auch aus dem United Kingdom, aus Afghanistan und den Warschauer-Pakt-Staaten. Sie wird außerdem ihren Söldnertruppen in Kuba und Südostasien befehlen, sämtliche Operationen zu beenden, wo immer sie auch stattfinden mögen. Es wird noch ein spezieller Abrüstungsvertrag abgeschlossen, der nicht nur auf einem Abbau der Waffenarsenale beruht, sondern auf einem gegenseitigen Verteidigungsvertrag zwischen der Sowjetunion, den USA und China. Dieser Vertrag wird eine öffentliche Bekanntgabe sämtlicher Streitkräfte und Waffen erfordern, ihre Anzahl und ihre Standorte, sowie die Gründe, aus denen sie für notwendig gehalten werden. Es wird ein Dreimächte-Satelliten-System eingesetzt werden, um alle Länder der Erde zu überwachen, nicht nur die drei Führer. Es wird keine geheimen Verhandlungen mehr geben, keine Diplomatie, *alle* Fakten werden weltweit veröffentlicht und jeden Monat auf den aktuellen Stand gebracht. Wenn einer von uns den Standort einer Rakete verändert, muß er sagen warum. Niemand kann uns daran hindern, aber die ganze Welt wird es wissen und wird unsere Erklärung lesen. Und wird sie glauben oder auch nicht.

Dann wird es noch einen gesonderten Vertrag für Handel und gegenseitige Unterstützung geben. Die Regierung der USA wird der Sowjetunion ihre sämtlichen wissenschaftlichen und technologischen Informationen zugänglich machen, über die sie verfügt. Privatunternehmen werden ermutigt, Informationen zu verkaufen, falls sie es möchten.

All dies wurde bereits bis ins Detail ausgearbeitet. Sie können sich beraten lassen, von wem Sie möchten. Von unseren Leuten oder Ihren eigenen. Aber es kann nichts mehr geändert werden. Nicht ein Wort.«

Während Wheelers Worten saß Orlow reglos da, und es verging einige Zeit, bis er selbst sprach.

»Und die Partei in der Sowjetunion?«

»Das ist Ihre Sache, Orlow. Das Ausland mißbilligt zwar, wie Sie Ihr Volk behandeln, aber das bliebe weiterhin Ihrem Volk und Ihnen überlassen. Was diese Verträge betrifft, geht in der Sowjetunion alles so weiter wie bisher. In Polen, Ungarn und den übrigen Staaten des Warschauer Pakts wird es freie und überwachte Wahlen geben, und wenn sie sich für den Kommunismus entscheiden, können sie ihn haben. Aber Ihre Truppen und Berater werden diese Länder verlassen.«

»Die Zusammenarbeit auf kommerziellem Gebiet. Stimmt das wirklich?«

»Absolut.«

»Seltsame Gedankengänge. Schwer zu verstehen.«

»Nicht schwer, Orlow. Es ist sehr einfach. Was wir Amerikaner sagen, ist, daß die Politiker, Diplomaten und Regierungen der ganzen Welt auf der Basis gearbeitet haben, daß ein Volk um so leichter zu beherrschen ist, je weniger es weiß. Deswegen gibt es Propaganda. Eine einseitige Version eines raffinierten Schachzugs, der allem einen guten oder zumindest erträglichen Anstrich gibt. Aber im Grunde wissen wir doch alle, daß es ein Spiel ist. Ein Spiel, um sowohl die eigenen Leute als auch Außenstehende hinters Licht zu führen. Von jetzt an werden wir das Innerste nach außen kehren. Von jetzt an wird jedes Land wissen, was in allen anderen Ländern vor sich geht, was die Defensiv- und Offensivwaffen betrifft. Meistens wird es die Leute gar nicht interessieren. Aber wenn sie dann doch irgendwann mal etwas interessiert, dann werden sie etwas darüber erfahren. Unsere Nachrichtendienste sind bereits über alles informiert, was sie wissen müssen. Aber Sie sagen Ihren Bürgern nichts davon, und auch wir halten Informationen im Namen der nationalen Sicherheit zurück.«

»Gibt es einen Termin?«

»Natürlich. Ich möchte noch heute eine Unterschrift und heute abend eine öffentliche Bekanntmachung.«

»Meine Unterschrift würde nicht ausreichen.«

»Orlow, vergessen Sie die Vergangenheit. Wenn Sie einen Friedensvertrag zwischen den USA, der Sowjetunion und China verkünden, wird nicht einmal ihr erbittertster Feind mehr irgendein Wort der Kritik aussprechen. Bedenken Sie doch, was das für Ihr Volk bedeutet! Daß die Menschen endlich statt Raketen das herstellen können, was sie wirklich wollen. Sicherheit für alle Zeiten, garantiert von den USA und China. Und Sie und das Politbüro werden diejenigen sein, die das bewirkt haben. Sie werden dort ihr Leben lang an der Spitze sein, wenn Sie sich zusammenreißen.«

»Nur noch eine Frage, Wheeler.«

»Fragen Sie.«

»Warum tun Sie das alles? Was ist der Lohn dafür? Ihre beiden Amtsperioden sind fast zu Ende.«

»Ich war mein ganzes Leben lang in der Politik tätig, Orlow, auf die eine oder andere Weise. Aber ich bin eigentlich kein wirklicher Politiker. Ich habe zwar alles mögliche ins Rollen gebracht, aber es kam mir vor, als sei es für mich und auch die anderen reine Kraftvergeudung. Es lohnte sich nicht. Es war ein Spiel. Und jetzt habe ich keine Lust mehr auf Spiele. Ich bin zu dem Schluß gekommen, daß politische Ideologien nicht allgemeingültig sein können. Der Kommunismus mag in der Sowjetunion funktionieren. Solange Ihr Volk sich damit abfindet, ist das seine Sache. Vorausgesetzt...«, und Wheeler hob warnend den Finger, »...vorausgesetzt, die Leute können ihre Koffer packen und das Land verlassen, wenn es ihnen dort nicht gefällt. Was wir die westliche Demokratie nennen, hat etliche Vorteile. Vorausgesetzt, die Leute wollen es. Aber ich bezweifle, daß Demokratie oder Kommunismus in irgendeinem Teil Afrikas erwünscht wären. Es mag sich zwar gut anhören, aber ihr Gesellschaftssystem basiert auf Stämmen, nicht auf Nationen. Mag sein, daß eine humane Diktatur besser zu ihnen paßt.

Wir müßten wirklich ein Jahr lang die Erde anhalten und uns einmal anschauen, was wir einander zufügen. Da das nicht geht, ist dies das nächstbeste. Wir können die Erde nicht anhalten, aber wir können viel von dem, was auf ihr geschieht, beenden. Es ist Zeit, daß die Leute einmal alles erfahren. Das wird zwar das Politbüro nicht hindern, sich Vorteile zu verschaffen, aber, bei Gott, die ganze Welt wird es wissen.

Das hat ein Ende, daß wir stillhalten und euch in einem Nebel von Propagandaparolen davonkommen lassen. Wenn ihr lügt, werden es alle wissen. Die Briten mußten herausfinden, wie schwer der sowjetische Kommunismus zu ertragen ist, und das übrige Europa hat es auf ihre Kosten gelernt. Sie sitzen tief im Dreck, Orlow, und das wissen Sie. Und Ihre Freunde und Rivalen im Politbüro wissen es ebenfalls. Es wird ihnen zwar nicht gefallen, daß Sie die Sache arrangiert haben, aber, mein Gott, sie werden sich schon damit abfinden.«

»Warum denn so eilig? Warum kann man das nicht gemeinsam ausarbeiten?«

»Das ist kein Kuhhandel, Orlow. Das habe ich Ihnen bereits gesagt. Wir haben keine Lust, mit Ihren pokergesichtigen Freunden am Tisch zu sitzen und über jedes einzelne Wort und Komma zu streiten. Das würde Jahre dauern. Wenn uns so viele Schnitzer unterlaufen wären wie Ihren Leuten, dann hättet ihr uns in die Enge getrieben, wenn wir in einer schwachen Position wären. Ihr hättet uns gedemütigt und es genossen. Und eines Tages wären wir zurückgekommen und hätten mit euch abgerechnet.

Ihr Russen steckt in tiefen, tiefen Schwierigkeiten. In der ganzen Welt und in vieler Hinsicht. Politisch und ökonomisch seid ihr so gut wie ruiniert. Aber wir geben euch noch eine Chance. Eine Chance, als Helden dazustehen statt als die Versager, die ihr in Wirklichkeit seid. Es ist unser letzter Akt der Diplomatie. Danach werdet ihr das sein, was ihr tatsächlich seid.«

Orlow seufzte tief. »Was ist, wenn das Präsidium mich und den Vertrag denunziert?«

»Halten Sie das für wahrscheinlich?«

»Gibt es in diesem Raum Mikrophone?«

»Nein. Ganz bestimmt nicht. Was Sie und ich sagen, bleibt völlig unter uns.«

»Mit welcher Einschätzung der Reaktionen des Politbüros wartet Ihr Auswertungsteam auf?«

»Zwei Dissidenten.«

»Wer?«

»Iwanow und Zagorsky.«

»Warum Iwanow?«

»Er ist nicht besonders schlau und wird erwarten, daß ihn die Generäle unterstützen.«

»Und werden sie das tun?«

»Wir sind sicher, daß sie es nicht tun werden. Und Sie?«

»Ich denke, Sie haben recht.« Er schüttelte den Kopf. »Sie haben das gut ausgearbeitet, mein Freund.«

»Was gibt es dann also noch für Probleme?«

»Das Protokoll. So eine Sache würden wir im Kreml monatelang diskutieren, und Sie verlangen von mir, mich in wenigen Stunden zu entscheiden und es bekanntzugeben, ohne vorher die maßgeblichen Leute zu konsultieren.«

»Ich kann veranlassen, daß Ihre vierzehn Vizepräsidenten zehn Minuten vor der Bekanntmachung alle Details des Vertrags und seiner Zusätze in Händen halten.«

»Das sowjetische Volk wird die Bekanntmachung nicht hören.«

»Doch. Wir können uns in alle Ihre nationalen und regionalen Radio- und Fernsehprogramme einschalten, mit Bild und Ton.«

Orlow lächelte ein wenig. »Ist das das gleiche wie unser COSMOS-Projekt?«

»Einen Schritt weiter. Es kann sowohl mit PAL und SECAM als auch mit unserem eigenen Fernsehsystem verbunden werden.«

Wheeler sah, daß Orlows Spannung nachließ, seine Haltung lockerer wurde, sein Gesicht nicht mehr so verkrampft wirkte. Orlow wandte sich ihm zu. »Das Volk würde sofort und positiv reagieren. Das Politbüro würde nicht wagen, den Vertrag zu kündigen. Allein schon die Tatsache, daß es möglich war, würde eine überwältigende Unterstützung hervorrufen.«

»Und wie fühlen Sie selbst sich dabei?«

Orlow zuckte die Achseln. »Es muß getan werden. Es ist einen Versuch wert, und wenn es ein Mißerfolg wird, dann hat die Welt zumindest gesehen, daß wir es versucht haben.«

»Sie stimmen also zu?«

»Ja. Ich stimme zu.«

»Okay. Dann ein Vorschlag. Sie und ich werden heute bis spät in die Nacht das Material zusammen durchgehen. Dann schlafen wir ein paar Stunden. Morgen bereiten wir dann jeder unsere Reden vor und geben die Sache statt heute abend erst morgen abend bekannt. Lassen Sie es uns wirklich gut machen.«

»Ich muß es meinen Leuten, die hier sind, erklären.«

»Nein, das werden Sie nicht tun. Wir werden jetzt unsere beiden Teams zusammenrufen und ihnen gemeinsam sagen, wie alles läuft.«

»Okay.«

Kapitel 25

Wheeler hatte dem Fernsehteam die geänderten Instruktionen mitgeteilt, und die Operation war mit Washington abgeklärt worden. Alle großen Fernseh- und Radiostationen jedes Landes würden vier Minuten vorher von der Fernseh-Pressekonferenz erfahren. Es würden keine Einzelheiten bekanntgegeben werden, nur daß es sich um eine gemeinschaftliche Bekanntgabe der USA, der Sowjetunion und Chinas von größter Wichtigkeit handelte. Man mußte ihnen mitteilen, daß ihre eigenen Programme automatisch für die Dauer von 30 bis 45 Minuten unterbrochen würden, ohne daß dafür Gebühren erhoben werden könnten.

Dem US-Botschafter in Moskau wurde der Zeitpunkt genannt, an dem er das versiegelte Päckchen in seinem Safe öffnen sollte. Es enthielt Instruktionen hinsichtlich der Öffnung des Stahlkoffers, in dem sich das Material befand, das an die Vizepräsidenten des Politbüros verteilt werden sollte.

Wheelers eigenem Team wurden auf einer Basis von Mann zu Mann Partner aus Orlows Gruppe zugeteilt, mit der Instruktion, die ganze Zeit zusammenzubleiben, bis die Sendung vorbei war. Wheeler und Orlow arbeiteten die ganze Nacht daran, die Texte ihrer Verlautbarung so zu kürzen, daß gerade noch alle wichtigen, sie alle betreffenden Vorteile darin zur Sprache kamen.

Sie hatten die örtlichen Dubliner Vertreter von API, Reuter, TASS und Nowosty zu einem nicht spezifizierten Interview eingeladen, und Wheeler und Orlow waren beide einverstanden, daß keine Proben stattfinden sollten. Wheeler würde auf englisch sprechen, mit russischen, chinesischen und französischen Untertiteln. Orlow würde auf russisch sprechen, mit englischen, chinesischen und französischen Untertiteln.

Man hatte die große Eingangshalle geräumt und einen langen Tisch in die Mitte gestellt. Die Leute von den Presseagenturen würden später hereingelassen werden und an der gegenüberliegenden Seite der Halle sitzen. Wheelers und Orlows Männer würden die Verlautbarung auf Monitoren im großen Speisesaal verfolgen.

Der Boden der Eingangshalle war mit einer Menge dicker Kabel bedeckt. Sie führten zu fünf fahrbaren Pulten, die drei Weltregionen kontrollierten, sowie das Satelliten- und Unterbrechersystem, das die

Sendung in alle zu dieser Zeit sendenden Stationen einspeisen würde. Es gab keine Möglichkeit, die verschiedenen Weltzeitzonen in Übereinstimmung zu bringen, und man setzte als Richtzeit fest, daß Moskau die Sendung um sechs Uhr abends ausstrahlen würde. Die Fernsehsysteme der Vereinigten Staaten würden eine sehr wichtige Verlautbarung in den frühen Morgenstunden ankündigen, wobei die Fernseh- und Rundfunkstationen offen zugaben, über Inhalt und Form der Sendung nicht informiert zu sein.

Die Sendung hatte 35 Minuten gedauert. Orlow hatte vor Wheeler gesprochen. Die zweite Kamera hatte von Zeit zu Zeit Deng Xiaopings regloses Gesicht gestreift. China war an dem Abkommen nicht beteiligt, seine Präsenz jedoch sagte genug. Sie bedeutete Zustimmung, ohne Druck von irgendeiner Seite.

Die wenigen Presseleute hatten sowohl beeindruckt als auch ungläubig gewirkt, und ihre Hauptfrage lautete: »Werden der Kongreß und das Politbüro den Vertrag ratifizieren?« Orlow und Wheeler hatten lächelnd mit der Gegenfrage gekontert, ob der Fragesteller sich vorstellen könne, daß eine Regierung einen Vertrag nicht ratifizieren würde, der eine 80prozentige Verringerung der Rüstungsausgaben, kommerzielle und technologische Zusammenarbeit zwischen den beiden Weltmächten und Frieden für die nächste Zukunft bedeutete. Als man Wheeler fragte, warum dies nicht schon früher geschehen sei, deutete er lächelnd auf Orlow. »Der richtige Mann, die richtige Stunde und eine Welt, die eine lange Erholungspause von den Spannungen der letzten vier oder fünf Jahrzehnte benötigt. Eine Chance, etwas aufzubauen statt zu zerstören.«

Nur im Fall einiger Pazifikinseln funktionierte die Direktübertragung im Fernsehen nicht, aber die Radioübertragung auf Mittel- und Kurzwelle hatte überall geklappt.

Wheeler und Orlow warteten gespannt auf die Reaktionen, die aus allen Teilen der Welt im Kontrollraum eintreffen würden. Die erste Nachricht war entmutigend. Die Moskauer US-Botschaft war von Truppen umstellt worden, und in Washington hatten zwei Senatoren, die zu den Befürwortern eines bewaffneten Konflikts zählten, geäußert, daß »das Abkommen nicht einmal in einer Million Jahre ratifiziert werde«.

Die meisten europäischen Großstädte berichteten von einer zurückhaltenden Reaktion, die hauptsächlich darin bestand, daß die Leute wissen wollten, ob die Sendung und der Vertrag ernstgemeint seien.

Aber eine Stunde später änderten sich die Nachrichten auf dramatische Weise. Selbst aus Ländern, die kaum je von dem alten Ost-West-Konflikt betroffen gewesen waren, wurde berichtet, daß die Rundfunk- und Fernsehstationen mit begeisterten Anrufen eines breiten Publikumsspektrums überschwemmt würden. Ob es in den betreffenden Ländern morgens, mittags oder abends war – überall feierten Tausende von begeisterten Menschen in den Straßen.

Die sowjetischen Truppen waren von der amerikanischen Botschaft zurückgezogen worden, und jetzt waren auch die Straßen aller sowjetischen Großstädte voller tanzender, jubelnder Menschen.

In einem Augenblick unerwarteter Euphorie tauschten Orlow und Wheeler für den Rückflug in ihre Hauptstädte Flugzeuge und Crews aus. Air Force One würde Orlow nach Scheremetjewo zurückfliegen und eine von London herbeorderte Iljuschin würde Wheeler zum Flughafen Dulles International zurückbringen.

Über die Hälfte der Politbüromitglieder war mutig oder klug genug, sich zu dem Vertrag zu bekennen, indem sie Orlow in Scheremetjewo empfingen. Falls sie noch irgendwelche Zweifel gehabt hatten, wurden diese beim Anblick der Tausende von Menschen zerstreut, die auf den Flughafen zustrebten und die zur Hauptstadt führende Straße säumten. Bei der ersten Sitzung im Kreml trafen Orlow einige harte, kalte Blicke, und zwei Generäle waren zurückgetreten, aber Orlow ignorierte die schweigende Opposition und ritt triumphierend auf der Welle des öffentlichen Optimismus.

Wheelers effektvoller Einfall mit dem russischen Flugzeug und der russischen Crew war gut über die Bühne gegangen, und diese kleine, spontane Geste hatte von den zu erwartenden Vorteilen mehr ahnen lassen, als irgendeine Rede es gekonnt hätte.

Aus aller Welt trafen Telegramme mit Glückwünschen und Freundschaftsbezeigungen in Moskau und Washington ein. Es war, als habe nach einer bitteren, langen Zeit der Trennung endlich die Versöhnung stattgefunden und als wäre jetzt die ganze Familie wieder beisammen. Niemand fand es noch lohnend, die Ex-Feinde zu kritisieren. Die Welt wollte es nicht, und die Öffentlichkeit hätte es auch gar nicht zugelassen. Es gab keine Besiegten, keine Toten, keine Verwundeten und nur wenige Verlierer. Alles, was der Durchschnittsbürger zeigen wollte, war sein guter Wille. Falls es noch ungläubige Thomasse gab, behielten sie ihre Zweifel für sich, da Vereine, Ausschüsse, Gesellschaften, Ligas und Clubs auf tausenderlei Arten versuchten, ihren alten Feinden das Ausmaß ihres guten Willens zu zeigen. Kaviar, Wodka, Dynamo Moskau, das Bolschoi-Ballett und das Moskauer Symphonieorchester flogen nach Amerika, und Levis, die Cubs, die Bürgermeister von Los Angeles, Chicago und New York, die Boston Pops und Hereford-Zuchtbullen flogen nach Rußland. Es klappte zwar nicht immer alles wie geplant, aber alles wurde von der wilden Begeisterung des Publikums vergoldet.

Nur in Großbritannien schien die Situation noch ungewiß zu sein. Die Königliche Familie hatte fast eine Woche mit ihrer Rückkehr gezögert. Es hatte sie niemand zurückgerufen, da niemand die Autorität besaß, sie zurückzurufen oder ihr Kommen zu verhindern. Wheeler hatte sich davon überzeugt, daß Harry Andrews und seine Männer als Nationalhelden gefeiert wurden, aber die Bevölkerung war nicht in der Stimmung für Helden oder Schurken. Großbritannien war nicht am Vertrag von Shannon beteiligt, wie jetzt allgemein gesehen wurde. Großbritannien war, wie der Rest der Welt, nur Zeuge von etwas, das für das Land sofortige Vorteile brachte. Es war kein Krieg gewonnen worden. Die Russen hatten sich während der ersten Tage *en masse* aus dem Land zurückgezogen. Es gab keine Nutznießer der neuen Situation. Es war niemand da, der das Land hätte regieren können, und offensichtlich hatte die Öffentlichkeit auch gar kein Bedürfnis nach Führern. Es waren ja alle Arten von Führern bekannt. Es war nicht so, daß man sie ausprobiert hatte und ihnen vertraute, sondern so, daß man sie ausprobiert hatte und ihnen mißtraute. Und dieses Mißtrauen ging bis zu einem Grad des Abscheus, der an Haß grenzte. Dies betraf vor allem die alten Institutionen des Parlaments und die Politiker, die Bürokratie und überhaupt alle Elemente des alten Staatswesens.

Die Königliche Familie verhielt sich sehr zurückhaltend. Zwar wurde sie offensichtlich vom Volk geliebt, aber es war eher eine alte, nostalgische Liebe, wie sie ein Mann seiner geliebten Frau gegenüber empfinden mag, die mit einem anderen davonläuft und schließlich zurückkehrt. Jeder freute sich, daß sie wieder da war, war sich aber auch der inzwischen verflossenen Zeit bewußt. Keine offenen Beschuldigungen der Untreue, aber das Bewußtsein, daß es Fragen gab, die man besser nicht stellte.

Truppeneinheiten, die nach Übersee gegangen waren, waren zurückgekehrt, aber ihre Führer zögerten, irgendeine Art von Initiative zu ergreifen. Ohne ihre Schuld hatte sich vor der Okkupation herausgestellt, daß sie nicht imstande gewesen waren, ihre Aufgaben zu erfüllen. Weder hatte man sie gegen die Gesetzesbrecher eingesetzt, die das Land ruiniert hatten, noch hatten sie, wiederum ohne eigene Schuld, das Land gegen seine Feinde verteidigt. Sie wurden weder geschmäht noch willkommen geheißen. Es waren irgendwie neutrale Figuren, die man am besten ignorierte.

Mehrere Gruppierungen, meist ehemalige Journalisten, hatten Lokalzeitungen ins Leben gerufen, deren Format aber eher national als lokal zu nennen war. Sie ermutigten die lokale Diskussion, und im Lauf der Zeit nahmen ihre Leserbriefseiten den halben Raum der Zeitung ein. Doch waren die Meinungen größtenteils negativ. Die Leute mochten sich zwar nicht ganz klar darüber sein, durch was die alte Bande ersetzt werden sollte, aber sie waren sich nahezu einig darüber, was sie *nicht* wollten. Und auf dieser Liste standen ganz obenan die alten Parteien und Politiker.

Es gab Zeitungsartikel über eine reine Frauenregierung, über Platos Republik, das menschliche Gesicht der Anarchie und separate Regierungen für Wales und Schottland und sieben Regionen Englands. Aber es gab nichts darunter, was allgemein ein positives Echo ausgelöst hätte.

Nach zwei Wochen sah Andrews eine Wiederholung der alten Verhältnisse voraus. Diskussion, Desillusionierung und keine Kontrolle oder Führung. Widerstrebend übernahm er eine Rolle, die er sich nie gewünscht, die er nie erwogen hatte.

Er führte lange Gespräche mit Jamie Boyle und dessen Vater. Es wurde nichts Konkretes beschlossen, aber man kam überein, eine Tour durch alle Großstädte zu machen, mit Massentreffen, die die Mitglieder der lokalen Widerstandsgruppen Harry Andrews' organisieren sollten.

Zu Andrews' Überraschung wurden er und seine Kämpfer überall stürmisch empfangen, und es schien, als nähmen sie im Herzen der Öffentlichkeit eine besondere Position ein. Sie wurden zwar nicht als Helden betrachtet – das Land war nicht in der Stimmung für Helden und Pathos. Aber sie waren eine Gruppe von Männern mit einem besonderen Vorzug. Sie gehörten nicht zum alten Establishment und hatten tatsächlich die Voraussicht besessen, gegen dessen Schwächen anzukämpfen. Und sie hatten auch nichts mit der Demütigung zu tun, die das Land in Form der russischen Besetzung traf. Auch dagegen hatten sie gekämpft. Zwar war es zu keiner Entscheidung gekommen, aber sie hatten immerhin gezeigt, daß Großbritannien es wert sein könnte, von seinen ehemaligen Verbündeten und Freunden befreit zu werden. Sie waren die einzigen Menschen, die am Fall und an der Erniedrigung der Nation keinen Anteil gehabt hatten.

Das wichtigste Resultat der Massentreffen war, daß Harry Andrews von allen Leuten als Mensch und als Führer akzeptiert wurde. Von Männern und Frauen, jung und alt. Seine möglichen Kritiker, die dem alten Establishment entstammten, hatten weder den nötigen Rückhalt noch den Mut, ihm öffentlich zu widersprechen. Und in ihrem tiefsten Innern wußten diese alten Knaben, wenn sie irgendwelche Argumente für die Rückkehr zum System vor der Okkupation vorbrachten, würde man sie entweder auslachen oder lynchen, je nachdem, um welches Publikum es sich gerade handelte.

Harry Andrews erinnerte sich an die halb scherzhafte Bemerkung, die Präsident Wheeler gemacht hatte, als sie sich in seinem Haus in Texas getroffen hatten, und Wheeler reagierte sofort mit einem Flugzeug voll unparteiischer Berater. Sowohl er als auch Andrews erkannten, daß das Vakuum im britischen Leben dringend gefüllt werden mußte. Möglicherweise mußte man die Vollkommenheit notwendigen Maßnahmen opfern.

Das wichtigste Problem wurde in einigen Tagen gelöst. Die Briten sollten eine Verfassung erhalten, die auf der amerikanischen Verfassung basierte, aber mit dem Vorteil, daß man deren Mängel von Anfang an ausschalten konnte. Die amerikanischen Berater, vor allem die Anwälte, hatten kritisiert, daß überhaupt irgendwelche Grundlagen der amerikanischen Verfassung übernommen werden sollten, aber Andrews hatte die Kritik mit dem Argument entkräftet, daß die Männer, die damals die Verfassung Amerikas konzipiert hatten, in einer ähnlichen Situation gewesen waren, wie sie jetzt in Großbritannien herrschte. Widerstrebend hatte er gleich von Anfang an zugestimmt, daß es Politiker geben mußte, und dies bedeutete womöglich zwangsläufig, daß es auch Parteien gab.

Andrews bewunderte jedoch die Sorgfalt und Mühe, mit der die amerikanische Verfassung ausgearbeitet worden war, und er gestattete Änderungen nur in solchen Fällen, wo das Original Zusatzartikel oder Klauseln enthielt, die nur für die Vereinigten Staaten zutrafen. Es wurden Artikel hinzugefügt, die verhindern sollten, daß eine Partei von anderer Seite als von der Gesamtheit ihrer Mitglieder kontrolliert oder finanziell unterstützt wurde. Interessenvertretung oder finanzielle Hilfe, offen oder verdeckt, durch eine außenstehende Gruppierung der Arbeiterschaft oder des Kapitals waren verboten.

Für Harry Andrews war die einzige Rechtfertigung, die einzige

Entschuldigung dafür, daß es Politiker geben würde, eine Verfassung, die den Gerichten erlaubte, jedes vom Parlament verabschiedete Gesetz, das die britische Verfassung verletzte, aufzuheben.

Das neue Konzept wurde den Leuten während einer zweiten landesweiten Reihe von Massentreffen bekanntgegeben, und Andrews bat um eine Audienz bei der Königin. Die Rolle der Monarchin wurde durch die britische Verfassung sowohl gestärkt als auch geschwächt, und man hatte zu den Beratern der Königin zwar Kontakt gehalten, sie aber bei der Vorbereitung der Verfassung nicht konsultiert. Die Königin hatte sowohl die Verfassung als auch die positivere, wenngleich eingeschränkte Rolle der Monarchin begrüßt.

Nachdem Andrews auf der Treppe des Londoner Rathauses vor jubelnden Menschenmassen die neue Struktur der Regierung bekanntgegeben hatte, war es, als erwache über Nacht der Optimismus und die Energie der ganzen Bevölkerung. Handel und Industrie, die in Ungewißheit dahinvegetiert hatten, blühten auf. Gruppen von Leuten, die Zeitungen und Rundfunksender gründen wollten, schlossen sich zusammen, um Pläne zu schmieden und Geld aufzutreiben. Potentielle Kongreßabgeordnete und Senatoren begannen ihre Anhänger zu mobilisieren und ihre Pläne für die kommenden Präsidentschafts-, Kongreß- und Senatswahlen zu formulieren. Der Senat sollte auf dem früheren Oberhaus basieren, bei minimaler Parteizugehörigkeit.

Nach Absprache mit seinen amerikanischen Beratern hatte Andrews eine Gruppe talentierter, unabhängiger Männer ausgewählt, die das Land in den beiden Monaten bis zu den Wahlen regierten. Sie orientierten sich kaum an den früheren Gesetzen und kümmerten sich nicht um alte Verpflichtungen.

Der erste Präsident Großbritanniens war eine Frau. Eine hochqualifizierte Akademikerin, die einmal eine hohe Beamtin gewesen war, kurz vor der Okkupation jedoch stellvertretende Rektorin der Universität Newcastle geworden war. Keine Partei durfte den früheren Namen benutzen, und die Kongreßmehrheit, die von einer Partei getragen wurde, die sich die Mittelschicht-Partei nannte, war als Mischung der beiden alten großen Parteien anzusehen. Im Senat waren frühere Angehörige der Aristokratie und Mittelschicht-Berufe vertreten, und die Mehrheit war parteilos geblieben. Der Kongreß enthielt wenige Anwälte und Geschäftsleute, da die Verfassung sowohl Kongreßabgeordnete als auch Senatoren davon abhielt, während der Amtszeit und fünf Jahre danach eine andere bezahlte

Position innezuhaben. Während dieser Zeit bekamen sie ihr volles Gehalt, gemäß ihrem Status und der Länge ihrer Dienstzeit. Die Wahlen wurden alle vier Jahre zu fest bestimmten Zeiten abgehalten.

Schottland und Wales hatten ihre eigenen Kongresse mit einer flexiblen Basis für zentrale Subventionen im Austausch dafür, daß sie die Verteidigungs- und Außenpolitik an den Bundessenat abtraten.

Seit er von ihrer Beziehung zu dem Russen gehört hatte, war Jamie Boyle nicht mehr mit Jeanie in Verbindung getreten, und als er schließlich zu dem Haus in Cramond zurückkehrte, empfand er keinerlei Stolz darauf, Teil der Organisation gewesen zu sein, die sich ›Der Widerstand‹ genannt hatte.

Er hatte sich einen Gebrauchtwagen gekauft und fuhr nach Schottland zurück, da das, außer Laufen, länger dauern würde als alles andere.

Es war keine Heimkehr. Er kam nur in ein Haus zurück, das einmal sein Heim gewesen war. Ein leeres Haus, das, wie er gehört hatte, geplündert worden war. Sein Vater hatte nie mehr über Jeanie oder den toten Russen gesprochen, und all dies kam einem wie aus einer anderen Welt vor. Einer Welt, die vor langer Zeit aufgehört hatte zu existieren. Jamie Boyle hatte Macgregor angerufen und ihn gebeten, neue Schlösser anzubringen und die Schlüssel bei sich aufzubewahren, bis er sie abholen würde.

Als er schließlich vor dem neuen Wohnsitz des Schotten angelangt war, einer kleinen Reihe von Doppelhäusern, die aus der Zeit vor der Okkupation stammten, durchfuhr ihn ein Gefühl der Erleichterung, daß dieser Mann wenigstens seine Lebensumstände verbessert hatte. Die mütterliche Lily war auf einem Auge blind geworden, als sowjetische Soldaten eine Gruppe von Frauen angriffen, die während der letzten Okkupationsmonate gegen die viel zu kleinen Lebensmittelrationen protestierten. Der große, zähe Mann hatte sich in ein wildes Tier verwandelt und hatte von der Zeit und den Mitteln seiner Gruppe viel zuviel für einen persönlichen Racheakt gegen die Milizsoldaten verwandt, von denen er in zwei Monaten neun tötete. Einige der von Harry Andrews befohlenen Sabotageakte gingen jedoch mangels Vorbereitung jämmerlich daneben. Cameron Davies war nach Glasgow geschickt worden und sollte über die Vorgänge berichten. Er hatte nichts gesagt, sondern sich alle Mitglieder der Gruppe vorgenommen und sie wieder auf Vordermann gebracht. Davies nahm an, daß er reich dafür belohnt wurde, indem er Macs Tochter Helen heiratete.

Helen war es auch, die jetzt auf Jamie Boyles Klopfen öffnete. Ihre warmen Arme um seinen Hals, ihr weicher Mund auf seinem – das war eine unerwartete und aufrichtig herzliche Begrüßung.

»Komm rein, Jamie. Lily wird sich sehr freuen.«

»Wie geht es ihr?«

»Es braucht Zeit, Jamie. Sie war eine sehr lebhafte Frau, und jetzt ärgert sie sich manchmal, wenn sie an die Möbel stößt und die Milch nicht richtig in den Kochtopf gießen kann. Wenn du so tust, als hättest du das mit dem Auge nicht bemerkt, wird sie sehr zufrieden mit sich sein. Sie ist ganz schön eitel für ihr Alter, meine Mama.«

Lily vergoß ein paar Tränen. Nicht aus Traurigkeit. Nicht einmal direkt wegen Jamie Boyle. Einfach so aus Freude, Erleichterung und Weltschmerz im allgemeinen.

Mac war ruhig und gelassen wie immer. Nach dem Essen nahm Boyle die Hausschlüssel, und Mac begleitete ihn zum Wagen.

»Und was hast du jetzt vor, Junge? Wieder zu den Gesetzbüchern und Schurken zurück?«

»Ich glaube nicht, Mac. Vielleicht versuche ich es mal in den Vereinigten Staaten. Für ein paar Monate jedenfalls.«

»Und was ist mit dem Mädelchen?« fragte Mac leise.

»Du meinst Jeanie?«

»Ja, klar.«

»Ich denke nie an sie.«

»Das nehme ich dir nicht ab. Du brauchst mir nichts vorzumachen, Freundchen. Da spricht nur dein Stolz.«

»Warum sollte ich denn an sie denken?«

»Weil du einmal gesagt hast, du würdest sie bis ans Lebensende lieben. In guten und in schlechten Tagen.«

»Das hat sie auch gesagt.«

»Ja. Und sie hat es genauso ernst gemeint wie du.«

»Nicht, als es dann darauf ankam. Das ist das einzige, was zählt.«

«Nur der Russe. Sonst nichts?«

»Mir reicht auch das schon.«

»Hast du nie Seitensprünge gemacht?«

»Ein- oder zweimal. Aber erst nach jener Sache.«

»Du meinst, du hast also mit Mädchen geschlafen, ohne daß sie dir irgendwas bedeutet haben?«

»Nicht unbedingt. Ich mochte sie, und sie mochten mich.«

»Hast du sie auch geküßt, oder nur mit ihnen geschlafen?«

»Natürlich hab' ich sie geküßt.«

»Aus Zuneigung und Zärtlichkeit?«
»Ja.«
»Und für dich ist das erlaubt, für Jeanie aber nicht?«
»Ich hab' ja nicht damit angefangen, Mac. Das ist der Unterschied.«
»Aha. Man lernt jeden Tag etwas Neues dazu.«
»Was soll das heißen?«
Der stämmige Schotte stieß seinen dicken harten Zeigefinger gegen Boyles Brust. »Das soll heißen, es müßte schon mehr passieren, als daß irgend so ein verdammter Russe meiner Lily sein Ding reinsteckt, damit ich aufhören würde, mich um sie zu kümmern – und bei uns damals gab es keine großartigen Schwüre in einer Kirche. Das sage ich dir.«
»Wo ist Jeanie? Was ist mit ihr geschehen?«
»Wie, zum Teufel, soll ich das wissen? Du bist ihr Mann, Junge, nicht ich.«
Boyle seufzte. »Ich werde dich irgendwann nächste Woche mal besuchen, Mac. Jetzt geh' ich lieber mal.«
»Paß auf dich auf, Jamie. Es gibt eine Menge Leute, die dich mögen. Mehr als du denkst.«
Boyle hatte unterwegs angehalten. Es hatte keinen Sinn, nach Cramond zu fahren. Es war ja nur ein verdammtes Haus. Ein Gebäude. Vielleicht blieb er nur eine Nacht dort und versuchte es schon am nächsten Tag zu verkaufen.
Als er die Eingangstür öffnen wollte, fiel ihm der glänzende Chrom des neuen Schlosses auf. Als er im Haus stand, sah alles fast genauso aus wie damals, als er es in jener Nacht verlassen hatte. Anscheinend waren Helen oder Lily dagewesen, um das Haus für seine Ankunft etwas gemütlicher zu machen. Und dann öffnete sich die Wohnzimmertür, und Jeanie stand da. Sie blickte ihn an, mit schräg geneigtem Kopf, und ihr langes Haar ringelte sich auf ihrer Schulter. Und sie sagte sehr leise: »Lange nicht gesehen.«
Er stellte seine Tasche ab und versuchte, Jeanie nicht anzusehen. Aber es gab nichts, was er sonst hätte ansehen können. Und außerdem wollte er sie sowieso anschauen. Aus ihren Wangen war die Farbe gewichen, und die dunklen Schatten unter ihren Augen kamen nicht vom Make-up. Er wollte irgend etwas Neutrales sagen oder sogar etwas Nettes, aber es war einfacher und verlockender, unfreundlich zu sein.
»Was führt dich hierher?«
»Du«, erwiderte sie. »Und ich.«

»Um mich brauchst du dir keine Sorgen machen, meine Liebe.«

»Weißt du was?«

»Nein. Was denn?«

»Ich würde alles, was ich habe und was ich je bekomme, dafür hingeben, daß du es ernst gemeint hättest, als du mich ›meine Liebe‹ nanntest.«

Er bückte sich nach seiner Tasche, hob sie auf und richtete sich wieder auf. »Ich überlasse es dir.«

»Was läßt du mir?«

Er zuckte die Achseln. »Das Haus. Was immer du willst.«

»Ich will dich, Jamie. Keine Häuser. Nichts sonst.«

»Dafür ist es zu spät, Jeanie. Das ist seit langer Zeit vorbei.«

Tränen standen ihr in den Augen, und bevor sie weitersprechen konnte, mußte sie tief durchatmen. Trotzdem zitterte ihre Stimme noch beim Sprechen.

»Und mehr habe ich dir nie bedeutet? Ein schrecklicher Fehler, und es war nicht einmal nötig, darüber zu reden. Nicht einmal die traditionelle Verwünschung oder die gebrochene Nase.«

»Das hättest du vorgezogen?«

»Bei Gott, ja. Wenn man sie verwünscht oder sie ins Gesicht geschlagen hatte, war die Wut verflogen. Sogar die Rangers und die keltischen Barbaren haben danach mit ihrer Frau geredet.«

»Es hätte dir kaum gefallen, was sie sagten, Jeanie.«

»Ich wäre für jeden Fluch, für jede Obszönität auf die Knie gefallen, wenn sie aus deinem Mund gekommen wären. Nur wenigstens die Chance, darüber zu reden. Die Chance, die du für deine Klienten so oft wahrgenommen hast. Die Dinge, die du immer sagtest, konnten ein grausames Urteil verhindern. Wie hast du es bezeichnet... die Bitte um mildernde Umstände? Du sagtest, daß selbst Mörder diese Bitte verdient hätten, bevor sie verurteilt würden.«

»Wir handeln immer nach unseren Gefühlen, Jeanie. Ich bin kein Heiliger. Ich bin ein Mensch. Und nicht einmal ein guter Mensch. Ich habe nach meinen Instinkten gehandelt.«

»Warum also...«

Und plötzlich wurde ihr Gesicht grau, und ihr Körper glitt langsam, schrecklich langsam an der Wand entlang nach unten. Heftig schlug ihr Kopf auf dem Boden auf.

Einen Moment lang stand Boyle wie erstarrt da, dann ließ er die Tasche fallen, hob Jeanie auf und trug sie ins Wohnzimmer. Dort legte er sie auf die Couch und öffnete die oberen Knöpfe ihrer Bluse.

Als er zur Tür ging, bemerkte er, daß im Kamin Feuer brannte und auf dem Glastisch eine Flasche Whisky und zwei Gläser standen. Er hielt ein Handtuch unter kaltes Wasser und empfand eine Mischung aus Traurigkeit und Schuld.

Traurigkeit darüber, daß sie so offenbar Vorbereitungen getroffen hatte für ein Gespräch mit ihm, und Schuld, weil er beim Öffnen ihrer Bluse überlegt hatte, wie oft der Russe das gleiche getan haben mochte.

Als er mit dem tropfnassen Handtuch aus der Küche kam, läutete das Telefon. Er drehte sich um und ging zum Flurtisch, um abzunehmen.

»Boyle«, rief er.

»Jamie«, erwiderte sein Vater, »wie geht es dir?«

»Gut.«

»Du hörst dich aber nicht so an. Du klingst ziemlich durcheinander. Habt ihr gestritten?«

»Du wußtest also, daß sie da ist?«

»Natürlich. Es war mein Vorschlag. Sie war außer sich vor Angst. Ich beruhigte sie. Ich sagte ... redet einfach miteinander. Ich sagte ihr, sie solle an dich glauben. An deinen gesunden Menschenverstand. Deine Güte. Ich sagte, daß ihr euch doch, auch wenn es nicht klappt, geliebt habt, und das darf man doch nicht mit Füßen treten, nur weil sie nicht den Mut hat, sich mit dir auseinanderzusetzen ... du brauchst gar nicht so zu seufzen, mein Junge. Sie ist genauso meine Tochter, wie du mein Sohn bist. Ich habe euch beide sehr lieb. Warum kommt ihr nicht einfach rüber und unterhaltet euch mit mir? Ich fühle mich sehr einsam.«

»Ich ruf' dich später noch mal an, Vater.«

»Versprichst du es mir?«

»Ja, ich verspreche es.«

Nachdem er aufgelegt hatte, stand er noch eine Weile mit geschlossenen Augen da, das nasse Tuch in der Hand.

Als er ins Zimmer zurückkam, hatte sie die Augen schon offen. Sie versuchte sich aufzusetzen, schaffte es aber nicht. Er setzte sich zu ihr auf den Rand des Sofas und nahm ihre Hand.

»Ich möchte, daß du dem, was ich jetzt sage, ganz genau zuhörst. Machst du das?«

Sie nickte.

»Was geschehen ist, tut mir leid. Leid für dich. Leid für mich. Ich war schockiert und wütend, und das hat alle anderen Gefühle beiseite gewischt. Wenn du mir verzeihst, werde ich auch dir verzeihen. Mag sein, daß wir all dies nie vergessen, und vielleicht macht das auch gar nichts aus. Irgendwann wird es nicht mehr wichtig sein. Laß mich dir also jetzt sagen, daß es mir leid tut, heute ebenso wie damals. Laß es uns ein Jahr lang versuchen. Ich werde mein Bestes tun, und du auch. Aber wir erwähnen diese Sache nie mehr. Egal wie sehr einer sich vom anderen provoziert fühlt. Wir fangen so an, als sei all das nie passiert. Okay?«

Sie nickte. »Gibst du mir eine Chance, Jamie? Eine wirkliche Chance?«

Er seufzte. »Ich bin ein Dummkopf, Jeanie. Ein fürchterlicher Dummkopf. Wir brauchen kein Jahr lang. Laß uns einfach weitermachen.«

Und er seufzte noch einmal, als sie die Arme um ihn schlang und ihren Kopf müde gegen seine Schulter lehnte.

Harry Andrews und Joe Langley hatten an der Eröffnungssitzung des ersten Kongresses teilgenommen. Es war beschlossen worden, den alten Westminster Palast aufzugeben, da er zu sehr an das frühere Scheitern erinnerte. Ein neues Kongreß- und Senatsgebäude sollte auf dem ungenützten Ödland des alten Hafengebiets entstehen, und der Entwurf war bereits genehmigt. Aber das würde trotz der Versprechungen und Hilfe anderer Länder in Form von Geld und Naturalien noch zwei Jahre dauern.

Mittlerweile hatte man die Albert Hall ausgeräumt und sie zum vorübergehenden Sitz des Kongresses umfunktioniert, und aus einer Art von Gerechtigkeit heraus wurde die Festival Hall zum zeitweiligen Sitz des Senats. Es gab nicht mehr die langen Reihen einander gegenüberstehender Bänke und keins der altmodischen, historischen Rituale des früheren Unterhauses. Kein Amtsstab, kein Black Rod, keine geheimnisvollen parlamentarischen Verfahrensweisen. Nicht einmal mehr den abgenutzten Zylinder, den man immer aufhaben mußte, wenn man zur Geschäftsordnung sprechen wollte.

Die Sitze waren in einem großen Halbkreis angeordnet, und die Kongreßmitglieder saßen in alphabetischer Reihenfolge. Auf einem breiten Podest saßen der Präsident und der jeweilige Protokollführer, und etwas tiefer befand sich das Podium für die Redner. Es gab kein Zeremoniell. Kein Eröffnungsgebet. Aber das Verfahren spornte dazu an, die Themen eher unter faktischen als unter rhetorischen Aspekten zu behandeln. Es war eine geschäftsmäßige Versammlung, und wenn, wie der Präsident sie anfangs immer wieder mahnte, Kongreßabgeordnete falsche Fakten anführten, würde man später darauf zurückkommen, und falls sich solche Irrtümer wiederholten, würde der Betreffende vor den entsprechenden Ausschuß zitiert werden. Beschimpfungen, ob gegen ein Kongreßmitglied oder die Öffentlichkeit gerichtet, würden sofort unterdrückt werden, ebenso auch alle Hetzreden.

Als die beiden im Steak House in Kensington High Street saßen, meinte Langley: »Sie hätten einen der Sitze bekommen müssen, Harry.«

»Ich! Um Gottes willen. Warum denn?«

»Die Leute verdanken es nur Ihnen, daß sie da sind. Sie haben den Widerstand organisiert und hatten dann die Idee mit der neuen Verfassung.«

Andrews lächelte. »Es gab eine Menge Leute, die eine geschriebene Verfassung wollten, lange bevor die Russen kamen.«

»Warum setzten sie es dann nicht in die Tat um?«

»Für die meisten lohnte es sich, das nicht zu tun. Es erhielt ihnen ihre Privilegien und gab ihnen die Macht, die Gesetze für sich selbst, ihre Partei und ihre Anhänger zurechtzubiegen. Die Politiker waren wegen der Macht im Geschäft. Sonst nichts. All die Worte über den Nutzen fürs Volk waren nur Beschönigung. Wenn sie zwischen der Partei und dem Volk entscheiden mußten, zögerten sie niemals auch nur einen Moment, zu welcher Seite sie auch gehörten. Man konnte diese Kerle nicht auseinanderhalten. Die Macht der Labour Party lag nicht bei der Masse ihrer Mitglieder. Nicht einmal bei der Arbeiterklasse, wen auch immer sie dafür halten mochten. Die Führer des Labour-Haufens hatten alle zusammen nicht einen Tag körperliche Arbeit geleistet. Und die Torys repräsentierten nicht Handel und Industrie. Die meisten von ihnen hätten nicht mal eine Pommes-frites-Bude mit Profit betreiben können.«

»Was ist mit der Tatsache, daß es Ihre Planung und Anstrengungen und Ihre Führung waren, die all das ermöglicht haben?«

Andrews schüttelte den Kopf. »Nett von Ihnen, das zu sagen, Joe. Aber es ist nicht wahr. Unsere Widerstandsbewegung wäre nicht einen einzigen Panzer oder Rotarmisten losgeworden. Wir waren nur Flohbisse. Ein Ärgernis. Was wir taten, war nur, den Amerikanern und dem Rest der Welt zu zeigen, daß wir die Okkupation nicht freiwillig über uns ergehen ließen. Daß wir nicht darum gebeten hatten. Sie sahen uns Widerstand leisten, und das rüttelte das Gewissen von einigen wach. Und Washington zeigte es, daß wir immer noch auf eigene Faust kämpfen konnten. Genauso wie wir im Zweiten Weltkrieg ganz auf uns allein gestellt über ein Jahr gegen die Nazis gekämpft haben. Und die Russen und die Nazis waren damals ständig Verbündete.« Andrews lächelte. »Wir dürfen uns nichts vormachen, Joe. Wir haben den Anfang gemacht, wir haben alles vorbereitet. Aber allein hätten die Russen uns ausradiert. Da gibt es keinen Zweifel.«

»Was werden Sie als nächstes tun?«

Andrews lächelte. »Man hat mir einen interessanten Posten an der Universität Boston angeboten. Ich soll Vorlesungen halten, über die Geschichte Großbritanniens von 1970 bis heute, 1987. Und wir bekommen ein Kind. Indi bleibt bei mir. Und Sie? Warum haben Sie sich nicht für den Kongreß beworben? Sie hätten es mit Leichtigkeit geschafft.«

»Man hat mir eine passable Pension ausgesetzt. Ich nehme an, daß Sie das arrangiert haben. Ich habe genug von allem. Wir beide, ich und meine Frau. Wir ziehen nach Cornwall. Ein hübscher kleiner Bungalow, und hinten ein nagelneuer Schuppen für mich. Eine Ingenieurswerkstatt. Ich werde maßstabgetreue Modelle von alten Dampflokomotiven herstellen. Duchess of Athol, Sir Nigel Gresley, The Royal Scot. Solche Dinge.«

Andrews lächelte. »Wie Sie das so sagen, sehen Sie noch jünger aus.«

»Ich fühle mich auch so, Chef. Ich bin jünger, als ich seit Jahren war.«

Glyn Thomas und Meg hatten zugeschaut, wie die Männer den Dachboden ihres Bauernhauses fotografierten und Skizzen davon anfertigten. Sie machten sich zahllose Notizen, bevor die elektronischen Geräte und die Funkgeräte an ihren neuen Standort im Kriegsmuseum gebracht wurden. Es sollte eine Dauerausstellung werden, eine komplette Rekonstruktion des Dachbodens in Pen-y-Fan. Das Basis-Hauptquartier des britischen Widerstands. Selbst der alte Schaumstoffteppich wurde vorsichtig zusammengerollt, damit man ihn im Museum wieder auslegen konnte. Glyn Thomas hatte in jeder Hinsicht mitgeholfen, bis auf eines. Er weigerte sich, mit jemandem darüber zu sprechen. Weder mit der Museumsverwaltung noch mit den Medien oder der Armee wollte er irgendeinen Aspekt der Widerstandsbewegung diskutieren. Geldangebote wurden mit einer ätzenden Bemerkung beiseite gewischt. Pensionen, Auszeichnungen und ein Geldgeschenk in beachtlicher Höhe wurden als Beleidigungen gewertet, obwohl all diese Angebote nur aus Bewunderung und Dankbarkeit resultierten.

Von allen früheren Führern der kleinen Gruppe, die die späteren Widerstandsgruppen ausgebildet und organisiert hatten, war er der einzige, dessen Ansichten scharf und kompromißlos waren. Meg hatte, nachdem die Russen das Land verlassen hatten, viele Nächte mit ihm zusammengesessen und zugeschaut, wie er all die Namen, Tarnnamen und Daten durch den Computer laufen ließ. Die Schlußzahlen hatten 10491 Vollzeit- und aktive Mitglieder ergeben, und 210000 Freiwillige hatten verschiedene Dienste geleistet, die von der Lieferung von Informationen bis hin zu spezialisiertem Wissen reichten. Für viele war dies ein Namensverzeichnis der Ehre – 220491 Männer und Frauen, die ihr eigenes Leben und das Leben ihrer Familie für den Widerstand riskiert hatten. Für Glyn Thomas jedoch waren sie ein Grund zur Schande. Weder Andrews noch sonst jemand konnte ihn davon abbringen. Er knurrte bloß zurück, daß all das doch bloß darauf hinausliefe, daß trotz der Brutalität, der Demütigungen, der tatsächlich herrschenden Sklaverei weniger als ein halbes Prozent der Bevölkerung Großbritanniens bereit gewesen sei, ihren Lebensstil gegen eine Tyrannei zu verteidigen.

Wenn ein Name nicht auf dem Computer-Ausdruck erschien, existierte er für Glyn Thomas einfach nicht. Er war einer der Verwundeten, die die Russen zurückgelassen hatten. Ein trauriger, bitterer Mann, der sich nur noch um seinen Bauernhof und seine Frau kümmerte. Und Meg Thomas liebte ihn dieser inneren Verwundung wegen nur um so mehr, aber manchmal fragte sie sich, ob Gott nicht schließlich doch noch ihre jahrelange Bitte nach einem Kind erfüllt hatte. Immer war die Antwort ›nein‹ gewesen. Denn Gott wußte besser als sie, was geschehen würde.

Kapitel 26

Das Mädchen vom Kultusministerium zeigte durch eine Gruppe von Birken und Kiefern zu dem Holzhaus hinüber.

»Das ist sein Haus.«

Art Lane ließ den Fahrer anhalten, und der Konvoi aus Möbelwagen und zwei Autos hielt auf dem sandigen Weg an.

Es hätte ohne weiteres irgendein Haus in Neuengland sein können. Stabil gebaut, funktional und hübsch. In dem kleinen Garten, der von einem Lattenzaun begrenzt war, standen Silberbirken. Als der Kameramann auf dem Sandweg zu ihm trat, deutete er auf das Haus.

»Ich möchte eine lange Einstellung von hier, und dann schwenken Sie langsam auf die Eingangstür des Hauses. Maximal etwa fünfzehn Sekunden.«

»Möchten Sie es mit Weichzeichner haben?«

Lane runzelte die Stirn, dann meinte er: »Geben Sie mir beides, Charlie. Ich bin mir nicht sicher. Hängt vom Interview ab.«

Zwanzig Minuten später standen Lane und das Mädchen in dem sonnigen Eckzimmer. Obwohl der Raum gut geheizt war, trug Art Lane immer noch seine Schaffelljacke, als sei sie eine Art Panzer gegen die fremde Umgebung.

Die Datscha befand sich in Peredelkino, am Rande Moskaus; das war die Künstler- und Schriftstellersiedlung, wo man zur Belohnung für Parteitreue hinziehen durfte. Sogar einige, die nachträglich in Ungnade gefallen waren, durften noch hier wohnen bleiben.

Der Raum war spärlich, aber hübsch möbliert – ein bequemes dreisitziges Sofa und ein paar Sessel. Auf dem untersten Bücherregal standen ein Radio und ein Fernsehgerät. Auf einem kleinen Marmortisch neben einem der Sessel lag aufgeschlagen und mit dem Rücken nach oben Gibbons ›*Aufstieg und Fall des römischen Reiches*‹.

»Ist er fertig?« erkundigte sich Lane bei dem Mädchen.

»Ja. Soll ich ihn reinholen?«

»Ja. Fangen wir an.«

Der Mann, der mit dem Mädchen hereinkam, sah zwar blaß, aber recht gesund aus. Lane streckte die Hand aus.

»Mr. Cooper. Art Lane von der NBC. Leiter der Feature-Abteilung. Danke, daß Sie mich empfangen.«

Cooper nickte und wies auf einen der Stühle. »Nehmen Sie doch bitte Platz, Mr. Lane.« Cooper selbst setzte sich auf das Sofa und Lane beugte sich vor.

»Möchten Sie, daß ich Sie während des Interviews mit Ihrem Titel anspreche, Sir Frederick? Wir wären glücklich, alles nach Ihren Wünschen gestalten zu können.«

Cooper lächelte gequält. »Cooper reicht. Oder mein Vorname. Frederick oder Freddie.«

»Ich würde gern über einige der Fragen reden, die ich für das Interview geplant habe. Und lassen Sie mich Ihnen versichern, daß wir nicht die Absicht haben, dieses Interview irgendwie feindselig zu führen. Soweit die NBC und Time-Life betroffen sind, ist dies ein dokumentarisches Interview. Weder für noch gegen etwas, das Sie sich... äh... in der Vergangenheit zu tun entschieden haben.«

Cooper nickte und zündete sich eine Zigarette an, wobei seine Hand leicht zitterte.

»Haben Sie schon immer geraucht, Mr. Cooper?«

Cooper lächelte. »Ein neu erworbenes Laster, fürchte ich.«

»Warum haben Sie damit angefangen?«

Cooper zuckte die Achseln. »Warum fängt man schon damit an? Einsamkeit. Zu viel unausgefüllte Zeit. Und...«, er lächelte, »...es macht mir ziemlich Spaß.«

»Wenn Sie die letzten Jahre überblicken, sehen Sie da irgendwelche Lehren, an denen wir unser zukünftiges Denken orientieren könnten?«

Cooper sah den Amerikaner seufzend an. »Möchten Sie wirklich, daß ich darauf antworte?«

»Sicher. Warum denn nicht?«

»Die Antworten werden Ihnen vielleicht nicht gefallen. Und Ihrem Publikum auch nicht.«

»Reden Sie einfach drauflos, Mr. Cooper. Sagen Sie genau das, was Sie empfinden.«

»Ich denke, daß es in den letzten Jahren in unserer Gesellschaft tiefe Risse gegeben hat. Sowohl im Osten als auch im Westen. Aber vielleicht bleibe ich lieber bei meinem eigenen Land. In Großbritannien haben wir uns immer viel auf unsere Toleranz, unsere Demokratie und unser parlamentarisches System eingebildet, das uns diese Demokratie gab und bewahrte. In der ganzen Welt orientierten neu entstandene Nationen ihre Institutionen an den unsrigen. Und in der ganzen Welt sind sie gescheitert. Wir schrieben es der Tatsache zu, daß die Leute schwarz oder braun sind, schoben es auf die Probleme der Stammessysteme oder der Religion. Aber natürlich lag es nicht daran. Es war die Demokratie selber, die versagt hat.«

»In welcher Weise hat sie versagt, Sir?«

»Oh, in vieler Hinsicht. Oder vielleicht wäre es fairer zu sagen, daß möglicherweise nicht die Demokratie versagt hat, wir aber Demokratie mit Freiheit verwechselten. Mit vollkommener Freiheit. Nicht nur der Freiheit zu denken, was wir wollten, oder zu beten, wie wir wollten, oder zu sagen, was wir sagen wollten. Sondern mit der Freiheit, zu tun, was wir wollten.« Cooper lächelte freudlos. »Frank

Sinatra hat immer so ein Lied gesungen – es hieß ›I did it my way‹ oder so ähnlich. Es wurde zu einer Art Nationalhymne. Eine Entschuldigung für jeden Exzeß, jedes charakterliche Versagen. Es lief darauf hinaus, daß man nicht nur alles auf Kosten anderer machen kann, sondern daß man dabei auch noch als ganz toller Kerl dastehe. Letztlich wie bei den Höhlenmenschen. Der größte, stärkste Höhlenbewohner kriegt das meiste Fleisch und alle Mädchen.«

Lane lächelte. »Sie meinen aber doch nicht, daß wir Frankieboy für alle Probleme in der Welt verantwortlich machen sollten, nicht wahr?«

»Natürlich nicht. Aber dieses Lied symbolisiert, was falsch gelaufen ist. Toleranz kann so weit gehen, daß sie schließlich nur noch Schwäche, mangelnder Wille ist. Und Freiheit ist ein zu großer Begriff. Man endet schließlich dort, daß man den Leuten die Freiheit läßt, Gewalttaten zu begehen, um Geld oder Güter zu ergattern. Gewalttaten, um Macht und Kontrolle über das Leben unseres Volkes zu erlangen.

Wie Sie wissen, gibt es da ein gutes Beispiel aus Ihrem eigenen Gebiet, dem Fernsehen. Die BBC hatte etwas zu beachten, das ›Ausgeglichenheit‹ genannt wurde. Vertrat in einer Talkshow einer der Gäste einen bestimmten politischen Standpunkt, so mußte ein anderer da sein, der den genau entgegengesetzten Standpunkt einnahm. Wenn ein Polizist im Fernsehen seine Meinung vortrug, mußte man einem Kriminellen genausoviel Zeit einräumen. Niemand fragte je danach, ob es richtig und vernünftig sei, Lügner und Macht-Sucher ihre Meinung im Fernsehen gegen ehrbare Männer vertreten zu lassen. Wir nannten es Freiheit, aber das war es nicht. Es war Wahnsinn. Wir ließen zu, daß die Leute in Verwirrung gerieten, was gut und was schlecht sei. Sie waren nicht dumm, aber sie sahen und hörten, wie Männer des öffentlichen Lebens, Gewerkschaftsführer, Politiker im Radio und Fernsehen offenkundig logen. Was die Leute verwirrte, waren nicht diese Lügen, sondern die Tatsache, daß die Interviewer nie reagierten und diese Leute nie als Lügner bezeichneten, sie nie in Frage stellten.

Man sah Streikführer, die auf dem Bildschirm Krokodilstränen vergossen und behaupteten, sie beabsichtigten keineswegs, der Öffentlichkeit diese Unannehmlichkeiten zu bereiten. Es sei purer Zufall, daß das Flughafenpersonal in der Hauptferiensaison streikte und die Energiegewerkschaften mitten im Winter. Niemand glaubte ihnen. Und das hatten sie auch gar nicht erwartet. Es war einfach ein großes Medienspektakel, und niemand nannte sie ins Gesicht Lügner.

Und die Öffentlichkeit begriff es allmählich. Das Establishment, die herrschenden Mächte, sorgte sich nicht mehr um Wahrheit oder Lüge, richtig oder falsch. Es war am Ende bezeichnend, daß die kommerziellen Fernsehleute ein größeres Publikum hatten. Sie hingen nicht von Almosen der Regierung ab. Aber die BBC schon. Und es gehört ganz schön viel Mut dazu, seinem Zahlmeister ins Gesicht zu sagen, daß er ein Lügner und Betrüger ist.«

»Sie machen also den Medien Vorwürfe?«

»Keineswegs. Sie waren ja nur die Spiegel, die die Situation reflektierten. Die Presse war unabhängig. Sie hat oft genug deutlich alles beim Namen genannt, aber die Leute waren es satt. Es berührte die Leute nicht, was um sie herum passierte.«

»Wer also – oder was – war dann zu tadeln?«

Cooper seufzte tief. »Ich weiß es nicht. Wirklich. Ich habe endlos darüber nachgedacht. Eine der Hauptursachen war, wenn ich jetzt so zurückblicke, das Parlament selbst. Man hatte die beiden großen Parteien. Die Tories und die Labour Party. Total einander entgegengesetzt. Stimmten nirgends überein. Was auch immer eine Partei tat, wenn sie an der Regierung war, wurde von der anderen, sobald sie an die Macht kam, in Stücke gerissen. Sie hatten Mehrheiten, was die Zahl der Sitze anging, aber nie, was die Stimmen beraf. Nie wurde etwas getan. Es war wie bei kleinen Kindern, die sich gegenseitig ihre Sandburgen zerstören. Was mich angeht, kann ich nicht verstehen, warum die Leute sich so lange damit abgefunden haben.

Vielleicht hat sich die Öffentlichkeit einfach nicht genug darum gekümmert. Aber wie hätte sie ihren Wunsch nach einer Änderung ausdrücken sollen? Sie war sich vielleicht klar, daß sie die herrschenden Zustände nicht mochte, aber sie war unfähig auszudrücken, was statt dessen kommen sollte. Oder vielleicht hätte sie das, was sie wollte, sowieso nie bekommen, weil die Politiker es nicht zugelassen hätten. Waren wir alle zu träge? Ich glaube nicht. Der Zweite Weltkrieg hat uns zwar total fertiggemacht, aber andere Nationen haben noch viel Schlimmeres überlebt.

Waren wir zu egoistisch? Zu sehr mit unserem eigenen Leben und Überleben beschäftigt? Auch das glaube ich nicht. Nicht mehr als andere Nationen auch. Nein. Es ist zwar traurig, das zu sagen, aber ich bin zu dem Schluß gekommen, daß nicht nur die Demokratie nicht funktioniert, sondern daß totale Freiheit auch totale Anarchie bedeutet.«

»Was halten Sie, Sir, von den neuen Ideen, die von den neuen

Männern in Großbritannien vertreten werden?«

»Dazu habe ich keinen Kommentar zu geben.«

»Vielleicht ein Hinweis. Sind es vom Ansatz her gute Ideen?«

Cooper zuckte die Achseln. »Das kann nur die Zeit zeigen, Mr. Lane.«

Während er den Schlüssel ins Schlüsselloch steckte, summte er vor sich hin, versuchte sich an den Text des Beatles-Songs »Yesterday« zu erinnern. Aber es steckte bereits von der anderen Seite ein Schlüssel im Schloß. Er öffnete die Tür und fragte sich einen Moment lang, ob er in den falschen Raum eingetreten sei. Die Bücherregale und die beiden gerahmten Drucke waren verschwunden. Und dann sah er den Mann, die zerrissenen Bücher und zersplitterten Regale und Möbel. Der Mann trug Zivil, aber Josef wußte sofort, daß er vom KGB kam.

»Wer sind Sie? Was wollen Sie?«

»Josef Andrejewitsch Andrejew?«

»Ja.«

»Sie sind verhaftet.«

»Weswegen denn?«

»Nach Artikel zwei und zehn des Kodex.«

»Was heißt das?«

»Sie können Ihre Bürste, Seife, Ihren Rasierapparat und eine Decke mitnehmen.«

»Aber was wirft man mir vor?«

Die Faust des Mannes traf ihn zu überraschend, als daß er noch hätte ausweichen können. Er hörte den Nasenknorpel brechen und dann hielt er die Hände vor das Gesicht, wiegte sich vor Schmerz hin und her, und spürte das warme Blut durch seine Finger rieseln. Als ihn der Stiefel des Mannes in der Leistengegend traf, überlief ihn eine Welle von Schmerz, und er verlor das Bewußtsein.

Als er wieder zu sich kam, lag er in einer dunklen, übelriechenden Zelle auf einem Strohlager auf Betonboden. Er sah das Drahtnetz über der Deckenlampe. Als er sich bewegen wollte, hörte er noch sein eigenes Stöhnen, bevor er abermals das Bewußtsein verlor. Als ihn jemand wachrüttelte, schienen nur wenige Minuten vergangen zu sein. Er öffnete die Augen und sah zu dem Mann auf, der über ihm stand.

»Josef Andrejewitsch Andrejew?«

»Ja«, flüsterte er.

»Ihre Frau ist Anna Andrejewna?«

Er nickte und schloß vor Schmerz die Augen. Als der Mann seinen Kopf an den Haaren hochzog, schrie er auf.

»Wer hat Ihnen diese Befehle erteilt?«

»Um Gottes willen...«, murmelte er, bevor er wieder ohnmächtig wurde.

Es schien viel Zeit vergangen zu sein, bevor er wieder zu Bewußtsein kam. Er stand. Jemand, der hinter ihm stand, hielt ihn fest. Große Hände unter seinen Achseln. Ein Mann stand an der offenen Zellentür, als man ihn in den Korridor hinausschob. Dann waren sie in einem altmodischen Lift, und er spürte Galle in seinem Mund, als der Lift abwärts fuhr. Dann ein weiterer Korridor. Aber dieser sah anders aus, sauber und hell. Josef schloß halb die Augen, als die Tür aufschwang und man ihn hineinführte. Grob wurde ein Stuhl gegen seine Kniekehlen geschoben, und der Mann hinter ihm hielt ihn an den Schultern aufrecht.

Hinter einem modernen Teakholz-Schreibtisch saß ein Mann, der gut gekleidet war, wie Josef bemerkte, als es ihm gelang, seinen Blick auf ihn zu konzentrieren. Eher wie ein Amerikaner als ein Russe. Josef dachte einen Moment lang, er kenne ihn von irgendwoher. Dann begann alles von neuem.

»Sie sind Josef Andrejewitsch Andrejew?«

»Ja.«

»Drehbuchautor und Regieassistent?«

»Ja.«

»Und Ihre Frau ist Anna Alexandrowna Andrejewna?«

»Ja.«

»Wo arbeitet sie?«

»Im Amt für Bezugsscheine, Granowskijstraße.«

»Wo ist sie jetzt?«

»Ich weiß nicht. Sie war nicht in der Wohnung. Wie lange bin ich schon hier?«

»Wann haben Sie sie zuletzt gesehen?«

»Heute morgen, bevor ich zur Arbeit ging.«

Der Mann seufzte. »Wissen Sie, wo Sie sich befinden, Andrejew?«

»Im Gefängnis.«

»Sie sind in der Lubjanka, Andrejew. Und ich bin ein KGB-Offizier. Und Sie befinden sich in einer sehr, sehr mißlichen Lage. Begreifen Sie das?«

»Der Mann hat irgendein Gesetz zitiert. Ich habe es nicht verstanden.«

»Ihre Frau gab Ihnen am Morgen des Tages, an dem Sie verhaftet wurden, Benzingutscheine und eine Reiseerlaubnis.«

»Nein.«

»Seien Sie nicht albern, Andrejew. Ich habe sie doch hier.«

Und der Mann zeigte ihm die Papiere. »Geben Sie zu, daß sie sie Ihnen gab?«

»Sie hat sie mir nicht gegeben. Ich habe sie nie zuvor gesehen.«

»Um Himmels willen, Andrejew. Vergeuden Sie nicht meine Zeit. Man hat sie in Ihren Taschen gefunden. Sie kommen vom Landwirtschaftsministerium. Auf jedem einzelnen von ihnen ist der Stempel des Ministers.«

»Ich kenne niemanden im Landwirtschaftsministerium. Und meine Frau ebensowenig.«

»Wollen Sie hier denn wirklich den Helden spielen, Andrejew? Es gibt kein Publikum und keinen Applaus.«

»Ich möchte einen Rechtsanwalt.«

Der Mann grinste. »Sie müssen den Verstand verloren haben, Andrejew. Sie haben wohl zu viele amerikanische Filme gesehen.«

»Ich habe nichts mehr zu sagen. Stellen Sie mich vor Gericht. Verurteilen Sie mich oder was auch immer Sie mit mir vorhaben.«

»Sie werden nicht vor Gericht gestellt, mein Lieber. Entweder reden Sie freiwillig, oder man wird Ihnen dabei helfen. Sie können sich frei entscheiden.« Er machte eine Pause. »Vielleicht würde es Ihnen helfen, wenn ich Ihnen sage, daß Ihre Frau gestanden hat, Ihnen die Gutscheine und die Erlaubnis gegeben zu haben. Hat sie Ihnen gesagt, wie sie an sie herankam? Hat sie Ihnen das gesagt?«

Andrejew schauderte unwillkürlich zusammen und schüttelte den Kopf. »Dann werde ich es Ihnen sagen, Genosse. Ein sehr wichtiger Mann im Landwirtschaftsministerium wollte einen neuen Farbfernseher. Sein Fahrer sagte, er könne ihm einen beschaffen gegen Benzingutscheine und eine Reiseerlaubnis nach... nach... vielleicht eine nette kleine Fahrt nach Peredelkino... oder nein... vielleicht nach Leningrad, dem Venedig des Nordens. Nein. Vor allem nach Charkow. Dem schmutzigen kleinen Charkow, wo sie Lokomotiven und Traktoren und Flugzeuge herstellen. Was will den ein Chauffeur mit einem netten kleinen Ausflug nach Charkow? Nun ja, das ist es ja gar nicht, was er wirklich möchte. Vielmehr gibt es da ein hübsches Mädchen, mit dem er gern schlafen würde. Doch steht diesem Wunsch die Tatsache im Wege, daß das hübsche Mädchen verheiratet ist... aber... es stellt sich heraus, daß es etwas gibt, was ihre Skrupel beseitigen würde. Rosen? Nein. Parlinen? Nein. Französisches Parfüm? Nein. Aber sie macht die Beine breit, wenn sie Benzingutscheine und eine Reiseerlaubnis nach Charkow bekommt. Also. Der stellvertretende Minister bekommt seinen neuen Farbfernseher, das hübsche Mädchen kriegt ebenfalls, was sie will, und der Fahrer fickt diese Hure, die sie Ihre Frau nennen, halbtot.«

»Das glaube ich nicht, Genosse. Das sind alles Lügen. Sie hat mir nie Benzingutscheine oder eine Reiseerlaubnis gegeben. Nie.«

»Sie lagen zwischen Ihren Hemden in der Schublade, mein Freund.«

»Sie haben doch gesagt, Sie hätten sie in meinen Taschen gefunden.«

»Kümmern Sie sich nicht darum, was ich sage. Sie sind jedenfalls da.«

»Wo ist meine Frau?«

»Vergessen Sie sie, Genosse. Denken Sie lieber an sich selbst. Sie befinden sich zwischen Gulag und Grab. Wenn Sie uns helfen, bekommen Sie fünf Jahre Arbeitslager. Wenn nicht, dann...« Der Mann zuckte hilflos die Achseln, als läge das dann nicht mehr unter seiner Kontrolle. »Es hängt von Ihnen ab.«

»Ich möchte meine Frau sehen.«

Der Mann stand auf. »Wie wäre es, wenn Sie eine Nacht darüber nachdenken? Denken Sie gründlich darüber nach, Genosse. Es könnte das Letzte sein, über das Sie überhaupt nachdenken.«

Auf dem Schild an der Tür stand nur: *Radek P. P. Direktor – Anti-Subversions-Direktorium.* Sawalew klopfte, und eine Frauenstimme rief ihn herein.

»Ist er zu sprechen?«

Sie zuckte die Achseln. »Ich schaue mal nach.« Sie nahm den Hörer von dem weißen Telefon und sagte: »Oberst Sawalew ist da, Genosse Direktor.« Nachdem sie einen Moment zugehört hatte, legte sie auf und sah Sawalew an. »Sie können gleich hineingehen.«

Radek saß in seinen großen, schwarzen Ledersessel zurückgelehnt und wies auf einen der Sessel vor seinem riesigen Schreibtisch. Sawalew setzte sich.

»Was kann ich für Sie tun, Oberst?«

Sawalew hatte Radek bis jetzt noch nicht richtig einordnen können. Er war glatt, gebildet und hatte hervorragende Manieren, aber etwas an ihm war irgendwie seltsam. Früher einmal hatte Sawalew den

Gedanken gehabt, das könne daran liegen, daß Radek so offensichtlich ein Überlebender war. Aber es steckte mehr dahinter. Er hatte keine Angst, wogegen alle anderen Menschen dauernd vor irgend jemandem Angst hatten. Sawalew hatte sein Instinkt schon immer geboten, sehr vorsichtig mit Radek umzugehen.

»Ich habe da ein Problem, Genosse Direktor.«

Radek nickte, sagte aber nichts.

»Ich habe bei einem Verdächtigen Benzingutscheine und Reiseerlaubnisscheine aufgespürt. Bei einem Mann. Er leugnet ab, etwas davon zu wissen, und ich glaube, er sagt die Wahrheit. Gleichzeitig bin ich aber sicher, daß es sich bei ihm um einen Dissidenten handelt. Ich glaube, er würde reden, aber ich erreiche nichts bei ihm. Ich dachte, Sie sollten ihn sich vielleicht einmal ansehen.«

Radek schüttelte den Kopf. »Ich habe keine Zeit, Sawalew. Wie heißt er denn?«

»Josef Andrejew. Er arbeitet beim Film.«

Radek schnippte seine Zigarrenasche in den blauen, gläsernen Aschenbecher.

»Wessen wird er verdächtigt?«

»Wir haben die Reisegenehmigungen für die Städte, in denen wir die Unruhen hatten, in den Computer eingegeben. Andrejew war zwei Wochen, bevor die Unruhen ausbrachen, in fünf der betroffenen Gebiete.«

»Wofür war der letzte Erlaubnisschein?«

»Charkow.«

Radek zog die Augenbrauchen hoch. »Und er ist auf seinen Namen ausgestellt?«

»Nein. Es ist ein allgemeiner Paß, ohne bestimmten Namen und ohne Datumsbeschränkungen.«

»Woher hat er ihn?«

»Seine Frau hat ihn für ihn beschafft.«

»Wie?«

»Es war ein *blat*-Handel. Sie hat mit jemandem geschlafen.«

»Vielleicht ist sie die Verdächtige.«

»Ich bin sicher, daß sie das nicht ist.«

»Wieso sind Sie so sicher?«

»Ich kenne sie zufällig. Sie ist dumm, aber sie wäre nie imstande, etwas zu unternehmen.«

»Außer, daß sie illegale Dokumente beschafft, wollen Sie sagen?«

»Ich denke, ja.«

»Wo ist sie jetzt?«

»Im Frauengefängnis.«

Radek sah einen Moment aus dem Fenster, bevor er sich wieder Sawalew zuwandte.

»Sprechen Sie Polnisch?«

»Nein.«

»Ich möchte, daß Sie nach Warschau gehen. Es gibt da eine Akte. Meine Sekretärin wird sie Ihnen aushändigen. Vorne steht ›Karminski‹ drauf. Er ist ein hoher Beamter in Z-2. Überprüfen Sie ihn für mich. Hören Sie sich einfach mal um. Ich werde dafür sorgen, daß Sie dort vorübergehend eingesetzt werden. Es wird nicht länger als zwei Wochen dauern.«

»Steht er unter Verdacht?«

Radek lächelte. »Jeder steht unter Verdacht, Genosse Sawalew. Sie. Ich. Jeder.«

»Und was ist mit Andrejew?«

»Wer?«

»Andrejew. Der Verdächtige, von dem ich Ihnen erzählte.«

»Geben Sie meiner Sekretärin die Akten. Ich werde sie mir ansehen und dann eine Entscheidung treffen.« Er stand auf. »Mich würde interessieren, was Sie von der Entspannung mit Amerika halten. Meinen Sie, es funktioniert?«

Sawalew zuckte die Achseln. »Das kann man unmöglich voraussagen. Solche Vereinbarungen enthalten immer geheime Vorbehalte und ungeschriebene Abmachungen. Die Sache birgt große Gefahren für uns.«

»Was für Gefahren?«

»Die Dissidenten könnten ermutigt werden, noch viel mehr Unruhe zu stiften, als sie es schon tun.«

»Sie glauben also nicht, daß die Leute darauf reagieren, wenn sie mehr Möglichkeiten haben, über ihr eigenes Leben zu entscheiden?«

»Ich bin sicher, daß sie nicht günstig darauf reagieren. Es ist ja gut und schön, den Vertrag von Shannon zu unterzeichnen, aber wir wissen, daß es nicht funktionieren kann. Sobald eine Vergünstigung garantiert ist, werden sie sich beklagen und mehr fordern. Wenn man sie nicht völlig unter Kontrolle hält, jede Stunde ihres Lebens, dann würde das Land innerhalb von zehn Jahren im Chaos versinken.«

»Sie glauben also nicht, daß die Demokratie funktionieren kann?«

»Wir wissen, daß sie nicht funktioniert. Sie hat noch nirgendwo funktioniert. Früher oder später gewinnt eine Gruppe die Oberhand.«

Er zuckte die Achseln. »Darum geht es ja in der ganzen Politik.«

»Glauben Sie, daß der Kommunismus funktioniert?«

»Möchten Sie die Wahrheit hören, Genosse?«

»Unter uns.«

»Es ist nicht der Kommunismus oder irgendeine andere Ideologie, die funktioniert, sondern es ist die Macht. Die Namen sind nur Verkleidungen. Wie bei den Religionen auch.«

»Und das macht Ihnen nichts aus?«

»Offen gestanden nein.« Er lächelte. »Solange ich zu der Gruppe gehöre, die die Macht hat.«

»Gut. Lassen Sie mir Ihren Bericht zukommen, wenn Sie aus Warschau zurück sind.«

Als er allein war, ging der Mann namens Radek zum Fenster hinüber, das auf den Dsershinskij-Platz hinausging. Er überlegte, ob die Welt verrückt war oder einfach nur die Menschen in ihr. Er überlegte, wie er Josef Andrejew und seine stupide Frau am besten decken könnte. Sie war ja nicht nutzlos gewesen. Vielleicht war es das beste, man versetzte sie beide zu einer der Filmeinheiten, die den sowjetischen Handelsmissionen in London oder Washington angehörten. Er drehte sich um und saß dann lange Zeit an seinem Schreibtisch. Während er das Kinn in die Handflächen stützte, starrten seine erschöpften blaßblauen Augen auf ein Bild, das an der Wand hing. Es war die Fotografie einer jungen Frau in altmodischer Pose. Die Farben waren so ausgeblichen, daß man sie kaum noch unterscheiden konnte – bis auf die Augen, die genauso verwaschen blau waren wie die seinen. Es würde alles lange brauchen. Sehr, sehr lange.

Bitte beachten Sie
die folgenden Seiten

Ted Allbeury

Kinder der Geborgenheit

Polit-Thriller

ein Ullstein Krimi

Die Bundesrepublik Deutschland in den siebziger Jahren: Unbekannte Täter schänden Synagogen und beschmieren jüdische Grabdenkmäler. Wer aber steckt hinter den neofaschistischen Umtrieben? Das russische KGB, argwöhnt der britische Secret Service und schickt seinen besten Mann nach Köln: Jacob Malik, der als Kind Auschwitz überlebt hat. Für Malik wird die Deutschlandfahrt zum Alptraum. Zumal er rasch herausfindet, wer tatsächlich hinter dem neuen Antisemitismus steckt. Und was.

Ted Allbeury

Rennie

Polit-Thriller

ein Ullstein Krimi

Jahrzehntelang hat Rennie treu der britischen Krone gedient. Immer wieder erledigte er die schmutzigen Aufträge für den britischen Geheimdienst. Ohne Skrupel. Denn einer, so Rennies Meinung, muß den Job schließlich tun. Doch dann führt ihn dieser dreckige Auftrag nach Amsterdam: Gegenterror gegen einen möglichen Terroristen und seine Familie.
Rennie will aussteigen – aber beim Geheimdienst, so muß er erfahren, kündigt man nicht einfach.

»Ein ebenso spannender wie realitätsnaher Krimi.«
Frankfurter Rundschau

Ed McBain

Polizisten leben gefährlich

Ein Roman aus dem 87. Polizeirevier

ein Ullstein Krimi

Ob Joseph Wambaugh und seine Chorknaben, Janwillem van de Wetering und seine Outsider in Amsterdam, Maj Sjöwahl/Peer Wahlöö und ihre Schwedenbullen – ohne die Cops vom 87. Polizeirevier und ihren Chronisten Ed McBain würde es wahrscheinlich keinen von ihnen geben. Als der ehemalige Marinesoldat und frischgebackene Schriftsteller 1956 diesen Krimi schrieb, begründete er den modernen Polizeiroman. Und eine der erfolgreichsten Kriminalserien aller Zeiten.

1986 wählten die Mystery Writers of America, der Verband der US-Krimiautoren, Ed McBain in Würdigung seines Gesamtwerks zu ihrem Großmeister.

Charles McCarry

Das Miernik-Dossier

Polit-Thriller

ein Ullstein Krimi

Wer war Tadeusz Miernik?
Ein harmloser Angestellter eines multinationalen Unternehmens, der sich aus Angst, zurück nach Polen zu müssen, auf ein wahnwitziges Abenteuer einläßt?
Ein liebenswerter Spinner und Menschenfreund, der in die Mühlen der Geheimdienste gerät?
Oder ein Agent des KGB, er ein afrikanisches Land in Flammen setzen soll?
Lesen Sie die Akten und Dokumente zum Fall Miernik.
Und bilden Sie sich selbst eine Meinung über einen der rätselhaftesten Spionagefälle der Neuzeit.

»Das intelligenteste und fesselndste Werk, das ich seit sehr, sehr langer Zeit gelesen habe.«

Eric Ambler